U0479726

张之洞抚晋

32集电视连续剧剧本

孟绵中 著

第一集　遭大旱三晋经奇灾　祭龙王九帅设道场
第二集　设粥厂官府济灾民　起匪心黄二遭痛打
第三集　奉圣谕赴晋任巡抚　遭不测临行丧贤妻
第四集　入晋地微服察社情　欲禁烟偏遇烟县令
第五集　众官员酒宴献媚　新巡抚断然拒贿
第六集　卫荣光夜访新巡抚　桑治平拜见大司农
第七集　游晋祠惊叹绝世景　摇竹签戏言论古今
第八集　古祠夜月下传琴声　抚琴女花溪遇知音
第九集　马同州勇挑新任　张巡抚怒斥旧僚
第十集　清藩库藩司欲阻　迎大佬丹青荐才
第十一集　铲毒苗学子尽责　封藩库贪官惊魂
第十二集　王定安策划美人计　徐时霖诬陷良家女
第十三集　访书院士子吟长诗　谈学问巡抚罢考官
第十四集　郑葳葳舍身救父　徐时霖再设阴招
第十五集　王定安设宴探虚实　马丕瑶施计救民女
第十六集　欲开脱京城贿御史　转目标开棚造乱局
第十七集　罗总兵灭口下毒手　马巡捕命丧娘子关
第十八集　张之洞夜半遭刺客　女琴师临阵化险情
第十九集　查元凶官府巧设局　祭刺客妓女吐实情
第二十集　杜师爷捡命逃一劫　杨深秀秘密赴京城
第二十一集　暗侦察绵山寻证据　设巧局锁定"五台帮"
第二十二集　黑老大毒招挟人质　女琴师侠义摘元凶
第二十三集　张佩纶奏折震朝野　老佛爷拍板定案情
第二十四集　起淫心葆亨生奸计　受屈辱民女困狼窝
第二十五集　生醋意民女得救　设巧局三贪落网
第二十六集　开财源众人献良策　下泽州古镇遇奇观
第二十七集　抛偏见巡抚会洋人　解难题教士献良言
第二十八集　小实验众人惊叹　大气魄巡抚革新
第二十九集　成大事众志能成城　兴新规三晋显春风
第三十集　初心不忘强国梦　卖笔真书图自强
第三十一集　茶麦山奇招运钱贸　青莲寺惊现无影塔
第三十二集　升总督难舍三晋情　坦胸声倾诉爱慕心

山西出版传媒集团
三晋出版社

图书在版编目（CIP）数据

张之洞抚晋 / 孟绵中著 . -- 太原：三晋出版社，2023.12
ISBN 978-7-5457-2737-1

Ⅰ.①张… Ⅱ.①孟… Ⅲ.①电视文学剧本 —中国—当代 Ⅳ.①I235.2

中国国家版本馆CIP数据核字（2024）第015210号

张之洞抚晋

著　　者：孟绵中
责任编辑：王　甜

| 出 版 者：山西出版传媒集团·三晋出版社 |
| 地　　址：太原市建设南路21号 |
| 电　　话：0351—4956036（总编室） |
| 　　　　　0351—4922203（印制部） |
| 网　　址：http://www.sjcbs.cn |
| 经 销 者：新华书店 |
| 承 印 者：山西新浪印业有限公司 |
| 开　　本：720mm×1020mm　1/16 |
| 印　　张：30.5 |
| 字　　数：470千字 |
| 版　　次：2023年12月　第1版 |
| 印　　次：2024年1月　第1次印刷 |
| 书　　号：ISBN 978-7-5457-2737-1 |
| 定　　价：98.00元 |

如有印装质量问题，请与本社发行部联系　　电话：0351-4922268

目 录
CONTENTS

《张之洞抚晋》故事梗概……………………………………………………1

主要人物………………………………………………………………………3

第一集　　遭大旱三晋经奇灾

　　　　　祭龙王九帅设道场……………………………………………010

第二集　　设粥厂官府济灾民

　　　　　起歹心黄二遭痛打……………………………………………024

第三集　　奉圣谕赴晋任巡抚

　　　　　遭不测临行丧贤妻……………………………………………047

第四集　　入晋地微服察社情

　　　　　欲禁烟偏遇烟县令……………………………………………057

第五集　　众官员酒宴献媚

　　　　　新巡抚断然拒贿………………………………………………079

第六集　　卫荣光夜访新巡抚

　　　　　桑治平拜见大司农……………………………………………104

第七集	游晋祠惊叹绝世景	
	摇竹签戏言论古今 ………………………………125
第八集	古祠夜月下传琴声	
	抚琴女花溪遇知音 ………………………………140
第九集	马同州勇挑新任	
	张巡抚怒斥旧僚 …………………………………150
第十集	清藩库藩司欲阻	
	迎大佬丹青荐才 …………………………………168
第十一集	铲毒苗学子尽责	
	封藩库贪官惊魂 …………………………………184
第十二集	王定安策划美人计	
	徐时霖诬陷良家女 ………………………………199
第十三集	访书院士子吟长诗	
	谈学问巡抚罢考官 ………………………………215
第十四集	郑筱筱舍身救父	
	徐时霖再设阴招 …………………………………229
第十五集	王定安设宴探虚实	
	马丕瑶施计救民女 ………………………………237
第十六集	欲开脱京城贿御史	
	转目标开栅造乱局 ………………………………259
第十七集	罗总兵灭口下毒手	
	马巡捕命丧娘子关 ………………………………272
第十八集	张之洞夜半遭刺客	
	女琴师临阵化险情 ………………………………289
第十九集	查元凶官府巧设局	
	祭刺客妓女吐实情 ………………………………298

目录

第二十集	杜师爷捡命逃一劫	
	杨深秀秘密赴京城	306
第二十一集	暗侦察绵山寻证据	
	设巧局锁定"五台帮"	314
第二十二集	黑老大毒招挟人质	
	女琴师侠义擒元凶	331
第二十三集	张佩伦奏折震朝野	
	老佛爷拍板定案情	354
第二十四集	起淫心葆亨生奸计	
	受屈辱民女困狼窝	364
第二十五集	生醋意民女得救	
	设巧局三贪落网	374
第二十六集	开财源众人献良策	
	下泽州古镇遇奇观	397
第二十七集	抛偏见巡抚会洋人	
	解难题教士献良言	413
第二十八集	小实验众人惊叹	
	大气魄巡抚革新	421
第二十九集	成大事众志能成城	
	兴新规三晋显春风	432
第三十集	初心不忘强国梦	
	秉笔直书图自强	440
第三十一集	荞麦山奇招运铁货	
	青莲寺惊现无影塔	450
第三十二集	升总督难舍三晋情	
	坦胸声倾诉爱慕心	465
尾　声		478

《张之洞抚晋》故事梗概

光绪七年（1881）夏，张之洞接一道煌煌谕旨，补授内阁学士兼礼部侍郎衔。这道圣命，让一个中级官连升三级跃为从二品的卿贰大臣。不久又奉上谕，着补任山西巡抚。眼看自己平生多年的强国抱负就能实现了，张之洞心中自然是一番欣喜，夫人王氏也忙着开始打理行装，准备随丈夫一起去山西。

然而，临行前夕，夫人王氏却因几天来的过度劳累而导致流产，且因出血过多不幸亡故。这突如其来的不幸，让原本高高兴兴准备赴任的张之洞一下子备受打击。想起夫人的种种美德——善良、勤俭、宽厚和恩爱，张之洞悲从中来，含泪写下了数首悼亡诗寄托自己的哀思。空房冷落乐羊机，忤世年年悟昨非。卿道房谋输杜断，佩腰何用觅弦韦。安排完夫人后事，由侄儿大根驾驶着骡车，在挚友兼幕僚桑治平相陪下，离京踏上了赴晋之路。

按通例规矩，新任巡抚作为一方镇疆大吏，上任伊始，往往是踏上本省境内之地，就要由一位道员级别的官员受即将离任巡抚的委托前来迎接，坐上装饰豪华的八抬大轿，一路由兵丁护送从省界至省城巡抚衙门，沿途由所经府州县地方官员恭迎接待陪送。为了怕新巡抚孤寂，往往还会安排上一位能说会道的年轻漂亮女子在轿里陪着新巡抚说话解闷儿。张之洞却听从了挚友桑治平的建议，没有按通例坐来迎接他的八抬豪华大轿，而是一路微服私访，领略山西沿途的民风民俗、自然山水风光之时，体察当地风土人情。

从京师沿着直隶官道南下，直到进入通往山西的千年古道，张之洞一行颠簸而行，终于到直隶与山西交界处娘子关。受前任巡抚委托早已在四周山岭连绵、地势高峻的娘子关等候恭迎新巡抚的藩司葆亨，怎么也没想到，从眼皮底下过去，赶着骡车的这几个看似极为普通的买卖人，竟然就是他精心准备多日,要迎接的新任巡抚。

沿途的亲身体察,百姓生活之贫苦、地方捐摊之繁冗、鸦片危害之惊心、官员贪腐之普遍,让素来关注民生,与贪赃枉法者势不两立的张之洞心情格外沉重,深感自己肩上责任重大,暗下决心,定要先从整饬吏治、铲除鸦片和减轻民众负担入手,在山西干出一番大事业来。

上任伊始的张之洞,断然拒绝了地方官员、商界富豪及各路头面人物没完没了的宴请,早出晚归深入乡间体察民情世风,召见各级官员一一晤谈政事,在短时间内弄清了官场士林的基本情况和百姓贫苦之源。

因感风寒未赴新任的山西前任巡抚卫荣光,多日来冷眼旁观,见这位接任他的新巡抚一不收礼,二拒绝出席任何接风酒宴,天天早出晚归忙于政事,深受感动。翰林出身的卫荣光,生性怯弱,只求平稳保官而无意革故创新。但从小接受诗书礼乐的熏陶,内心深处有一股强烈的道义感和责任感。为弥补自己在任内未给山西父老办多少实事而深感自责的遗憾,赴新任离晋前,他主动上门拜访,将自己所了解的山西情况与新任巡抚来了一番推心置腹的畅谈交流。

与前任的一席长谈,让张之洞对这位年长他十多岁的前辈增添了一分敬重,让他更进一步弄清了造成山西"穷困"的原因。他制定了一系列减少百姓捐摊,铲除鸦片种植,清查三十年未清理藩库的新政,严厉惩治官场贪腐懒政风气,清剿地方黑恶势力,给山西政界注入一股清风,为三晋父老开辟出了一片晴朗的天空。

然而,正当他呕心沥血、革故鼎新、大刀阔斧地为实现平生强国之梦尽施自己的才华之际,根深蒂固的陈风陋习,盘根错节的官场关系,阴险毒辣的小人暗箭……形成了正义与邪恶的生死较量,摆在一腔热血、有宏远志向的张之洞面前,带来一场场让他预料不到的惊涛骇浪……

主要人物：

张之洞：字孝达，号香涛。河北南皮人。学识渊博，秉性耿介，勤政爱民，疾恶如仇。光绪七年（1881）末任山西巡抚。在任上大刀阔斧整饬吏治，革除鸦片种植，严惩官场贪腐，减免民众赋税，深得百姓拥戴。

桑治平：字仲子。早年辅佐张之洞堂兄闽浙总督张之万，治政经验丰富，才学人品俱佳。张之洞外放任山西巡抚时，由张之万推荐，随张之洞入山西作幕僚，成为张之洞志同道合的挚友。

大　根：张之洞侄儿。身强力壮，武功高强。由于父母早亡，从小由四叔张之洞带在身边抚养长大，两人感情深厚。因张之洞上任前夕夫人难产去世，随张之洞入晋照顾其起居，兼保镖。

阎敬铭：字丹青。陕西人。清廉正派，刚正不阿，曾任山东巡抚、工部侍郎。光绪三年（1877）山西大旱时，朝廷命他与在京任翰林的李用清同赴山西协助赈灾。因厌恶官场龌龊卑污而辞职，以山水风光自娱，教书育人为乐。后被聘任晋南解州书院主讲。光绪七年（1881），慈禧太后与张之洞谈话中流露欲再起用阎敬铭之意，在张之洞劝导下，阎敬铭再度出山，帮助张之洞惩办贪官，理政山西。

李用清：字澄清，号菊甫。山西平定人，祖籍山西泽州七里店，晚清名臣，有"官至藩抚布衣蔬食如寒士"与"天下第一廉臣"之称。光绪三年山西大灾时，同阎敬铭一同曾被朝廷委派回晋协助赈灾。亦因耿介正直，不与官场小人同流合污而被排挤，辞官后回山西被聘任晋阳书院山长。

慈　禧：皇太后。

奕　譞：醇亲王，光绪皇帝生父。

载　湉：即光绪皇帝（少年时）。

奕　䜣：恭亲王。

李鸿章：字渐甫、子黻（fú），号少荃。大清宰相，四朝元老。

曾国藩：字伯涵，号涤生。湘军统帅，曾国荃之兄。

胡林翼：字贶生，号润芝。前湖北巡抚，耿直正派，为官清正。咸丰十一年（1861）八月，目睹英轮在长江横冲直撞，大清水师战船和水兵被玩弄戏耍掀翻落水，感蒙羞愤慨致吐血而身亡。

李莲英：太监总管。

曾国荃：字沅甫，号叔纯。自恃平叛有功，居功自傲。光绪初年任山西巡抚。在其抚政期间，恰逢百年不遇的连续三年大旱，他疏懒政事，纵容贪腐，致使山西民众饱受毒品泛滥、税苛捐繁之苦。

卫荣光：字静澜，河南新乡人。光绪六年（1880）秋，接替曾国荃任山西巡抚。城府老道，尚能清廉自守。任上虽也有心想革除弊端，无奈官场腐浊，生性又怯弱，为求稳保官，瞻前顾后，不敢革新。在任十个月后离开山西改任江苏巡抚。

杨深秀：字漪村。山西闻喜人，戊戌变法"六君子"之一。才华卓绝，博古通今，尤精中西数学，曾被张之洞聘任"崇修书院"山长、"令德书院"协讲和"晋阳书院"主教习。光绪三年山西大旱奇灾，阎敬铭协助山西赈灾时，聘杨深秀为助手。赈灾过程中，发现阳曲知县徐时霖等一些官员上下勾结，乘机浑水摸鱼、大肆贪污恶行，痛恨至极，便暗中另做账簿一一记下，为张之洞主政山西时清查藩库提供证据，起到了惩办贪官至关重要的作用。

杨　锐：字叔峤。四川绵竹人，戊戌变法"六君子"之一。张之洞得意门生，张之洞抚晋时聘其为幕僚，呈送奏疏多出其手。

葆　亨：满人，正白旗出身，家世显赫。圆润奸滑、贪财好色，虽才能平庸，却倚仗家世显赫，升迁顺达，任山西布政使。光绪三年山西大旱时，与王定安及阳曲县令徐时霖趁机相互勾结贪污赈灾银物，被新任巡抚张之洞清查出来后上报朝廷，锁拿京师交刑部严办，革职充军新疆，永不回京。

王定安：字鼎丞，随曾国荃入晋任冀宁道员。虽贼眉鼠眼，其貌不扬，然文才拔萃，颇有心计，为曾国荃早年心腹。曾国荃任山西巡抚时特提荐其为山西冀宁道道员。光绪三年山西大旱时与葆亨和阳曲县令徐时霖合谋贪赃枉法，被张之洞查出后上报朝廷，锁拿京师交刑部严办，被革职监禁。

徐时霖：字雨生，阳曲知县。善于察言观色，巴结权贵。为升官发财，把自己的亲妹妹送给了葆亨做三姨太。光绪三年山西大旱时，与葆亨、王定安抱团浑水摸鱼，大肆贪污赈灾粮款。因嗜好吸食鸦片，被老百姓称之为"烟县令"。

马丕瑶：字玉山，河南安阳人，先后任平陆、永济知县，解州、辽州知州。为官清廉，民间有"马青天"誉称。张之洞任巡抚时为清查藩库任命其为"清源局"局长。曾任山西冀宁道道员、山西布政使、河南巡抚、广东巡抚等职。

高崇基：字紫峰，直隶静海（今属天津）人。曾任寿阳知县、凤台县训练团团长、安徽宁国知府等职。光绪八年（1882）张之洞任山西巡抚时复请朝廷调回山西参与清查藩库，任马丕瑶助手。

方龙光：汾阳县令。清源局主要成员。

薛元钊：太原县知县。清源局主要成员。

李秉衡：平阳府知府。清源局主要成员。

李　衡：清源局一般成员。

方濬益：字子聪，人品正直，任山西按察使。

王仁堪：字可庄，学识渊博，重视办学育才，任山西学政。

王　轩：解州县丞，才华横溢，尤通地理、金石鉴赏，后被张之洞提为汾州知府。

杨　湄：太原府教授，喜碑帖收藏。《山西通志》编纂人员。

罗佑辉：榆次县令。

恩　联：泽州府知府。

陈继三：凤台县知县。

胡县令：平定县令。

李提摩太：英国浸礼会传教士，山西大学创办人之一。

毛掌柜：平遥"蔚丰厚"票号掌柜。

易佩坤：字子笏，湖南龙阳人，继葆亨任山西布政使。

罗承勋：地方绿营总兵心狠手辣，与葆亨相互勾结贪污肥己，纵容部下掠民劫财,贪腐作恶。

  吴子显:汾阳县令。

  杜师爷:阳曲县衙门师爷,徐时霖帮凶。

  "华山虎":刺客。

  刘永福:黑旗军统领。

  刘定邦:粮油奸商,"五台帮"老大。

  黑衣人甲、乙、丙、丁:"五台帮"老大刘定邦手下恶徒。

  冯济川:字秋航,晋阳书院山长李用清得意门生,光绪初年(1875)山西大旱时,对官吏贪腐深恶痛绝,尽己所能主动参与赈灾善举接济灾民和禁烟运动。山西著名教育和社会活动家。

  梁培伦:晋阳书院学子,冯济川同窗。

  黄　二:阳曲县衙杜师爷外甥,孝义县衙门团丁。吸食鸦片,好吃懒做,被杜师爷利用坑民害人,做尽坏事。

  香火道人:晋祠守庙人。

  李治国:花溪书院塾师,兼任武师。

  李佩玉:塾师李治国之女,琴师。

  徐一雯:徐时霖小妹。徐时霖为自己高攀、升官铺路,逼诱她给葆亨当了三姨太。

  郑筱筱:"聚益堂"郑掌柜独生千金。长相俊美,素有"阳曲城里一枝花,数来数去数郑家"之称。

  一枝莲:"艳春楼"妓女。

  老　鸨:"艳春楼"鸨母。

  秦光汉:赶车汉子。

  老　三:藩司衙门管家,葆亨心腹。

  奎　英:晋北归化厅副都统。

  丰　绅:绥远将军。

其他人物：

孔　子：儒学创始人，教育家。

子　路：孔子弟子。

朝中御史张佩纶、陈宝琛、李肇锡、李郁华。

巡抚衙门马巡捕。

绿营柴营长、众兵丁。

巡抚衙门高、低、胖三个原幕僚。

"聚益堂"药铺郑掌柜、烟馆老板。

贩铁马帮钱掌柜。

张之洞夫人王氏、女儿准儿，阎敬铭夫人，卫荣光夫人柴氏，马丕瑶夫人许氏、大根媳妇春兰，桑治平夫人陈氏、女儿燕儿，黄二母、妻及女儿。

长平饭庄李掌柜与跑堂小伙计，太原院前街饭庄祁掌柜与店小二，辽州酒店曹掌柜与小伙计，平定小饭店薛掌柜、泽州"裴记"饭店裴掌柜与伙计，卖唱老人和孙女，"聚善堂"药店伙计，烟馆老板，老板娘，女招待。

众学子、轿夫、跟班、宫女、潘叔与赶车人、告状老妇、阳曲衙门徐时霖姘妇、灾民少女杏子、压轿女子、仆人、丫鬟、女坤、捕快、衙役、皂隶、兵头头、兵丁、家丁、狱卒、村民、卖针人、铁贩子、钱掌柜、绵山小和尚、泽州青莲寺方丈及游客等。

主题歌：

　　浩荡荡，云雾扫开天地憾，浪沙淘尽千古愁；道茫茫，古来沉浮多少事，散作乾坤定春秋；事休休，红尘诸事三更梦，尽在春水付东流……

　　主题乐曲中，画面尽显太行山群峰竞秀的巍峨壮观。

　　平定县。崎岖的山路。瀑布、湍急的河流及隐现在山岭间的城墙。

　　逶迤起伏的崎岖山路间，一壮汉（字幕显示：张之洞侄子大根）驾驭的一辆骡车正沿着融雪未尽的山路行进着。车上，一长脸留须生意人装束的中年男子（字幕显示：山西新任巡抚张之洞，字香涛）和另一同样生意人装束的中年男子（字幕显示：张之洞好友兼幕僚桑治平，字仲子）边行边看着四周的景色议论着。随着镜头的推进，一座雄伟的城楼出现在眼前。三人下车，驻足凝望城门，"直隶娘子关"五个大字映入眼帘。

　　【随字幕滚动旁白】光绪七年（1881）七月，一道煌煌谕旨下达，张之洞补授内阁学士兼礼部侍郎，转眼间被破格连升三级。两个月后，又奉上谕，着补山西巡抚。在当时大清朝危机四伏、已逐渐落伍于时代的大背景下，山西这一方热土为这位少年及第、有着远大志向和抱负的新巡抚锐意进取和革旧创新提供了大展宏图的舞台。本片讲的就是他在山西抚政时的故事……（迭出字幕）

张之洞抚晋

　　随着字迹的渐渐隐去，迭出制片人、编剧、导演及演职人员表……

序　幕

酷夏。万里晴空，炎炎赤日。一只孤鹰在天空缓慢地盘旋。

荒秃的山岭。干枯的河道。尘土厚积的乡间大路和河道两旁一片片龟裂的土地。

稀稀落落分布在田埂、路旁被摘光树叶扒光了皮的一棵棵枯树，一群群乌鸦"呱、呱、呱"凄凉地叫着从枯树梢上掠过……

随着一阵低沉压抑的主题歌音乐声，尘土飞扬的大路远处，一群挨一群衣衫褴褛、面色枯瘦、携家带口的老老少少灾民步履维艰地朝镜头前慢慢走来，从镜头前掠过又渐渐地远去……

【画外音】故事还得从光绪三年起这场连年大旱说起。这是一次涉及秦、晋、冀、鲁、豫等多个省份的百年不遇的灾难，尤以山西为最重：经年大旱天无雨，河道枯干井竭底。万亩良田禾苗绝，千里赤地白骨蔽。其悲其惨之状，让人目不忍睹……

灾民人群中，时不时有因饥渴过度而昏倒在地再无力挣扎而起的老弱妇幼……

镜头拉近一位骨瘦如柴拄着木棍步履蹒跚的老者。他显然已经走不动了，跌跌撞撞地就近靠在了路旁的一棵被扒光树皮的枯树上，无力地顺势半躺下去。树梢上，一只老鸹"呱呱"地凄叫着。过了一会儿，老人挣扎了几下，勉强重新站起，试图再赶路，踉踉跄跄走了几步，终究无力，再次瘫倒在地。浑浊的老泪从布满尘埃的脸颊淌下，无奈地望着一伙伙目光呆滞、神情麻木的灾民从他身边走过……（定格）字幕映出：**光绪四年**

第一集　遭大旱三晋经奇灾
　　　　祭龙王九帅设道场

(1)时:日
　　景:外
　　人:曾国荃、王定安、衙役、坤伶、丫鬟

巡抚衙门。花草树木点缀得错落有致的庭院。一座雕梁画栋二层小楼正门前廊台处,左右分别侍立着一持扇一把壶两名丫鬟,藤编躺椅上,着官服的长须老者(字幕显示:山西巡抚曾国荃)正半眯着眼边品茶边悠闲地轻晃着头,听廊台下一年轻俊俏的坤伶清唱着晋剧的名段"打金枝"。
一名衙役从院门进来急忙来到曾国荃跟前。

衙　　役:大人,冀宁道员王大人求见。
曾国荃:(微睁开眼斜视了一眼衙役,拿着茶碗盖的手晃了晃)嗯,让他进来吧。

院门外,一位五短身材,干瘦、留着两撇黄须的中年男子左胳膊夹着一个布包,右手摇着一把折扇来回踱着步焦急等候着(字幕显示:冀宁道员王定安,字鼎丞。)
见衙役从院门出来,王定安急忙迎过去。

衙　　役:王大人请,曾大人让您进去。

王定安随衙役进入院内,走到曾国荃面前。曾国荃睁开眼,朝坤伶摆摆手,坤伶停住唱。

王定安：哎哟，曾大人，真想不到，这种呀呀咳咳腔的调，您竟然也能听得进去了！

曾国荃：入乡随俗嘛。

王定安：那倒是，那倒是。我就不行，总想听听咱们那儿汉剧、花鼓戏的调。

曾国荃：听多就习惯了。怎么了鼎丞，找我有事吗？

王定安：有几件呈文，想请您过过目。

王定安将一沓各州县呈函递给曾国荃。曾国荃随意打开几个信函，眉头紧皱。

【画外音】一封封呈报各地饿殍遍野灾情的告急上谕，诉说一处处"鬻妻女，人相食"的悲惨景象，让居功自傲、每日只是在后厅品茗、赏花，向来很少过问政事的山西巡抚曾国荃也终于沉不住气了。

曾国荃挥了下手，坤伶知趣地退下。曾国荃起身与王定安返入楼内。

(2)时：日
　　景：内
　　人：曾国荃、王定安

巡抚衙门。花厅。

曾国荃：鼎丞，你看，这一件件呈送上来的，不是"亢旱经年无秋夏，千家村落人迹罕；食之物罄尽，千里无鸡鸣……"就是要求赈灾、减税少捐摊这类事。赈灾粮不是早已拨下，各府州县不是早已把粥厂也办起来了吗？

王定安：是办起来了，可曾大人，百名饥汉一锅粥，那只不过是杯水车薪，解决不了多大问题。眼前咱三晋大地，饿殍遍野，盗匪猖獗，各州县之所以呈报这些灾情,确也是出于迫不得已。况且,如今谣言四起,如此下去,万一激起民变,虽不足危及大清江山,但下官也怕朝中那些"清流党"一类呫舌人对您名声……

　　曾国荃:嗯,倒也是。那依你鼎丞之见,眼下该如何做才好?

　　王定安:下官觉得可将灾情之重如实呈折向朝廷禀报,并向各省致函劝捐协赈,以解当下燃眉之急。

　　曾国荃:行,那你就看情况操办这事吧。

　　王定安:好,下官这就去办。不过,给朝廷呈送这折子,我觉得是不是……

　　曾国荃:(看了欲言又止的王定安一眼)鼎丞直言无妨。

　　王定安:就让藩司葆亨赴京去呈折吧?

　　曾国荃:这些满人,多才疏身懒,他去行吗?

　　王定安:葆亨虽说是才能平平,可他毕竟是正白旗出身,家世显赫,在朝中又人脉广泛,这种要钱要粮的事,如让他带上折子亲自赴京去呈报朝廷,我倒觉得是再合适不过的人选。

　　曾国荃:这个……行了,那就照你说的,让他去试试吧!

　　(3)时:日
　　　　景:内
　　　　人:曾国荃、王定安、葆亨

　　巡抚衙门。花厅内,王定安与一白胖中年男子(字幕:山西布政使葆亨)进门。

　　王定安:曾抚台,葆大人过来了。
　　葆　亨:下官葆亨拜见曾大人。
　　曾国荃:嗯,坐下吧!

曾国荃接过王定安递来拟好的奏折。镜头拉近奏折画面……

【画外音】臣山西巡抚曾国荃跪奏,为晋自三年起,经年亢旱,大祲奇灾,古所未见,赤地千里,饥民达五六百万之众,古称"易子而食,析骸而爨"于今日晋地重现,盗贼横行、民不聊生,莫之能禁,岂非人伦之变哉?故恳请皇上明察,以社稷为重,济苍生于水火中。谨恭折具陈,伏乞圣鉴。谨奏。光绪四年八月二十三……

曾国荃：葆翁此次赴京,事关三晋千万百姓之安危,就靠你一番辛苦了!

葆　亨：应该的,应该的。为解三晋百姓之苦难,下官一定尽力。

曾国荃：葆翁计划何时起身?

葆　亨：人命关天,事不易迟,午后即启程。

王定安：葆翁为公,可谓是一片赤胆忠心!

葆　亨：为朝廷尽力,为三晋父老乡亲,下官理当尽力!

曾国荃：好,好。行,没什么事你们就去准备一下吧,一路小心!

葆　亨：谢曾大人!

(4)时：日

　　景：外

　　人：葆亨、皂隶

太原北城门。葆亨与一护送皂隶,骑快马从城门出来。葆亨抬头望了一眼炎炎烈日的苍天,猛地在马屁股上抽了一鞭,随着马的一声长嘶,两人一前一后径直朝远方急驰而去……

(5)时：夜

　　景：内

人：李用清、葆亨、仆人

李用清府邸。书房内，一清瘦银须老者（字幕显示：御史李用清，字澄斋，号菊甫）正在烛灯下提笔书写什么，仆人敲门进来。

仆　人：老爷，山西藩司葆大人求见。

李用清：（停下笔，稍作思索）嗯，请他进来吧！

葆　亨：下官拜见李大人！

李用清：葆翁，你何时来的？

葆　亨：已来数日，大人日间公务繁忙，不忍打搅，故冒昧晚间特来拜见。

李用清：葆翁此次赴京，是为山西赈灾事而来吧？

葆　亨：李大人明鉴。

李用清：山西此次遭百年未遇之奇灾，百姓苦不堪言，作为山西人，老朽深感痛心断肠。

葆　亨：鄙人作为山西属地官吏，也深有同感，心神难安。此次负巡抚曾大人之重托，已将奏折交至军机处呈送太后、皇上，明天下官就要回山西了，还望李大人在朝中能美言尽力。

李用清：家乡救人活命事，老朽理当尽力！

葆　亨：那下官在这里就代抚台曾大人感谢李大人了。

李用清：葆翁这样说可就见外了。

葆　亨：这次从山西来，曾大人托我给李大人带了点咱家乡特产，三十年原浆特制的龟龄集酒，望李大人笑纳。

李用清：（黑下脸）葆翁，这你可就不是了。山西大灾之时，你我应同舟合力、济三晋父老之困而尽心才是，何能有此鄙俗之举？这一坛的酒钱能救多少条人命呢，你这样岂不是在折我寿吗？

葆　亨：李大人息怒，下官的确没这意思。

李用清：好了，不言此事，这酒你拿走自行处置。另外，有件事想劳烦葆翁一下。

葆　亨：请李大人吩咐。

李用清：我这里有平遥票号"蔚丰厚"驻京分庄一万两银汇票一张，是我和几位山西籍老友众筹赈济家乡父老的一份心意。原想近日汇走的，既然你明日要启程回晋，此钱汇去也是入你藩司库的，就烦你一并捎回代办好了。

葆　亨：哎哟，李大人，您这一片悯济苍生之心，真是令下官佩服得五体投地。行，下官回去除代办还要向曾大人禀告您等此善举之功德。天色已晚，下官不敢再打扰大人休息了，望大人保重，告辞了。

(6)时：日
　　景：内
　　人：醇王、葆亨、侍卫

醇王府。客厅中一留须老者（字幕显示：醇亲王奕譞）正用一瓷鼻烟壶在鼻孔下左右移动吸着鼻烟，一侍卫从门外进来，在醇王耳边低声说了两句什么，醇王点点头："让他进来吧。"

侍卫领葆亨进来。

葆　亨：下官葆亨给王爷请安！

醇　王：葆翁何时来的？

葆　亨：已有两三天了，今日专来拜访王爷。

醇　王：葆翁此次来京是公务还是……

葆　亨：受曾中丞之托，特来向太后、皇上禀报山西灾情事宜。

醇　王：嗯，山西灾情我也听说了。那事办得怎么样了？

葆　亨：奏折已呈报军机处，就等太后、皇上圣鉴朱批了。我明天就动身回山西了，故特来拜见一下王爷您。

醇　王：为朝廷分忧，为百姓尽力，为赈灾救民的事上下奔波，葆翁真是菩萨心肠哪!

葆　亨:为太后、皇上,理当竭诚尽力。

醇　王:难得葆翁对朝廷的一片忠心。(又拿起鼻烟壶放鼻孔下左右移动吸之)

葆　亨:哎哟,王爷,您富贵尊荣,怎么还俭用这种档次的烟壶?我正好有懂行的朋友送给我一个南红玛瑙的鼻烟壶,他说这材质在京城,甚至全国也恐怕找不出第二个呢。正好带着,就送给王爷您吧!

醇　王:(接过欣赏片刻)嗯,不错,是个好材质做的,只是我怎能忍心夺葆翁所爱?

葆　亨:王爷说的哪里话来。我好歹也算得上皇亲正八旗出身,一家子的晚辈人,孝敬您也是应该的。

醇　王:说的倒也是。行,那我就收下了。这样吧,你再待上两天,好游处随便哪儿去玩玩,我呢,也抽空去和太后、皇上打个招呼,你就静候佳音吧!

葆　亨:(离座拱手)多谢王爷!

(7)时:日
　　景:内
　　人:王定安、葆亨

冀宁道王定安府邸。书房里,拿着几幅古画正欣赏的王定安,听见敲门声过来开门。进来的是葆亨。

王定安:葆翁,你什么时候回来的?

葆　亨:刚回来。这不,还未回家就直奔你这儿来了。

王定安:来,来,快坐下喝茶。事办得怎么样?

葆　亨:一切顺畅。朝廷给下拨的六十万两银子不几日就到,给各省的济捐谕也下达了。另外,太后还给了捐官空白执照,共四千张。王大人,这张张可都是白花花的银子啊!

王定安:这捐官收的银子不是要上缴户部国库吗?

葆　亨:不上缴,这捐官的银子让作赈灾用。

王定安:好啊,能要回白花花六十万两银子,还有四千张捐官执照,你这下功劳可立得不小啊!走,咱现在就去巡抚衙门,告诉曾大人这个好消息。葆翁啊,就凭这次你办的事,曾大人对你定会刮目相看!

葆　亨:那还不是全靠王大人您在曾大人面前的美言啊!

王定安:哪里哪里,呵呵……

(8)时:日

景:内

人:曾国荃、王定安、葆亨、衙役、丫鬟

巡抚衙门。后院曾国荃住处客厅。正由丫鬟捶背捏肩闭目养神的曾国荃听到敲门声,微睁开眼,一点头,示意丫鬟去开门。进来的是衙役。

衙　役:曾大人,王大人和葆大人来了。

曾国荃:让他们进来吧。

衙　役:是。(转身到门前)二位大人请。

曾国荃:葆翁回来了?坐下吧!

丫　鬟:(转身倒茶端过来)王大人、葆大人,请用茶。

王定安:曾大人,葆翁是来给您报好消息的!

曾国荃:噢,那葆翁你快说说看。

葆　亨:与醇王告辞时,他告诉我,太后答应先给山西拨六十万两银用于赈灾,并给各省下了济山西的捐谕,估计外省济助的粮款不几日就会陆续抵晋。还有,太后另给了虚、实职的空白执照各两千张,大约能收到银子五百余万两,这些银子也不用上交户部,可直接用来赈灾。

曾国荃:嗯,那好。

王定安：这赈灾的下一步事，就听曾大人您指点了。

曾国荃：葆翁这次赴京，任怨无辞、辛劳尽瘁。赈灾和捐官收银这些人财物上的事，是你藩司的分内事，就以你葆亨为主。鼎丞你帮着处置好了。

王定安：是是，财物政人事都属藩司管辖范围，曾大人日理万机，哪能管这些闲杂小事呢？

葆　亨：曾大人如此信任，下官也就只能为曾大人、为朝廷、为三晋上千万父老乡亲鞠躬尽瘁了！

王定安：曾大人，您没什么吩咐，我们就先告辞了。

曾国荃：（挥挥手）好，你们去吧！

（9）时：日

　　　景：内

　　　人：葆亨、王定安、徐时霖、丫鬟

藩司衙门。后院葆亨住宅。

客厅中，方桌一端太师椅上，徐时霖正襟危坐，脚前放着一个小包袱和两个精致锦匣。（字幕显示：阳曲知县徐时霖）

烟室中，躺在烟床上的葆亨，正由一个丫鬟陪着美滋滋地过烟瘾。片刻，葆亨起身，伸伸懒腰，迈着方步走出烟室来到客厅。徐时霖赶忙站起来，葆亨挥挥手让他坐下，自己到这一边太师椅上坐下。

葆　亨：徐县令今日来有何贵干？

徐时霖：（又准备站起来答话，被葆亨制止又重新坐下）葆大人，您要的那东西我送过来了。

葆　亨：什么我要的东西，是给冀宁道王定安王大人的。

徐时霖：是，是，是给王大人的东西。

葆　亨：王大人是曾大人从湖北带过来的身边人，把赈灾粮财总库设在你阳曲县，也是王大人向巡抚曾大人提议定下的，这中间嘛……什么那个那个的你心里该很清楚吧?

徐时霖:清楚,清楚。所以才特来感谢您葆大人。

葆　亨:是王大人!

徐时霖:对,对,感谢王大人和您!

葆　亨:嗯,那我看看你带的东西。

徐时霖:(打开精致锦匣,取出两幅字画放在方桌上)葆大人请看,傅山先生隶书真迹。

葆　亨:嗯,不错不错。王大人特喜欢傅山这东西。

徐时霖:葆大人,我……我也给您带了小礼品,不成敬意,请笑纳。(随手从包袱里又掏出两个纸包。

葆　亨:(打开一看,两眼顿亮,拿到鼻处闻了闻)公班土?

徐时霖:好眼力,葆大人这上面也不愧是行家。对,这就是开栅镇熬制出来的最上等烟膏精制品。

【画外音】就这样,懒于政事的巡抚曾国荃,将朝廷救济和各省协济的救灾银子共一千三百余万两,全权委托心腹冀宁道王定安和藩司葆亨负责。葆亨、王定安与会大把花银子行贿巴结的阳曲知县徐时霖相互勾结,团成一伙,将赈灾粮款总库设在了阳曲县内,趁机浑水摸鱼,开始大肆贪污,发不义之财。

(10)时:日
　　景:外
　　人:王定安、葆亨

　　冀宁道员王定安住宅。在后花园手持喷壶浇花的王定安突然停下,目光盯在了一处院墙上。院墙上,一大群蚂蚁正缘墙爬上爬下。王定安正伸头凑近死死盯着蚁群看,肩膀上突然被人从背后拍了一下。他一扭头,是葆亨。

王定安：是你？什么时候进来的？正好想要找你呢。

葆　亨：找我？什么事？

王定安：当然是好事。曾中丞这人你知道，从来不轻易赞赏什么人，但对你这次进京办事的成效十分满意，故这次赈灾事让你全权主持，就足以证明对你明显刮目相看了。

葆　亨：那还不是鼎丞您这"智多星"出主意，帮我进了不少美言的功劳。

王定安：咳，咱们俩谁跟谁呀，客气什么！

葆　亨：哎，我说鼎丞，我这一路赶到你这儿，总不能站在这儿连水也舍不得给喝一口吧？

王定安：(笑)哎哟哟看我，见谅见谅！走，屋里去，正有人送来一包正宗"大红袍"，咱俩边喝边谈怎么样？

葆　亨：好啊，好久没喝过这种茶了。对了鼎丞，刚才你那么专心，连我走到你跟前都听不到，看什么呢？

王定安：噢，这呀，你看，那群蚂蚁。

葆　亨：蚂蚁？怎么啦？

王定安：天要下雨了。

葆　亨：怎见得？

王定安："蚂蚁爬上墙，地上水汪汪。"一般来说，只要看见蚂蚁搬家或上墙，就说明三天之内，天就要下雨。这是老一辈人传下来的谚语，你没听说过吗？

葆　亨：真没有。不过，久旱逢雨，这是好事呀！

王定安：当然是好事。咱们正好还能利用一下这种好事呢！

葆　亨：此话怎讲？

王定安：走，屋里去说。

(11)时：日

景：内

人：曾国荃、王定安、葆亨、衙役、丫鬟

巡抚衙门。曾国荃厅房。曾国荃半躺在竹藤椅上闭目养神，两个丫鬟一边一个轻轻捶打着他伸展的两腿。

庭院里王定安和葆亨正欲推门进来，被衙役拦住。

衙　役：（低声）曾大人正休息，二位大人前厅稍等片刻再过来吧！

王定安、葆亨正欲折返，并未睡着的曾国荃听到说话声，他微微睁开双眼。

曾国荃：是鼎丞和葆亨吧？进来吧！

王定安：曾大人，我们来得不是时候，打扰您休息了！

曾国荃：睡倒没有睡，只是早年征战落下的老毛病，腿老觉酸困酸困的。

葆　亨：曾大人劳苦功高，是为国尽力才落了一身的病根。咱省忻州有个叫奇村的地方，那里有温泉，泡过的好多人都说有奇效，曾大人不妨去试试。

曾国荃：忻州知府倒也和我说过这事。行，哪天葆翁可陪我去一趟。

葆　亨：好，随时候奉。

曾国荃：你们有事吗？

王定安：有件事想听听您的意见。

曾国荃：（示意丫鬟停住捶打）鼎丞请讲。

王定安瞅了一下衙役和丫鬟，曾国荃打了个手势，让衙役和丫鬟退下。王定安凑近曾国荃低声讲了几句什么，曾国荃抬起头望着他。

曾国荃：你们有把握吗？

葆　亨："蚂蚁爬上墙,地下水汪汪。"曾大人,当地老辈人传下来的谚语,我也经历过多次,准着呢!

曾国荃：这你也懂呀？看来你葆翁也是博学多才,知识面也很广的嘛!

葆　亨：呵呵(尴尬干笑)。

葆　亨：曾大人,趁这个机会,您是不是亲自去孟封村那个龙王庙,举办一场祈雨仪式,这天要是一下雨,您曾大人在百姓中本来就有很高的威望,那可就会是……

王定安：锦上添花!

葆　亨：对对,锦上添花,呵呵……

曾国荃：这个……好吧,鼎丞,就依你们的意思办吧!

【画外音】曾国荃把赈灾的所有事交付给心腹冀宁道王定安和藩司葆亨后,为了安抚人心,听从他们的建议,召集官员和工、商、学各界代表,到孟封村的龙王庙前举办了一场声势浩大的祈雨仪式……

(12)时：日

　　景：外

　　人：曾国荃、王定安、葆亨、地方官员、工商学各界人士、众和尚、舞蹈少女及当地民众。

孟封村龙王庙,紧挨龙王庙旁,矗立着的巨石上刻有"龙池"二字,前有一潭绿水。

【画外音】尽管连年大旱,晋地大部分地区河涸井枯,唯独这个称为龙池的地方别有一番风景：一泓清水中,微波荡漾,群鱼嬉戏,而四周田野,禾苗茁壮,显不出丝毫旱象来。也正因为如此,历朝历代凡逢大旱,官方都会选择于此举办祈雨祭祀。

龙池旁一块空地上，供桌上摆放着整猪、整羊、水果等供品。桌前一尊三足大鼎里插满了指头般粗各官员敬供上的高香。伴随着阵阵优雅的佛音，缕缕香烟在半空缭绕飘荡。

庙院中，供桌旁十多个和尚正手拿各种法器口中念念有词地诵经文；而供桌另一边，七位身穿锦花秀衣手持竹棍的漂亮少女，正围在一只盛满水的巨型石罐四周，有节奏敲着石罐边沿，一圈又一圈边敲边舞边念着词重复地转着：

"石头姑姑快快起，见着龙王把雨乞。三天下雨唱龙艺，五天下雨莲花曲。七天下雨送锦衣，十天下雨供大戏……"

曾国荃领着紧随身后的葆亨、王定安等众官员及各界代表依次在供桌前的锦垫上下跪顶拜、祷告……

远处，天空渐渐飘来一片片的黑云，沉闷的雷响，耀眼的闪电渐渐逼近……

曾国荃有点惊讶地望着越来越多的黑云……

一声炸雷，几滴豆大的雨点砸落下来。

葆亨、王定安面露得意的表情特写。

"下雨啦……"众人望着面露喜色的曾国荃，欢呼起来。

随着一阵狂风骤起，片刻间，云片开始四下飘散，天色又渐渐放晴……

望着仅仅下湿了的地皮，众人失望地相互看着，摇摇头。

曾国荃扭头盯着身旁的王定安。

王定安：好兆头，好兆头，曾大人的诚意已感动了老天，这是龙王爷先来给大家报个信。三天，三天内一定还会下雨的。

【画外音】然而，一个月过去了，三个月过去了，老天仍然没有下一场透雨的迹象。陕、晋、冀、豫各省一封接一封火急上报的灾情奏报,让在北京的"老佛爷"慈禧太后再也无心到御花园里游景赏花、品茗听戏,逍遥自在了,下懿旨拨赈灾粮款的同时,又派出御史李用清和阎敬铭两位朝中老臣到山西督查和协办赈灾。

第二集　设粥厂官府济灾民
　　　　起孬心黄二遭痛打

(1) 时:日
　　景:外
　　人:曾国荃、王定安、丫鬟

　　巡抚衙门。后花园二层小楼,离楼不远处建有假山、小桥的小湖,湖边一太湖石旁,坐在竹藤椅上有丫鬟陪伴着的曾国荃,边品茶边看着在湖中悠闲地游动着的几只大白鹅。
　　远处,王定安正匆匆赶过来。

曾国荃:鼎丞,什么事这么匆匆忙忙的?
王定安:大人,朝廷所派巡查赈灾的阎敬铭和李用清昨晚已到达阳曲,县令徐时霖已安排他们在驿馆住下。听徐县令说两位大人一大早去查看总库了。
曾国荃:这俩老臣,刚到山西,就直接去了阳曲查看赈灾总库了?
王定安:可不。还听说明天上午就要前来拜见您。
曾国荃:嗯? 不,鼎丞,还是咱们先去见见他们两位老臣吧!
王定安:大人要亲自去阳曲见他们?
曾国荃:对。丹老人称"理财宰相",菊圃素有"布衣藩抚"之誉,两人做事向来循规蹈矩,雷厉风行,认真得很。朝廷派如此德高望重的重臣下来助赈,从礼仪上讲我们也得主动去见才对。对了,葆亨知道不?

王定安:我已派人去告知他了。

曾国荃:对,作为管库财和赈灾钱物的藩司,让他马上赶到驿站那儿。

曾国荃:我和你交实底,丹老和菊甫两位老臣这次来,协助咱们赈灾是其一,而实际上还兼有监督朝廷下拨及各省捐助赈灾财物详细去向之责。故赈灾这件事,诸位好自为之。

王定安:曾大人放心,这些我们都懂。

曾国荃:懂了就好。行,我去换一下衣服,咱们马上出发!

王定安:好,我这就去安排!

【画外音】曾国荃说得不错,阎敬铭和李用清,在朝中因敢于直言,素有"天下廉臣"之称,就连独断专横的慈禧太后有时也不得不让着三分。再说,巡抚曾国荃虽出身军伍,但也绝非鲁莽到不遵官场规则之辈。皇上让这样的两位重臣来协助赈灾,说白了,其实就是来监督查看赈灾钱物去向,作为一省之首的巡抚自然心中清楚。他的心腹王定安、葆亨等身边人平日里结党营私、以权谋利干的一些事,他怎能没觉察?万一真要查出点什么来,恐怕他这个封疆大吏在太后和朝中众臣面前,面子上也是不好交代的。所以,尽管自己平日从来没把这些朝廷御官当回事,但如今到了这份儿上,可就不一样了,他不得不亲自去迎接一下这两位来晋察看赈灾情况的朝中大佬。

(2)时:日

景:内

人:曾国荃、阎敬铭、王定安、徐时霖

阳曲县驿馆。正房两层楼上客厅内,一中年男子(字幕显示:阳曲县令徐时霖,字雨生)正陪着两位年逾花甲的老者(字幕显示:阎敬铭,字丹青;李用清,字澄清)等一行人品茶闲聊,一衙役进来凑到徐时霖耳边说了句什么,徐时霖立刻起身到阎敬铭和李用清面前。

  徐时霖:二位大人,巡抚曾大人马上就到。
  阎敬铭:不是原来说好,咱们下午去见曾大人吗?
  徐时霖:……这个……下官也不知道曾大人要来。
  李用清:丹老,既来了,咱们就下楼去迎接曾大人吧。

  (3)**时**:日
    景:外
    人:曾国荃、阎敬铭、李用清、葆亨、杨深秀、众轿夫

  驿站院。一年轻书生模样男子(字幕:杨深秀,字漪村)和徐时霖分别携扶着阎敬铭和李用清下楼台阶。兵丁骑着马护送的曾国荃和王定安乘坐的雕花轿马车也进入院中。车停,王定安掀起轿帘扶曾国荃下车。徐时霖陪着阎敬铭和李用清一前一后迎上去,和刚下了马车的曾国荃相互抱拳寒暄。

  阎敬铭:失敬,失敬!曾大人公务繁忙,还亲自来阳曲相见,实在有点承受不起呀!
  李用清:我们原本就要去拜访曾大人的。
  曾国荃:岂敢岂敢!二位大人一路风尘,远道而来,辛苦了!

  葆亨与一随从也已骑马赶来,葆亨下马:"老三,去把马拴了。"将缰绳扔给叫老三的随从。

  葆 亨:下官来迟一步,诸位大人见谅,见谅!
  曾国荃:二老,这是藩司葆亨。
  阎敬铭:认识认识。

李用清：在京见过面的。

葆　亨：是是。丹老在京做工部侍郎时就相识,前些时去京呈送折子又专去拜访过李大人。

曾国荃：李大人几位在京乡友汇来一万两赈灾银,葆亨回来和我说了。作为山西巡抚,我代山西千万父老乡亲万分感谢您李大人赈灾善举。

李用清：应该的,应该的。

徐时霖：诸位大人请一道回客厅聊吧!

曾国荃：好,到客厅聊。二位大人请!

阎敬铭、李用清：曾大人请。

(4)时：日
　　景：内
　　人：曾国荃、阎敬铭、李用清、葆亨、王定安、徐时霖、杨深秀

驿站厅房。众人依次入座。

曾国荃：李老,听说您是山西人?

李用清：对,山西平定人,祖籍是泽州府七里店,金末迁徙至平定的。

曾国荃：这么说来李老可谓是地道的山西人了。

李用清：(笑)对,地道的山西佬!

曾国荃：卑职从京来山西时首先见到的就是你们平定的娘子关,果然是"一夫当关,万夫难开"的险峻之地。那次我还专去看了准噶尔勒铭碑。

阎敬铭：老朽我也去看过,那是一通乾隆二十五年立下的戍边保疆功德碑。

李用清：曾大人平叛安国,也是功高盖世啊!

曾国荃：过奖过奖!对了,丹老,我记得您老家是陕西的吧,家中还有什么人?

阎敬铭：老家只有一近九旬老母,由弟妹们侍奉着,也是多年未见了。

此次奉旨来晋赈灾,顺便转道看望了一下。——对了,忘与曾大人介绍了,(指指身后侍立的杨深秀)这位是闻喜县的杨深秀,字漪村,孝廉,通经史、地理,尤精于算学。老朽此次由陕入晋路经闻喜时,见其在当地自开粥厂,救济灾民,见我年老又孤寂一人出行,便主动照顾我一路沿途巡察。

杨深秀:拜见曾大人。

曾国荃:免礼免礼!漪村先生通经史、地理又精算学,年轻有为,栋梁之材,丹老果然慧眼识珠哪。二位大人,说实话,此次赈务繁冗,朝廷和各省运来的钱物数大量多,正愁没懂行人才打理呢。就在前两天,藩司葆亨还和我说阳曲总库几百万两银子的赈灾财物正缺少管理上的人呢!

葆　亨:正是,正是!

曾国荃:既然如此,二位大人,我可要提个请求了。

阎敬铭:曾大人请讲。

曾国荃:像漪村这样的俊杰,陪丹老您考察太有点大材小用了。我看这样吧,二位大人一路巡察辛苦,可给您和李大人均配上一仆从专门照料日常起居。而漪村先生,可让其就留在阳曲济灾总库协助赈务。徐县令,你说是不是呀?

徐时霖:求之不得,求之不得!

曾国荃:就是不知丹老能忍痛割爱否?

阎敬铭:此次来晋,就是奉旨赈灾,用人自然听从抚台大人的调遣,有何不允之说?李大人,你说是不是?

李用清:丹老说得对,曾大人您安排吧!

曾国荃:那好,徐县令,漪村留你那儿帮办总库的赈灾钱物下拨事宜;丹老随仆,葆亨你即刻让人安排。丹老,咱们可就一言为定了!

阎敬铭:一言为定!

众笑。

(5)时:日

景：外

人：藩司葆亨、阳曲县令徐时霖、徐一雯

阳曲县城。县衙门。衙门客厅内，一留有美须的白胖高大中年男子和徐时霖正坐在太师椅上寒暄着。一眉目俊俏的年轻女子（字幕显示：徐时霖小妹徐一雯）正手执茶壶给二人添茶水。葆亨的两眼不时对苗条的徐一雯上下扫描。徐时霖发现，咳嗽了一声。见葆亨仍无反应，将茶碗往葆亨面前一推。

徐时霖：葆大人，请喝茶。

葆　亨：噢，好好，喝茶喝茶。

徐时霖：葆大人远道而来，昨晚睡得可好？

葆　亨：承蒙徐县令关照，一觉睡到日升高！呵呵！

徐时霖：那好，那好！只是小县装备简陋，让葆大人您受委屈了。

葆　亨：哪里哪里，大旱之年，比起百姓困苦，这些算什么。好了，徐县令！

徐时霖：下官在。

葆　亨：各州县来领赈灾粮的人都到齐了吗？

徐时霖：都到齐了，就专等葆大人训话了。

葆　亨：那好，天不早了，咱们现在就起轿前去。

徐时霖：葆大人请！

徐时霖掀起门帘，待葆亨走出门后，徐时霖扭头把身旁的小妹徐一雯拉到一边。

徐时霖：（低声地）小妹，一会儿葆大人到粮库巡察完要回咱家来，你去把烟室整理整理，给我好好地陪陪他。（见小妹不解地看着他）好小妹，葆大人是藩司，管钱管物管人，我这县令能扶正当上，多亏了他。

徐一雯：你就知道自己当官当官！

徐时霖：我不当官，怎发财？我要不发财，你这身上穿的绫罗绸缎，手上戴的金银翡翠，从哪儿来？好我的小妹，拜托了！

徐时霖赶忙出门去追上葆亨……

(6)时：日

景：外

人：葆亨、徐时霖、杜师爷、衙役、轿夫、各地赶来领取赈灾粮的官员、运夫及众兵丁

有兵丁把守的赈灾粮物仓库。紧锁的仓库大门旁围墙上，灰底白字写着"仓库重地，闲人勿入"几个大字。大门内外，则满是各州府县来拉赈灾粮的地方官员和各式骡马车辆。

领头的徐时霖乘坐的轿子和随后的一顶在众骑马兵丁护送下的八抬大轿从大门处进来停下。兵丁掀开轿帘，徐时霖和葆亨先后从轿内出来，徐时霖快步走到葆亨轿前，陪着他径直走到仓库门台阶处登上平台。

骑马相随而来的杨深秀把马拴好后，在台阶下一排凳子上与坐着已等候多时的各州府县来领取赈灾粮的官员坐到一块。

徐时霖陪着葆亨从仓库门进来，众人纷纷站起。二人走到台上。

葆　亨：(向众人抱拳)抱歉抱歉！刚才在曾九帅大人那儿有点事，耽误了一会儿，让各位久等了，见谅，见谅！

徐时霖：葆大人日理万机，自然是忙嘛！——好了，大伙安静，关于此次赈灾粮发放的事，现在听葆大人训示。

葆亨环顾一下坐着的人，用手捋捋胡须，轻轻咳了一声，刚才还在窃窃私语有点嘈杂的人们顿时安静下来。

葆　亨：诸位，我省旱魃为虐，颗粒无收，饥荒严重，民不聊生。皇恩大德，分拨财粮，救灾恤患。现朝廷财粮和各省协济我省的粮食均已陆续到库，今始发放。诸位回去后，即刻扩大粥厂范围，尽心尽职施救于民，以体恤朝廷之大恩。——对了，阳曲县令徐时霖。

徐时霖：下官在。

葆　亨：阳曲作为全省的赈灾粮物屯库所在地，你作为县令，这次赈灾，要带头用好这笔赈灾粮款，不得有任何闪失。曾公九帅有令，凡是迟延赈灾、作弊或贪腐者，一经查实，定严惩不贷！

徐时霖：下官明白！

葆　亨：诸位，阳曲为省首县，赈灾物资总库既设在阳曲城内，往各州府县发放赈灾物资的事，就委托阳曲县令徐时霖来全权负责。杨先生，(杨深秀站起身)我给大家介绍一下：杨深秀先生，是朝廷命官丹老先生介绍来帮助咱们总库赈灾事务的，诸位有什么事就可找徐县令与杨先生联系。好了，我因有急事得先走一步了，诸位尽快办理吧！

徐时霖陪葆亨朝轿前走去，扯了一下葆亨，附到葆亨耳旁压低声音说："葆大人，您先去到寒舍那儿休息片刻，小妹把烟室都准备好了，下官我下发完救灾粮就回去陪葆大人吃饭。"

葆　亨：(频频点头，嘴角会意地一笑)嗯，行。起轿！

望着大门外远去的葆亨轿影，又扫了一眼仓库门前台阶下又重新开始窃窃私语的众人，徐时霖脸上露出一丝得意的奸笑。他迅速返到仓库门前。

徐时霖：杜师爷！

杜师爷：(从仓库门里走出)老爷，我在。

徐时霖：现在开始放粮！

仓库门旁一偏室门旁，墙上横贴着一张上面写有忻州、潞州、汾州、定州、解州、平阳等各州府县等地名的大麻纸。仓库门打开，戴着茶镜的一瘦小半老者（字幕显示：县衙门杜师爷）拿着毛笔出来，几位伙计分别站在几个草席围成的粮屯上，开始用米斗往几行排着队来拉赈灾粮的赶车人的粮袋里装粮食。

"忻州一袋加5斗……"

"潞州一袋加5斗……"

"汾州一袋再加5斗……"

每个伙计每往持粮袋人的粮袋里装一斗粮，就吆喝一声地名，而每听到装粮伙计报的数字，杜师爷就往纸上某地名下写的"正"字上添一笔。一位等待装粮的赶车汉子扛起已装满扎了口的粮袋，在肩上掂了掂后又放下："杜师爷，这袋子里装的是五斗吗？"

杜师爷：当……当然是。这儿每……每个口袋都……都是五斗装。
赶车汉子：杜师爷，你敢不敢和我打赌？这袋粮装得要是够五斗，我给你倒着走！

心存疑惑的赶车汉子，边说边拿过装粮伙计手中的斗，正上下里外查看，被杜师爷一把又夺回。

杜师爷：看……看什么看！这……这官家的斗，你也敢……敢不相信？

赶车汉子正要回话，被同行的几位扯了一下，使个眼色。赶车汉子不服气地扛起粮袋，边走边扭回头用讥诮口气朝杜师爷唾了一口："相信！相信你奶奶个鸟！"扭头愤然朝仓库门外而去。

杜师爷：你……你……

杜师爷气得涨红的脸上，大张着嘴，结巴两句后又转身画"正"字。

仓库门外，赶车汉子把粮袋刚放到车上，肩膀就被人拍了一下，他一扭头，是杨深秀。

赶车汉子：你……不是刚才葆大人介绍的杨先生吗？

杨深秀：正是。大哥，贵姓？

赶车汉子：怎么，有事？

杨深秀：我是朝廷命官阎敬铭大人手下当差的，临时在这儿帮助管赈灾物资。刚才装粮时，我看到你打量那个米斗，是不是怀疑这赈灾粮分量有错？

赶车汉子：不是怀疑，是那量米的斗肯定有问题。

杨深秀：这样吧。你回去把这车粮再过一下斗，看相差多少，你再来拉赈灾粮时告诉我一下。我叫杨深秀，这一段天天在这儿。记住，这事不要告诉别人。

赶车汉子：杨先生，我明白了，你是好人。我住在祁县东关，姓秦，秦光汉，赶车挣点脚费养家糊口。今后用得着的时候，尽管吩咐！

(7) 时：夜
　　景：外
　　人：刘定邦、杜师爷、车夫

赈灾粮物仓库。大门外，六辆马车从远处过来。兵丁挡住。杜师爷和一名身高马大一脸横肉的男子从马车上下来。

兵　丁：杜师爷，是你？

杜师爷：开……开门，泽州府来拉赈灾粮的，路远，才赶到。

兵丁见是杜师爷，开开门，马车鱼贯而入。杜师爷打开仓门，点上蜡烛。车夫扛出一个个粮袋装车。杜师爷手执一支蜡烛领着手拎一大一小两个包袱的刘定邦进入仓库偏室内。

杜师爷：刘老板，这……这次一共是……是六十石。谷子、玉米各……各一半。

刘定邦：告诉你家徐老爷，我只拉了五十石。

杜师爷：那……那不行，你拉……拉回去挣几……几倍钱呢！

刘定邦：你个傻蛋！那十石算成是你的！（把一大一小两个包袱放在桌上，打开小包袱露出几个银元宝）这小包是你的。

杜师爷：这……

刘定邦：他徐老爷吃面，你还不能喝点汤？

杜师爷：我……我是怕……

刘定邦：这事你知我知，天知地知，你怕他娘的奶奶个球呀！记住，你发财，我发财，下次咱们还这么来！

(8) 时：日
　　景：内
　　人：葆亨、徐时霖、徐一雯

傍晚时分。阳曲县衙门。后院徐时霖住宅。

一间偏室里，隔门里间，铺着毛毯的一张宽大烟床上，葆亨半躺在烟床上正由打扮妖媚的徐一雯服侍着抽大烟，不时对徐一雯摸脸捏手轻薄几下，徐一雯无奈也只能半推半就应付着。听得有敲门声，徐一雯挣脱开葆亨起身开门。

徐一雯：哥，你回来啦？

徐时霖：(示意小妹出去后闭上门)葆大人，这烟怎么样？

葆　亨：嗯，不错不错，又香又醇，痛快！好像是文水县开栅镇熬制的烟膏吧？

徐时霖：行家，行家，我说过葆大人您是行家嘛！不错，和上次送您的一样，开栅镇的精制品。

葆　亨："天下闻名开栅镇，所出体浆百里香"，文水开栅镇熬制的这大烟果真是名不虚传啊！

徐时霖：(转身从墙柜拿出一纸包)葆大人，我给您又准备着呢！保证您吸一口浑身是劲，满嘴喷香；吸两口全身通泰，神清气爽；吸三口赛如神仙，如在天上！只要您吭声，下官我随时给大人您送去！

葆　亨：雨生哪，你这次升县令实职，我和冀宁道王大人没少给你在九帅面前添好话哪！

徐时霖：下官知道，下官知道！葆大人，我这次给大人又准备了点小礼，望葆大人笑纳。

葆　亨：就给我这个？

徐时霖：哪能呢，您看看！

葆　亨：(徐时霖打开包，黑油油烟土下面是金灿灿的四块金饼，葆亨两眼一闪，又立即恢复不在意的表情)刚才陪我抽烟的是你小妹？

徐时霖：是下官小妹，年少不懂事，侍候大人不周之处，还望大人多多包涵。对了，(打开门)妹子，给葆大人沏茶来。

徐一雯：葆大人，请喝茶。

葆　亨：好，好！(望着倒茶后扭着腰身出了门的徐时霖小妹徐一雯出神)

徐时霖：葆大人，请喝茶呀！

葆　亨：啊，啊，喝茶，喝茶！时霖啊，你家小妹芳龄几何，有人家了吗？

徐时霖：刚过十九岁，眼下还没有瞅上人家。

葆　亨：噢，对了。上午在仓库你也看出来了，把赈灾库设在你阳曲县,还让你负责出库赈灾粮物,下边人嘴上不说,脸上却都带着不服呢!

徐时霖:下官我知道。

葆　亨:知道就好。记住,朝廷调拨的赈灾银子和各省协济的银子,收和支每一笔都要有据可查,你账必须给我做得清清楚楚!明白我的意思吧?

徐时霖:明白明白,我记住了。(把刚才烟几上的烟土和金饼包好,又从墙柜里取出两幅字画放在烟几上包袱跟前)

葆　亨:这是什么?

徐时霖:给大人您的。上次给王大人那两幅是傅山的隶书,这是傅山的一幅仕女画和一幅草书真迹。

葆　亨:(打开看)嗯,还行。王大人见了他肯定喜欢。(见徐时霖眨巴了几下眼,惊异地望着他)看我干什么?你以为让你负责发放赈灾物资的肥差是天上下雨下的,路上丢的白捡的?

徐时霖:知道,知道,当然知道。正因为知道您费心了,所以这些东西才想送给您赏玩,要是给别人,我还真舍不得呢。这样吧,这两幅您留着,王大人那儿我另打点就是了。

葆　亨:嗯,好吧。对了,解州同知那个位位还空着,你有没有(用手指指官帽的蓝宝石顶子)这个这个这个的想法呀?

徐时霖:您看您说的,这官场上的人,哪个不是天天在盼着想着升官发财呢!

葆　亨:那好,只要你和我一心,解州同知那个缺席位置嘛——我给你操着点心。

徐时霖:葆大人哪,这阳曲县令,要不是您,我还不知要候补多少年呢!你能让我补这个实缺,现在又为我操心再上个台阶,您……您可真是我再生父母啊!葆大人,您的大恩大德,下官没齿不忘,先在这儿给你磕头了!

葆　亨:不敢不敢,快起来!朋友吗,谁没有个需要谁帮的时候。

徐时霖:是是,葆大人说得一点也不错。葆大人如有什么需要下官我办的,尽管说,您就是想吃天鹅肉,我也想法上天去给大人您捉去。

葆　亨：(变脸色)嗯,你说我是癞蛤蟆?

徐时霖：(连扇自己嘴巴)瞧我这嘴,下官该死,该死！我是说,大人如果想娶七仙女,我也要想法上天到玉皇老儿那儿给您去提亲！

葆　亨：七仙女倒够不着。不过你说到这儿,我倒想起件事,需要麻烦托你给我帮办一下。

徐时霖：葆大人尽管讲。

葆　亨：我那黄脸老婆子长期有病,回娘家长住去了。二姨太,你也知道,又刁又泼,麻将打得整天不回家。你们阳曲县这儿水土好,漂亮女子多,我还想再纳一房姨太太,你给我物色一位行不?

徐时霖：哎哟！葆大人,这事该办,该办！葆大人日理万机,身边的确也需要个端茶倒水的、洗衣做饭的、知寒问暖贴身照料的。放心,葆大人的事,就是我的事,包在我身上。只是下官不知大人心中是想要找个什么模样的?

葆　亨：这么说来,此事你真的想给我办?

徐时霖：不但想给大人办,绝对还能给大人办成！

葆　亨：那就谢谢了。好,傅山先生字画我拿上。这个包里的东西嘛,我就不拿了,你放着,办成我另作感谢！

徐时霖：葆大人说的哪里话,我报恩还来不及呢,您何有感谢一说？何况这区区好办的小事,哪个漂亮女子不是巴不得给您当添房夫人呢！

葆　亨：那好,我可就等你的好消息了！好啦,眼下正下发赈灾粮款,你忙去吧,我也得赶回去禀告曾大人去了！(欲出门)

徐时霖：葆大人！

葆　亨：嗯,还有什么事?

徐时霖：关于解州空缺同知的事,还得劳烦葆大人在曾九帅大人那儿美言几句方好。

葆　亨：这没说的,咱俩谁跟谁呀！(恰逢徐时霖小妹徐一雯进门擦身而过,葆亨目送了她一眼,回过头对徐时霖低声道)你刚才不是问我找什么模样的吗？嗯——就如令妹这般模样的就行。

徐时霖:这——

葆　亨:徐大人,我还有一句话要忠告。作为掌管全省财物的藩司,我每天是干什么吃的你应该清楚,赈灾粮款的账目上尔等那些鬼花点、小伎俩,哄得了鬼,却哄不了我,我现在想弄你,铁证多的是！以后吗,做得利索点！明白不?

徐时霖:啊——是,是,我明白,我明白。

葆　亨:明白就好！

望着葆亨轿子的远去,一脸冷汗的徐时霖呆若木鸡……

(9)时:日
　　景:内
　　人:徐时霖、杜师爷、徐时霖姘妇

阳曲县衙门。后院一处二进四合院里,正房偏房小房间内,徐时霖正躺在卧榻上捧着烟枪,由一打扮妖艳的女子点着烟泡侍候过烟瘾。

正进门的是杜师爷。他见徐时霖眯起眼正美滋滋地在吞云吐雾,便静声悄然侍立在了烟榻前。片刻后,徐时霖睁开眼。

徐时霖:这次的赈灾粮各地都拉走了?

杜师爷:都拉……拉走了。

徐时霖:事办得怎么样啊?

杜师爷:遵……遵您的吩……吩咐,都……办……办妥了。(双手递上一个小包袱)徐大人,这是粮……粮庄的老板刘定邦特意送过来的。

徐时霖:(翻起身,打开包袱,满脸开花)你半路没吃过水面吧?

杜师爷:徐大人说……说笑话,借我……我十个胆也……也不敢！

徐时霖:没人看出——那个那个量米斗的——什么毛病吧?

杜师爷:那斗外表看……看不出来,就……就里面放这个,(从马褂中拿出圆木垫)一进一出每斗差……差差不多一升。

　　徐时霖:(接过圆木垫看看)你这当师爷的,一肚子酵子,尽出馊主意。

　　杜师爷:(尴尬地媚笑)一切都……都还……还不是为……为老爷效……效劳。

　　徐时霖:(递过圆木垫)那就好。记住,把这个东西收拾利索,别让人看出来,嘴上多个把门的！天知地知,你知我知,万一走了风声,没你好果子吃。去吧！(顺手从包袱中拿出一块银子扔给师爷)

　　杜师爷:(赶忙双手接住,一脸媚态)谢……谢老爷!(正要出门,又被徐时霖叫住)

　　徐时霖:葆大人临走交代过了,这两天朝官阎敬铭和李用清两位大人在到处巡查,小心着点,顺便转告各地粥厂,这几天别在粮食上做那个,把粥给我熬稠点!

　　杜师爷:明白!

(10)时:日
　　景:外
　　人:杜师爷、黄二

　　车夫们拉粮走后,杜师爷左右看看无人了,从斗中取出一寸余厚的圆木垫塞入马褂中。正要锁仓库门,见一团丁又返回来(孝义县衙门团丁黄二)。

　　杜师爷:黄二,有什么事?
　　黄　二:舅舅,能不能和我们孝义县孔县令说说,给我换个粥厂?
　　杜师爷:为甚呢?
　　黄　二:人家各粥厂一到晚上,都能多少往兜里……小挣点,可我在的那个粥厂,管粥厂的冯家少爷却不让留一点,让全部下锅里。我那天褂子内就藏了那么一点,他还差点揍了我。

杜师爷：噢,就……就为这事呀?(杜师爷拍拍黄二的肩)这几天风……风头紧,朝廷派下来的那……那俩京……京官正在下面私……私查,你这几天不……不许干这小偷小摸的事,不得有任何差错。放心,过了这阵子,舅舅就给……给你调换个地方,不愁你吃……吃大烟的那俩钱!

黄　二：那……那就太谢谢舅舅您啦!

(11)时：日
　　景：内
　　人：徐时霖、徐一雯

徐时霖小妹房间。徐时霖正在炕边百般苦苦劝说着伏在炕上哭得泪水涟涟死去活来的小妹。

徐时霖：小妹,我是你亲哥哥,能不为你着想吗?听话,依了哥这件事,哥今后什么都听你的!

徐一雯：依你依你,哪件事不是都依着你?那天你让我在烟室陪他抽大烟,他吃饱抽足精神了,动手动脚折腾人,我全听你的都强忍了,你还要我咋的?呜——

徐时霖：小妹,你为哥做的事和受的委屈我全记在心里了。可人在官场,身不由己呀!我这次扶正当上县令,全靠了葆大人抬举。这次把赈灾财粮库又设在咱阳曲县,又给咱个发大财的机会,还说解州那个同知的位置给我留着,这发了财又能再升官的事,你说咱能不听他的吗?

徐一雯：你们说的,我在外面都听见了,大不了你不去当那个什么解州同知,咱们这不一样活得好好的吗?

徐时霖：傻小妹呀,不听他,甭说再升官,随便找个借口,我这七品纱帽都能被他摘了。我要不当这官,咱们能这么整天吃香喝辣地过吗?

徐一雯：可葆大人他那么老,我才十九岁,又是当三房姨太太,哥,你这不是毁了我一辈子吗?

徐时霖：小妹，事到如今，我也只好实打实跟你把底话说了。这次赈灾，朝廷调拨和各省捐来的上千万两银和上万石的粮食都在我这库里。够得见沾得上的人，谁都想从中或多或少捞一把。葆大人和那个冀宁道的王大人想吃腥还不想沾手，都得经由我来从中打理，不捞白不捞，当哥的我也没那么傻！可官大一级压死人哪，过手都是我，人家占了大头反过来还要抓住我的辫子，让你屈死你也大张嘴没说的。刚才葆大人临走说的那话你也听出个味了吧？所以看在爹娘去世早哥把你拉扯大的面子上，你就受点委屈也得救救我这个当哥的吧？我是你唯一的亲人，你总不能见死不救吧？

徐一雯：爹、娘，女儿苦呀！——呜呜——呜呜……

【画外音】这件事关自己今后官运亨通与否的大事，徐时霖见小妹最终没有再拒绝，终于放心地长长出了一口气。

徐时霖：(扳住小妹双肩)小妹，哥知道，这件事你虽然不是完全的称心，有些对不住你，但反过来说，你也不必太过多虑。葆大人那黄脸婆病歪歪的，说不定哪天就一命呜呼归天了。二姨太嘛，葆大人倒是给她买了座院让她住着，可她整天就知道打麻将，葆大人十天半月也不去她那儿一趟，多年连个蛋也没生出来，说早想休了她呢。葆大人正值壮年，又有皇家辈分背景，说不定三两年就会升个巡抚什么的，你要再给他生个一男半女的，你不就又变成吃香喝辣拥前跑后有人侍候的封疆大吏夫人了吗？到那时，哥见了你小妹都得矮上三分哪——

徐一雯：哥，别说了，你烦不烦呀？

徐时霖：(急忙拉起徐一雯的手)小妹，那你想通了？——哎哟哟，我的好小妹，当哥的可真要谢谢你了！

徐一雯：讨厌！

徐一雯一甩徐时霖，转身屁股一扭一扭走了。望着徐一雯的背影，徐时霖满脸绽出得意的笑来……

(12)时:日
　　景:外
　　人:冯济川、黄二、杏子、掌勺伙夫、灾民

孝义兑镇。赈灾粥厂。兑镇街头粥厂布棚下,一字排开的五口热气腾腾的大铁锅前,一个高个子中年女人和四个男伙夫正忙着搅拌锅里熬着的粥汤。

粥厂棚外,一个衙役装束年轻男子(字幕显示:黄二,孝义县衙门衙役)押的一辆骡车从不远处过来,正在和几个女人蒸掺着野菜、树叶的糠窝头的一位十七八岁、读书人模样的年轻人赶忙迎了上去(字幕显示:冯济川,字秋航),二人与粮车一起往粥厂布棚边走边谈。

黄　二:冯少爷,昨天晚饭时分把分给咱县的第一批赈灾粮拉回来了。今天一早来时,孔县令交代,从今日起,给各粥厂都多加了一石米,让咱们这几天把粥熬稠一点。

冯济川:噢?太阳从西边出来了?粥厂开了一个多月,孔县令现在怎么突然发善心了?

黄　二:前两天在阳曲总库往县里拉赈灾粮时,听我舅舅好像说,最近是什么京官要来察看救灾情况。

冯济川:(嘴角挂一丝冷笑)噢,原来是这样!——好呀,那咱们现在就加。(动手卸车的同时,扭头朝支着大锅处高个子女人喊道)三婶子,告大伙一声,每口锅里今日多加上三升米!

"好哩!"大锅前被称呼三婶子的高个子女人高兴地返回屋里,又出来,"济川,缸里没米了。"

冯济川：(把刚卸下车的粮袋解开口)盛这儿的！

不一会儿，五口熬好粥的大锅前排队站满了手拿着盆、罐、碗等候领粥的灾民。

负责粥厂管理的冯济川在锅前帮着给灾民舀粥："别挤，小心烫着……好，该你啦，别急，照顾好孩子……下一个……"

另一口大锅前，黄二一边给灾民舀粥，一边喋喋不休地骂着："挤什么，挤什么！你是饿死鬼呀……"

一位虽衣着破烂却掩饰不住清秀面孔的少女(字幕显示：杏子)排到了跟前，刚才还恶狠狠板着脸骂人的黄二立刻换了副面孔："哎哟哟，你看看把人饿成甚样了。来来来，我给你舀上，这碗也拿得太小了……"递给杏子舀上粥的碗时，趁机捏了一下杏子的手臂。杏子惊恐得手一抖，粥泼出去一半，碗也差点跌在地上。杏子端着碗慌忙转身急急地离去。黄二喉结滚动了几下，干咽一口唾沫后两眼死死盯着杏子远去的背影不放……

不远处入街口，一位三十余岁汉子，牵一头骑有一位五十多岁花白须布衣打扮老者的毛驴，来到粥厂布棚不远处停下。镜头拉近，老者原来是换下官服的阎敬铭。只见他慢慢往布棚下熬粥的一排溜几口大锅走来。边走边听着灾民们议论今天的粥比往日变稠了之类的窃窃私语。阎敬铭来回转了转，便在黄二分粥的那口大锅前停下来，顺手从锅旁灶台上拿起一把勺子，在锅里搅了几下。

阎敬铭：后生，这粥还可以嘛！每天都这样子吧？

黄　二：(一把夺回勺子)这样不这样关你屁事？一边儿去！想喝粥就后面排队去！

阎敬铭：(不愠不恼微微一笑)怎么刚才听有人说，平日的粥好像没这么稠？

黄　二：你这老不死的，狗咬耗子多管闲事！你是不是吃饱撑得没事干了？——一边去！

冯济川:(见状过来对黄二训斥道)怎么能这么对老人家说话?(转身对阎敬铭)老人家,实话说,今天的粥的确比往日稠了许多。

阎敬铭:为什么?

冯济川:因为听说朝廷派下来的京官要来巡查,所以我们这粥厂的五口锅从今天起,每天多加一石米,粥熬得自然就比往日稠了。

阎敬铭:(拍拍冯济川的肩膀)后生,这几天我观察了几个地方,就你和我讲了真话。好了,转告你们孔县令,就说是我阎敬铭说的,从今以后再不准克扣这救命粮,否则拿他是问!

冯济川:您——您就是朝廷派下来协助赈灾的阎大人?

阎敬铭:正是老朽。——对了,刚才那位和我说话的后生是什么人?

冯济川:噢,他叫黄二,是县令孔大人属下的门丁。(边说边扭头寻黄二)

【画外音】这黄二一听刚才被他非礼的老者是朝廷下派来视察灾情的京官阎大人,早吓得全身直冒冷汗了,哪还敢再待着?趁机一溜,早跑得没影儿了。

送走了巡官阎大人,忙碌了大半天的冯济川脱下围裙,和其他人交代了几句什么,便离开粥厂朝回家的路上走去。

(13)时:日

　　景:外

　　人:冯济川、黄二、杏子

土岭坡处,牌匾书有"玉皇庙"三字的破落小庙。庙旁,冯济川正顺路从远处走过来。到了庙跟前时,似乎听到庙里有异常响动,便加快脚步,上坡来到庙门前侧耳细听一下。随即又轻轻推开门看进去。

只见庙的偏殿门里一堆柴火上,一下体赤裸的男子死死压在一女孩子身上正行不轨,女孩子头发凌乱,衣服已被扒下,几乎已再无力反抗。冯济川顺手就近抄起一根柴火棍,狠狠打在了男子屁股上,男子"嗷嗷"惨叫着,跳将起来,原来是黄二!怒不可遏的冯济川持棍欲再打。"冯……冯少爷!"涨红着脸的黄二,边求告边兜裤从冯济川身旁逃窜而去……

已整好衣衫的女子手握着几个糠菜窝头低着头站在那里,冯济川认出她正是在粥厂排队领粥时被黄二摸捏手臂的那位少女杏子。

"杏子?是你?"冯济川十分惊异。杏子没吭声,菜黄色的脸上挂着羞怯,咬着下唇,揣起那几个糠窝头,低头从冯济川身边急慌地冲出庙门……

冯济川走出庙门。望着已经远去的杏子的背影,边走边在脑海中回想着往事……(画面淡出)

村中私塾。狂叫的西北风中,天空飞舞着鹅毛般的大雪花。室内,年少的冯济川等学子正在一着马褂留山羊胡须、踱着方步摇头晃脑的老师带领下,大声念《三字经》,突然,木格窗户破纸洞中露出一张略显稚嫩的女孩子脸,嘴里默默地跟着念。

留山羊胡须的塾师看见了,微微一笑,朝她招招手:"丫头,进来吧,别在外边冻着啦!"

小女孩怯怯地进来,塾师指指后排冯济川旁边一空椅,让她坐上去,琅琅《三字经》声又响起。随着读书声的弱去,画面上冰融雪消,春暖花开。教室里,冯济川正在课桌上用毛笔默写唐诗"烟笼寒水月笼沙,夜泊秦淮近酒家。商女不知亡国恨,隔江犹唱后庭花"。写完正准备收笔,听到身后"咪咪"一声笑声。

冯济川:(回头)杏子,你笑什么?

杏　子:错了。(用纤纤细长小手指指标题下作者"杜甫"二字)是杜牧。

冯济川:(不好意思地笑着挠了挠头皮,重又提起笔)对,我写错了。

(14)时:日

　　　景:外

人：冯济川、冯济川妻

冯济川家院。北正中窑洞。冯济川妻王氏掀门帘正欲出，遇一脸怒气的冯济川推开院门进来。

王　氏：回来啦？
冯济川：舀二升米给村东头杏子家里送去！
王　氏：(迟迟不动)亲戚邻居啥的都给个差不多了，咱们家……就指望这点米熬过今冬明春呢。"
冯济川：让你送你就送，啰唆什么！

冯济川妻极不情愿地返回窑洞取了米出来，边朝院门走边朝冯济川说："灶火根煨着饭呢，趁热吃吧。"

(15)时：日
　　　景：外
　　　人：冯济川、杏子、杏子妈、黄二

凌晨时分。院门开，冯济川从院里走出来。抬头望了望依稀还有少量星星闪烁的天幕一眼，转身闭上院门后，径直朝村外走去……

村头一处小院。院中传出忽高忽低一阵阵凄惨的哭声，让正路过的冯济川不由停下脚步来。他侧听了片刻，猛推院门进去……眼前的景象让冯济川面色骤变：一根悬在院中老树枝杈上的旧麻绳，一只倒在树下的木凳，横抱着杏子哭得几欲昏厥的中年妇女……冯济川瞬间什么都明白了。他愤怒地紧咬着下唇，转身飞步朝兑镇粥厂处而去……

(16)时：日
　　　景：外

人：冯济川、黄二、众人

粥厂布棚下，已拥满了准备领粥的灾民。黄二骂骂咧咧地吆喝着，让灾民们在几口大锅前排队。街口处，冯济川的身影越来越近。

心虚的黄二偷望了一眼紧绷着脸走过来的冯济川。冯济川不理他，像没看见他似的径直走到一口大锅前，从正在熬粥的一伙夫手中抢过搅粥木板，猛地朝着黄二身上砸去，连挨了几板子的黄二鬼哭狼嚎般连滚带爬地从灾民群中逃窜而去……

随着画面的淡出，字幕显示：三年后

第三集　奉圣谕赴晋任巡抚　　遭不测临行丧贤妻

(1) 时：日
　　景：内
　　人：慈禧、李莲英、张之洞、宫女、侍卫等

京师皇宫。

侍卫把守的养心殿内。一层薄薄半透明的黄色幔帐后，盛装打扮端坐着的慈禧悠悠地品着茶。（字幕显示：太后慈禧）

幔帐对着的门槛外，一太监（字幕显示：太监总管李莲英）正领着张之洞穿过前庭，又进入正殿，在东暖阁黄缎门帘前站定后，李莲英先掀帘进去。片刻，李莲英出来，对张之洞点点头，示意他可以进去了。张之洞正了正头上圆帽，抚抚身上官服长袍，随李莲英一块进入殿内。

张之洞：内阁学士张之洞跪见太后。

慈　禧：张之洞,山西大旱至今已过去三年多了,曾国荃在任时,疏懒于政,众臣多有微词,然卫荣光接替曾国荃上任也已近一年,仍是政绩平平,你对此有何看法?

张之洞：太后英明,回奏太后。臣虽祖上是山西人,但臣却从未去过山西,故不敢妄评。不过——

慈　禧：你不必有顾虑,我就是想听听你的看法。

张之洞：臣以为,大灾之后,最重要的一点是休养生息,削减税赋,让百姓有个喘息复元的过程,再者就是为政者不但要清廉,还要勤于政事,时刻想着为国家、为百姓实实在在办几件实事,国强则民富,民富则社稷安也。

慈　禧：你说得有道理。有人说你在四川和湖北学政任上办事用心,培养了不少俊杰栋才,且于例应得三万多两银子也全捐书院,有这事吗?

张之洞：臣世受皇恩,此乃臣之本分。

慈　禧：清正廉洁,如果都像你这样做就好了。之洞,若让你去山西接任卫荣光,心意如何?

张之洞：卫荣光不是上任时间还不长吗?

慈　禧：卫荣光年事已高,另有重任。我就是想问问,如果让你去山西接任他,你有何想法?

张之洞：蒙太后破格隆遇,虽肝脑涂地,亦无从为报,安有不从之理?况身为朝臣,为社稷苍生,当应竭尽全力!

慈　禧：那好。回去候旨,你跪安吧!

【画外音】精气十足的张之洞被补任山西巡抚,有了一方实施平生抱负、由自己亲手经营管理的土地,自然让他心中无尽欢喜。他急忙交代了公务,一边接待各方前来恭贺的朋友,一边与家人连夜打点行装准备启程赴晋……

(2)时：夜

　　景：内。张之洞住处

人：张之洞、夫人王氏、侄子大根、大根媳妇春兰

一身材高大壮实后生（字幕显示：张之洞侄子大根）进门对正与一衣着朴素怀有身孕的妇人（字幕显示：张之洞妻王夫人）及一年轻女子（字幕显示：大根媳妇春兰）一并打理行李的张之洞说了句什么。

张之洞：夫人，你先歇会儿，等我回来再与你一块收拾行李也不迟，身子重要，别累着。佩纶、宝琛他们派人来接我，不好拒绝。
夫　人：好，你去吧，酒少喝点！
张之洞：夫人放心，我去去很快就回来。

(3)时：夜
　　景：内
　　人：张之洞、张佩纶、陈宝琛、大根、众宾客

某饭庄，张之洞与饯行欢送他的两位朋友（字幕分别显示：张佩纶、陈宝琛）正在饭桌上酒酣耳热高谈阔论说着什么。

【画外音】然而，就在张府上下喜气洋洋为张之洞出行赴任打理之际，一桩不幸的事降临在了这位新任巡抚的头上……

大根急急跑进来，附在张之洞耳边说了句什么，张之洞大惊失色，他匆匆对好友连连抱拳："失陪，失陪！"匆匆随大根奔出饭庄消失在夜色中……

(4)时：日
　　景：内
　　人：张之洞、王夫人、仆人、春兰、郎中

张之洞随大根急匆匆跑进卧室。躺在床上因过度劳累导致流产而失血过多的王夫人被春兰扶着,已属气息奄奄危急状态,见张之洞进来,手无力地抬起伸向丈夫,强睁着双眼瞪着丈夫,但已说不出话来……

张之洞:快,快去请大夫!

春　兰:已去请大夫了!

张之洞接替春兰抱起夫人,眼含热泪紧紧握住王夫人的手。

张之洞:夫人,夫人!

仆人领着大夫匆匆进门,郎中翻开王夫人眼皮看了看,又把了把脉,站起身无奈地摇了摇头。

张之洞悲痛欲绝,握着王夫人逐渐冰凉的手,低头伏在王夫人身上失声痛哭起来……

(5)时:夜
　景:内
　人:张之洞、桑治平、大根、春兰

卧室中,大根和妻子春兰陪伴着神情悲凄的张之洞,张之洞在书案上挥泪写着悼亡诗:

(张之洞旁白音)门弟崔卢又盛年,馌耕负戴总欢然。天生此子宜栖隐,偏夺高柔室内贤。

写完最后一句诗,张之洞朝着夫人遗画像喃喃自语:夫人,太后、皇上对我的器重,我就要去山西赴任去了。大根和春兰也和我一块随去,他们会照料我的,我也会好好照看咱们的女儿,让她长大成人,你就尽管放心去吧!张之洞在亡妻画像前又默立了片刻后,抹了抹湿了的眼眶,转身到书房开始整理要带的书籍。忽然看到墙上挂的那架古琴,正要打包整理,门被推开,进来的是大根。

大　根:四叔,有封信给您。
张之洞:(接过信拆开)嗯,是你之万伯伯从南皮寄来的。

【画外音】香涛贤弟:闻弟外放巡抚于山西赴任,可喜可贺。开府立幕,需广纳人才。兄任闽浙总督期间,辅佐兄最得力者桑治平,年稍长吾弟,正属年富力强、品学俱佳且有多年治世经验,有此贤才相助,弟平生才学施展则会如虎添翼,定能成就大功。我已去信给他,弟不妨寻机会去拜访一下——

大　根:之万伯伯说什么了?
张之洞:他给我推荐了一个人,此人我早年认识,在你之万伯伯任闽浙总督时曾在他身边辅佐多年。听你之万伯伯多次说起过,士林中德才兼备之才。大根,你去雇一骡车,咱们明天去一趟古北口吧。——对了,记得把夫人弹的那架古琴打包好,去山西时记得带上。
大　根:好嘞。

(6)时:日
　　景:外
　　人:张之洞、桑治平、大根

远远近近一座座峻峭的山峰。千年古长城如一条盘旋前行的苍龙时隐时现在绵延不断的崇山峻岭中。两座并排的重檐关楼,岿然屹立。山脚下,一处村寨零零星星、高高低低分布着灰黑色民居。入村路口的墙上,白地黑字涂写着"古北口"三个大字。张之洞四下张望一阵,正欲入村打听,只见一中年男子(字幕显示:桑治平,字仲子)匆匆从村口走出来。边走边喊道:"香涛弟,这么快您说来就来了!"

张之洞:(高兴得拉住桑治平的手)仲子兄,正想向人打听你家,没想到这么巧就碰见你了。

桑治平:这巴掌大小地方,任什么芝麻大小事全古北口都会知道。前天已接到你的信,就专等你了。刚才听邻人说,村口来了一位官员模样人坐骡车来,约莫十有八九是你,果不其然。——走,家里面说去,前面不远处就是。

三人来到一座宅院门前。一道泥筑的围墙。从院门望去,院中一块种有萝卜、白菜的菜地,一群鸡在里面边嬉戏边刨着地啄虫吃。正房两侧东、西各有三间侧房,一座典型的农家四合院。

桑治平:香涛弟请进,这就是寒舍。

(7)时:日
　　景:内
　　人:张之洞、桑治平及夫人陈氏、独生女燕儿。

三人进入正房,桑治平夫人陈氏和其女燕儿起身相迎。

桑治平:不用介绍了,接你信后我和她们都说到你了。二位长途跋涉,想必也饥渴了。香涛弟,里屋是我书房,咱们到里边随意坐着聊一会儿吧!

大　根:四叔,你们坐吧,我先去把车马安排了。

张之洞:行,去吧!

桑治平:燕儿,领上大根哥去街西头车马店去。

燕　儿:好嘞。

里间书房,沿墙一排摆满书籍的柜子,侧面墙上是装裱的一幅水墨山水画。书案上还陈放着笔墨、水盂、颜料和一幅未完成的山水画纸。张之洞驻足观看。

张之洞：过得真快啊，家兄赴闽前与仲子兄别后，这一晃就是数年。没想到仲子兄的画竟然到了如此出神入化之境界。

桑治平：香涛弟过奖了。闲下随意涂几笔而已。以前与令兄赴闽时，本想定下心来竭力辅佐令兄为国家干出一番事业，不料制台大人告老还乡，我也就回到这古北口过这种与诗书画册、山水林木为伴的日子了。

陈氏提壶进来。桑治平招呼张之洞入座后，陈氏给二人上茶后退出。

桑治平：前两天接到张之万先生来信，知你蒙圣恩擢升山西巡抚，在此也特向你香涛弟道贺。

张之洞：不瞒老朋友，久居翰苑，突然得知外放一方的圣命，自然心怀感恩。只是巡抚地位虽尊，却也担子沉重，只怕辜负圣恩，故奉旨以来，心中一直思谋着聘才杰辅佐之事，正好接家兄来信推荐，故特来敦请兄台出山，望能随我到太原帮我一下如何？

桑治平：我？我能帮你做什么呢？

张之洞：就作为我朋友，住在衙门里帮我出出主意，当当参谋。至于薪银，就按前任总文案双倍给你，不用担忧一家老小衣食之虞。

桑治平：香涛弟，您误解了。不是薪银不薪银的问题，我是觉得未曾与你一起办过什么实事，凭什么你就这么信任我？

张之洞：仲子兄在福建辅佐家兄多年，我们早就认识了。你的才华人品深得家兄赏识。故对你我也是有所了解的。还有一点是，得知你曾在山西待过，比我了解山西。

桑治平：（沉默片刻，端起茶碗喝了几口）香涛弟，天色还不太晚，这古北口你也是第一次来，如果你不嫌劳累，咱们去外面转转，观赏一下这古北口的风景，边走边聊，一会回来再吃晚饭如何？

张之洞：这一路坐车，倒也并不觉得累，只是……不瞒你说，我奉旨才数天，夫人就难产故去，遭此不幸，方寸迷乱，心情郁闷，观赏虽无心情，就当出去散散心吧！

【画外音】听了张之洞的话，桑治平心头一沉：人生祸福真是捉摸不定。他知道遇上这等不幸之事几句安慰话毫无补益，不如不说，只能以沉默来表示心中的同情。

桑治平：你把这顶帽子换上吧，虽说还是中秋季节，可这山上的风傍晚时分却也寒气袭人呢。弟夫人的不幸，我为之难过。香涛弟此刻心情可以理解。不过陶渊明说过"纵浪大化中，不喜亦不惧。应尽便须尽，无复独多虑。"弟夫人既去就让她去吧！生者活在世上，该做的事也还得要去做。

张之洞：说的是啊，也只能这样想了。

(8)时：日
　　景：外
　　人：张之洞、桑治平

古北口。绵延陡峭的山峰，低矮密集的灌木林丛。雄伟的明代古长城像一条不见首尾的巨龙，静卧在高低起伏的山岭之中。

古老雄峙的关楼上，落日的余晖映照在张之洞和桑治平的身影上。桑治平望着驻足沉思的张之洞。

桑治平：香涛弟，你在想什么？
张之洞：我想起古人一首诗：统汉烽西降户营，黄沙白骨拥长城。只今已勒燕然石，北地无人空月明。
桑治平：香涛弟怎么突然想起唐代李益写的这首诗了？
张之洞：触景生情嘛！

桑治平：我也想起武元衡的一首诗：南依刘表北刘琨，征战年年箫鼓喧。云雨一乖千万里，长城秋月洞庭猿。

张之洞：唐朝这两位前辈写的诗，意境不同却也相同。

桑治平：此话怎讲？

张之洞：（笑了笑）触月生情，人不同，意境亦不同哪！对了，仲子兄，你还没有回答我请你出山相帮的问题呢！

桑治平：香涛弟，大清康、雍、乾有过一百三十多年兴旺盛世，但自道光二十年鸦片之战以来，太平军、天地会、捻子及英法联军杀进北京皇上外逃等，内乱多年，搅得个锦绣河山内忧外患、民不聊生、纲纪混乱、人心浮动，上上下下可以说是一片乱象。这就是目前作为山西巡抚你的时局背景。

张之洞：仲子兄说得对。我现在做的是乱世官，乱世百姓都不好做，想要做有作为的官自然更难。

桑治平：刚才我说的是从国势大处而言，若从小处山西一省而言，情况大体也差不多。我前些年在山西是待过一阵子，时间虽不算长，但东南西北全省也转了个差不多，总的印象是不但贫苦，且还更为复杂。

张之洞：怎么个贫苦？怎么个复杂法？

桑治平：前些年山西连续三年大旱，赤地千里，几近绝收，鬻妻卖女人相食，惨不忍睹。这几年灾荒虽过，但吏治腐败、民生凋敝，百姓日子过得十分苦寒。香涛弟，京官难当，这晋官也不易干呀，你这个巡抚差使领的可不是个地方啊！

张之洞：朝廷所差，身不由己呀！

桑治平：我帮你出个主意如何？

张之洞：有何好主意？

桑治平：借生病为由，请上一段时间病假，拖延上几个月，山西巡抚一职不会长久空缺，自然会有人补缺，待你病好，一向以词臣言官闻名于世的你，自然会另有安排，如礼部侍郎一类。这一来既免去到山西这一项苦差事，又仍可一边做官，一边吟诗作文，还能享个清闲，何乐而不为？

张之洞：仲子兄此言差矣！古人云，士大夫于进退之处，当谨慎自重。

我张之洞一生清白，进退光明磊落，不愿也不屑玩弄此等小伎俩。实际上，之前太后召见我时已问过我，巡抚与侍郎如两者可选，选何缺？我已说愿选巡抚，非我不知侍郎清闲优裕，乃是正因为国家危难之时，才愿为国家为民众办点实事。我正当年富力强之时，岂能因山西贫瘠而止步？仲子兄，只要对国家有益，给百姓带来实惠，我纵然累死于三晋，也心甘情愿，绝不后悔！

桑治平：好！香涛弟，志气可嘉！就冲你怀抱一腔为国为民的情怀，对我又如此信任，让我为你佐幕，我还有何可推卸之理由？不过我有个条件。

张之洞：请说。

桑治平：山西百姓深受贪官污吏之苦。曾文公之所以受人尊戴，就是因他为官清廉！他说既做官，就不要存发财之心，利用朝廷给的权利豪夺百姓血汗钱，太黑太没心肝！若要想发财，你就去经商好了。哪怕你挣得金银堆成山，老百姓也不会骂，甚至敬佩你，因为你凭的是本事！

张之洞：看来仲子兄对贪腐现象是疾恶如仇啊，一提起贪官，就这么义愤填膺！

桑治平：如刚才所言，山西光绪初三年大旱，百姓饿死十有五六惨状下，竟还有人敢昧着良心贪污朝廷和各省捐拨来的救命粮款，所以特别痛恨！所以你香涛去了山西绝不能当贪官。

张之洞：这点仲子兄放心，对贪官污吏，我与你，与千千万万老百姓一样痛恨。所以不贪污，对别人且不论，对我张之洞来说，非为难事。本人在湖北学政任上三年、四川学政任上三年，于例可得的一万多两银子我都能分文不受，全部捐献给经心、尊经两书院，有此例在前，你相信我会贪污吗？实话告诉你，我不仅不会贪污，上任后定还要来他个彻底清查！无论查出谁，我都会严惩不贷。

桑治平：但愿香涛弟言必有信。

张之洞：绝无戏言。如发现我有受贿之事，哪怕一分半文，你尽可拂袖离我而去，而我也会向太后、皇上主动请罪，开缺返籍。

桑治平：香涛弟，凭你刚才的肺腑之言，凭过去对你的一些了解，我可以信你！我也向你说句真心话，若在二十年前，我不但想做县令知府，还想中进士点翰林，进军机入相府哩！但现在毫无此念了，只想为国为民做点实事足矣！所以去了山西，我不但不要你承诺给我前任双倍薪银，连官场中的任何职衔我也不想要，只做你的好朋友就足够了。没有官职，反而易体察了解实情，办一些为官不好办之事。

张之洞：仲子兄，看来我不单单得到了一位志同道合的挚友，还找着了一位才略过人的良师呀！

桑治平：不敢不敢，香涛弟言重了。对了，除了我，您还物色有其他人吗？

张之洞：有，我的学生杨锐。他文底好，想让他在衙门文书案做点事。

桑治平：香涛弟，你可真会选人啊！

张之洞：怎么，你知道他？

桑治平：(笑)当年尊经书院的尊经五少年之首，谁人不知！好啊，能与这样年轻的优秀俊才一起在有胆有识有责任的巡抚手下做事，亦人生一大幸事也。香涛弟，咱们入晋能不能破个常规？

张之洞：说说看，怎么个破法？

桑治平：一般新巡抚上任，当地都要派人到省界去接应，沿线州府各县一路由八抬大轿接到太原。咱们何不来个边行边私访，既不惊动当地各州县，又能一路体察民情，两全其美，岂不更好？

张之洞：正如我想。知我者，真乃仲子兄也！

第四集　入晋地微服察社情
　　　　欲禁烟偏遇烟县令

(1) 时：日

　　景：内

　　人：原任巡抚卫荣光、王定安、葆亨

字幕:光绪七年腊月

巡抚衙门后院,巡抚卫荣光住宅客厅内。卫荣光、王定安、葆亨边喝茶边随意谈论着。

王定安:卫大人这次荣调,抚政江苏,那可是个要比山西富裕得多的好地方啊!

葆　亨:是啊,江南鱼米之乡嘛!只是下官与卫大人相处时间太短促了,说实话,真有点不舍让您离开呢。

卫荣光:我也有同感啊。与两位相识虽短,但毕竟也一起共事了,倘若平日我办事有不周之处,请二位可要见谅啊!

王定安:卫大人太客气了,倒是下官我们对卫大人若有不周全之处,得请您卫大人能多多包涵才是。

葆　亨:正是,正是。

卫荣光:好了,天下没有不散的宴席,我们不说这些了。我的继任者张之洞张大人年前就来接任,接待的事安排得怎么样了?

王定安:卫大人尽管放心,一切都已安排妥帖,平定知县早已在那儿做好布置了。

葆　亨:我亲自去接,即日就启程去平定。

卫荣光:那好。我行李已打点完毕,只是近日偶感风寒,身体欠佳,恐怕得迟走几天,就先腾出后院几间让张大人一行来后暂先委屈住着。

葆　亨:这事卫大人不必操心,我们自有安排,您就在这儿过正月稍暖再动身,尽管多住些日子好了。

(2)时:日
　　景:外
　　人:葆亨、压轿女子、平定胡县令、轿夫

乐曲声中,一顶装扮豪华的八抬大轿和一顶四抬小轿一前一后在衙卫的护送下往平定县城行进。八抬大轿内,葆亨正与一位打扮娇艳的女子调笑着。

【画外音】按照通常的惯例,新任巡抚入本省境内时,一位道员级的官员受现任巡抚的委托要亲自去迎接,然后根据地势坐上八抬大轿一路游览着往省城上任的巡抚衙门走。这不,善于察言观色的藩司葆亨,亲自上路到省界去迎接新巡抚张大人了。为讨新巡抚欢心,还专给新巡抚配了一位年轻漂亮能言会道的压轿女子到轿内陪伴解闷。

压轿女子:(搓手呵气)葆大人,这大冬天的,让奴穿得这么薄,冻死我了。

葆　亨:(一把揽过女子半搂抱着)来,我给你暖暖嘛。

压轿女子:哎哟,葆大人,你轻点,人家骨头都快断了!

葆　亨:衣服少,身段俏嘛。身段俏,新巡抚准能相得上。记着,这几天你要是一路上能让张大人迷了窍,喜欢上你,说不定我今后还得巴结巴结你呢!

压轿女子:葆大人就会耍笑小女子,人家张大人哪儿能喜欢上我呀?

葆　亨:那就看你自个儿的本领了。实话跟你说,新抚台张大人才四十出头,夫人又刚刚去世不久,现在孤单单一人来晋,时长日久——这孤枕难眠呀!

压轿女子:这——可那银子……

葆　亨:放心,只要服侍好张大人,加银子的事没问题!

压轿女子:葆大人你说话可要算数!

葆　亨:本官何时哄过你?好了,尽管放心,只要乖乖听话,本官绝不会亏待你……

葆亨边说边把女子往身边一拉拉在怀里,趁势又往女子脸上亲了一口。听到轿子里不断传出的压轿女子娇声嗲气的浪笑声,最前面的左右两轿夫相互对看一眼后,对后面两边轿夫各使了个眼色,前面一侧两位轿夫猛地一个下蹲又起动作,让轿子里相拥抱着的葆亨和压轿女子冷不丁被甩得一摇一晃碰到了头,两人被碰得额上各自肿起了一个大包。

葆　亨:(尴尬地摸摸碰肿起的包,掀开轿帘,气急败坏,一脸怒容)妈的,你们想找死啊!

轿夫众:大人恕罪!山路太陡,又有雪,滑了一下。小的们该死!该死!

葆　亨:哼!回去再找你们算账!

前面引路的四抬小轿轿帘掀起,一胖官脑袋伸出(字幕显示:平定胡县令):"怎么啦?"护轿一衙丁:"胡老爷,没事的。路上有雪,滑了一下。"

胡县令:告他们,操点心!

护轿衙丁:是老爷。喂,你们操点心!

葆亨怒气冲冲放下帘子,轿夫们开心地相互做着鬼脸。

(3)时:日
　　景:外
　　人:张之洞、桑治平、大根、全副武装的兵丁

平定县。崎岖的山路。瀑布、湍急的河流及隐现在山岭间的城门。随着镜头的推进,一座城门洞上显有"直隶娘子关"五个大字的雄壮城楼出现在眼前。城楼上披红挂绿、张灯结彩,装扮得像过节似的。

远处。大根驾驭的一辆骡车沿着融雪未尽的崎岖山路行进着。车上,张之洞和桑治平边行边看着四周的景色议论着。

桑治平：香涛弟，前面就是娘子关，马上就入晋界了。

张之洞：(四下眺望)嗯，果然是险峻之地啊。

桑治平：要不，怎么能称是"一夫当关，万夫莫开"呢！你看，那城门上的兵，接待您的地方官恐怕早已在那儿恭候了。

张之洞：有没有别的道可绕过？

桑治平：从京师进山西就此一条路，前年我也是从这儿进山西的。不过没事，现在还没人认识你这位新任抚台大人，咱们就以做买卖的生意人进关。

张之洞：好啊，就照你这么说的办！仲子兄，我祖上虽说也是山西人，可我却从未到过山西，可你却来过山西，这也算是故地重游了。从现在起，你就是向导，到太原一路就听你的。

桑治平：哪能呢，从入娘子关起，就进入了你治下的土地，我们就变成你的子民了，哪敢瞎指挥你巡抚大人呢。

张之洞：不不不，我还未接了大印、王旗呢，这一路就听你仲子兄的。之后嘛，就算到了太原衙门上，你作为我挚友与佐幕，时时事事不仍是得多听你的建议吗？

二人相视一笑。

(4)时：日
　　景：内
　　人：葆亨、平定胡县令、兵丁

城楼。一房间内，葆亨与胡县令边喝茶边闲聊。

胡县令：这都过午时了，张之洞这位新巡抚怎么还没过来呀？

葆　亨：不会早过去了吧？

胡县令：不可能，就这一条路，除非长翅膀飞过去！

葆　亨：走，看看去。

(5)时：日
　　景：外
　　人：葆亨、胡县令、兵丁

城门上的宿将楼。葆亨和胡县令走出有兵丁把守的楼门走到垛口前。远处，张之洞乘坐的骡车正朝城门方向走来。

胡县令：葆大人，只有一辆骡车，张大人乘的轿子影儿也看不到呢。
葆　亨：按说早该过来了！
胡县令：是啊，葆大人，这城楼上风大，又冷，还是进屋边喝茶边等吧！
葆　亨：好吧，反正急也无用。(转身返入楼内)

(6)时：日
　　景：外
　　人：张之洞、桑治平、大根、兵丁

城门洞处，守门的两位兵丁因为寒冷的缘故，两人不断地跺脚搓手哈气。看到张之洞他们一行过来，连忙过来拦住。

兵　丁：干什么的？
桑治平：做买卖的。
兵　丁：关条呢？
张之洞：什么关条？
兵　丁：入关缴费开的进关路条呀。
张之洞：我们没拉货，交什么入关费。
兵　丁：我们只管听吩咐，没入关条就不能进这城门，要进就那边交钱

去。(兵丁指指城门一旁不远处挂有"平定县差役局关费缴纳处"牌子的一处房子)

桑治平：(见张之洞欲争辩,连忙止住)我去缴吧。前些年我从这儿进关时就这规矩。

入城门进了内城,映入眼帘的除了仍是一眼望不到头的蜿蜒山岭,不远处还有一道飞流直下哗哗作响的瀑布和一条流水湍急的河流,这一切让张之洞不由眼前一亮,忙让大根把骡车停下来。三人仰看城门洞上写有"京畿藩屏"四个大字的城楼。

张之洞：仲子兄,久闻这娘子关为唐高祖李渊起兵反隋时,派女儿平阳公主带女兵把守而得名,今日所见,不但地势险要,且风景也不错,我们要不要登上这娘子关楼台上看看？

桑治平：这儿已属你抚台大人管辖之地,听由自便。

大根把骡车靠路边在一棵树上拴停好,三人正欲从台阶上楼,又有守门的两个兵丁上来阻拦。大根正欲张嘴解释,被桑治平拦下。

桑治平：兄弟,我们这位张掌柜是第一次来山西,从没见过这么气派的风光,故想上去看看风景,望兄弟给个方便。

兵　丁：说实话,要是平时,你们只要交钱入关进来,想要上去观光,爱待多久就待多久,但今天不行。

桑治平：为什么？

兵　丁：楼台房间里胡县令正陪着太原来的葆大人喝茶,说新任的巡抚今日要过这儿来,正等着新巡抚呢。这不,让我们在这儿远远看着山下的路,说一看见新巡抚大人的轿子出现就马上通报。看,接新巡抚大人的八抬大轿都在那儿停着呢。所以,今日你们不能上。

张之洞：噢,原来如此。(对桑治平和大根笑着挤了挤眼)仲子兄,接待新抚台大人来这种大事,咱们就别难为两位兄弟了,你们就守着等吧!仲子兄,这一路上好看的风景不会只这一处吧?

桑治平:你还真说对了呢。这儿不远处就有一个更有意思的地方。

张之洞:什么地方?

桑治平:你知道赵氏孤儿藏身的地方吗?

张之洞:赵氏孤儿这件事我倒知道,只是程婴带着赵武在山西的哪一座山里藏了下来,我却不清楚。

桑治平:就在这附近呀!

张之洞:真的啊,叫什么山?

桑治平:过去叫盂山,现在叫藏山,就是因为藏过赵氏孤儿后改了名的。

张之洞:哪儿可有值得看的去处?

桑治平:有哇,我十年前从这儿进关后专门去过一趟,有不少好看处呢,亭阁庙宇、龙凤松和藏孤洞,还有祭祀程婴、公孙杵臼的报恩祠及傅山的题诗。

张之洞:噢,还有傅青主的题诗?那好哇,趁天色还早,咱们就去那儿。傅青主的草书我见过,大气磅礴,一气呵成,令人百看不厌。只可惜我只看过拓帖,未见过真迹。——对了,这傅青主在藏山的题诗,你还能记得一些吗?

桑治平:嗯,我大致还能背得下来:藏山藏在九原东,神路双松谡谡风。雾嶂几层宫霍鲜,霜台三色绿黄红。当年难易人徒说,满壁丹青画不空。忠在晋家山亦敬,南峰一笏面楼中。

随着琅琅诗诵声,苍天、古庙、老松的藏山景色背景隐现中,张之洞一行乘坐的骡车在群峰崎岖的山道中行进……

【画外音】葆亨和平定县令两人怎么也没有想到,他们在此苦苦等候的新任巡抚大人,竟然是坐着这不起眼的骡车,从他们鼻子底下这么悄无声息地进入了山西。

(7)时：日
　　景：外
　　人：张之洞、桑治平、大根

张之洞一行的骡车行走在一片又一片栽着尺把高指头粗细黑褐色秆秆的山岭、田野间中。

张之洞：仲子兄，咱们这一路上所见的大大小小田地里，怎么都种着这种黑秆秆？

桑治平：我原来也不认识，也是到了山西才知道的。这些黑秆秆就是用来熬制鸦片膏的罂粟。

张之洞：大量种这么多罂粟，这山西老百姓吃粮怎么办呀？

桑治平：买呀！听说种一亩罂粟卖的钱要比种三亩粮的收益还多呢！

张之洞：原来如此。可是所有粮田要都种上大烟土，到哪儿买粮去？

桑治平：抚台您还真说对了，光绪三年山西大旱时就发生过不少人提着铜板却买不上粮食而全家被饿死的事。

张之洞：看来，这熬制鸦片的毒苗是非铲除不可了。

桑治平：说的是，不然，如此下去那非出大事不可！只是要禁的话，恐怕也不是件容易事。

张之洞：此话怎讲？

桑治平：刚才说过了，种罂粟的收益远高于种粮，农户何乐而不为？且革除经年固习，谈何容易？

张之洞：农户目光短浅，只顾眼前利益，虽然可以理解，但也不能因一时之利而任烟毒耗民之气，必以此为大端，非痛加拔除不可！——算了，仲子兄，藏山咱们改日再去吧。这儿离阳曲县城还有多远？

桑治平：大概还有十来里。

张之洞：仲子兄,这肚子饿得咕噜咕噜叫开了,咱们是不是得找个地方填填肚子再赶路呢?

　　桑治平：说的是,我也有点饿了。前些年我曾从这儿走过,记得前面不远处好像有个什么镇子,开有几处饭店,咱们就到那儿去随便吃点饭吧!

　　张之洞：行,任你安排。

　　(8)时:日
　　　　景:外
　　　　人:张之洞、桑治平、大根

　　张之洞一行从路边一块刻有"古寨镇"三个字的大石处走过,前面不远处,一座古色古香的小镇隐约出现在前面。骡车进入镇内街上,不远处,一长木杆上悬有斗大"酒"字的酒望子的小酒店分外显眼。

　　张之洞：(指指不远处的酒帘)仲子兄,走了这大半天了,咱们就在那儿吃点饭怎么样?

　　桑治平：大根,找个地方停好车,咱们进去。

　　大　根：好嘞!

　　(9)时:日
　　　　景:内
　　　　人:张之洞、桑治平、大根、薛掌柜、卖唱老人、卖唱少女

　　小酒店内,摆放的七八张饭桌除一两张上零星有人吃饭外,多数空着。见张之洞几人进来,穿旧羊皮袍的中年店掌柜急忙笑脸上前招呼:"客官请。"

　　张之洞：你是店家?

店掌柜：是，我开了这个小店。

桑治平：可有什么好吃的？

店掌柜：有哇！别看我这店不大，但山西的削面、拉面、刀拨面、蒸馍、烙饼，都是能做的。

张之洞：可有什么山西特色的酒肉？

店掌柜：客官你可真说着了，我这儿不但有平遥的牛肉、上党的驴肉这些山西名吃，还有杏花村的竹叶青和汾酒、娘子酒这些正宗的山西好酒呢！

张之洞：娘子酒？是不是与前两天我们过的娘子关有关系？

店掌柜：有哇！传说就是唐代守娘子关的平阳公主酿造的。这酒不烈，不大会喝酒的人和女人喝最合适不过了，客官要不要来一些尝尝？

张之洞：仲子兄，我还是第一次听说这娘子酒，要不咱来点品尝品尝？

桑治平：行，就按您张老板说的来。

张之洞：那好，掌柜的，打一斤娘子酒，再各来上一盘你刚才说过的平遥牛肉和什么——

店掌柜：上党驴肉。

张之洞：对，上党驴肉。另外再炒两盘素菜，来上二斤烙饼。

店掌柜：好嘞！

此时，一阵三弦声由远而近传来，酒店门口出现一位老者和一位衣衫褴褛的少女。店掌柜见他们欲进门，立刻变了一副凶面孔上前阻拦："走走走，到别处去，快走！"

张之洞：掌柜的，是什么人呀？

店掌柜：客官，俩卖唱的，我怕打搅各位客官，打发他们走了。

张之洞：掌柜的，这一老一少也怪可怜的。他们都唱些什么呀？

店掌柜：客官说得倒也是，前几年大旱逃荒，小姑娘的爹娘饿死了，这老汉是小姑娘爷爷，一老一小也干不了地里活，爷孙俩就只好靠卖唱为生。至于唱的什么嘛，无非是些地方上流传的一些曲调，多是与本地风土人情相关的一些事。

张之洞:那好哇,我正好想听听这地方上的风土人情呢!

桑治平:掌柜的,我们这位张老板是第一次来山西,对这儿风土人情的事很感兴趣,既然这爷孙俩唱的都是地方上的事,不妨就让他们进来唱上几段。

张之洞:对,掌柜的,就请他们进来,我们好边吃边听。

店掌柜:(立刻满脸堆笑)好嘞,既然客官不嫌弃,那我就去叫他们回来唱几段小曲给各位客官助助兴。(转身向门外吆喝)喂,丫头,叫上你爷爷进来吧!

店掌柜边说边随手拖了一条板凳,放在进店门一侧卖唱爷孙俩面前。

店掌柜:给众客官卖点力,唱得好众客官少不了给你们赏钱。

老者朝张之洞恭顺地弯弯腰,少女也朝张之洞他们欠身致礼。老者从背带上解下架鼓,拿出三弦坐下。少女站在支好的架鼓后,望了一眼老者。

老　　者:各位客官老爷好!不知各位客官想听些什么样的曲子?
张之洞:老人家,我没来过山西。——你们能唱什么曲子?
老　　者:我们能唱"五头赶车""绣荷包""夸女婿""观灯""剪窗花"……
少　　女:我们还能唱"想亲亲""会哥哥""夸山西"。
张之洞:那好啊,你们就唱唱"夸山西",让我们听听这山西是怎么个被夸的。
老　　者:好嘞。(弹起三弦起调)孙女哪,咱就先给众客官唱夸夸山西的特产这段吧。

随着三弦声起,伴随着少女手敲鼓点的节奏,响起少女清脆悦耳的"夸山西"……

女：说山西来道山西，山西风光最有名。
　　云冈的石窟天下闻，应县的木塔高入云。
　　五台山寺庙数不清，恒山的悬空寺惊人心。
　　普救寺等苦了崔莺莺，晋祠的泉水清圪凌凌。
　　泽州府的珏山最险峻，呀儿哟，双峰吐月是绝世景。

男：唱过了山西好风景，孙女哇，再唱唱山西特产给客官听。

女：说山西来道山西，山西的特产也有名。
　　平遥的牛肉太谷的饼，清徐的葡萄甜个盈盈。
　　榆次太原祁县城，拉面削面香煞个人。
　　北路的栲栳栳热腾腾，大同的皮袄白个净净
　　阳泉的煤炭有名声，呀儿哟，平定的砂锅亮晶晶。
　　山西的陈醋酸溜溜，夏县的莲菜最出名。
　　虞乡的柿子甜又红，呀儿哟，杏花村特产竹叶青。
　　高平的萝卜晋城的葱，曲沃的旱烟香喷喷。
　　鱼瓜出在临县城，呀儿哟，稷山的红枣甜圪盈盈。
　　襄垣的挂面细又长，闻喜的煮饼甜到了心。

　　山西的风景美如画，山西的特产数不尽……

随着少女悠扬的唱腔，画面中张之洞乘坐的骡车忽远忽近从田埂、山坡、河岸边走过……

(10) 时：日
　　 景：外
　　 人：张之洞、桑治平、大根、兵丁、众商贩和民众阳曲县城。门洞上刻写有"阳曲"标识的城门,推车的、赶车的、挑担的小贩进进出出。

从城门往远处望去,张之洞乘坐的骡车越来越近,直至骡车到了城门处。同样,城门处也守有几个兵丁对过往商贩盘查着。张之洞和桑治平示意大根停住车。

张之洞:该不是又要收什么费吧?

桑治平:肯定是,这在山西已是惯例了。

张之洞:走,过去看看。

守门兵丁:停下,交钱去!(守门兵丁指指城门旁一挂有"阳曲县差役局关费缴纳点"门亭处。)

桑治平:我们是上太原路过的,交什么钱?

守门兵丁:入城费呀!

张之洞:谁让你们收这种钱的?

兵 丁:你是外省第一次来的吧?我说怎么这么不懂规矩。告诉你,外地来做买卖的进城就得交入城费,按人头每人十文,骡马牲口也每头十文,有货另加。

桑治平:好吧,我们交。

(11)时:日

　　景:外

　　人:张之洞、桑治平、大根、汪师爷、徐时霖、衙役、众人

阳曲县城内,沿街两旁店铺中,多是些写着烟字招牌的烟馆,有的烟馆从门外还能隐约看到躺在烟床上正吞云吐雾吸食鸦片的人;市面萧条的街道上,随时都能看到老老少少或男或女、衣不蔽体、面黄肌瘦的乞丐。

张之洞:(气愤地)仲子兄,你看,凡一县之城本应该是个流光溢彩、锦绣错综的繁华闹市,眼前呈现的却是如此萧条冷清如同鬼域一般。小商贩进城做个小本买卖养家糊口还得交入城费,外地做买卖的更没人敢来,这如何能让百业兴旺起来?山西这些做法是不是也太过分了,这种狗屁规矩我非取消不可!

桑治平:你现在是晋地抚台,这取消与否,今后还不是由你裁定?不过,我估计这里面乱收百姓的这费那费并非仅仅这些,也非是香涛弟所言那般简单就能处理,安顿下来后你慢慢体会吧!

张之洞:仲子兄说得有些道理。这一路上看得出来,果真如来前你所言那样,山西这地方百姓的日子过得实在是太贫苦了。

桑治平:按说山西这地方,风光好,特产多,有山也有水,如那女孩子唱的一样该很不错。但实际上现在看到老百姓的日子比我十年前来时还苦。香涛弟,抚晋安民,看来你肩上的这副担子不轻啊!

"哐、哐……"前面十字街头拐弯处一阵锣声传来,街上行人纷纷躲避。张之洞诧异间抬头望去:四个举牌、八个敲锣的衙役和前后握有刀枪的兵丁护着一台八抬大轿,正威风凛凛朝张之洞他们这儿过来。突然间,一老妇从人群中央冲到街道中央,猛地挡在大轿前,扑通一声跪下,大呼"冤枉啊——"

轿侧窗帘掀起,县令徐时霖探出半个脑袋,瞅了一眼跪在轿前的老妇人,厌烦地朝两旁护轿的兵丁摆摆手。

几个面露凶相的兵丁过来抓腿拧胳膊粗暴地把老妇拖起扔到路边。开路锣声随起,兵丁护卫着县令徐时霖的轿,一路浩浩荡荡顺街远去……

张之洞:太不像话! 光天化日之下对一老妇人竟能如此粗横野蛮!小小一个县令也敢如此威风八面地招摇过市,侵扰百姓。走,仲子兄,这种祸害百姓的狗官,必须立刻摘下他的官帽!

桑治平:香涛弟,你也太心急了些吧?这太原府还未到,大印、王旗也还未拿到手,凭什么去革人家的职?

张之洞:气死我了,这种不通人性的狗官,必须给他点颜色。仲子兄,现在闲着也是闲着,不妨上前先去向这老妇人打探一下,问问她到底有什么样的冤屈事。

桑治平:好。

三人一同上前,扶起倒在路边地上哭泣着的老妇。

张之洞:老人家,你为何要拦刚才那县官的轿?

老妇人:(停下哭,抬头望望三位)老爷,刚才坐在轿里的是县令徐老爷,我想向他告状,今天碰巧见他出来了,便想拦住他来告状。

张之洞:你老人家有什么冤屈事非要找他告状?

老妇人:前两天,乡里公家几个人把我养的一口猪拉走了,说又要按人头摊那什么捐。我一个无儿无女的孤老婆子,又种不了地,一年到头,就靠把涮锅水和捡别人的剩菜,掺和着喂猪换粮食糊口。况且,之前我已把一头羊和两只下蛋母鸡顶交过人头税了。

桑治平:那又要用猪顶什么捐呢?

老妇人:人家说还是按人头收的捐呀。说什么近日省城换了新巡抚,旧的巡抚大人走,新的巡抚大人来,迎新送旧修个路呀,办个酒席款待呀,都得用钱,就得按人头再补摊四百文。我老婆子实在拿不出来了,所以拉走了我养的猪去抵。人家几个都年轻力壮的,我哪能拦得住?

桑治平:按人头再摊四百文?你再摊一口猪也多得太过了些吧?

老妇人:我也这么说了,可人家说,也不能现在把活猪劈成几块拿吧!就顶抵上明年的吧!就这么强拉走了。这一拉走猪,我换不上粮,明年开春可就没得吃呀!没法活了!

张之洞:可恶至极!那你怎么不到县衙门里去告?

老妇人:我去了,我到县衙门好几次,连门也不让进,我想硬闯,还差点挨了棍打呢。要不然,我怎么会在这路上拦轿呢!

四周围观的民众更多了。

群众甲：上午在庭宅抽大烟过瘾,下午在后花园品茶听戏。老婆婆,人家忙哪,你又没送个小礼什么的,哪儿还会让你进去为你坐堂呀？就是进去了,衙门大门朝南开,有理无钱莫进来,你赢得了官司？

张之洞：这位兄弟,你说的这话可当真？县令的这种做派你是怎么打听到的？

群众乙：这还要打听？午前烟床过瘾,午后花园听戏。要打官司先送礼,谁送礼多谁就赢。这几年人家"烟县令"就这么着,谁不知晓？

群众丙：就是,抽大烟、收大烟、贩大烟,想告状的送点烟。不带上点烟土,别到衙门前。要不,凭什么人家当成了"烟县令"？

张之洞：岂有此理！仲子兄,咱们现在就陪老婆婆去见见这位徐县令,领教领教这阳曲县衙门的规矩。老人家,我们陪你去一趟衙门见见徐县令怎么样？

老妇人：谢谢三位老爷好意。我一没钱,二没烟土,怎能进得县衙门？也是无奈何才去半路拦的轿。算了,进衙门,我怕弄不好,再挨上两棍呢！

张之洞：老人家,有我们陪着你呢,不怕。

老妇人：就老爷你们三个？不,我不敢去。

桑治平：(附到老妇人耳旁轻声地)婆婆尽管放心！你们这位县太爷是我们这位张老爷对门王八的小舅子,这回去了保证把你的猪要回来。(大根偷笑,周围人笑,张之洞也几乎忍不住笑。)

老妇人：王八？还有叫这名字的？

张之洞：有,去了你就知道了。

老妇人：(疑惑地挨个看看三人)你们真的能给要回我家那口猪？

张之洞：对,不但能给你要回猪,还能让他们倒赔上你一年的口粮。

老妇人：真的啊？老爷,你可不能哄我呀！

张之洞：(站起身朝着围观众人)各位父老,我们虽是一外地来做买卖的,但路见不平,岂有躲避之举？为让老人家放心,众父老如信得过我张某,就随我去县衙门作一见证,如今日不能为这位老婆婆讨回公道,我自甘以三倍之值赔偿老人家。

众　　人:行,我们愿意。

桑治平:老婆婆,这么多人去作证,你放心了吧？

老妇人点点头。张之洞示意大根扶起老妇人坐车上,与众多围观的人一起,浩浩荡荡朝县衙门方向涌去……

(12)时:日
　　　景:外
　　　人:张之洞、桑治平、大根、徐时霖、杜师爷、老妇人及相随而来的大批老少民众

阳曲县衙门。紧闭着大门的县衙门。门前一棵年代久远树根裸露在外的大槐树。

张之洞和老妇人一行及赶来看热闹的众人围在大槐树下的县衙门前。张之洞抬头看看已升得老高的太阳,眉头紧皱,愤怒地扫了衙门左右两尊张牙舞爪的石狮一眼,示意老妇人上前击鼓。老妇人胆怯地缩缩身往后躲着不肯向前。张之洞示意大根,大根点点头,上去抡起鼓槌猛敲起来。

面露凶相的杜师爷半拉开门伸出脑袋:"敲,敲,敲什么……,找……找死呀你！"大根望了张之洞一眼,张之洞一挥手,身高力大的大根像提羊似的提着杜师爷的领口把他从门里拽出来扔在地上。看着平时狗仗人势、凶神恶煞似的杜师爷的狼狈相,众人哄笑起来。

杜师爷:(爬起身冲着众人)笑,笑……笑什么……啊……笑？(又转身仰起脑袋瞪眼冲着大根)告……告诉你,徐……老爷说了,今天不……不坐堂！

张之洞：你是县衙什么人？

杜师爷：老子是……是什么人，关你何事？

张之洞：(强忍火气)你去把徐时霖给我叫出来，身为县令，为什么不坐堂？

杜师爷：呵呵，谁……谁家裤……裤裆破了露……露出个你……你来了？我家徐……徐老爷名字岂是你……你能叫的？这坐堂不……不坐堂的，关……关你屁事！

张之洞：你好大胆子，竟敢在本部院面前如此放肆狂言！

桑治平：这是新任巡抚张大人，快去叫你们县令出来相迎！

杜师爷：这……这……(吓得面如灰土，裤裆立刻湿了一大片)

桑治平：还不快去——！

杜师爷：是，是……马……马上去！(急忙返回衙门内)

"巡抚？真是新来的巡抚？"

……

众人面面相觑，纷纷交头接耳议论着……

老妇人听着人们的议论，已躲在人群后的她面露着惊异开始从人群后慢慢蹭到前面来。

(13)时：日

　　景：内

　　人：徐时霖和妍妇、杜师爷、老妇人、众人

正在床榻上搂着一妖艳女子的徐时霖，被一阵急速敲门的声音惊醒了。他不满地："谁呀？干什么这么敲门！"

杜师爷：徐……徐大人，不……不好了，张……张大人来……来了！

徐时霖：什么张大人、李大人的，什么事？

徐时霖打了个呵欠，慢吞吞披衣穿裤下床来到门前。

杜师爷：老……老爷，快点，是张巡……巡抚，在门……门口叫……叫你。

徐时霖：什么张巡抚？

杜师爷：就……就是新上任的巡抚张……张大人！

徐时霖：新任巡抚张大人？

杜师爷：是，就在门……门口。

徐时霖：他坐的几抬大轿，跟着什么人？

杜师爷：没有轿，就仨……仨人。

徐时霖：(手指指额头)你这儿没发烧吧？一派胡言乱语！

杜师爷：真……真的，老爷，凶……凶着呢！

【画外音】身为太原府首县县令的徐时霖，当然很关心谁来做巡抚。对他来说，此事的重要性甚至远超谁在北京登基做皇帝。"天高皇帝远，不怕现官怕现管。"难道真的是张之洞赴任路过来到了阳曲？以张之洞的名士做派，轻车简从到如此地步不可能吧？况且上头也没人打个招呼说要有谁来呀。徐时霖洗漱完毕，满腹狐疑地与杜师爷朝县衙门口走去……

衙门大开，仍睡眼惺忪的徐时霖打着哈欠慢步走出衙门大门，杜师爷则战战兢兢地远远躲在后面跟着。

看见怒气冲冲的张之洞的气势，徐时霖心里不由得一惊，连忙闭住正打哈欠的嘴，快走几步到张之洞面前，"扑通"一声双膝跪下。

徐时霖：卑职乃阳曲县县令徐时霖，不知张大人驾到，有失远迎，有失远迎，务请大人恕罪、恕罪！

张之洞：你身为县令，光天化日之下竟违犯朝廷则令不上堂，躲在家里吸食鸦片。都说你每天是"午前过瘾,午后听戏",是不是?

徐时霖:卑职不敢。

张之洞:大胆!你睡眼惺忪,面目肿浮,眼圈发黑,哈欠不断,分明是白日吸食鸦片,夜间饮酒作乐所致,竟还在本部院面前撒谎抵赖?

徐时霖:这,这……(抬头偷看张之洞一眼后又急忙连连叩头,满头冒着冷汗)

张之洞:我再问你,年初百姓已交过人头费二百文,近来你又下令说什么要接待新巡抚和修路,再摊派补交四百文,有这么回事吗?

徐时霖:大人,没有,绝没有叫老百姓补交四百文之事。是太原府下令,说要修路、搭棚迎接和接待新巡抚用,每人再摊派上交二百文弥补办公事亏空的。

张之洞:荒唐!迎接我也要百姓捐钱修路、搭棚子?(转身招呼已挤在人群前面的老妇人)老人家,你过来给这位徐县令说说你的情况。

老妇人:来的人就是说要四百文的摊派费。这不,把我的猪都赶走了!不信你可问问大伙。

众　人:对,就是按人头每人交的四百文。

群众甲:我家交的就是四百文!

群众乙:我家的驴也是顶抵摊派被强拉走的,凑上钱交了四百文后才赎回的。

张之洞:这你还有什么可说的?

徐时霖:大人明鉴,这可能是他们下边人干的,卑职的确不知。(扭头朝杜师爷)是吧?

杜师爷:对,就……就是!

张之洞:事实明摆着,大伙在这儿,还死不认账!对一个孤苦伶仃的老婆婆你们也要狠心苛剥!你还配当什么县令!

徐时霖:大人息怒,是卑职无能,没管教好下属。下官一定立即派人下去查明实情再禀报大人。

张之洞:事实明摆着,还查什么实情?我再问你:阳曲县有多少土地种鸦片？

徐时霖：阳曲县百多万亩地约半数以上都种了，且多是上等好地。

张之洞：(吃惊地对桑治平)怪不得咱们沿途一路看到的都是黑秆秆这种罂粟苗。

徐时霖：张大人，种鸦片实在也是不得已而为之……

张之洞：大胆，违反朝廷禁令还狡辩！地都种了鸦片这老百姓吃什么？你给我听着，今天就把这位老婆婆的猪给我派人送回去！再自掏腰包赔老婆婆一年口粮。

徐时霖：是是，下官遵命。

张之洞：还有，百姓摊派的人头二百文费停收，收了的和多收了的全给我通通退回！另外，明春起，这些种鸦片的土地通通给我种上粮食，如迟迟不办，或明春还发现有种鸦片者，本部院立即奏明朝廷，参掉你这个盘剥百姓、庸劣误事的烟鬼县令！

徐时霖：这……张大人长途跋涉，一路风尘，容下官先给您安排住下，待接风洗尘时再一一向大人禀报……

张之洞：本部院用不着你个狗官安排。记着，今年开春耕种时，只要发现你这儿还有种鸦片的，定拿你是问！滚！

望着鼠窜逃回县衙门的徐时霖和杜师爷，众人欢呼并围在张之洞面前一齐跪下："感谢张大人！"

张之洞：诸位父老快快请起，请起！

张之洞说罢，朝桑治平、大根一挥手，转身而去……

(14)时：夜
　　景：内
　　人：徐时霖和姘妇、杜师爷

阳曲县衙门。徐时霖垂头丧气坐在床头上。一妖艳女子走过来想撒娇安慰,徐时霖不耐烦地摆摆手,女子悻悻走开。

徐时霖打了个哈欠,起身走到一侧烟榻上,拿起烟枪,女子过来点起烟灯准备服侍他,拉开烟抽屉的徐时霖突然发现少了什么:"昨天那'公班土'怎么少了一包?"

姘　妇:昨天我看见还在呀?

徐时霖:谁来过?

姘　妇:我就出去了一阵子,除了杜师爷,别人也进不来呀!

徐时霖:上回犯贱偷拿就已饶了他一次,真他娘的是狗改不了吃屎!你给我去叫那个姓杜的!

第五集　众官员酒宴献媚　新巡抚断然拒贿

(1)时:日

　　景:外

　　人:卫荣光、张之洞、桑治平、葆亨、戏班人马

太原海子边。湖边凋落的树丛中,一座中式四合院,正门上有一写有"杏花酒楼"牌匾。高高竖立着的四杆幌子在寒风中飘荡。正北二楼餐厅内,卸任巡抚卫荣光和王定安、葆亨等官员正在给新任巡抚张之洞一行接风洗尘。

卫荣光:张大人一路风尘,辛苦了。本来早应为张大人和仲子先生接风洗尘,只是鄙人前几天偶感风寒,所以延至今日,还望张大人和仲子先生

见谅才是。为此,鄙人以茶代酒,先敬上二位!

张之洞:卫大人说哪里话来。来晋后得知卫大人贵体违和,本应即时探望才是,只是听鼎丞、葆翁他们说卫大人正在静养调摄,故不便冒昧打扰,还望卫大人谅解方是。来,我先敬卫大人。

卫荣光:张大人客气了。来,我先作介绍:藩司葆亨、冀宁道王定安、学政王可庄、臬司方濬益(字幕同时依次显示:学政王仁堪、臬司方濬益)我们同干同干!

葆　亨:张大人,卫大人派我去娘子关接您,没想到张大人您提前来了个一路微服察访。张大人不辞辛劳体察民情的行举,下官实在是敬佩,也为未能尽到责任亲迎张大人入晋,实感惭愧!我先自罚一杯,再敬张大人和仲子先生!

王定安:葆翁说得对,我也先自罚一杯再敬张大人和桑先生!

张之洞:同干同干!卫大人贵恙方愈,随意,随意!

卫荣光:多谢二位驰念,老朽服药出了点汗,已无大碍,过了正月便起身南下赴任。

张之洞:卫大人此番去江苏任职极好,那可是个鱼米之乡、富饶之地啊!

卫荣光:是倒是,可老朽毕竟年纪大了,心有余而力不足啊!今后在任也不会有多大出息,只怕会愧对太后、皇上的圣眷了。而张大人可就不同了,年富力强,正如日中天,在山西定能干出一番大事。

张之洞:不瞒卫大人,虽奉太后圣谕来山西接任,但对山西的情况实在心中没个底,故有些政务上的事,真还得请卫大人多多赐教呢。

卫荣光:不敢当,不敢当!老朽从山东来山西也只是当了个过路巡抚,短短十来个月,这椅子还未坐热就又要离任,所以山西情况也就了解个皮毛。张大人来山西接任,我这个当前任的有些未尽到责任的事,还全靠张大人来完善。在此,我向在座的诸位在我在山西近一年抚政期间给予的协助深表谢意,也希望诸位今后同心合力,协助张大人办理好山西政务。

张之洞:卫大人过谦了,但我赞同卫大人最后说的那些话。一个好汉三个帮,本人初来山西,人生地不熟,确实没有任何地方政务办理经验,故还需在座诸位在鄙人任上能和卫大人在任时一样尽力协助,为国家为山西百姓尽力多办点实事。

王定安:二位大人为朝廷、为国家、百姓如此费心着想,令下官感动万分。卫大人尽管放心,我们会尽心尽力协助张大人为晋地百姓谋福谋利的。

众:一定会,一定会!

张之洞:那就感谢诸位了。

葆　亨:(一戏子拿戏谱上来)二位大人,戏班已经就绪,请二位大人点戏,咱们边吃边喝边聊如何?

卫荣光:好!请张大人点戏。

张之洞:我不在行,还是请卫大人点。

卫荣光:张大人恐怕还没听过山西梆子吧?那我可喧宾夺主了,就《打金枝》这出戏怎么样?

张之洞:卫大人随意。

卫荣光:葆翁,那就这出吧!

侍者将餐厅后门展开,原来后院对着是一个精致的小舞楼。随着锣鼓声响起,舞台上的人物"依呀咳咳、依呀咳咳"唱起了张之洞从未听过也根本听不懂的山西梆子……

(2)时:夜
　　景:巡抚衙门、酒家
　　人:张之洞、桑治平、大根

巡抚衙门。签押房内,新上任的巡抚张之洞和桑治平端着大根沏上来的茶,边品边聊着什么,一衙役进来,将一堆请柬递送给桑治平后退出。

桑治平：（翻了几张帖子后给张之洞看）藩司葆亨和冀宁道王定安也送帖子来了，说今晚也在杏花大酒楼定下宴席，有戏子唱堂会，要给大人接风。还有"蔚丰厚"的毛掌柜也送来请柬了……

张之洞：（打断）不去不去！咱们昨天拜访卫大人，他也在场嘛！卫大人是前任巡抚，他请客咱们不去说不过去。今天咱们又要赴藩司和王定安的宴请，明天还要有别的什么人请咋办，这还有个完吗？咱们干不干公务了？

桑治平：这官场上的迎来送往应酬，历来如此，躲不掉的啊！

张之洞：唉，来了这么多天了，商界、军界、学界都甩不开面子，时光都打发在这相互说些不着边际的客套应酬空话上了，烦死了！

桑治平：藩司掌管着全省的财务，花钱上的事得天天和这个人打交道；臬司保护地方平安；还有冀宁道，这个的面子同样不能不给。人在官场，身不由己呀！

张之洞：好吧，就参加他这最后一场。对了，仲子兄，要不你再同我去上一趟吧？我一个人实在不想应酬这种局。

桑治平：这两天，各州县来拜见你这位新巡抚的络绎不绝，我若和你去，不还和前两天一样，衙门门前排长龙，下请柬送见面礼的，谁给你堵这个口？况且，人家藩司请的是你，我去不去人家才不在意呢。

张之洞：好吧，听你仲子兄的。今后若有人再请宴，你通通堵住推辞掉！

(3)时：夜

　　景：内

　　人：张之洞、桑治平、大根、王定安、葆亨、戏台班子、轿夫、侍仆数人

院前街，凤凰酒庄。酒楼天井内戏楼一侧房间内，大根和轿夫们坐在凳子上围着一圈吃饭，大根不时朝二楼正中一间厅房望上两眼。

酒庄二楼正中一古色古香、布置豪华的宴厅内，一桌酒宴上，葆亨和王

定安轮番殷勤地给张之洞夹菜斟酒,张之洞勉强应酬着。

葆　亨:(指指侍者刚端上来的精致瓷碗)张大人请品尝,这是凤凰酒庄最拿手,山西最有名大补元气的药膳——头脑。

张之洞:噢,听说过,听说过。傅山先生不但是精通四体的书法大家,又是极善女科的名医,据说这道菜就是傅山先生出于滋补体弱母亲的一片孝心而创出的。

葆　亨:对对,张大人连山西地方的名菜来源都能了如指掌,令人敬佩,敬佩!

王定安:(起身到张之洞面前添满两盅酒,双手恭敬递在张之洞面前一盅,自己端起一盅)张大人学识渊博,卑职得再敬上张大人一杯!

张之洞:不,我不胜酒力,再喝恐怕就要上头了。

葆　亨:不,不上头。这是窖藏50年的原浆汾酒,劲儿虽大,却从不会上头的。这样吧,张大人随意,我先干为敬。

王定安:(添酒端起)我也来陪张大人!

张之洞端起酒杯与众人碰。
酒酣耳热之中,一阵锣鼓声起,楼下对面戏楼台上堂会开始。侍从打开门,廊厅上已摆好放有瓜果茶水的两排座席。

葆　亨:张大人,请到前排就座。

(4)时:日
　　景:外
　　人:同(3)

戏班人送上戏单到葆亨手上,葆亨又恭递到张之洞面前。

葆　亨：张大人，这是山西有名的河东蒲剧戏班，请随意点一出给大人添兴。

张之洞：点戏我不在行，你们随意吧！

王定安：今日既是给张大人您接风，自然只能是张大人亲点，我们跟着沾光就是了。

众　人：是该张大人您点！

张大人不必客气，您点的戏，我们肯定爱听！

……

张之洞拗不过，只好接过戏单，随意翻看着。

张之洞：(指着戏单一页上)对，就这一折吧！

葆　亨：哎哟哟，张大人您还说不在行，大家看看，张大人点的这一出戏，一下子就点到咱山西最有名最有名的一出蒲剧戏了。张大人，您看看您，就这么随便一点，就点着《苏三起解》这出戏了，蒲剧的《苏三起解》这出戏比起京剧的《苏三起解》听起来味道可大不一样。下官佩服！下官实在是佩服！

王定安：在行的人一到山西，一般都要听听这出戏。张大人点出这折戏，确实不愧是行家，真的真的让人佩服！

张之洞：(苦笑一下)各位见笑了，我哪儿能成什么行家呢？

葆亨将戏单递给戏班人，挥挥手。随着戏班人到了后台，戏就唱起来……

戏台上，一个三花脸老头用绳索牵一年轻女子，女子边走边凄楚婉转地唱着："苏三离了洪洞县……"葆亨伸直脖子眼睛直勾勾地盯着戏台上着红色囚衣的女戏子，手脚配合打着拍入迷地听着。猛地，像醒悟什么似的赶忙睁大眼偷看了一眼身旁的张之洞，立刻堆起一脸媚笑侧过身凑到张之洞耳旁。

葆　亨：张大人，您听刚才这女子唱的蒲剧腔，唱得多好啊！对了，这唱词中"洪洞县里无好人"这句您听到了吧？这洪洞县里好人的确不多。

张之洞：戏文里的话，哪能当真？

葆　亨：哎哟，张大人，您真是不知道啊！千真万确，这洪洞县里至今民风刁悍，在山西可是出了名的，不信你问问他们。

王定安：葆翁说得不假，洪洞此地，的确好人不多。

张之洞：不怕各位见笑，我祖上就是洪洞人，先祖名张本，永乐十五年从洪洞迁到直隶的。

葆　亨：(愣了一下，头冒冷汗。片刻，连忙起身双手抱拳不住打躬)哎呀呀，罪过！罪过！卑职实在不知，望大人千万宽恕！千万宽恕！

王定安：(忙站起打躬)真是罪过，卑职也冒犯大人了，请张大人千万恕罪！恕罪！

张之洞：(笑)坐坐，快请坐下！诸位别在意。戏里讲的是过去明代嘉靖年间的事，那时我祖上已属直隶南皮人氏，洪洞县民风刁滑与否与我张氏祖先已无关系。

葆　亨：无关系，无关系，的确与您张大人无关系！——看戏，看戏，张大人请继续看戏，哈哈！

张之洞：好，好，诸位继续看！

堂会散。众人站起，自动靠到一旁给张之洞让出路来。葆亨、王定安左右簇拥着张之洞离开戏场。

葆　亨：张大人，刚才戏开之前大人提到傅山先生的书法，卑职家中正好收藏有他的几幅真迹，大人如有兴趣，不妨到寒舍去观赏一下，如何？

张之洞：你真有傅青主先生的真迹？

王定安：张大人有所不知，葆亨不仅字写得好，还是个收藏癖，尤喜收集古碑帖，他那儿不但有不少傅山先生的碑帖，且还有傅山先生的真迹呢。

张之洞：那好那好！那就到府上去看看，我也早就想拜赏拜赏傅山先生书法的真迹呢！

(5)时：夜
　景：内
　人：张之洞、葆亨、三姨太徐一雯、家丁

葆亨府邸。早已在院子里恭候的葆亨携着十分年轻的三姨太徐一雯连忙迎了上来。

徐一雯：(行万福礼)拜见张大人。
张之洞：这位是……
葆　亨：此乃卑职的三姨太。
张之洞：好一个年轻貌美的三姨太，本部在这儿恭贺葆翁了。
葆　亨：不敢，不敢。张大人能来，让我这寒舍蓬荜生辉，荣幸呀！张大人，请先洗漱一下再到书房用茶吧！
张之洞：好，葆翁请。
葆　亨：张大人先请。

葆亨书斋。烛光照映下，葆亨忙上忙下从书柜和博古架上取出两个精致的锦盒放在案几上，从锦盒中取出装裱过的一个条幅，打开让张之洞看。

葆　亨：张大人，您看，傅山先生的行书真迹。

张之洞接过条幅，面露喜色，认真仔细上下打量，随即又轻轻放置在案几上，开始用手指照着条幅上的字边描摹，边点头还边不住地发出一声声赞叹，一副目不转睛、爱不释手的样子。

葆　亨：张大人，您再看看这一幅，傅山先生的仕女画真迹。

张之洞：书画兼通，又精岐黄，傅山先生真可谓是多才多艺呀！

葆亨瞅了一眼正专注欣赏书画的张之洞一眼，一招手，家丁进门，端上来两碗热腾腾的汤来。

葆　亨：张大人，下午饮了点酒，内人熬了点汤，先喝点解解酒再观赏吧！

张之洞：何必麻烦，我酒早消了。

葆　亨：早闻张大人海量，今日领教。不过这汤已熬好送来了，就边喝边看好了。

张之洞：(接过碗尝了一口)嗯，好汤！又鲜又香！这叫什么汤？

葆　亨：鱼醋醒酒汤，是内人从娘家带来的厨子做的。大人要喜欢喝，我就常给大人送点去。

张之洞：那太劳神，我让厨子来学学就行了。

葆　亨：大人，这儿还有傅山先生的另一幅草书，要不要看看？

张之洞：来这儿就是拜赏傅山先生书法大作的，当然要看。

葆　亨：(转身从书柜中取出一个条幅展开在张之洞面前)请！

张之洞：(放下碗接过来仔细看了片刻，又扭头展开刚才那幅来回比对了一阵，轻轻摇摇头)葆翁，我看这幅似乎有点不像全是傅青主先生的墨迹。

葆　亨：此话怎讲？

张之洞：你看，这个落款的"傅"字，还有这个仲夏的"仲"字，虽然都是一个字，傅青主先生每次书写也有所不同，但整个笔势、气势、内神却都是一致的。但你看看这幅上的"傅"字，还有这个"仲"字，无论笔势、气势还是内神上，都沾不上，连拓印与刚才那两幅相比也是形似而缺神气。还有，你仔细看，这落款部分，虽然裱糊工匠功夫娴熟，但细察还是能看出挖补过的痕迹来。所以，我怀疑这幅字落款部分是因故损坏后人模仿字迹挖补上去的。

葆　亨：大人言之有理。可是从这纸质上看，倒也看不出不是一种纸呀，年代不同，后人能找上当年同样一批纸？

张之洞：这正是装裱匠高明之处。你看，这条幅上部沿轴无字那一小部分，显然是做过旧的。但做旧功夫再高，同一类纸因年代不同色、质也不尽相同，所以装裱匠是从同一张纸上无字部分裁下后，让高人模仿傅山先生字迹书写好再挖补上去，然后再用新纸作旧后补上上面裁剪过的那部分。如不仔细看，还真让人看不出来呢！

葆　亨：大人不但对书法颇有研究，想不到对装裱的学问也如此之高，果真了不起！佩服，佩服！

张之洞：这算什么学问！——好啦，傅山先生书法看了，画也看了，这醒酒汤也喝了，你忙活一天，天气不早了，休息吧，我也该回去了。

葆　亨：张大人，不忙，您要是喜欢看，不妨今晚就在寒舍住下，这书室的古帖字画，大人可任意挑选欣赏，如何？

张之洞：这——不大方便吧？

葆　亨：大人，这有什么不方便？说实话，如果宝眷和您一道来了山西，我自然不敢请大人独留寒舍。既然宝眷未同来，天又这么晚了，大人就在这儿住下，明天上午，顺路再陪大人去冀宁道王定安那儿一趟，他那儿的古董比我这儿要多得多，特别是傅山先生在藏山题诗的隶书真迹，更难得一见，省得大人再想看时又得路上往来耗时，何乐而不为呢？

张之洞：你说的是"藏山藏在九原东，神路双松谡谡风……"那首题诗？

葆　亨：正是。张大人真不愧是识渊文博啊！

张之洞：哪里，我也是刚刚才知道的。好，鼎丞好古，我也略有所闻。这幅藏山题诗真迹，倒是想欣赏一下，只是要给你葆翁添麻烦了。

葆　亨：大人说哪里话了？大人能在寒舍留宿，我还得托傅山先生的福呢，要不是他的字好，我哪儿能享有留下大人在寒舍的福分呢！

张之洞：（笑笑）葆翁你可真会说话。行，客随主便，那我可就住下了。

(6)时:日
　　景:外
　　人:张之洞、葆亨、轿夫

院门外,张之洞往等候的轿前走去,相随的葆亨手持两个锦盒紧随,前来递给张之洞。

张之洞:这是什么?

葆　亨:傅山先生的墨迹呀,昨晚见大人看得如此痴爱,特意给您带上,今后大人即可随时鉴赏呀!

张之洞:那可不行!你珍藏的宝物我怎么能随意拿上呢?

葆　亨:张大人,物应归其主。

张之洞:此话怎讲?

葆　亨:我不懂书画,这只有在懂行的人手里才配,在我手里放着可就太委屈傅山先生的佳作了。您张大人是行家,所以到你手才算是物归其主。再说,此傅山先生真迹也并非是我原所有。

张之洞:那你是从哪儿弄来的呢?

葆　亨:实秉大人,这是徐时霖送的。

张之洞:(沉下脸)徐时霖?你说的是阳曲的那个县令吧,平白无故的,他为何送你这么珍贵的东西?

葆　亨:大人别误会,您有所不知,徐时霖是我三姨太的大哥,平时也爱舞文弄墨,收藏个古帖、古印的。傅山先生的真、草、隶、篆四体真迹他全都藏有。常言道,宝剑赠壮士。而我对书法鉴赏基本上是一窍不通,徐时霖送给我这些可真是委屈它了。所以,我觉得这样的书法大家真迹,要是到了您大人身边,呵呵,方才算得上是物有所值,物归其主哪!

【画外音】见葆亨提到徐时霖,张之洞顿时气不打一处来,想不到这个藩司葆亨竟然是那个烟鬼县令徐时霖的妹夫,怪不得一个靠送银子送美色来讨好上司升了官的烟鬼县令,把民生弄得如此凋敝却居然不受一点处罚。葆亨送自己这珍贵文物,其背后用心,与当时徐时霖送他动机有何两样?秉性耿介的张之洞顿时黑下脸来……

张之洞:葆翁,谢谢你的好意,这书法既是你三姨太的大哥送给你的,你自己好好珍藏好了。我回衙门去了。

葆　亨:张大人,不是说好今上午还要去冀宁道王定安府第看傅山在藏山题诗的那个墨迹吗?

张之洞:王定安那儿傅山先生的藏山题诗墨迹,是不是也是你三姨太那个大哥阳曲县令徐时霖送的?

葆　亨:这……

张之洞:葆翁,我不去了。

葆　亨:天这么晚了,大人,明早再回衙门吧!

张之洞:(转身走出门外)起轿!

张之洞大步朝院门外轿前走去,一脸尴尬相的葆亨呆呆望着张之洞乘轿的身影渐渐远去……

【画外音】张之洞态度的骤变,让掌管着全省财政大权的藩司葆亨甚为惊讶和尴尬。他原本是想趁这个机会讨好一下张之洞这个新任巡抚的,却不明白,为什么新巡抚一听他提到徐时霖说变脸就变脸了呢?看来,新任的这位巡抚张大人可真不是个好捉摸的人物,可真得要小心了。

(7)时:日
　　景:内
　　人:葆亨、徐时霖、徐一雯

藩司衙门。葆亨住宅。徐一雯从正厅后门走到正在家中后花园浇花的葆亨跟前，在他耳边说了几句什么，葆亨放下浇花喷壶，随她一起来到厅房。厅房中，一脸苦瓜相的徐时霖见葆亨进来，立刻像捞到救命稻草一样带着哭腔跪在葆亨面前哭诉起来。

徐时霖：葆翁，我的好妹夫，你可得救救我呀——！

葆　亨：瞅你这出息，起来，哭什么？有什么事说嘛！

徐一雯：哥，你这是干什么？有事慢慢说。

徐时霖：我这知县做不成了，新来的巡抚张……张大人要参劾我。

葆　亨：张大人参劾你？他刚来才几天，什么时候见着你了？

徐时霖：就在前几天，不知他怎么就跑到我衙门上了。

葆　亨：你怎么惹上他了，好好要参你？

徐时霖：我赶了条猪——不是，是下面人抢了一个老太婆的一条猪顶捐摊，老太婆告状告到我那儿时，让他碰上了。

葆　亨：那你审你的告状案好了，不可能因你审案子这事张大人就无缘无故要参你吧？（见徐时霖低头不语，似乎明白了）噢，我明白了。怪不得前天张大人在我家原本聊得好好的，一提到你的名字他就马上翻脸了。我问你，是不是你又没坐堂在家抽大烟让张大人碰上了？新官上任三把火。这倒好，你这个倒霉鬼正好撞到了他的枪口上！真说不定这三把火第一把就会拿你开刀。

徐时霖：那——那你说我现在该怎么办？

葆　亨：我能有什么办法？

徐时霖：要不，给他送点黄货？

葆　亨：算了吧，我想把你给我的傅山真迹给他，他立刻变了脸。在四川和湖北当学政时，他于例可得上万多两银子，他都一文不要全部捐给书院了，会看得起你这点小钱？这位新巡抚到底是什么人？他来了怎么干？现在谁都摸不透，甭说你，就是我和冀宁道员王大人这一段也琢磨不透，得小心呢！

徐时霖：他还限我今年把种罂粟的地全部改种成庄稼，不种庄稼就要参掉我这个县令。

葆　亨：只要把罂粟铲除换种成庄稼，你这个七品帽还可保住？这么说来倒还给你留了个余地呢。

徐时霖：事哪儿能这么简单？那么多农户都靠此为生，要铲除……除非减税免去捐摊。可那样，公务费收不上，甭说还得上缴你藩库了，连我们县衙门自己恐怕也得喝西北风了。

葆　亨：春耕播种不是还有两个月吗？看看情况再说吧！

徐时霖：这个新巡抚挺凶的，要不咱们一起去见见冀宁道王大人吧，他这人心计多，看看能不能想想什么办法？

葆　亨：也不是今明天马上就得办的急事，新巡抚刚来，接风酒宴应酬上的事我得作陪，忙过这几天，咱们一起再议吧。

徐时霖：好吧。你和王大人毕竟是巡抚身边常见之人，你这个当妹夫的一定尽量添点好话帮帮我。

(8) 时：日
　　景：内
　　人：张之洞、桑治平、大根

衙门公所，桑治平正坐在案桌上审阅整理一堆各州县呈送上来的公文，门"呼啦"一声被撞开，桑治平抬头一看，进来的是张之洞，只见他满脸铁青，忙放下手中公文。

张之洞：（端起桑治平面前茶碗把水一饮而尽）气死我了！

桑治平：（笑了一下，给张倒上茶）抚台大人遇到什么事了，气成这样？

张之洞：仲子兄，咱们来时一路沿途你也看到了，所有粮田多栽种的是罂粟这种毒苗，所经的城镇也多是烟馆林立，市面萧条，乞丐成群。百姓如此贫困，民生如此凋敝，而官场却整天不干正事，在行贿送礼中勾结。昨天夜里，葆亨拿着徐时霖送他的傅山真迹要送给我，我给了他个难堪！我看出来了，徐时霖之所以能扶正，扶正后懒政甚至贪腐而不受处置，就是有葆亨在撑腰。

桑治平：香涛弟坐下，消消气，有话慢慢讲。

张之洞：这两天，光接到的接风宴请柬就排满十天了。作为一省巡抚，我如若每天参与其中，能对得起太后、皇上的圣眷，对得起三晋父老和咱们来之前所定下的抱负志向吗？

大根提壶进来，手中拿着一叠请柬。

大　　根：四叔，衙门二堂内，那位"蔚丰厚"的毛掌柜和几个票商来了，想要拜见您。

张之洞：你看看，拜见我，无非又是要我赴宴听戏吧？

桑治平：（苦笑一下）是。他们昨天就来过了，无非还是想请你去喝酒看戏。我和他们说过了你忙，不参与了，他们不相信，不甘心，这不又来了。

张之洞：我去告诉他们，不去！

桑治平：香涛弟，这些人都是些山西地方上有头脸的人物，今后可能都用得着，也不要太伤他们面子，留个余地好了。

张之洞：仲子兄，那天卫大人给咱们接风，他作为前任，我们不能不去。席上本想顺便问他些山西方面的情况，可卫大人装聋作哑尽说些虚虚玄玄的客套话。现在真要天天就这样吃吃吃地吃下去，我们还干不干正事了？这种没完没了吃吃喝喝的事，得当断则断，谁家也不去了。

桑治平：说得也是。不过这个毛掌柜这次可不单是想请你吃饭的。

张之洞：他想干什么？

桑治平：想让你给他的票号题字，外送一万两润笔费。

张之洞：商人趋利，不会白花钱的吧？

桑治平：是倒是，但你今后想办实事，花钱地方多着呢，这些当地商绅，也不要一口拒绝为好。

张之洞:好吧,你告诉他,题字这事先缓一缓,以后再说吧。

桑治平:行,这事我可告诉他缓一缓。但二堂那儿那么多人等着,都是地方有头脸的人物,还是你去吧,刚来,不出面会让人误以为你这新巡抚架子大呢。

张之洞:好吧!

(9)时:日
　　景:内
　　人:张之洞、罗承勋、毛掌柜、众人

衙门大堂间,正坐着等的穿戎装男子(字幕显示:地方绿营总兵罗承勋)、着长袍马褂男子(字幕显示:"蔚丰厚"票号毛掌柜)及各式人等,见张之洞进来后纷纷站起来打招呼。

罗承勋:张大人,上次卫大人为您接风,我正好外派差事不在,也深知大人公务太繁忙,就和毛掌柜决定,一起给大人您接风洗尘,望张大人千万赏光。

张之洞:既知咱们都公务繁忙,那诸位就都免了吧?

毛掌柜:张大人,我早把酒席给定下了,陪客帖子也已发下,戏班子也请了,务请大人赏光。

众　人:对,抚台大人,赏个脸吧!——张大人,明天到我们商会吧!酒席也订下了!

张之洞:诸位,情谊我领了!但我来山西是为百姓效力办事的,不是每天来吃吃喝喝看戏的。敝人为人,向来说一不二。各位要是看得起敝人,愿意同我一起为朝廷社稷尽心尽力、合作共事,那现在就打道回府,各勤国事、己事。否则,就别怪敝人不客气了!

言毕,张之洞拂袖离开大堂。

堂上之人一个个沮丧着脸,相互间看看后,无奈地灰溜溜先后离开大堂而去。

(10)时:日
　　景:内
　　人:张之洞、桑治平、大根

张之洞住处。张之洞一个人闷坐在书案旁,书案上放着两个馒头、一碟咸菜和一碗汤。他拿起书看,看不进去,把书狠狠甩在书案上。大根默默地把添满水的茶碗和壶放在书案上,转身悄然离去时,正好和掀开门帘正欲进来的桑治平碰面。大根手指指屋里,朝桑治平使个眼色,桑治平笑笑跨进门来。

桑治平:怎么?和自个肚子生气呀?
张之洞:仲子兄,坐。(拿茶碗倒茶)
桑治平:(抢过壶)我自己来。
张之洞:这几天来,我去大街小巷转了转,烟馆林立,商铺凋零,货物稀落,乞丐成群,没想到一省之城,沦落到如此衰败之境况,官员们却仍好意思穷奢极欲,大请宴席、海吃海喝,如此下去,成何体统?我把罗承勋、毛老板他们赶走了!
桑治平:也好,没人再敢来请你赴宴看戏了。不过,虽然整治吏风,是当务之急,但操之过急,亦会事与愿违,因为现在官员,十有八九有问题,你总不能一锅全端吧?
张之洞:那也不能任由这些官员就这么尸位素餐、懒散贪腐下去!
桑治平:当然不能!
张之洞:那你说该从何入手?
桑治平:香涛弟别急,还是我们原来定下的,你继续在衙门轮流召见从两司到道府的各级官员,也可以抽空到汾阳、平遥、介休附近一带或书院、兵营里察访察访,而我则可代你去市井乡下及边远州县私访,为你下一步整顿决策提供更多的实情。情况一旦落实清楚后,把那些罪大恶极、民愤极大、证据确凿的贪官予以严惩,震慑官场,一步步把整个山西这股歪风彻底驱散!

张之洞:也只能这样了。

(11)时:日
　　　景:内
　　　人:王定安、葆亨、徐时霖、三姨太徐一雯

藩司衙门小客厅。一盏纱罩灯笼烛光的照映下,王定安、葆亨、徐时霖待三姨太送上糕点茶水闭门退出后,三个人开始了密谈。

徐时霖:葆翁,你这两天见张大人了没有?

葆　亨:还没有。但这两天他火气很大,前两天把想请他吃饭的孔老板等人都给轰走了!

王定安:当年张之洞在湖北做学政,一次到书院视察时,讲了一堂课,正好那天我也在。说实话,他的学识之广、口才之好真没得可比,令当时在场的所有人十分敬佩,可以说论学问上,当前没几个人能比得了他。此人做事爱出个风头,但不贪财,当四川和湖北学政时于例可得上万两银子,却一分不留全捐给了书院。至于做巡抚到底怎么样,我还真一时摸不透。

葆　亨:那您估计他会把雨生怎么样?

王定安:不好说。一般来讲,新官上任三把火,若碰到点子上了,他正好来个杀鸡给猴看,给自己树一树威风,那就活该算你这个大兄哥倒霉了!
(说罢瞟了徐时霖一眼)

徐时霖:那——那我现在该怎么办呢?

王定安:怎么办,怎么办?你自找的,能有什么办法?

葆　亨:鼎丞,据说张之洞来上任前才死了夫人,咱们可不可以瞅个机会以提亲什么的与他联络联络感情？

王定安：嗯，这倒是个办法。

葆　亨：不过得找个机会，不能一下子就说这事。听说张之洞有吟诗癖古之好，鼎丞你也是个大才子，咱们不如抽个机会约他去晋祠或绵山一游，游山玩水间品茗吟诗，也可能激发起他的兴致，拉近关系，提亲这种事也就好说了，或许就会忘了雨生这烂事。

徐时霖：来了这么多天，见他几乎每天不是约官员谈话，就是在下面视察私访。游山玩水，他会有这心思？

王定安：卫大人和我们打招呼了，一半天就要南下赴任走了。张之洞肯定也要去送，这是个机会，咱们见机行事吧！

(12) 时：日
　　景：外
　　人：桑治平、大根、刘定邦、赶车人、黑衣人、路人、民众

太原院前街。林立的商铺中，桑治平一身教书先生装扮，与大根相随行走，一个门匾书写着"晋地第一粮行"，门面装饰气派的店面吸引住了他，只见铺面左右各有一个写着"米""面"大字的招牌，几辆拉着满车粮包的骡马车正从店面前路过。突然，店里面出来十几个黑衣装扮的人围挡住了马车，并在车上乱翻着看。"你们干什么？"一年老者和几个赶车人想制止，但势单力薄，面对凶神恶煞般十几个黑衣人，只能无奈地看着他们任意乱翻。刘定邦从店里走出来。

黑衣人：大哥，这几辆车上拉的都是谷子。

刘定邦：你们这是往哪儿去呀？

年老赶车人：我们从解州来，到寿阳给订下货的一家粮店去送货。

刘定邦：还有百多里，别去了，就卖到我这店里好了。

赶车人：老板，我们是被雇用的，只管运输，挣个脚费，不敢半途随意

处置。

刘定邦：脚费我照付你，还省了你百把里草料打尖钱，别不识抬举！

赶车人：老板，我们真做不了主。你看——（从腰包里掏出一小布包打开，从包着的三个小银元宝中拿出两个），给弟兄们点烟酒钱，让我们赶路吧！

刘定邦：（一巴掌打飞）你他妈打发要饭的呀？弟兄们，把车赶到后院！

赶车人：不行呀，老板！我们回去交代不了呀！（上前跪拖住刘定邦）

刘定邦：（一脚踢倒赶车人）不识抬举！

几个赶车人被黑衣人拖开，另外几个黑衣人赶马车进了店门。几个赶车人爬起来想闯进店去，被几个黑衣人拦住。人群里的桑治平和杨锐怒目而视。桑治平悄悄拉了身旁一路人，打听刘定邦和进了店门的一群黑衣人。

桑治平：这都是什么人？

路　人：（小声）你还不认识他呀？外路人吧？粮王刘定邦，太原"五台帮"的老大。

大　根：光天化日之下明着抢劫，这还有王法没有？

路　人：小声点，这条院前街，所有的饭店、药铺、布店、烟馆，几乎都是他开的。

片刻，几辆空马车被黑衣人从店里送出来甩给几个赶车人。一个黑衣人将一小包袱扔给一赶车人："刘老板给你们的粮钱，还不快滚！"

几个赶车人欲哭无泪。问那位老赶车人："潘叔，怎么办？这点钱把脚费搭进去本钱都不够。"

潘　叔：摊上这倒霉事，咱们外地的有什么办法？

一年轻赶车人：告他！

众赶车人：对，告他！

潘　　叔：(低声)告？到哪儿告？拐过弯路对面就是巡抚衙门,没有官府撑腰,他敢这么在巡抚衙门眼皮底下明目张胆地胡来？咱们先吃了饭再说吧。

【画外音】桑治平还真没有想到,光天化日之下,竟敢如此肆无忌惮地抢劫。见几个赶车人进了一家饭馆,他和大根决定跟上去边吃饭边看个究竟。

(13)时：日
　　景：内
　　人：桑治平、大根、饭庄祁掌柜、店小二、赶车人、食客

"晋源第一粮行"商铺对面,一挂有幌子的饭庄。几个赶车人把车停下,在饭庄旁几棵树上将骡马拴了,相随进了饭庄。桑治平与大根也随着走了进去。

(14)时：日
　　景：内
　　人：桑治平、大根、潘叔等六个赶车人、饭庄祁掌柜、店小二、食客

饭庄上下两层,里厨外堂,堂中二十来张饭桌,楼梯下设有收银接待的地儿。见一伙人进来,看上去有点油头滑脑,头顶上盘有一根滑稽辫子的店小二,忙笑容可掬地着茶壶过来打招呼。

店小二：客官请,这边坐。墙上牌子写着酒菜主食,客官想吃点啥自个选吧！

潘　　叔：就每人来一大碗刀削面吧！

店小二：(朝后厨喊)六大碗刀削面有了……

招呼赶车几人坐下后正倒着茶水,见桑治平与大根进来。

店小二:二位客官,请随意坐,你们用点啥?

桑治平:(挨支开着半边窗扇处坐下,看了一眼墙上菜牌)二两汾酒、一盘醋泡花生、一盘猪头肉。

店小二:二两酒、一盘醋泡花生、一盘猪头肉有了——!

桑治平:老师傅,你们这该往哪里去呀?

潘　叔:能去哪儿? 回呗!

桑治平:那下次还来送货吗?

潘　叔:这一次就赔得半年白搭了,谁还敢再来呀!

大　根:可以告官府呀!

潘　叔:告? 这光天化日之下大白天都敢明着这么来,背后没有官府撑腰做靠山,他敢吗? 自古官匪一家,去哪儿告去?

饭庄楼上,一赤着上身,满脸横肉的胖子正闭目养神,店小二上来楼附他耳边:"祁掌柜,楼下有人讲咱大哥的坏话。"

祁掌柜:本地人,外地人?

店小二:外地人。

祁掌柜:那就让他出出血!

……楼下。潘叔与几个赶车人吃完饭站起身。

潘　叔:掌柜的,结账!

店小二:六碗六千文。

潘　叔:什么? 六千文? 这牌子上面不是写着十文削面一碗吗?

众赶车人:你们这不是坑人诈人吗? 怎么能这般不讲道理?

祁掌柜:(边下楼梯边问)谁这么吵吵嚷嚷呀?

店小二:这几位客官嫌贵不想给钱。

潘　　叔：谁说我们不想给钱？但一碗刀削面牌子上写的十文，却收我们一千文，这不是故意坑人吗？

祁掌柜：谁说我们面一碗十文？看看上面写的，十文削面一碗，就是说十文一条削面的削面一碗。一碗削面何止上百条，收你一千文还少收了你们的呢！六碗六千文，一文不少，不交钱甭想走出这个门！

大　　根：无耻！

年轻气盛实在看不下去的大根一声大喝，让在场的人都吃了一惊，一些零散吃饭的食客也因怕惹事，纷纷离座出门远远观望。店小二也趁机溜了出来。祁掌柜扭头见是一书生，冷笑一声走到杨锐身边："你是不是吃饱撑的，让你狗拿耗子多管闲事！"一拳捣在大根脸上，无防的大根顿时鼻血流出，大根怒目圆睁火起要拼，桑治平见门外店小二又领着多名黑衣人过来，强按胸中怒火拉住大根。

桑治平：这位老板，我家兄弟年少不懂事，别与他一般见识。这样吧，这饭钱是多少，我出。

祁掌柜：(上下打量一下)你出？行哇，你现在要能拿出一两这个(两手一圈)，马上走人！

桑治平：行，我拿。不就一个银元宝吗？这样吧，我没带那么多，可留下作人质，你可派你这位店伙计跟着我家兄弟回去取银子。行不？

祁掌柜：你家有多远？

桑治平：拐弯街对面有兵丁站岗的里面就是。

祁掌柜：那不是巡抚衙门吗？

桑治平：对，敝人就是衙门里做事的。

祁掌柜：你是在衙门做事的？

桑治平：拿纸来，我写一字条你去臬司衙门请方濬益来见我，或写一纸条你派人给了那衙门前站岗的兵丁也行，自会有人送银子过来！你看如何？

大　　根：仲子兄，不要与他费口舌，我这就回衙门去见巡台张大人！

祁掌柜：(上下打量桑治平一下，缓下口气)先生怎么称呼？

大　　根：他是新任巡抚衙门主事，张之洞大人幕僚桑先生！

祁掌柜：哎呀，这……这……桑先生，刚才冒犯了您这位兄弟，我真是有眼无珠瞎了狗眼。兄弟，对不住了，你打我几下吧！快去拿块干净布巾给这位兄弟。

店小二：是，是。(店小二去拿布巾，被店小二叫来的黑衣人见势不妙，一个个悄然溜去)

桑治平：这些人饭钱怎么个结法？

祁掌柜：(拉大根手)不要，不要了！这位兄弟海量，打我几下吧？

大　　根：哼！

桑治平：算了吧，祁老板，饭钱照收，但不能坑人。这几位赶车师傅也按规矩收，记住，今后再不准欺凌外地人！

祁掌柜：那是那是！

桑治平：大根，咱们走。

桑治平放下几枚铜圆，与大根出门扬长而去。

(15)时：日

　　　景：外

　　　人：桑治平、杨锐、大根、赶车人潘叔

从饭庄出来的桑治平和大根被潘叔从后面追上来："二位老爷慢走一步。"桑治平扭头看了一下，几个赶车人也相继出了饭庄，到树前把骡马解下准备赶车上路。桑治平示意潘叔跟他们走，直到拐弯到了巡抚衙门门前。

桑治平：大根，回去洗把脸。大丈夫能屈能伸，暂时忍忍，恶有恶报，总有清算他们的一天。记住,咱们这段日子就是察访,拿到刘定邦这伙恶徒的罪证。

大　根:我明白了。
桑治平:潘师傅,你随我来。

(16)时:日
　　　景:内
　　　人:张之洞、桑治平、大根

张之洞住处。桑治平和大根进来。

张之洞:大根,你脸上怎么啦?
桑治平:被刘定邦手下一个开饭庄的掌柜打的。
张之洞:大根你从不惹是非,怎么会挨打?
桑治平:他也是实在看不下去,抱不平被打的。的确太无法无天了。就在咱这对面不远处的院前街,竟还有一帮黑道地头蛇们欺行霸市、胡作非为。我和杨锐到院前街,就碰到晋源第一粮行老大刘定邦光天化日之下公然强买强卖欺压百姓,压低价买下六车麦子不说,公然又在他开的饭庄强收天价饭钱(蒙太奇)

……楼下。潘叔与几个赶车人吃完饭站起身。

潘　叔:掌柜的,结账!
店小二:六碗六千文。
潘　叔:什么?六千文?这牌子上面不是写着十文削面一碗吗?
众赶车人:你们这不是坑人讹人吗?怎么能这般不讲道理?
祁掌柜:(边下楼梯边问)谁这么吵吵嚷嚷呀?
店小二:这几位客官嫌贵不想给钱。

潘　叔：谁说我们不想给钱？但一碗刀削面牌子上写的十文，却收我们一千文，这不是故意坑人吗？

祁掌柜：谁说我们面一碗十文？看看上面写的，十文削面一碗，就是十文一条削面的削面一碗。一碗削面何止上百条，收你一千文还少收了你们的呢！六碗六千文，一文不少，不交钱甭想走出这个门！

大　根：无耻！

（画面复原）

张之洞：（怒不可遏拍案）在巡抚衙门眼皮下还如此放肆，这还了得！叫臬司方濬益，给我抓下！

桑治平：香涛弟先压压火。抓他容易，但不是时候。

张之洞：为什么？

桑治平：一来卫大人养病还未离开太原，现在抓刘定邦卫大人他面子上也下不去；二来刘定邦黑恶势力所犯之事及参与人员有多少还未全部掌握。此次刘定邦劫道强买之事已让受害人作了笔录以作证据，待我继续查访他其他犯罪事实，一旦摸清，所有同党及犯罪人再一网打尽，岂不更好？

张之洞：（一拳砸在案几上）哼！朗朗乾坤，岂能容此等恶徒横行！通知方濬益，等送卫大人回来让他来见我。他这个臬司怎么当的？

第六集　卫荣光夜访新巡抚
　　　　桑治平拜见大司农

(1)时：夜
　景：外
　人：卫荣光、张之洞

夜,巡抚衙门后院厢房。月光下,张之洞从衙门来到后院,和大根分别到东厢房各自住处。靠门一间,大根开门出来去厨房打水让他洗漱。

前院厢房二楼卫荣光住处。打开着的后墙窗户,受了风寒已病愈的卫荣光正默默地注视着每日早出晚归的张之洞,频频点头,眼神中流露出一种赞许的目光。

【画外音】因病未赴新任的前任巡抚卫荣光,养病这段时间冷眼观察张之洞,一段时间后,他发现这位继任者的确与通常那些徒有虚名、百无一用的名士大有不同。他不赴宴请,不受礼品,天天起早贪黑勤于政事,卫荣光不由从内心深感敬佩。卫荣光觉得在他临离山西之前,该去拜访并辞别一下他的这位继任者了。

(2)时:夜
　　景:内
　　人:卫荣光、柴夫人

晚饭后的卫荣光关上窗扇,从衣架上取下外衣穿上,下到楼下。在隔间厨房忙活的夫人看见穿上外衣的丈夫从楼上下来,便走出隔间。

柴夫人:这么晚了,你这是去哪儿呀?
卫荣光:我去后院张大人那儿一趟,你自己早点睡吧。
柴夫人:你这是……
卫荣光:这么多日子来,你看这位新巡抚,不赴宴、不收礼,每日早出晚归,勤于政事,几乎无片刻休息,他与通常那些徒有虚名、百无一用的所谓名士绝无苟同之处,老夫我也自愧不如。时光如水,眼看清明将至,咱们后天也要启程了,回顾在山西任职十个月,面对百病丛生的现状,无力改变,愧心哪!
柴夫人:夫君也不必太自责,咱不贪不腐不害人,虽无作为,但也无过呀!

卫荣光:无为就是过。我看这个新巡抚就是干事的有为之人,故离开前,我有责任把自己所知的山西情况与他详细谈谈,也算是作为自己任职期愧对山西父老的一点弥补吧!

柴夫人:我明白了。你去吧!

卫荣光笑笑,转身走出门去。

(3)时:夜
　　景:内
　　人:张之洞、卫荣光、大根

月光映照下的东厢房。张之洞房间内,大根给坐在案头看书的张之洞沏好茶,转身刚掀门帘要迈出门,正好碰见已走到门前的卫荣光。

大　根:卫大人,您这是——

卫荣光:张大人在吧?我过来看看。

大　根:(急转身)四叔,卫大人过来看你来了。

张之洞:(急忙起身)哎呀,卫大人,快,快请进来坐!

卫荣光:张大人,十多天来,你天天早出晚归,忙于公事,无片刻休息,鄙人因感风寒未能予以协助,内心敬佩又深感不安哪。

张之洞:卫大人说的哪里话,你身体一时不适,我应去多看望您才对,只是不敢多打扰,所以总是抱憾而归。今日见您康复痊愈,甚为高兴。来,卫大人请喝茶。

卫荣光:张大人,您也请。

张之洞:说实话,我初当巡抚,毫无经验,山西情况全然不知,故一直想向您老前辈请教呢!

卫荣光:不敢当,不敢当。张大人您过谦了。

张之洞：卫大人，您这么"张大人张大人"地叫我，我可承受不起！当年你进翰苑时，我还只是一个刚中举的不懂事的少年，您是我老前辈呀！你就叫我香涛吧！

卫荣光：不能比，不能比呀！你年富力强正是如日中天，我可是已成老朽，眼看就日落西山了啊！

张之洞：哪里哪里，家依长辈，国靠老臣，况且卫大人才五十多岁，为朝廷尽力的日子还长着呢！听说您近日就要起身，我真有点恋恋不舍呢。山西的一些具体情况，多么希望得到你的不吝赐教啊！

卫荣光：香涛贤弟，我理解你这种心情，我今天来一是和你告别，二来也就是想和你聊聊我知道的一些山西情况的。

张之洞：（为卫荣光添茶）卫大人，您作为前辈，能亲自登门如此对待我，真让我感慨万千。

卫荣光：香涛贤弟不必客气，作为前任，尤其是我这位没能给山西百姓干出什么名堂的前任巡抚，唉，惭愧得很啊！所以，我有责任这么做。

【画外音】卫荣光说得不错。他是个在官场上已混了几十年的人，官场的深浅是非他经得太多了。自己已快年逾花甲，朝中又无靠山，面对山西官场腐败百病丛生的现状，既不敢革故除旧，更不去创建布新，只要保持住平稳不出乱子延到顺顺利利、平平安安告老还乡就算是万事大吉了。然而，张之洞廉洁自律、勤于政事和对自己的敬重深深感染了他，一股道义感和责任感让他决定将自己在山西的所见所闻、所经所历、所知所想通通告知这位一身正气、大义凛然且有着大抱负的继任者。

张之洞：那就请前辈不吝赐教，我洗耳恭听。

卫荣光：贤弟，说实话，你初来乍到，看到的只是个皮毛，一团乱麻。时间稍一长，你就会发现，此地何止是一团乱麻，而是一摊烂泥，易陷而难拔，想要整治，几无可能。

张之洞：卫大人，请说说问题出在哪儿？

卫荣光：山西矿产丰富，应富却穷，是交通闭塞运不出去；良田应种粮禾却广栽鸦片，是因百姓摊捐太重不得已而为；藩库本应清理却掩盖封顶，是因水深而无人敢探。贤弟，你说说，该怎么办？

张之洞：良田种毒卉的这种害人倾家荡产事，下令全部铲除就是了，至于摊捐太重，可以给百姓减点摊捐，总不能拿它当饭吃吧？

卫荣光：贤弟，不那么简单。你不知道，这捐摊有的可免，有的可是免不了的啊！比如朝廷每年要的山西二十万斤贡铁，包运脚费在内，一万斤朝廷只给一千两银子，且是乾隆年定下的价，至今百余年了，哪样东西不是几倍涨价，可这运脚费从未变过，现在每年空缺费近四万两银子。还有朝廷每年要的贡绸绢上千匹，百姓日子苦买不起，织造作坊大多不得已转了行，短一匹得补十两银，算下来也有万两之多，这些免不了的不得不摊在老百姓身上啊！

张之洞：这笔款项为何不能从藩库中支付一些，让百姓少摊点？

卫荣光：(端起茶碗)山西本来就穷困，光绪三年起连续大旱，更是大伤元气，藩库哪还有钱？

张之洞：这么大的负担，百姓从哪儿弄钱交啊？

卫荣光：所以，老百姓不得已只好不种粮改种成罂粟，因为种这毒卉获利是种粮食的十倍以上，只有种此才能勉强应对这名目繁多的几十项捐摊。香涛弟，对老百姓来说，实际上这就是逼良为娼啊！(气愤地把茶碗重重放在茶几上)

张之洞：原来这样啊？

卫荣光：所以，香涛弟，你刚才所说要全部铲除罂粟不许再种，我理解。现在山西吸大烟到了令人惊恐的地步。乡间农家十人有四人吸，城市十人有七人吸，至于官、役、兵，可以说十人中有十人都吸，再不除此恶习，整个山西就烂透、全完了！说实话，我也想铲除，但硬来又不现实，表面上，你这样做是为了百姓了，而实际上却是在往绝路上逼百姓呀。

张之洞：卫大人，您能和我说这些掏心窝子的话，我很感激。既然卫大人您没把我当外人，我也坦率告知卫大人，因山西正如您刚才所说那状况，晋患不在灾而在烟,烟毒废人才,弱兵气,耗财力,如此下去,中国如何能强?故这毒害人的鸦片我定要在山西彻底根除!

卫荣光:到底是年轻有为啊,我这近老朽之人,这种话真还说不出来。

张之洞:卫大人,我还听有人说藩库也三十年未清理了,这事——这事您可知道?

卫大人:香涛贤弟,你直问则可,不必有何顾虑。此事我作为巡抚,岂能有不知之理?

张之洞:那卫大人为何没有清查?

卫荣光:我刚来太原后,听说了,确动过清查藩库的念头。——天下哪有一省财政三十年未清理的这种咄咄怪事?但一提此念头,便招多人劝阻,说一查恐怕要牵涉到历任巡抚和藩司,特别是我的前任——曾九帅。老弟,不怕你笑话,老朽反复思虑后,终觉水太深,力不从心,便又打消了此念头。力不从心,力不从心哪!

张之洞:如此说来,岂不更是放任那些贪官污吏为非作歹?

卫荣光:责问得好!这正是我惭愧之处。老弟,对国库蠹虫一类,我也恨之入骨,也想把这些贪官抓出来惩处,但清查三十年都未清理过的藩库这件事,刚才我说了,做起来不但要涉及现任不少官员,甚至会牵扯到我的前任曾国荃——说实话,曾国荃这个人你我都明白,连太后都让他三分,老朽我确实没这个胆量。老弟,你和我讲实话,清查藩库这种水很深且牵一发而动全身的事,你当真要做?

张之洞:做!我不管他水有多深,一定要清查!只要是给百姓办实事,革职丢官在所不惜!

卫荣光:好!贤弟不仅奏疏风骨凛然,且做事也能有胆有识,贤弟被擢升为晋抚,真正是太后、皇上的英明。其他我帮不了你,但在山西地方上干的时间总比你长点,故有几句阅历体会想告知贤弟。

张之洞:请讲。

卫荣光:清查藩库这件事,既然决定要做,那就要一查到底,倘若我这位前任有问题,也绝不留情。如半途而废,那就还不如不做了。有道是:一个篱笆三个桩,一个好汉三个帮,欲干此大事,必须有心正大义凛然之人帮助方行。依我任上这近一年来体察,倒可推荐几个人供你选择。

张之洞:卫大人,您慢点说,(走到案边取过纸墨笔)容我一一记下。

卫荣光:学政王仁堪,为人正直,学问也不错,兴文办学事可放手让他去做。臬司方濬益,才能平平,但品行尚可。辽州同知马丕瑶,平阳府知府李秉衡,汾阳县令方龙光,太原知县薛元钊,这些人都是廉朴诚实可信之人。——对了,还有两位重量级人物差点忘了!

张之洞:谁?

卫荣光:李用清和阎敬铭两位老先生呀!

张之洞:(放下笔站起来)菊甫和丹老先生呀!我还正想着要见他们呢。

卫荣光:你认识?

张之洞:菊甫先生在京时就认识,但丹初老先生只闻其名却未曾谋面。但我知道他们二人都是秉性耿介、博古通今、轻财好义的人。此次来山西前我去向太后陛辞时,太后还曾特意问起过丹老——(蒙太奇画面第三集1)

张之洞:(进门后弯腰说道)新任山西巡抚张之洞跪见太后。(走前几步双膝跪在幔前锦垫上,脱帽伏头顶在地砖上)

慈　禧:你几时起身?

张之洞:臣明晨一早动身,特来向太后辞告。

慈　禧:时事艰难,去山西后要多留心政务,若有所见,可随时奏明。

张之洞:臣明白。到任之后,定尽心抚政,为国为百姓办几件实实在在的事,不忘报太后、皇上圣眷之恩。

慈　禧:你到山西后,顺便打听一下这个人。

张之洞:太后请说。

慈　禧:阎敬铭——你认识他吗?

张之洞:臣没见过,但知道他。秉性耿介,极善理财。

慈　禧：对。据说这些年阎敬铭一直在山西解州书院,朝廷下过几次诏书命他进京办事,他都以病推托了。你见见他,看看他身体到底如何？

张之洞：臣遵命。

慈　禧：阎敬铭在山西,你现在又是山西巡抚,如果他身体还行,能不能劝他再回朝廷来？纵然过去有何不顺畅之事,这十多年都过去的事,也该丢掉了。朝廷还等他出谋划策呢！

张之洞：臣一定将太后此番心意转告于他。

慈　禧：那好。能不能劝他回到朝廷,可就看你的本事了。

张之洞：臣一定尽力劝他回朝廷为国家办事。

慈　禧：那好,如没什么事,你就跪安吧！

张之洞：谢太后。

（画面复原）

卫荣光：如能像太后所言那样,丹老答应出山,对贤弟今后办事肯定会大有好处。

张之洞：山西居然还隐居着这样两位国之瑰宝,这也真是天助我哪！卫大人,谢谢您对晚辈的指教和帮助。

卫荣光：还有一事,恐怕也得给香涛老弟你要添点麻烦了。

张之洞：卫大人不必客气,请讲。

卫荣光：我来山西后不久,榆次县令罗佑辉引晋祠一香火道人来巡抚衙门看了看,说北面历代堆煤地方修一山为靠,山西即可振兴,重现唐代辉煌。老朽一是希望山西真能脱贫致富,二是见此处历代古碑、御题匾额不少露天,风摧雨蚀,亦存有护维之心,就同意动土。然终因库银枯竭,不得不半路停工。我走之后,香涛老弟若能续修工竣,也算了却我一桩心事,则甚为感激。

张之洞：卫大人言重了。工程非先辈私事,况还是维护古迹善举,晚辈理应尽心。您放心,我会妥善安排的。

卫荣光：那好，天也不早，我就回去了。咱们聊了这么多，香涛老弟可千万莫嫌我贫嘴呵。

张之洞：哪里哪里，弟求之不得的事，感谢还来不及呢。卫大人，后天，我要亲自送您出城。

(4)时：夜
　　景：内
　　人：张之洞、桑治平、大根

张之洞居室内，正在整理床铺的大根见张之洞掀门帘进来，连忙转身走到案桌前提壶往茶碗里倒上水。

张之洞：大根，去把仲子叔叫来。

桑治平：(掀门帘进来)不用了，我过来了。估摸您也该回来了。

大　根：(又拿另一茶碗给倒上茶水)仲子叔请用茶。

张之洞：仲子兄，咱们有点错怪卫大人了。卫大人做官清廉，只是上了年纪怯弱了些。今天晚上，他把自己所了解的山西情况，实实在在都对我讲了。对清查藩库这件事，卫大人也极力赞成，但清查藩库事关重大，他劝我用人必须可靠。你看看，(把记的纸从袖口抽出递给桑治平)还给咱们介绍了这几个可用得上之人作参考。

桑治平：卫大人说他什么时候出发南下赴任？

张之洞：后天。他说自己年纪这么大，这一别恐怕再难回山西了，这两天到各衙门去看看，道个别。人就是这样，在一个地方不管待多久，平时不觉得，一旦要离开，都会产生一种不舍之情。卫大人走时，我想多送他一段。

桑治平：应该的。卫大人作为前辈，能如此坦诚与你沟通心里话，说明他人品还是不错的，只是心中有苦衷而已。

张之洞：卫大人说查藩库这件事用人要慎重，待送了卫大人，咱们还需要分头把他介绍过的几位官员再仔细了解一下。

桑治平：您说得对，清理三十年未清过的藩库，不能不涉及一些前任和现任的重要官员，藩司葆亨作为全省您一人之下的二号人物，朝中有靠山，所以清理藩库这件事务必须考虑周到。当下的事，我觉得可先从禁种罂粟开始。其间，我们一方面不动声色抓紧时间物色清查藩库人选，一方面也不妨佯作不经意地寻找时机提一下清理藩库账务的事，从中试探他们的态度，这样一来，对其心中有鬼没鬼亦可看出个大概来。

张之洞：仲子兄言之有理。你可先下解州去拜访一下阎丹老先辈，他在山西居住多年，应该了解一些情况。太后又有请阎敬铭先生出山的意愿，你就辛苦一趟去拜访他一下吧。胡林翼与他交情甚好，关系非同一般，我现在还保存着二十年前胡林翼介绍我去见他的那封信呢。

桑治平：丹老与胡林翼关系好这件事上我也知晓一些。去时如能把这封信带上，他见到此信交流肯定会更好些。

张之洞：我就是此意。好，我拿给你。

张之洞转身从柜中搬出一小木箱，打开箱盖取出一小包袱又一层层剥开，从里面一叠信中取出一个旧信封，打开看了一下后交给桑治平。

张之洞：这就是当年胡林翼介绍我去见阎敬铭时的那封信。

桑治平：好，我明天一早就出发。

张之洞：我也明天去晋阳书院看望一下李用清老先生去，他辞官后应卫大人之邀当了书院山长。

桑治平：我知其人。"布衣藩抚""天下俭"，至廉而众难容啊！

张之洞：光绪三年大旱期间，太后曾派他与丹老协助山西赈灾，这两位老臣对我们清查藩库至关重要啊！

院外。一轮明月悬挂在净空中。窗扇上，映出张之洞和桑之平两人热烈谈话的影子——

(5)时:日
　景:内
　人:卫荣光、葆亨、三姨太徐一雯、衙役

藩司衙门。葆亨住宅客厅。三姨太徐一雯拿着一件新上衣,来到正站在书案旁津津有味地把玩品赏一件宋代瓷瓶的葆亨跟前。

徐一雯:你看,我穿上这件衣裳好看不好看?
葆　亨:好看,好看。
徐一雯:你还没看呢,怎么就……(听到敲门声)
衙　役:葆大人,卫大人来了。
葆　亨:噢,卫大人来了,快,快请他进来。卫大人,快请坐。
徐一雯:卫大人,请喝茶。
卫荣光:好,好。葆翁,我也不多坐了。明天我就要起身了,特来告别一声。
葆　亨:大人贵体可否痊愈?
卫荣光:人上了年纪,免不了常出些毛病。近一年来在山西主政,感谢葆翁的配合。
葆　亨:卫大人客气了。这一走,也不知何时才能见面呢!此时离别真有点不舍之情呢?
卫荣光:谁说不是呢? 有机会,也望葆翁到江苏看看。
葆　亨:一定,一定。卫大人这边还有什么需办之事,尽管寄信来。说实话,卫大人主政山西不久,刚相处融熟,这一眨眼就又要走了。张抚台这人,我还真有点摸不着呢,也不知他这新官上任烧的是哪三把火呢?
卫荣光:张抚台正属年富力强之时,又初主政一方,想干番事业,也在情理之中。昨天,我和他坐了半宵,谈了些事。
葆　亨:他和您提到有什么想法吗?

卫荣光：倒是谈了一些。比如他来山西一路所见罂粟大量种植，官民多吸食鸦片，还有听到的官场风气等，对了，他也提到了藩库三十年未清理的问题，这类问题他都想整治一番。据我这一段日子所观察，张抚台是个有胆有识、有想干出一番大事业雄心的正派人。

葆　亨：那是那是。

(6)时：日
　　景：外
　　人：张之洞、李用清、冯济川及众学子

晋阳书院。前院东、西两座双层中式风格的课室和后院一排的斋舍楼间，学子们三三两两从书院出来在小湖堤边走过。

张之洞一人来到牌楼式的书院门前，进入书院门来到院中，冯济川与一群学子过来。

张之洞：请问，你们的山长李用清先生在哪儿？
冯济川：先生您找我们新山长？
张之洞：是。
冯济川：来，我引您去。

(7)时：日
　　景：内
　　人：张之洞、李用清、冯济川

张之洞随冯济川进入课室楼二楼来到一门前。冯济川叩门。门开。

冯济川：山长，这位先生找您。

张之洞:李大人好!

李用清:哎呀,张抚台,您怎么来了?

张之洞:想不到咱们会在这儿见面吧?

冯济川:(吃惊)您是抚台大人?

  (8)时:日

    景:内

    人:张之洞、李用清

李用清斋舍。李用清沏好两碗茶,张之洞赶忙起身自己过去端起。

李用清:香涛身膺封疆,老朽应先去看你才对。

张之洞:老前辈因疾归里,我来山西任巡抚,自然应是我来看望您老才是。再者,书院是培养人才和文人荟萃之处,我也早想来看看。我以前从无一点从政经验,压力很大,听说您在这书院,更想来拜访老前辈,望今后能对我时时不吝赐教!

李用清:香涛不必过谦。你初来乍到,有些情况不了解,心急,这心情当然可以理解。放心,只要老朽我能帮上忙的,自当竭尽全力。

张之洞:那就太感谢了。老前辈,我想看看这书院,不知您老方便吗?

李用清:香涛,巡抚大人来书院巡察,高兴还来不及呢,何有不方便之说?如果您这当巡抚的能再给学子们讲上一堂课,那对全院学子才更是求之不得的大喜事呢!

张之洞:李大人要这么说,那我今天就来给学子们讲上一次课,就讲讲德行的修炼,李大人您说呢?

李用清:那当然是再好不过的事了。

  (9)时:日

    景:内

人：葆亨、王定安、徐时霖、丫鬟

冀宁道员王定安住宅。王定安正在烟室躺在烟几一侧抽大烟，一个丫鬟给他烧着烟泡。葆亨推门进来。

王定安：葆翁来了！

葆　亨：卫大人要上任走了，来过你这儿吗？

王定安：没有啊！我倒是去卫大人那儿去了，他说近日就起身。来，边抽边聊。

葆　亨：(脱下外衣上烟床躺在烟几另一侧，丫鬟赶紧点上烟泡)张之洞要清查藩库。

王定安：你听谁说的？

葆　亨：卫大人昨天来告别，顺便提到了这么一句。

王定安：嗯，有这个可能。张之洞年富气盛，又新官上任，总得点上几把火给太后看嘛。

葆　亨：他好出风头，在朝中得罪人不少，像御史李郁华就特别忌恨他。弄不好也可能就是李郁华或曾九帅建言太后，不想让他和张佩纶、陈宝琛等一干清流派在朝中经常招惹是非，才故意放他来山西做巡抚看他栽跟头的。

王定安：也不见得。张之洞这人有文才，太后对他圣眷颇隆。要不然，怎会亲点探花，让他连升三级？

徐时霖：这年都过了个把月了，张之洞也没把我怎么样，看来也不过是雷声大雨点小那类。谢天谢地，但愿他能忘了我这事。

王定安：还是小心点吧！张之洞这个人和卫荣光不一样，脾气倔，不怕得罪人。咱们与他相处可探探他口气。清理藩库顺理成章就是你藩司的事，讲清利害能劝他不查最好，万一真要非查不可，可告他说保证把账目弄得清清楚楚向他呈报。

葆　亨：行，我试试。

王定安：另外，顺便提提那件事。

葆　亨：什么事？

王定安：你读过王安石的《明妃曲》吧？

葆　亨：惭愧，读是读过，但背不下词来了。

王定安：明妃初出汉宫时，泪湿春风鬓角垂。低徊顾影无颜色，尚得君王不自持……

葆　亨：我明白了，你是说学汉元帝的做法，和亲？

王定安：对，给刚死了老婆的张之洞找个大美人，这是与他拉近关系的好机会，这一步走好了，一切都好说。

葆　亨：鼎丞兄，你说得倒是个好计策，只是……一时到哪儿去找王昭君？

王定安：咱们都打探着点。近日卫大人就要赴江苏上任走，等送走卫大人后回头再商量这个事。

葆　亨：行。

(10) 时：日
　　　景：外
　　　人：张之洞、大根

张之洞和大根相随从住宅门出来。

张之洞：(对跟随身后的大根)大根，你去请卫大人那三位幕僚到签押房一趟，就说我有事与他们商量。

大　根：好的。

(11) 时：日
　　　景：内
　　　人：张之洞，高、低、胖三个原衙门幕僚

巡抚衙门。签押房。坐在文案后批阅公文的张之洞听到敲门声:"进来吧。"大根从门口引高、低、胖三位原幕僚进来。

大　根:四叔,他们来了。
张之洞:噢,来来来,请坐。
大　根:(分别端上茶碗提壶添上茶)请喝茶。
胖幕僚:张大人,您叫我们有事?
张之洞:卫大人南下赴任,今后咱们就要一起共事了,还望各位今后多多协助。
低幕僚:张大人太客气了。
高幕僚:我们都愿为张大人尽力!
张之洞:不,是同为朝廷尽力,为三晋父老尽力。明日一早我要去送送卫大人。这里有铲除鸦片、清理藩库和整饬吏治呈送朝廷的三个奏折需起草一下,包含内容我已一一列出,望三位尽快拟好。好,各位如果没事的话,就请回去各自准备吧!
三幕僚:是,张大人!

(12)时:日
　　　景:外
　　　人:卫荣光、张之洞、葆亨、王定安、随从老三与仆人、香火道人、小徒弟

太原南小店。数辆骡马车先后停下,卫荣光与张之洞从中间一辆骡车先后下来。骑马相送的葆亨、王定安等一干官员和几名随行的仆人也先后下马。卫荣光抱拳一一向张之洞等送行官员告辞。

卫荣光:香涛老弟,留步了。你和诸公能送我这么远的路,十分感激,

谢谢了。说实话,此时此刻此景,让我也不由得想起贾岛当年离并时写的一首诗来。

张之洞:卫大人说的是不是"客舍并州已十霜,归心日夜忆咸阳"?

卫荣光:(接)对,香涛弟说得一点不错,就是这首。只不过贾岛居太原长达十年之久,而我才短短十来个月,所以我是"客舍并州虽不长,归心日夜忆新乡。无端更渡桑干水,却望并州是故乡"。尤其与弟这两天的交往,让我真有点不舍了。

张之洞:卫大人的心情不难理解。一个地方住得稍久后,平时没什么感觉,可一旦真要离开,就有点如是故乡而不舍了。当年我在四川、湖北当学政离开时,都有这种不是故乡而当成故乡的感觉。

卫荣光:我因要赶路,顺便还想回老家河南新乡看一看,就不多留了。香涛弟,后会有期,珍重。

张之洞:卫大人一路顺风!

众　人:卫大人一路顺风!

几位骑马的仆人护着卫大人的骡车离去。葆亨看一眼仍在凝神望着渐渐远去卫荣光骡车的张之洞,和王定安交换了一下眼神。

葆　亨:张大人,卫大人也送走了,你这一段天天忙碌,也该休息休息了。不如趁今日风和日丽,去找个地方春游一趟怎么样?

张之洞:葆翁计划去哪儿玩玩?

葆　亨:去晋祠,不远,怎么样?

张之洞:晋祠?早闻其是一处名胜,年代久远,有看头吗?

王定安:有,多着呢!

张之洞:这么说,倒是想看看,今晚赶回太原就行。

葆　亨:张大人,您来山西以来日夜操劳,今日既来了就住下,明天一早赶回就行。

王定安:葆翁说得对,张大人起早贪黑地忙公务,人又不是铁铸的,是该稍微轻松一下了。何况一路还可顺便看看农舍田野,访访民情社稷。再者,山西这块土地上任何一处古建名胜或兴或衰,都与山西政务有关,了解一下对今后维修多加指点,这些不都也是政务吗?

张之洞:鼎丞说得倒也是个理。行,住一晚也好。不过,咱们说好了,一路上对着游人或庙里任何人,对我都以张老板相称呼才好。

王定安:明白。张大人您这是随时随地都在微服私访、体察民情呀!

张之洞:言过了,哪能谈到这一步!

葆　亨:就是,就是!大人这种体谅民情的做法就是让人敬佩!

张之洞:大根,你把马给我,你坐车先回去,我与葆翁和鼎丞一起骑马去!

葆　亨:不必,张大人。晋祠有多处绝色美景,难得去一次,一起都去吧!老三,把你的马牵过来。

一个矮胖被葆亨称为"老三"的随从,牵着一匹自己骑的棕红马从葆亨身后面过来。

葆　亨:张大人,别看这匹马矮了点,特温顺,跑起来也特稳当,您就骑这匹吧!

张之洞:葆翁,谢谢你想得周到。好,那咱们走!

(13)时:日
　　景:外
　　人:桑治平、阎敬铭、阎敬铭夫人

晋南,解州书院。大门外,背着行囊和一把长剑骑马来的桑治平,将马拴在就近树桩上,款步来到书院门前,向一正出门老者行礼询问,老者指指门里不远处一间厅房,桑治平顺老者所指方向走去,远远停下脚步,注视着正在讲台上给众学子讲课的阎敬铭。片刻后,课毕,众学子起身垂立,阎敬铭手执书卷从厅房朝站立的桑治平走来。

桑治平：(双手抱拳深深作揖)请问，您是阎老先生吗？

阎敬铭：我就是阎敬铭。请问足下尊姓大名，从何处而来？

桑治平：敝人桑治平，从太原府来，奉张抚台之命特来拜谒您老。

阎敬铭：噢，张抚台……好，桑先生，寒舍就在不远处，请到寒舍说话吧！

(14)时：日

　　　景：内

　　　人：阎敬铭、桑治平、阎老夫人

这是一座普通晋南农家小院落。院子里几棵粗细不一的果树。正屋兼书房里用简易木板搭成的书架上，堆放着满满的书籍；正墙上挂一副装裱后的对联："万顷烟波鸥世界，九天风露鹤精神。"上联右上角一行"书涤丈旧联以赠丹初兄"小字，下联左下角小字为"益阳胡林翼于武昌节署"。两人落座，一位六十余岁白发老妪端一粗碗出来。

阎敬铭：这是贱内。这是桑先生。

阎老夫人：桑先生请喝茶。

桑治平：(连忙站起双手接茶)谢谢阎老夫人！

阎敬铭：快坐下，坐下。没什么好茶，请将就喝点。(对夫人)你去做饭吧，想必桑先生也饿了。

桑治平：(大口喝两口)丹老，本色本味，这种大碗粗茶，最是宜人。

阎敬铭：桑先生从太原府远道而来，不嫌老朽寒舍简陋，实为难得！

桑治平：丹老，张抚台给您写的信。

阎敬铭：老朽与张抚台素无交往，怎么会想起给我来信呢？(接过信展开)

【张之洞旁白】丹老前辈大人阁下：二十年前，之洞遵恩师之命拜老前辈求治国学问，谁料噩耗传来恩师仙逝，万般无奈，只好止步。从此关山暌违，不得亲炙，至今尚痛悔万分。老前辈建不世功业，孚海内人望，激流勇退，隐身乡间，慕前贤之风，志节可嘉；对国家而言，大匠歇手，诚大憾也！客岁之洞奉命承乏三晋，临行陛辞太后，数次问到老前辈，命之洞探望，若身体尚可，务望回京辅助朝政。纶音之亲切，令下臣感慨万分。今特嘱友人桑治平前往拜谒，敬问起居。待之洞将杂事稍清眉目，便南下解州，立雪程门，请教治晋方略。顺带二十年前恩师给之洞亲笔信函一封。晚辈之洞叩首。

阎敬铭：张抚台太客气了。桑先生，信上说有胡文忠公二十年前给他一封信？

桑治平：（取出信）就这封，张抚台特为给您带来。

阎敬铭：胡文忠公是我朋友，张抚台又是他昔日得意弟子，桑先生我原以为是衙门里的人员，从张抚台信中方知足下是抚台的朋友。

桑治平：丹老，我原是张抚台堂兄张子青制台的画友，子青制台致仕回南皮后，一直漂泊江湖。承蒙张抚台看得起，随他一起来山西做点小事。

阎敬铭：哎哟，你还是张子青的画友哪，失敬，失敬！我在山东当巡抚时，他在清江浦做漕运总督，我们交往多。他公余爱绘画，画得很好！比我大点，现在身体怎么样？

桑治平：人上岁数免不了有点小毛病，大体还可以。

阎敬铭：既成了这种关系，我还说什么呢？桑先生，那我就随便问一声，新官上任三把火，张抚台来晋后你有没有听说他这三把火准备烧在那里呀？

桑治平：张抚台说了，一是铲除罂粟，这毒卉误国害民，太可恨了。

阎敬铭：说得好！农户只图眼前之利而不种粮，一旦再发生大旱，又会像前几年一样，有钱也买不着粮而一家家地饿死炕头。嗯，还有呢？

桑治平：张抚台说第二要整饬吏治。山西官场风气不正，懒散贪腐、盘剥百姓、中饱私囊、寡廉鲜耻，差徭繁重、民生凋敝，必须把这个风气正过来。

阎敬铭：说得都对呀，只是——唉！（阎敬铭摇摇头，又重重一声长叹）冰冻三尺，非一日之寒。这种腐败，由来已久，此中盘根错节，牵一发而动全身，真正要整饬，不是件容易的事啊！

桑治平：丹老您说得很对！张抚台也意识到了其中的复杂。您可能还不太了解他这个人。张抚台虽书生出身，胆气却是超人的，从不怕得罪人、担风险。他说整顿山西官场，非来个天崩地裂不可。所以，他整饬吏治的第一件事就是清理积压三十年的藩库款。

阎敬铭：清理藩库账？难道张抚台他不知这要牵涉到多少个山西巡抚和藩司？现任藩司葆亨是黄带子，朝中人脉广奥，为他说话的人多的是，而王定安又是曾九帅红人，张抚台就不怕这么做惹出大麻烦？

桑治平：张抚台说他不怕，牵涉到任何人也绝不含糊，还风闻前几年有一笔为数不少的赈灾银子被人侵吞了，也要借此清查机会弄个水落石出！不管他们后台有多硬，自己丢官掉脑袋也要照查不回避，该赔则赔，该参则参！

阎敬铭：好！有风骨！对贪官污吏，就得使出强硬手段。关于前几年侵吞赈灾银子事，我在山西协查赈灾时也听到了，就是葆亨和王定安他们所为，只要把这两人参倒，山西整饬吏治就算做到实处了。回去告诉张抚台，这事上我老朽定会尽一己之力！文忠公有眼力，收了这么个好弟子。当年文忠公曾悬有一副对联，我想写给香涛。

桑治平：那太好了，我代张抚台谢谢您！

阎敬铭走到书案旁，拿起两条现成宣纸，桑治平也赶忙帮着研墨。阎敬铭饱蘸浓墨，挺身悬臂，端神运气，在宣纸上一挥而就写出："以霹雳手段，显菩萨心肠"十个大字，又在上联右上角写上"胡文忠公旧联录之以赠香涛贤契"，下联左下角写上"阎敬铭壬午仲春书于解州书院"两行小字。

桑治平：写得好，写得好啊！丹老，您这份礼物真是太珍重了。张抚台收到真不知该多高兴哪！

阎敬铭：你回去告诉他，初任巡抚，事杂繁忙，多多自重。待我把书院稍作安排，就亲自去太原见他。

桑治平：老前辈，那就这么说定了。

阎敬铭：香涛有为山西办实事之心，我没有理由不帮他。

桑治平：您能如此说，令晚辈太感动了。好，我赶回去让张抚台立即禀奏太后，望丹老尽快复出。到那时，我专程来解州接您。

阎敬铭：好，好。对了，天不早了，咱们先吃饭吧。桑先生如不嫌弃，不如今晚就在寒舍住一宿，咱们接着好好聊，聊个痛快。

桑治平：好啊，丹老，听您老前辈教诲，我正求之不得呢。——对了，您老也改叫我仲子吧！

阎敬铭一愣，随即拍拍桑治平肩膀，两人对视片刻，一齐大笑起来！

第七集　游晋祠惊叹绝世景
　　　　　摇竹签戏言论古今

(1) 时：日

　　景：外

　　人：张之洞、王定安、葆亨、大根等众随行

两旁栽有垂柳的大道上，王定安、葆亨陪着张之洞一行从远处而来。

葆　亨：张大人，您看，前面就是晋祠。

顺着葆亨的指向，前面出现一个大的建筑群落。王定安和葆亨一左一右护着张之洞向前走去。

张之洞：过去读《水经注》，知晋水发源处有唐叔虞祠，是北魏为纪念周武王之子叔虞而建，有今时之宏大规模，多为历朝历代围其祠兴建吧？

葆　亨：张大人所言极是。郦道元《水经注》中对当时晋祠有"沼西际山枕水，有唐叔虞祠。水侧有凉堂，结飞梁于水上"的描述，可见一千多几百年前就颇有规模，加上后来宋元明及当朝所不断维修扩建，才会有当下如此规模。

张之洞：那为何又称晋祠？

王定安：有几种说法，不过多认为是叔虞之子燮因晋水流唐国，改国名为晋，故也称为晋祠。

张之洞：这么多殿庙楼堂，我们从何看起？

王定安：要一一都细看，恐一时看不过来。其实只要看晋祠的"三绝""三宝"就行了。

张之洞：哪"三绝""三宝"？

葆　亨：晋水源头难老泉、周柏唐槐和宋代塑像为"三绝"；"三宝"嘛，就是圣母殿、鱼沼飞梁和献殿。实际上，傅山和高应元先生题的"难老"及"对越"匾额也值得一看。

张之洞：两位书法家题"难老""对越"匾，必有出处，出在何处？

王定安："难老泉"常年不息，昼夜不舍，北齐时取《诗经·鲁颂》中"永锡难老"锦句为名。而"对越"取自《诗经·周颂·涛庙》中"对越在天"之句，一语双关，是高应元到圣母殿为母治病得愈后为报答圣母功德无量和宣扬母德高尚建坊所题。

张之洞：早闻鼎丞你是博学多才的才子，今天我可是真领略了。

王定安：张大人过奖了。我哪儿敢在少年解元、青年探花的大人您面前卖弄，只不过在山西待得久了些，略知一些当地名胜来源而已。您张大人才是名副其实的大才子呢！

葆　亨：二位都是大才子，谈诗论词这种雅事我可是连半句都插不上。张大人，咱们开始看吧？

王定安：张大人，我们领您挨个看。

画面至晋祠前，众人下马。王定安、葆亨陪着张之洞与众人穿过献殿来到一沟渠处。沟渠溪水晶莹透底，渠底草绿如玉，不时还有鱼儿戏游其间。

王定安：张大人，这就是晋祠"三绝"之一鱼沼泉。

张之洞：(下渠边用手探水，高兴地说)暖暖的，这水又暖又清澈见底，"晋祠流水如碧玉，傲波龙鳞沙草绿"，李白咏晋祠的这诗句，果真名副其实呀！

葆　亨：张大人，你看这桥，与通常之桥有何不同？

张之洞下到桥下看，这座由三十四根石柱竖在莲花形石础之上，石柱支撑十字形桥面的造型罕见的奇桥，让他频频点头，惊叹不已。

王定安、葆亨领张之洞到了对岸一大殿前。

王定安：张大人，这就是圣母殿。(又指指旁边一参天古树)这就是晋祠"三绝"中又一绝周柏，据说有二千六百年历史了。咱们现在进圣母殿去看第三绝，宋代塑像吧！

张之洞：好，但记住，从现在开始改称呼，叫我张老板。

王定安：是！请张大……不，张老板进圣母殿去看看晋祠的第三绝，宋代塑像。

张之洞：好，好。

众笑。

(2)时:日

　　景:内

　　人:张之洞、葆亨、王定安、香火道人、小徒弟、大根等众随行

圣母殿。正中一巨型木制神龛内,凤冠霞帔、神态端庄的圣母邑姜端坐椅子上,丹凤眼微含笑意让朝拜人顿生敬重。圣母左右两旁宦官、女官、侍女一个个色彩艳丽、姿态各异。张之洞在一尊尊彩塑像前轻轻踱步欣赏着。

葆　亨:张大人,此处四十三座塑像全是宋代天圣年间由鲁班五十一世孙鲁连领班建殿时塑造。

张之洞:(在主神身边左右金童玉女前站定与其他塑像对比观察片刻,对身边王定安)鼎丞,这金童玉女两尊小像恐怕不是宋代之物,可能是后代补上的。

随着一阵爽朗的笑声从神龛后面传出,一位留长须,颇具仙风道骨之味的老者引一小徒弟走出来,对张之洞合掌致礼。

香火道人:好眼力,好眼力!这位客官说得不错,此金童玉女确实非宋代之物,乃元朝大德年间依蒙古人长相所补塑,形貌神态确与宋代所塑有差异。老朽虚度六十,在此殿也四十多年了,从未见有一个未经指点就能识别出来之游客。这位客官是我所见第一人,且看得出客官也绝非常人也!

张之洞:老人家过奖了,我只不过有点恋古之癖,偶然看出来点区别而已,就普通一游客,何谈到与常人有异?

葆　亨:(见老人笑而不语)老头子,你说说看,我们这位眼力好的张老板,怎么就看出他绝非常人了?

香火道人:老朽少时父母早亡,家贫,便独自乞讨于此,拾点剩余供品

糊口,余时便主动帮圣母殿清扫打理杂物。香火道人见我勤快,便收留了我,除平日干点挑水清扫粗活,闲暇还教我相术和签卦。香火道人过世后,我便接替他管理圣母殿至今,偶尔也给人看看相签签卦。所以刚才随意说说,众客官莫当真,莫当真!

葆　亨:老人家,我们口渴了,给你银子,给我们沏点茶可以吗?

香火道人:银子倒不必了。老朽虽贫,但茶水还是供得起的。若不嫌弃,请众客官到后殿陋室坐坐,我有现成的热茶可饮。

王定安:好哇,谢谢了! 请领路吧!

(3)时:日
　　景:内
　　人:张之洞、葆亨、王定安、桑治平、香火道人、小徒弟、大根等众随行

穿过殿堂,老者领着众人来到后院禅房。一座陈设简陋、干净的小房间。张之洞、葆亨、王定安一行人落座后,老者让小徒弟端上热茶来让大伙边喝边聊。

张之洞:老人家,平日香火钱够开支吗?

香火道人:不瞒各位客官,来游的客人倒也不少,但多数为平常百姓人家居多,所入香火钱连殿堂日常维护、修缮开支都勉强,所以,老朽只能空闲下给人看看相和风水及摇摇签,补贴一下日子。

王定安:久闻圣母殿里签文很灵,原来是你在做这事呀!

香火道人:外面人都这么说,其实信则灵,玩玩而已。

葆　亨:老人家,把签筒拿出来,让我们也摇摇玩。我给你一两银子,捎带给我们做顿晚饭再安排住宿了,怎么样?

香火道人:好,没问题,我给你们办桌山西另一种风味特色的晚宴。(对小徒弟)去和桥对面长平饭庄的李掌柜说一声,准备好一桌他们长平的十

大碗。

张之洞：长平饭庄？该不是与长平之战有关吧？这开饭店掌柜想必应该是泽州府人。

香火道人：客官又说对了。这开饭店的就是泽州府高平县的。他这饭店除专做一种荤素搭配的流水席十大碗外，还有种烧豆腐的小吃，据传说是白起坑赵兵四十万，百姓因痛恨他残暴，而借此小吃比喻火烧火烤火煮他的肝以示解恨的。

张之洞：竟还有这种意蕴的风味小吃，可见人不能做坏事，好事坏事老百姓都给你记着呢！好，咱们就尝尝这长平十大碗和白起的肝！

香火道人：听饭店掌柜说，当地人办事有一套讲究，这十大碗是一道一道上桌的，上菜中间有乐队奏不同的曲子。今晚，条件受限，咱们这十大碗就一通上齐享用好了。

王定安：行，老人家，由你安排。不过咱们等这十大碗之前，是不是你先把签筒拿出来让我们摇摇？

香火道人：行。(转身从柜中取出半尺来高一竹筒，里面竖着几十支细长的竹签，又取出一本发黄的旧签册来。对各位笑了笑)请诸位客官摇签吧，只是希望别太当真。若摇了上上好签，大家一齐高兴高兴；若签不好，心里千万别在意。

王定安：(接过递到张之洞面前)您请先摇。

张之洞：我从未摇过，你们先摇摇看，我看怎么摇后我再学着摇。

王定安：也好，我就先摇。

王定安双手握签筒，上下晃动，嘴巴默默念叨着，不一会儿从竹筒中蹦出一支细签，老者弯腰拾起。镜头推近：竹签上写第三签。翻开签册，第三签下写着"洛阳城里见秋风，欲作家书意万重"。

王定安：怪啊！葆翁，你说说，张籍这诗写得怎么就与我的情况这么像呢？

葆　亨：老人家,你这签灵啊!昨天他给老家的人写信想寄走,写了半天硬是没写成,说是想说的一些话没有写尽。

王定安：葆翁,你来摇摇试试。

葆亨也如法双手握住竹签筒上下晃动,待蹦出一支细竹签时,不等老者拾就自个弯腰拿到手中。镜头推近:竹签上写第六签。翻开签册,第六签下写着"洛阳亲友如相问,一片冰心在玉壶"。

葆　亨：唉,知我者大慈大悲的圣母娘娘啊!我读诗虽少,但王昌龄这首诗我还是知道的。我拼死拼活为山西做事,光绪三年开始的连年大旱,光我一人就从朝廷给山西要了六十万两赈灾银,还抓了闻喜、平遥等地几位贪官予以惩办。可就因这样惹下了人,背后就烂嘴烂舌尽说我坏话。你们二位看看,看看这签灵的,"一片冰心在玉壶",天地良心,连圣母娘娘都出来给我作证呢!

王定安：葆翁把心放宽,神明在上,说明你是足足清白的。

香火道人：(从葆亨手中接过竹签筒,递在张之洞面前。)您这位老爷,要不要试试凑凑兴?

张之洞：好啊,我也来凑凑兴。

张之洞学二人样子双手握筒上下使劲摇了几下,也蹦出来一支细竹签。老者弯腰捡起,镜头推进:竹签上写第九签。翻开签册,第九签下写"此曲只应天上有,人间能得几回闻"。

张之洞：老人家,此签该如何解释?

香火道人：这位老爷,实不相瞒,这签有点耐人寻味,老朽一时还真解不完整,但好像老爷要听到什么仙曲似的。

王定安：这签摇得还有点奇!

张之洞：怎么讲?

王定安：你们看,我摇的是第三签,你摇的是第六签,刚才张抚……(差点失口,连忙改口)张老板摇的是第九签。连起来这签不是"三六九"吗?这签号起码很吉利呀!还有点奇特的是,我和葆翁的签诗里都是洛阳起头,而且还挺灵的。

张之洞：这签倒是也有点意思。只是我这签不知何时应验?

香火道人：一般来讲,三日内可有应验就算准灵了。不过,万一不应,客官也不必在意,刚才我说过,权当玩玩而已,不必当真。

王定安：对,我一个朋友上个月也在这儿抽过签,第三天就应验了。

葆　亨：对了,老人家,我差点忘了。刚进圣母殿见你时,你说过我们这位张老板不但好眼力,亦非常人也!什么意思?

香火道人：没什么意思,随便说说而已。

葆　亨：我不信,你刚才说香火道人教过你相术和签卦,也承认常用此技来挣点小钱用于补贴日常花销。别推辞了,说准了我再给你加几钱银子。

香火道人：这倒不必。刚才的银子今晚吃住已足够了。只是怕说得哪句不对了,惹得诸位客官扫兴。

张之洞：老人家不必顾虑太多,用您的话来说,今晚大家不过是在一起随意玩玩而已,说错了也不会有人在意。

香火道人：那好吧,说错了权当是老朽酒语。我是说这位叫张老板的老爷额宽面长,山根厚重,嘴阔耳贴,双目如电,单从面相上看,应该是在翰林、御史或镇疆大吏这一类重臣之列。刚才一进殿,张老板又一眼看出金童玉女像为后人补塑,这事以前从未有过,所以我随口说张老爷非常人也!

香火道人一席话,让葆亨和王定安顿时目瞪口呆,两人相互瞪眼看看,半天缓不过神来。张之洞也面显惊异,愣了一下,随即哈哈大笑起来。

张之洞：老人家,你这相看得太不靠谱了!我这身长腿短一个做买卖的半老之人,七品官都差十万八千里够不着边,哪还能谈得上什么翰林、镇疆重臣之列?

香火道人:老朽不敢妄断,也只是照着相经上这么如实讲讲而已。诸客官权当老朽胡讲算了。

葆　亨:(大笑指着老者)死老头子,你可真叫人服了!我们这位张老板就是——

张之洞:(打断)好了,好了!葆翁,我现在肚子可是饿得咕咕叫了。老人家,你说的什么十大碗,也该做好了吧?

(4)时:夜
　　景:外
　　人:张之洞、葆亨、王定安、香火道人、李掌柜、跑堂小伙计、大根及众随行

长平饭庄。饭庄带点古风的院门外挑起的两个幌子上,一个写着大大的"酒"字,一个写着"长平流水席";左右两边门柱木牌上分别写着"一小碟酸辣解恨,十大碗香甜祭贤"的一副对联。张之洞驻足看了一眼,随香火道人一同进入。

香火道人:李掌柜,客人来了。(一精干中年男子领一小伙计从里间出来。)

李掌柜:诸位客官里面请。(朝小伙计)赶快去沏茶。

小伙计:好嘞!

(5)时:夜
　　景:内
　　人:同(4)

一个有着一张颇大方桌的雅间,张之洞、葆亨、王定安一众依次落座。

香火道人：诸客官，你们慢慢吃，我一会儿过来接诸位去休息。

张之洞：老人家，难得一次见面，又给你添诸多麻烦，就一起吃好了。

香火道人：这……不好吧？

王定安：老人家，张老板既然说了，就赏个面子，一起吃吧。

香火道人：行，就和众客官凑个热闹。

张之洞：(见大根几个仆人未进来)大根，叫大伙一块进来吧。葆亨，叫他们一块儿进来。

葆　亨：老三，都进来吧！

王定安：进来吧，快点！

张之洞：今天咱们不分主仆，你们也累了，葆翁，打点酒，无酒不成席，一块热闹热闹。

香火道人：这十大碗流水席，六冷十热，外加一锅烧豆腐，人少了反倒不好吃呢。

张之洞：烧豆腐？(小伙计和李掌柜分别端炭火和锅上来)

李掌柜：来，诸位客官先吃点垫垫底，一会儿喝酒不伤胃。

香火道人：对，这就是烧豆腐。客官尝尝。

张之洞：嗯，味道不错，又香又辣。

王定安：实际上，这十大碗和烧豆腐还有个来头呢！

张之洞：噢，什么来头，讲讲。

王定安：与长平之战有关，李掌柜是事发当地人，由他讲可能更地道些。

张之洞：好，李掌柜，长平之战我知道，与这十大碗有何关系，我就不清楚了。你坐下正好八个人满一桌，咱们一边吃一边讲怎么样？

香火道人：李掌柜，坐就坐吧，这伙客官都很随和的。

李掌柜：那……行，这酒算我招待客官的。来，给诸客官开罐倒上酒！

小伙计：好嘞！

李掌柜：这十大碗的菜名，一会儿让跑堂小伙计上碗时再一个个报，我

就讲这十大碗和这烧豆腐的来历吧!(蒙太奇)

【画外音】公元前262年,一场恶战在上党古长平境内展开,秦国利用离间计,使赵国撤廉颇换纸上谈兵的赵括为大将,结果秦国大将白起率领的秦军大败赵军,一夜之间,将手无寸铁的赵国四十万投降将士活埋,上演了"白起坑赵"的悲剧。

随着【画外音】,现出两军对战激烈的场面;

秦军坑赵兵悲惨场面……

乌云密布的天。低沉的丧乐中,廉颇率将士及百姓数千人穿白衣搭灵棚设百宴祭祀英灵场面……

众兵将十大盘碗供菜摆到桌上,全体下跪祭奠之时,突然一声惊雷,一道闪电,倾盆大雨从天降下,供桌上的食物全泡成了汤。

廉颇端起酒:"苍天有眼,这是老天落下的泪水,在悼念诸位为国捐躯的英烈,安息吧,英烈们!"(先将一碗酒洒在地上,又端起一碗雨水淋过的酒,与众将士一饮而尽)

(画面复原)

李掌柜:这就是流水席的来历。

张之洞:那烧豆腐呢?

李掌柜:那是人们痛恨狼心狗肺白起的残酷,便将豆腐切块代表白起的肝肺,姜蒜捣泥配上韭花,比拟白起脑浆,意为蘸他脑浆吃他肝来解心头之恨。自此以后,长平当地一带每逢祭祀英烈或举办丧事,生者都要做流水席十大碗来祭奠死者。经历代流传,长平流水席流传各地,成了迎宾送客、男婚女嫁、生日寿辰等红白喜事待客之宴。而烧豆腐就成了流水席上喝酒前垫底的一道加菜。

张之洞:原来这十大碗还有一段这样的传说。对了,刚进院时门柱上写的对联那"一小碟酸辣解恨"指的就是这白起的肝吧?

李掌柜:正是!

张之洞:如果我没猜错的话,这副对联应该是你自个编的吧?

香火道人:客官说得不错,就是他自己编的。

王定安:平仄对仗基本协调、工整,名副其实,挺好的一副楹联!

葆　亨:李掌柜读过几年书?

李掌柜:哪念过什么书呀,私塾上了一年就当徒弟学这厨师去了。

葆　亨:看来我这书是白读了,这种对联让我编还真编不出来呢。

张之洞:鼎丞和葆翁说得对,李掌柜你编的这副对联确实不错,既说出数量和味道,又隐喻典故出处。我们这读过半辈子书的未必能编这么面面俱到的楹联出来。

李掌柜:客观笑话我了,我哪里懂得什么楹联不楹联,不过顺口胡诌了两句。

张之洞:李掌柜过谦了。不信咱试试,就这十大碗、烧豆腐,我出个上联,在座诸位试试看谁对得好,就这剩下的酒,对不上就罚,喝完为止,怎么样?

王定安:行呀,反正天还早,咱们就玩一玩。您出吧!

张之洞:我这上联是:十大碗碗碗有汤,又酸又甜又香。

葆　亨:我来对,"豆腐块块块都香,有葱有蒜有姜"。

王定安:不行不行,第一个字就不行,"十"怎么能对"豆"?

"不行!不行!""罚酒!罚酒!"大伙哄笑起来,连张之洞也忍不住笑了。

【画外音】葆亨和王定安怎么也想不到,一向常板着面孔、严肃得让人有点透不过气的张大人,竟也能如此不计尊卑地和下人融和相处。看来,张之洞这位新巡抚也并非是那种不食人间烟火,让人只能敬而远之的一类人物。

（6）时：夜
　　景：外
　　人：张之洞、葆亨、王定安、香火道人、小徒弟、大根与众随行

圣母殿门外，香火道人领着张之洞一行翻过石桥来到倚晋湖的一处宅院处。宅门里沿院墙处所栽花木，虽是冬季却仍显出茂密的样子。大门敞开着，院正中，一幢二层雕梁画栋的小楼在朦胧月光下，犹如画中。

香火道人：房间和茶水我让小徒弟刚才过来都准备好了，老朽就不进去打扰了，各位客官早点安歇吧！

香火道人抱拳告辞。小徒弟领着众人上了二楼。

（7）时：夜
　　景：内
　　人：张之洞、葆亨、王定安、小徒弟、大根与众随行

客厅。"众客官请慢用。"小徒弟给落座的众人一一倒好茶水后，打个招呼轻轻掩上门退了出去。

葆　亨：张大人，您说刚才这位香火道人神不神？他虽然不认识您，可咱们吃饭前让他解释为何说您是非常人时，却能从面相看出您位重在镇疆大吏。您要不打断我话让他知道您就是新任山西巡抚，说不了连他自己都要惊出魂来呢！

张之洞：相面之术，全凭看相人的心机观察与嘴皮子的随机应变，也许巧合，不能全信。

王定安：信，我全信。张大人，刚才对着香火道人我不便明说。实际

上,刚才抽签时李清照的那句云中锦书说不定就是圣母娘娘在做媒呢!

张之洞:此话怎讲?

王定安:张大人来山西赴任前夕,我们听说了尊夫人不幸去世的消息,同感悲痛。但斯人已去,大人独自一人在此每日辛劳,终究需一人贴身照料方行。正好我一位姓秦的朋友,几个月前夫人领着女儿在这儿圣母殿抽签,抽的也是李清照这句词,而且是她女儿自己抽的签。此女不但多才,容貌也可称得上是闭月羞花、沉鱼落雁。太原城有句话叫"太原秦家一枝花,压倒城里百万家",说的就是她。女儿心高,媒婆踏破门槛也没选下个合心思的。朋友上个月又找太原城铁瞎子卜卦,卦辞上写的是"乘龙快婿来千里,弓长树上落凤凰"。这"千里外、弓长树"指的不明明都是您张大人吗?

张之洞:好啊,真要如此,我倒真要看看这秦家女儿有多漂亮!

葆　亨:张大人,咱们这次不白来呀!鼎丞的签验证了,我的清白签上面也证实了,张大人您的签又巧得这么有天意。好,这事包在我身上,近日我就安排。

王定安:张大人,葆翁办事尽管放心,任何事交给他办,没有办不好的。

张之洞:这好哇,我就盼着有这样的干将协助,多为山西父老办些实事呢!

葆　亨:为朝廷尽力,理所应当,理所应当!

张之洞:这就好,这就好!行,天不早了,大家就早点休息吧。

王定安:好,张大人您也早点休息。

(8)时:夜

　　景:内

　　人:张之洞、大根

客房内,大根看见烛照下的张之洞,默默的,似乎在思考什么,便递碗水过去:"四叔,喝点白水吧,茶水喝了怕你又睡不着。"

张之洞：大根,我突然想起件事,咱们去看看葆大人和王大人睡了没有？

大　根：好。

(9)时：夜
　　景：内
　　人：张之洞、王定安、葆亨、大根

葆亨和王定安房间。张之洞和大根敲门后进来。

葆　亨：张大人,您没睡呀？

张之洞：睡不着。想起一件事,估计你们也还未必睡,就过来了。

王定安：张大人您坐,什么事？您说。

张之洞：卫大人走时说,巡抚衙门后面梅山那地方修了个半拉子工程,有这回事吧？

葆　亨：是,有这么回事,据说是榆次县令罗佑辉领着一个风水先生给卫大人建言修的,说是咱巡抚衙门后面有个靠山,旁边建个小湖,衙门风水就好。巡抚衙门风水好,老百姓也就跟着沾光了。

张之洞：卫大人说这风水先生是一位香火道人,会不会就是今天咱们遇到的这位老先生？

王定安：八九不离十,很可能就是他。

葆　亨：张大人是不是想把这项工程完成？

张之洞：不是藩库没钱吗？

葆　亨：是有这原因,从外面取石堆山,挖湖取土又要运出,费工费料费时,开支太大。但不竣工,岂不更浪费？况且,这香火道人够神的,真要如他说的那样,风水好了,山西百姓富了,这也值得呀！张大人如有此意,我可以想想办法。

张之洞：这地方我去看了看,能不能请人筹划筹划,想个既省钱省工又能完成工程的办法？比如说建材,除外圈面上用石料,建湖取出的土填到里面,岂不省石料又可免往外运之劳？

王定安:如果就地往下面挖土建个半地下议会厅,取出的土连挖湖的土盖在上面再栽植些树和花,再把先辈留下的一些石碑古董装点起来,岂不更好？

张之洞:这倒也是个好办法,既了结了工程,占了个好风水,有了个议事的集聚场所,还多了个休闲好去处。只是好归好,终究还是缺一个钱字。

葆　亨:张大人,依您和鼎丞这么一说,我倒觉得该能完成这工程。这样吧,我回去找找原修建这一家,就按刚才设想的这办法让他做个测算。我估计,这样个建法,省工省时又省料,费用肯定也用不了多少。

张之洞:先和你们说说,也不是急着马上办的事,心中有个数就行了。好了,我要回去睡觉了,你们也早点歇了吧。

第八集　古祠夜月下传琴声
　　　　　抚琴女花溪遇知音

(1)时:夜
　　景:内
　　人:张之洞

晋祠。静谧的夜。皓月的清辉透过树枝洒落在客房的窗纸上,织就一幅黑白相间、斑斑驳驳的图景在微风下摇曳。

屋内,躺在床上的张之洞隐隐约约听到窗外传来一阵阵的琴声。他侧耳凝神听了片刻,"阳关三叠",他有点兴奋地自言自语了一句,立刻披衣走到窗前。他推开窗扇,琴声逐渐显得清晰起来……

【画外音】飘柔轻曼、时断时续又略带哀怨的琴声,立刻吸引住了张之洞,这再熟悉不过的琴声,让他久久地伫立在窗纱前激动不已,让他顿时沉溺在了感慨万千的往事寻索追忆中……

伴随着轻曼悦耳的琴声中,画面呈现出张之洞青年时代的身影。

一座四合院的正房庭堂一侧,王夫人正在弹琴,正在书案上练字的张之洞伴随着琴声于纸上挥毫:

(伴张之洞吟诗声)"渭城朝雨浥轻尘,客舍青青柳色新。劝君更尽一杯酒,西出阳关无故人。"诗尽笔停,琴声戛然而止。

张之洞:夫人,你这首"阳关三叠"弹得太好了!

王夫人:夫君听出来了?

张之洞:(拿起书写的纸)你看!

王夫人:(会意地一笑)准儿稍大点,这祖传的古琴也该让他学学了。

张之洞:这是你当母亲的责任了,我又不会弹琴。经史诗书这方面嘛,那倒该是我的事。

画面淡化而去。又恢复张之洞在纱窗前伫立沉思的镜头……

(2)时:日
　　景:外
　　人:张之洞、葆亨、王定安、香火道人、小徒弟、大根

次日晨。张之洞由大根领路走出小院。他伸展了一下两臂,深深呼吸了几口清新的空气。葆亨和王定安也紧随着走出小院,正碰着圣母殿看守老人香火道人和小徒弟相随着也赶了过来。

香火道人:众客官早! 昨晚睡得可好?

张之洞:好好,麻烦你了。——对了,老人家,昨夜听到有琴声,你知道是谁弹的吗?

香火道人：噢,知道,花溪书院李塾师女儿佩玉弹的。唉,苦命孩子,丈夫不幸早逝,儿子也夭折了。婆家不待见她,就回娘家了。是不是昨夜的琴声打扰众客官了?

张之洞：不不,是昨夜的琴声让我觉得弹得太好了,我想见见她。

葆　亨：一个会弹琴的女子,用不着您亲自去看,叫她来见您好了。

张之洞：琴弹得如此好的不多见,必定称得上是才女,我们亲自去看望她一下,也是应该的。

葆　亨：您说得有道理,我们一起去看望她。

张之洞：老人家,麻烦您引引路。

香人道人：不远,前面拐过去就是。我先走一步,向塾师打个招呼,给众客官准备一下茶水。

香火道人说罢,快步先行而去。张之洞一行随后边走边看,不一会儿来到一处宽敞却显得十分净洁的院落,院墙跟前搭的架上还留着十多个大大小小未摘留种的干葫芦。院墙外四周却是荒草丛生。残破的门楼上,横排着砖石雕刻的"花溪书院"四个黑漆斑驳的大字。

张之洞：请教老人家,这座废弃的书院为何取名叫花溪书院呢?

王定安：书院取名于这儿原有条不大的小溪,溪中水也是经冬不结冰,小溪四周一年四季长满了各色各样野花,冬天也不衰凋,故称花溪。只是前几年连续大旱后,溪里基本也断水了,但花却仍一年四季照样开。众客官你们看,这远远近近各式各样的野花开得多盛!

张之洞：真是一个神奇的地方! 只可惜显得有点荒芜了。

张之洞一行略停片刻,刚跨入大门,香火道人便领着一位年逾花甲,衣着陈素却不失整洁的老者迎了出来。

香火道人：这位就是书院李塾师,弹琴的就是他女儿。

张之洞：(望了一眼门前场地上沿墙竖着的几件兵器)李先生还习武？

李塾师：先辈曾是武举出身，我年少时跟着先辈习练过几天，现在嘛，偶尔闲暇时也练着玩玩。

张之洞：想不到看上去外表瘦弱温文尔雅的李先生，竟然会拳脚。

香火道人：客官不要看李师傅外表瘦弱，你们这几位年轻后生未必是他的对手吧！

李塾师：你别在客人面前瞎说！——众客官，屋里请，屋里请。

(3)时：日
　　景：内
　　人：张之洞、葆亨、王定安、香火道人、李塾师、大根

在里外隔间不算宽敞的屋子里，李塾师招呼张之洞一行分头坐下后，又忙着一一给大伙倒茶水。

张之洞：请问老先生大名？

李塾师：不敢，贱名治国。其实，从未治过一天国，名不副实。

张之洞：(笑)您以舌耕养家糊口，一分一文来得堂堂正正，花起来心安理得，与世无争，天君泰然，岂不甚好！

李塾师：客官说得对，这几年我也是这么想的。不怨不忮，坦然度日。只是有时毕竟因家计清寒，想做些事力不从心呀！

张之洞：你这蒙馆有多少学童？

李塾师：不足二十个。

张之洞：收的学费可够养家？

李塾师：实不相瞒，哪里够养家？这乡民大多贫困，只能交少许学费。有几个娃家却太穷，父母想让他们辍学，我看他们聪慧好学，便免了他们学费挽留下来。

张之洞：李先生所为不愧为人师，令人敬佩。那日子怎样过？

李塾师：老伴种点菜又喂了十几只鸡，偶尔也教教别人拳术，基本上勉勉强强还可以维持。

张之洞：噢，李先生既是武术世家出身还教别人拳术，刚才这老人家又夸你说我们这几位后生未必是李先生的对手，看来李先生功夫绝非是一般呀！

李塾师：别听他胡说，只是偶尔玩玩，偶尔玩玩。

葆　亨：李先生，能不能露一手让我们开开眼界？

香火道人：老李，你这人也真是，就偶尔玩玩让众客官见识见识有何不可？

李塾师：你这老头真是……好吧，既然诸位客官有雅兴，那我也就只好献丑了。请诸位客官到院里稍等，我换件衣服。

(4)时：日
　　景：外
　　人：同(3)

李塾师待众人出去，自己换了衣服出门站到离葫芦架五丈开外："客官看前面！"话音刚落，他手臂一展，只听到"嗖嗖"几声，葫芦架上的三四个葫芦顿时蒂断落地，此时头顶正好几只麻雀飞过，李塾师朝麻雀吹了几口气，两只麻雀顿时落在了地上。众人惊讶！

李塾师：各位客官见笑了，请回寒舍喝茶。

香火道人：罪过罪过，谁让你杀生了？

李塾师：罪魁祸首可是你老人家，谁让你多嘴的？

王定安：李师傅，您刚才镖下葫芦的表现，我们已大感惊叹，没想到吹口气就把麻雀吹下来，你太神了！

李塾师：哪能凭口气就吹下来？只是祖上传下的"口吐金莲"防身小技而已。

葆　亨：那是什么东西打下来的？

张之洞：(见李塾师笑而不答)葆翁，见识到李先生功夫就很开眼界了，别问那么详细了。

葆　亨：行，李师傅，你这功夫，够神的！

王定安：果然是藏龙卧虎在民间啊。

李塾师：过奖！过奖！各位客官喝茶，喝茶。

(5)时：日

　　景：内

　　人：张之洞、葆亨、王定安、香火道人、李塾师、李佩玉、大根

众人坐定，李塾师给众人一一添茶。

王定安：李师傅，你算是让我真正见识到了什么是真人不露相，露相不一般了！敬佩，敬佩！

葆　亨：李先生，你刚才吹口气就把飞着的麻雀吹下来了，你这气力可真神奇啊！

李塾师：此不过是物借气而行，吹口气就打下，哪有那么神？实话对客官讲，与世代习武先辈比，未能继承，确实惭愧有余。我是独子，老父在世时，见我身子瘦弱，非习武之才，也就不强调继承此业，除让我读书外，也只传授些护身小技，坐桩、飞镖和刚才击麻雀的"口吐金莲"就是此类。到我这代又只一独生女儿，唉，武道之家就此终结了。

葆　亨："口吐金莲"？这么说你刚才打下麻雀是嘴里有东西？什么东西？我们怎么没看见！

王定安：(见李塾师笑而不语)葆翁，你看到就行了，哪一行没有行规，非得什么也告诉你？

葆　亨：对对，绝世武功秘不外传，理解，理解。

张之洞：李先生，看似柔弱书生般的你，没想到武功竟如此之高，确实

令人佩服！不过,你也别太把这当成憾事,古来女孩子武艺高强的多的是,该传承的还得传承下去。

李塾师:客官说得倒也是。

香火道人:对了,老李,说起你女儿,还有个事得请你成全一下。

李塾师:请讲。

香火道人:昨夜佩玉弹琴,这位客官听到了,十分赞赏,想来看看佩玉。你让她出来和客人见个面吧!

李塾师:小女琴艺荒疏,客官谬奖了。

张之洞:不瞒李先生,我家有传世古琴,从小就听母亲弹琴。母亲过世后,古琴传我夫人,她也弹得一手好琴。多年来,我虽不会弹琴,却也能听得出琴艺的高低。您女儿是我所遇琴弹得最好的一位。昨晚直到她不再弹了才上床睡觉,躺在床上很久都觉得余音绕梁,不绝于耳。

李塾师:客官如此夸奖,小女实在担当不起。

葆　亨:李先生不必谦虚,令爱琴艺高明,也必希望有人真心欣赏她的琴艺。您不要代她做主了,问问她吧?

王定安:对,李先生,就说我们真心等着见她。

李塾师:好,待我问问佩玉,看她意下如何?

李佩玉:爸,我过来了!(衣着蓝底白花粗布夹衣的佩玉从里屋掀帘出来,大大方方向诸位施礼)诸位客官好!

张之洞:昨夜你弹的琴,让我回忆起许多往事。刚才我和你父亲说了,我从小就在母亲的琴声中度过,所以对琴有种特殊感情,想说几句对你弹琴的感受,不知可否?

李佩玉:小女子琴艺粗劣,有辱客官听了半夜,实在惭愧。客官既然如此说,我倒是愿意听的。请客官指教。

张之洞:你的琴声上半部如春溪流水,如向阳之花,欢快欣然,像追忆少女的欢乐和幸福;下半部则让人有一种苍悠凄楚、深沉哀怨的心境,很可能心中涌起许多世事辛酸,琴声有些变调。你看,我说的有没有点道理?

李佩玉:客官说得不错。

张之洞：古人云："凡音之起，由心之所生也"。我听说过古晋平公听人弹《清徵》的故事，略知《清商》之悲凉、《清徵》之德行、《清角》之最悲情之典故，我听你琴声而知你心情，可否算你知音？

李佩玉：若这样说来，客官倒也可算得是我知音了。

张之洞：(大笑，众亦随之同笑)李老先生，我有个不情之请，令爱可否给我们再弹一曲？

李塾师：佩玉，你看……

李佩玉：客官既然如此明辨音乐，我愿意再操一曲给诸位客官听。

佩玉转身回里屋，李塾师随后入。片刻李塾师出。

李塾师：琴架太笨，不便搬动，小女亦未当生人面弹奏过琴，就让她在里屋为各位客官弹吧。

张之洞：也好，也好！隔壁听琴，更宜凝神倾听。

琴声响起，随着琴声，画面依次出现各种背景：碧波荡漾，烟波浩渺，天光云影，气象万千。五彩云中，几位仙女手携彩练当空飘舞，时上时下，时左时右，绚丽多彩；一会儿，又呈现漫山遍野盛开着的山花，姹紫嫣红，千娇百媚，引来群蝶翔飞；时而，随着琴声节奏的加快，激昂的声调犹如一江春水浩浩荡荡、波涛汹涌东流入海；片刻又似百兽过河，山洪暴发，浪花飞溅，震人心弦；接下来是急管繁弦，号角啸厉，犹如战马嘶鸣，如刀枪撞击……正入高潮瞬间，琴声戛然而止，画面归原，一片寂静。众人还倾心在音乐世界之中，佩玉神采奕奕从里屋款款走出来。

张之洞：(两眼含泪)好，好，弹得太好了！这曲子又把我带入到了儿时的光景，那时我母亲就经常弹这首曲子给我听。佩玉，这首曲子的曲名是不是叫《平阳公主凯旋曲》？

李佩玉：正是，正是。这曲子很少人能听出曲名的，客官不愧为知音！

张之洞：李先生，令女琴艺之高，太令人敬佩了！

葆　亨：（拍手）绝，绝了！弹琴人琴艺令人叫绝！张抚台乐韵精通亦令人惊叹！我们几个今天也大长见识了！

张之洞：（见李塾师等惊异表情，忙站起身）实不相瞒，鄙人就是山西巡抚张之洞。

王定安：这位是抚台张大人，这位是藩台葆大人。

李塾师、香火道人：（双双跪下）我等不知大人们光临，罪过罪过！

张之洞：（连忙扶起）快快起来，不必这样！

李塾师：各位大人千万谅解，真没有想到你们来，寒舍太简陋，太简陋了。

张之洞：老先生不必客气。我们贸然来访，还望您和佩玉见谅才是。葆翁，回去了解一下全省类似这种需要维修的书院还有多少，有可能的话做个测算尽快维修一下。另外，葆亨把今日这茶水费付了。

李塾师：不敢不敢，刚才也没有什么糕点瓜果招待，已经实感过意不去了！

张之洞：茶水费一定得收下。只是鄙人还有一事想麻烦您老人家成全。

李塾师：张大人请讲。

张之洞：鄙人刚才说过，先母最喜弹琴，只可惜她在我很小时就过世了，只留下一张古琴。我女儿年方八岁，希望她能像祖母一样会操琴奏曲，故冒昧请求能让您女公子到鄙人家教小女弹琴，另外再教她识字读书，一句话，就是做小女师傅，不知你们肯不肯给这个面子？

李塾师：大人如此看得起小女，哪有不允之理？（佩玉扯了扯父亲衣角）嗯……只是小女贫寒家庭出身，不懂礼数，哪能做得了大人千金的师傅？

张之洞：鄙人既想请，就完全信得过您女儿。不急，小女过几天才要来，你们父女俩慢慢商量。至于薪水，我会略高于通常衙门请的西席。

李塾师：深谢抚台大人错爱，我们父女商量后尽快回复大人。

张之洞：好吧。老先生，我们告辞了。如你父女商量后同意，我派人来接女师傅。葆翁、鼎丞,没什么事,我们就准备回城吧?

王定安:天还早,张大人,我们顺便去看看唐朝大将尉迟敬德的别墅再走也误不了。

张之洞:尉迟敬德的别墅?

葆　亨:对,不远,前面百十步拐进去就到。

(6)时:日
　　景:外
　　人:张之洞、葆亨、王定安、大根及众随行

奉圣寺。一座七级八角形六丈多高的舍利塔旁,一棵干老枝嫩、苍郁古朴的巨大槐树下,张之洞一伙人驻足观看。

张之洞:这儿是尉迟敬德的别墅?

王定安:这儿原来是唐大将尉迟敬德别墅之址。后来他听人建议拆掉别墅后改建成此寺。

张之洞:这棵古槐估计也有上千年了。

葆　亨:这棵大槐树曾干枯过若干年,后来竟又活了。

王定安:张大人,这里面有个传说。(蒙太奇)

【画外音】这奉圣寺内,每年春季都要举办一场庙会。这是乾隆二十一年三月二十一的庙会……

庙会上,琳琅满目各种百货、小吃,密密匝匝的人群,戏台上花旦老生,戏台下人头攒动。舍利塔旁一棵巨大的枯树下,老道士正吆喝着卖膏药,但始终无人买他的膏药。老道士一声叹息:如此仙药竟无人享用,凡人无福,枯树复生。言毕,将膏药贴于枯树身上扬长而去。老道士走后,人们猛然间发现,一群喜鹊飞来,一边围着枯树兜圈子,一边叽叽喳喳地叫个不停,枯树竟然冒出了小嫩芽死而复生了……

（画面复原）

王定安：故此树又称复生槐。
葆　亨：是是，是叫复生槐。周柏唐槐，槐即指此。

第九集　马同州勇挑新任
　　　　　张巡抚怒斥旧僚

(1)时：日
　景：内
　人：张之洞、葆亨、王定安

　　巡抚衙门。张之洞、大根和葆亨及王定安骑马进入后院，衙役们将马牵走后，张之洞、葆亨和王定安三人相继进入卫荣光住过已收拾整洁的屋子客厅里。

　　葆　亨：张大人，都收拾好了，您看这样摆设还行吧？
　　张之洞：这才走了两天，就都弄好了。不错，不错。
　　王定安：张大人，这都是咱们送卫大人时，葆翁听说大根媳妇和大人小女就要来太原了，专门安排人收拾的。葆翁这个人长处就是热心，无论公事私事，他都想得周到，办得周全。葆翁能干，人脉关系广奥，前几年大旱灾，曾九帅为筹措赈灾款急得团团转，四处求援，而葆翁单他一个人就从朝廷要回六十万两赈灾银子，让从不轻易夸奖人的曾九帅也对他刮目相看。
　　葆　亨：鼎丞过奖了。张大人，实际上，鼎丞才是个大才子，除文书奏折拟稿起草外，好多政务上的事，都是他拿的主意。
　　张之洞：那好那好！有葆翁如此能干的藩司，又有文才盛名的鼎丞，有你们二位得力真诚协助,咱们不愁干出几样让朝廷、让山西父老满意的实事来!

大根提壶端茶水上。

张之洞:大根,去买几大碗什么那个……对,刀削面来,这个面不错,我们几个午饭就在这儿吃吧?

葆　亨:张大人,不用吧?我们一会儿找个酒店去吃吧,我做东。

张之洞:就在这儿吃。咱们几个正好在一起,边吃边随意聊点政务上的事,既填饱了肚子,又不耽误议事,岂不更好?

王定安:大人说得是,葆翁,就听张大人的。

大　根:行,我这就去。

葆　亨:张大人,这次晋祠一游,您感受不一般吧?

张之洞:嗯,不错。晋祠我知道,但没想到如此静谧秀美,神奇迷人,且绝品也不止"三绝"。

王定安:山西风景神奇迷人的地方有很多,待以后张大人有兴致时,下官再带大人到绵山去一趟,那里的奇峰峻岭、山泉瀑布和碑碣典故及名胜古刹亦是数不胜数,肯定会让大人流连忘返的。

张之洞:这个地方我倒知道,介子推隐居处,寒食节起源地。行,抽空咱们几个再去游一游。

葆　亨:好的,我来当向导,鼎丞做讲解。对了,那儿铁瓦寺有个道士卜卦很出名,准得很!

张之洞:(笑)葆翁对晋祠香火道人的签卦有疑惑?

葆　亨:不不不,一点都不怀疑。你看,咱们三个,鼎丞的"欲作家书意万重",我的"一片冰心在玉壶",还有您抚台大人的"此曲只应天上有",昨日圣母殿摇签时我还以为你的签不灵,你看,经那个李塾师女儿绝妙一弹,不是都应验了?

王定安:葆翁说得是。佩玉这小女子琴艺之高、曲调之美,就如天上仙乐一般,正应了"此曲只应天上有"这一词句。

葆　亨:张大人,这一段相处以来,我和鼎丞私下都说过,咱们有张大人如此才华卓绝,有责任、有抱负、敢承担的巡抚抚政山西,就是累死也心甘情愿!

张之洞:你们能如此说,让我十分感动。现在山西大灾后元气还未完全恢复,且当前春耕又在即,摆在我们眼前有许多急办的事,亟待我们先行处理,所以我们得下番功夫方行。

葆　亨:不管什么急事？只要张大人明示,我们做下官的,定竭尽全力去办。

王定安:大人来后,几乎没明没黑天天忙于政务,我们身为朝廷官员,也享着百姓俸禄,理应协助大人为山西父老乡亲办几件实事来。这两天有幸与大人同吃同住一起共商政事是莫大荣幸啊!所以,有任何需办的事,正如刚才葆翁所言,当竭尽全力配合去办好。

张之洞:好,二位有如此为山西父老干一番事业的赤诚之心,实令人感动。

王定安:不过,张大人,只是您这样长久下去,没个屋里人贴身照料,终究不是个办法,还是趁早有个家眷的好。您不是想要见见太原城那个"秦家一枝花"吗？这事您就托给葆翁让他办好了。

葆　亨:没说的,包在我身上。大人今后无论公事还是私事,尽管吩咐就是了!下官一定尽力办好!

大　根:(提饭匣进来)面好了,配了两个小菜。

张之洞:来,诸位一起趁热吃,咱们边吃边聊!

王定安:行,张大人,咱们边吃边聊。卫大人一走,我们就在您属下为朝廷效力了,您吩咐吧,咱们下一步该怎么干？

张之洞:好,鼎丞,既然你问起来了,我就和你与葆翁打个招呼。一个是我从娘子关进来时,沿途所见种庄稼的田地十有七八都种了罂粟毒苗,且从官至民,多数人吸食鸦片,人人枯瘠,家家晏起,堂堂晋阳,竟一派阴惨衰落犹如鬼国。故我认为晋患不在灾而在烟,鉴此,鸦片必须铲除!

葆　亨：大人所提铲除罂粟复种庄稼这事，的确是件好事，只是这里面存在一个利益问题，因为农户种罂粟收入要超过种小麦十倍以上，故做这件事农户肯定会有抵触。况且这么多年耕牛卖了，种子也没有，他们从哪里去弄钱买？

张之洞：你说的倒是实在情况，可鸦片禁种，朝廷早已有令，不能为己获利就不顾国家。我看咱们是不是可给农户减少点捐摊？

葆　亨：张大人您刚来，有些情况可能还不完全了解。就说这减捐摊，哪能减下来？单单每年向朝廷输贡铁和绢绸这两项就得亏十多万两银子，不摊到农户头上从哪儿补起？

葆　亨：藩库清理也有困难，三十年来未清理，账目混乱，况且要涉及到几个前任巡抚，岂不惹麻烦？

张之洞：铲罂粟麻烦，清库也麻烦，如此说来，那咱们岂不就是尸位素餐，每天就吃吃喝喝、品茗看戏，什么也别干了？

葆　亨：下官绝非此意，只是说要干这种大事，心中要想得周全一点。

张之洞：葆翁，我和你交个实底，这件事我想得很周全了。铲除鸦片改种庄稼这事非干不可。至于农户不种大烟改种庄稼补贴农具和种子的钱从哪儿来，正需二位商量。

王定安：张大人的胆略和干事气魄，令我们钦佩不已。行，下一步您说怎么办，我们竭力配合。

张之洞：这就对了，正如刚才我说过的，有你们为三晋父老干一番事业的一片赤诚之心协助，相信一定会给三晋父老办好实事的。

(2) 时：日

　　景：内

　　人：张之洞、大根

巡抚衙门。签押房。正在书案前批阅公文的张之洞突然愤懑地把手中正看的文稿"拍"地往案上一扔。

张之洞：大根！

大　根：四叔,什么事？

张之洞：去把那三个幕僚叫来！

大根出门,张之洞坐下重新批阅其他公文。片刻,三个幕僚战战兢兢进来,其中一高一低两个幕僚边走边不断打哈欠。

张之洞：(将三份文稿扔给进来的三人)你们自己看看,文不对题,狗屁不通。我让你们一天办的事,我走了两天了,数百字的三个奏折,一篇都未写成,真不知以往你们几个是怎么混的？(见一高一低两个幕僚不住地打哈欠,哭笑不得,怒指他们)你——你们俩是不是又犯烟瘾了？快给我退下！

(3)时：夜
　　景：内
　　人：张之洞、桑治平、大根

张之洞住宅。客厅兼书房。大根侍奉茶水,张之洞正在书案上起草奏折。桑治平推门而入。

张之洞：仲子兄何时回来的？

桑治平：这不,刚下马饭也没吃就直接见您来了。这么晚了,您忙着赶写什么？

张之洞：气死我了。你走后,我安排衙门三个幕僚起草的奏折,我送卫大人走两天后回来,三个人竟然没一人写成。

桑治平：也难为他们了,哪能用您的文字功力来衡量他们？

张之洞：你看看,有的连句子都不通,当我面还犯了烟瘾,堂堂巡抚衙门用俸禄养这么一群酒囊饭袋,真不可思议！这三个奏折还得劳仲子兄和漪村重新草拟。我已寄函给杨锐,让他速来太原。算了,不提这事,你见着丹老了？他怎么样？

桑治平：说实话，我刚见到丹老时，真不敢相信他是做过山东巡抚、工部侍郎，被太后铭记于心的中兴名臣。

张之洞：为何如此讲？

桑治平：胸藏经天纬地才，外表木讷似耕夫。虽曾出入金马门，怡然自得茅舍居。曾掌金银调度权，家徒四壁无长物。这就是我这次见到丹老先生后的印象。他已答应得出。

张之洞：位高不骄奢，耿介少媚骨，这正是胡林翼当时器重他的原因。行，丹老答应出山就好了。我欲整治山西官场散懒风气、清查藩库和铲除鸦片的意思与他说了后，他说了什么？

桑治平：先看个东西，丹老写给你的。

张之洞：(展开欣赏阎敬铭让桑治平带回来的写给他的对联条幅。)"以霹雳手段，显菩萨心肠"。仲子兄，看来丹老知我心啊！

桑治平：清藩库、禁鸦片想法，他支持。说此两件事是整治山西官腐民贫烂摊子的关健。具体他说见了你面后会详谈。

张之洞：好。丹老在山西常住，前几年又在山西协助赈灾，以他的精明老练和清正耿介的人品及多年居山西的经历，藩库清查若能得他鼎力相助，是最好不过了。

桑治平：丹老已有出山之意，我们是不是该马上禀奏太后，尽快让他复职？

张之洞：对，立即起草奏折，连同铲除罂粟之事，一并禀报太后，就说阎敬铭身体痊愈，愿回朝廷为国家效力。

桑治平：好，这事我马上就办。对了，香涛弟，这回晋祠一游有何收获？

张之洞：禁烟和清查藩库的事我都和他们说了。圣母洞摇签时，葆亨的签对应词里是王昌龄一句诗，"一片玉心在冰壶"，他倒挺高兴的，说圣母娘娘已证明他是清白的。

桑治平：(笑)不打自招！他这不是"此地无银三百两"吗？看来，整治山西，当前急需做的首要事就是抓紧选人，尽快把清源局和禁烟局组建起来。

张之洞：仲子兄说的是，我这两天正为考虑这事睡不着呢。

桑治平：人选你心中有数了吗？

张之洞：没有定下来。卫大人介绍的李秉衡、薛元钊和方龙光我都查访过了，近日我想和大根去辽州一趟，见见马丕瑶。仲子兄，这几天巡抚衙门里的公务杂事，还有小女儿才来，麻烦你们就照应。

桑治平：行。给太后呈送整饬吏治和清查藩库的奏折我已准备好，放在签押房您书案上了。还有什么事需我办的？

张之洞：派人尽快把奏折呈送太后那儿，其他事等我回来再商议吧。好了，你快吃点饭去休息吧。

(4) 时：日
　　景：内
　　人：张之洞、葆亨、大根

傍晚，正在宅内整理行装准备次日出发的张之洞和大根，突然听到敲门声。

大　根：(过去开门)葆大人。

张之洞：葆翁啊，快进来！

葆　亨：张大人，您看谁来了？(李垫师和女儿李佩玉相随而入。)

张之洞：(睁大眼睛，惊喜地))李垫师，佩玉，是你们？！

李佩玉：拜见张大人。

张之洞：二位快快请坐。没想到，没想到，真没想到你们这么快就来了。

李垫师：张大人，您那天走时，葆大人顺便说了您的情况，我和佩玉敬重大人的好名声，商量了一下，就答应过来了。葆大人说您小女儿来到太原了，就用马车把我们接来了。

张之洞：葆翁，还是你想得周到啊，谢谢了！

葆　亨：张大人日理万机，这区区小事，下官应该的，应该的！

张之洞：大根，咱们迟上一天出发，快去叫准儿，来拜见师傅。

葆　亨：大人果真是个急性子。李垫师和佩玉坐了一天车也累了。房间都准备好了，先把行李放住处，洗漱一下，明天再拜见也不迟嘛。

张之洞：（不好意思笑笑）就是，就是！大根，快领李垫师和女师傅去房间。

(5)时：日
　　景：外
　　人：张之洞、大根、酒家小伙计

辽州城。张之洞跳下马，和大根穿梭在市面街巷中。张之洞边走边东张西望着，似乎在寻找着什么。

张之洞：大根，你觉得怪不？这一路上咱们所经过的地方，无论乡镇还是县城，烟馆满街随处可见，唯这辽州街道上还没遇见一家烟馆呢。

大　根：是啊，我也觉着有点奇怪呢！咱们再往前面去看看？

张之洞：（看看天）不了，快中午了，咱们就近找个地方先填饱肚子再说。

大　根：好嘞。——哎，四叔，你看，那儿有几棵树，正好旁边还有个酒家饭馆，咱们到那儿吃怎么样？

张之洞：行，就到那家。

张之洞和大根拴好马，相随走到挂一书写着"酒"字布帘的饭馆门前。"客官，请！"酒家门口的小伙计忙打招呼将他俩邀入饭馆内。

(6)时：日

景：内

人：张之洞、大根、马丕瑶妻许夫人、曹掌柜、小伙计

酒家小伙计招呼张之洞和大根挨放有酒坛的柜台前侧面一饭桌上坐下。伙计正欲问他们吃什么中间，见门口进来一位官宦人家打扮的妇人，忙扭头朝楼上吆喝了一声："掌柜的，许夫人来了。"随着吆喝声，楼梯上下来一位中年男子。

许夫人：曹掌柜，我把欠的钱送过来了！

曹掌柜：(连忙推着摆手)不要不要，许夫人，您可真是，区区一点小钱，我说过不要了，怎么还要打这么老远送过来。

许夫人：那可不行，你还不知我们家那位的脾气？我说下午来送，他都不答应。好了，你们忙吧，我走了！(把钱放在挨张之洞和大根饭桌近处的柜台上，礼貌地朝他俩点点头，转身出门而去。)

张之洞：掌柜的，刚才这妇人是谁呀？

曹掌柜：许夫人，我们辽州同知马大人的夫人呀！

张之洞：马大人夫人？她欠你什么钱了，刚才来还？

曹掌柜：客官不知，因我这儿的炸猪肝和酱牛肉，在这辽州城一带有点名气，平时许夫人不时也好来买点，她人好，特善良和气，所以慢慢也就熟了。一个时辰前，来买炸猪肝和酱牛肉时又买了点酒，因平时她从不买酒，加上人熟，我便半开玩笑问她给谁祝寿呀还是有什么喜事庆贺？夫人说马大人今天五十岁生日，想给他买上半斤二两的意思一下。我一听也没问就给她打了半斤老汾酒，她说钱就不够了，原想买点杏花春酒就行了。我说马大人今日过五十大寿，您又是常客，这酒我不要钱！她死活不肯，扔下钱走了。这不，把不足的钱也补回还上了！唉，好官呀，真不愧为"马青天"呀！

张之洞：你刚才说什么？马青天？说马丕瑶是马青天？

曹掌柜：是啊。听客官口音你是外地人，可能还不知道。在这儿，我们都称他马青天！不信你问问在座的诸位。

甲饭客：对，马青天，百年来难得的一位好官，我们这儿都这么说呀！

乙饭客：不假，十多年前在我们平陆当县令时，就都称他是马青天。

张之洞：大根，看来卫大人和我们说得不假。走吧，咱们不在这儿吃了。

大　根：四叔，这——？（不解地看着张之洞）

张之洞：掌柜的，你们这儿还有什么好下酒菜？还有什么酒最好？

曹掌柜：娘子酒，二十年的原浆老汾酒，我们的猪耳丝和黑白豆腐干也不错。

张之洞：那就给我打上你刚才说的这两样好酒各一斤，再打包上你刚才说过的酱牛肉、豆腐干什么的各二斤。（附到大根耳边神秘地）咱们上马大人那儿吃寿席去！

(7)时：日
　　景：内
　　人：张之洞、大根、马丕瑶、许夫人、衙役

辽州衙门。一名年约五十岁的中年官员正在书斋中书写着条幅落款。字幕显示：辽州同知马丕瑶（字玉山）。听到敲门声，马丕瑶抬头一看，眼睛猛地睁大，吃惊地放下笔几步急跑到来人跟前。

马丕瑶：张大人，您——您怎么来啦？

张之洞：怎么，不欢迎呀？

马丕瑶：求之不得，求之不得。快请坐，前几天在太原时，您和我打过招呼说要下来，真没想到这么快就来了。——来，倒茶来。（许夫人提壶出，见张之洞惊愣了一下）这是内人。

张之洞：夫人好！

马丕瑶：新任巡抚张大人。

许夫人：张大人，请喝茶。

马丕瑶：你去换点好茶来。

许夫人下去时又疑惑地回头看了张之洞一眼。张之洞看到书案上写的条幅，端着茶碗起身走到书案前。

张之洞："不爱钱不徇钱我这理空空洞洞，凭国法凭天理你何须曲曲弯弯"，马大人，字好，意好！

马丕瑶：张大人过奖了，刚刚出了公堂回来，一时有感而发，便回来胡涂抹几句。让大人见笑了！

张之洞：今天堂上什么案子？竟让马大人有感而发突然想起写条幅上这字来了。

马丕瑶：一桩涉及捐摊的事。下面一乡吏把给百姓捐摊私自加大，从中贪占了百十两银子，被人告了。我先责令他一一退给了家户，他因怕受责罚，送过来五十两银子。我没收了他的银子充库，再罢他官。

张之洞：（笑）马大人果真厉害！赔了银子又丢官，这乡吏在你手下这回可真是赔大了！对了，这条幅你送谁呀？

马丕瑶：我就贴大堂上，看谁敢再来这一套。——张大人，请坐。

张之洞：你也坐。好！马大人，看来，这一路上不愧我听到百姓们对你的称赞。

马丕瑶：不敢当！张大人，您刚来山西，我还没给您做出什么事呢！凭什么就这么相信我？

张之洞：就凭这一路上老百姓称赞你"马青天"的口碑，就凭你辽州城中我还没有发现一处烟馆的情况，就凭你案几上写的这一个条幅，所以我信得过你。前抚台卫大人临走前，也把你的情况和我介绍过。我来山西，想要干成对得起国家、对得起山西百姓的几件实事，就需要像你这般品行好、口碑好的人来配合才行。

马丕瑶：张大人抬举我了。说实话，你来山西这么多天来，朝晨起早，晚夕眠迟，日日操劳，我们当下官的在下面都看着呢。有您这样的抚台大人,如果不好好干,于公说,我们是对不起老百姓,于私说,也对不起您为国为民的一片赤诚之心啊!

张之洞:马大人说得好啊!我今次来,说实话,本来不想惊动你,就是想了解了解当地百姓对你的口碑怎么样,看来没必要了,就登门拜访,请教请教你"马青天"大人对山西政务上一些事的看法。

马丕瑶:不敢当,不敢当。张大人有话直讲,玉山洗耳恭听。

张之洞:好,其他我就不说了,百姓叫你"马青天",就说明了一切,什么碑也比不过老百姓的口碑啊!

马丕瑶:张大人,谢谢您对我的信任。下官我也会尽力为百姓办实事。只是张大人,下官虽虚长大人几岁,但您作为堂堂封疆大吏,能亲自下来专门见我一个下官,内心已是诚惶诚恐,却还又一口一个"马大人"地叫,让下官实在无所适从了。

张之洞:那好,那好,玉山兄,这一点我听你的。今天咱们长话短说,我确实是有事需与你相商。

马丕瑶:请讲。

张之洞:三十年山西藩库未理清过,你知不知此事?

马丕瑶:知道。

张之洞:当查不当查?

马丕瑶:张大人是不是想要查?

张之洞:我问你当查不当查?

马丕瑶:当查,当然当查。实话跟您讲,不但当查,而且早就应该查!

张之洞:此话怎讲?

马丕瑶:光绪三年起连年大旱期间,我在平陆当县令。当时从阳曲县赈灾库领首批赈灾粮一万七千石,结果回来重入库时只有一万四千石,相差三千石。据拉粮人回来说,能觉察出出库时的量米斗有问题。但葆大人是主管,阳曲总库为葆大人大兄哥徐县令经办,没法查。在曾九帅离山西而卫荣光大人未来接任期间,由藩司葆亨代行巡抚之职。其间随意放出本不应该放的银钱数十万两,据传每放出一批都要给葆亨和冀宁道员王定安一成的回扣,如总兵罗承勋二万七千两就有人揭发回扣二千七百两。但卫大人上任后睁一眼闭一眼放任不管,无从查起,最终不了了之。

张之洞:好,玉山兄,我已决定,整顿山西官场散懒之风,要从查三十年未清理的藩库开始,你有何看法?

马丕瑶:张大人,三十年藩库账目未清理过,的确太不像话,当然应该理清,只是这种事并非那么简单,牵一发而动全身,卫大人在任期间我曾直言秉呈,然而,无奈卫大人过于怯懦,不想招惹麻烦,下官也就只能做到独善其身了。您——张大人真的不怕担风险?

张之洞:玉山兄,实话相告,牵一发而动全身,这话不仅你,有多人包括前任卫大人都说过了。但一省财库,三十年不清,我作为巡抚,再装聋作哑继续拖下去,老百姓会怎么看我?又如何对得起太后对我的信任和期望?所以,不管这里面水多深,这藩库我是一定要坚决查下去!只要是为国家、为老百姓办实事,纵然革职丢官在所不惜!

马丕瑶:好,张大人,我就想听您这句话。没说的,只要有抚台您撑腰,我愿听您驱使。您说,让我干什么?

张之洞:我刚入晋地,一路见到凡进城做买卖者,都要按人头缴入关费,这百姓进县城做个小买卖养家糊口也要缴费,这算哪家的规矩啊!雁过拔毛呀!据说是什么差役局干的,玉山兄,你们这儿也有这个差役局吗?

马丕瑶:有。山西每个府州县都有。

张之洞:我想把它改一改。

马丕瑶:改一改?

张之洞:对,撤掉差役局,不许再收老百姓进城所谓的入关费,而改成"清源局",就由你任局长,方龙光离职专做副手,李秉衡和薛元钊不离职但可随时配合你。只是你一走,汾阳没有县令汾州知府又出缺,得再选个人,你们看谁合适?至于各府州县清源局人选,你们商议自己定,原差役局的人核审后可留用的继续留用,不合适的另安排个吃饭地方。你们看行不行?

马丕瑶:行,张抚台,既然您心中决心已下,又有这三人得力相帮,我一定不辜负您的期待。对了,这太原的"差役局"就在藩司衙门内,改"清源局"后是不是改换个地方为好?

张之洞:地方嘛……这个你和秉衡、元钊与龙光商量吧,有什么难处再找我。——玉山兄,是不是咱们该吃点东西了?我这肚子可是早咕噜咕噜叫开了。

马丕瑶:哎呀,看我!真是的,抚台大人莅临寒舍,岂能让饿着肚子?——只是张大人还得稍等片刻,我让内人去置点好酒好肉来——

张之洞:玉山兄,免了。大根!(大根从侧门进来,张之洞指指大根手提的酒肉)我今天可不是来白吃你这生日餐。来时已自购了些好酒菜,与你家人一块儿为兄五十大寿助兴,如何?

马丕瑶:咦?这可真神了!张大人,您怎么会知道我今天五十岁贱降?(许夫人提壶上来添加茶水)

张之洞:(笑)我不但知道你今天是五十吉寿,还知道你今天寿席上有炸猪肝和酱牛肉呢。别那么看我,玉山兄,我会卜卦,算得准着呢!哈哈——

许夫人:(附马丕瑶耳边低声道)刚才在酒店买肉时,张大人正好在那儿呢!

张之洞:(大笑)对了。嫂子,我可是从那儿专门空下肚子来吃你家夫君的寿席来了。

众笑。

【画外音】马丕瑶万万没想到堂堂新任巡抚竟会亲自到家门上找他,更没想到清查藩库的重担会让他来承担。三十年未清理藩库犹如一块又滑又硬的骨头,他深知清理其中的艰巨和风险。但张之洞对官场腐败的痛恨和大无畏的决心以及对自己的信任令他十分感动,他决心配合张之洞这位新巡抚,把这块骨头啃下来。

(8)时:夜

　　景:外

　　人:张之洞、桑治平、李佩玉、张之洞女儿准儿

桑治平陪张之洞出门,两人来到后院。

桑治平:(停住脚步)香涛弟,你还是一人去吧。

张之洞不解地看着桑治平,桑治平笑笑,摆摆手转身返去。看到女儿和琴师李佩玉住的房间灯亮着,他走了过去。

张之洞从开着的窗扇往里面望去:只见女儿准儿正倚靠在坐在椅子上的佩玉怀中,拿着一本《女儿经》念着:

"……学针线,莫懒声,父母骂,莫作声……凡笑语,莫高声,人传话,不要听,出嫁后,公姑敬,丈夫穷,莫生镇,夫子贵,莫……"

准　儿:李师,这个字怎么念?

李佩玉:这两个字念骄矜,后面这个字念政,这句"夫子贵,莫骄矜,出仕日,劝清政",意思就是说丈夫或儿子若当了官,千万不要傲慢看不起百姓,一定要清正廉洁。

准　儿:李师,什么叫清正廉洁?

李佩玉:清正廉洁就是当了官不要贪钱,爱护百姓,为百姓办实事,当清官、好官。

准　儿:那我爸爸是清正廉洁的清官、好官吗?

李佩玉:是,你爸爸是最清正廉洁的清官,也是我见过最好最好的官了。

窗扇外的张之洞不由得笑出声来。

"爸爸!"准儿高兴地叫了一声。

"张大人！您……"李佩玉站起身,瞄了张之洞一眼,脸上一片红晕:"您进来吧!"忙去开门。

(9)时:日
　　景:外
　　人:张之洞、大根

巡抚衙门,傍晚时分。张之洞和大根从远处骑马过来,到衙门门前下马后,两人牵马相随进入大门后,张之洞把缰绳递给大根。

张之洞:大根,天不早了,你回去吧。
大　根:跑了一天了,我去给你准备点热水,泡泡脚。
张之洞:别管我了,你也跑累了,早点休息。我去你仲子叔那儿转一趟,顺便去看看准儿和佩玉她们。
大　根:好吧!

(10)时:日
　　景:内
　　人:张之洞、桑治平

桑治平住宅。正在端着馒头和菜往餐桌上放准备吃晚饭的桑治平,听到敲门声后,忙放下馒头、菜盘走过去开门。

桑治平:香涛弟,是你,回来了?还没吃饭吧?正好,快坐下,咱们一块吃。
张之洞:不了,刚才我和大根在街上一个小饭店吃过了。
桑治平:(沏上茶水)见着马不瑶,感觉如何?
张之洞:正如卫大人所言,廉朴诚实,有才可靠。

桑治平：那就好。有这些人辅助，下一步想干的事就好办了。

张之洞：整治当下山西尤其官场腐败乱象，我有个打算，和马丕瑶也谈到了。至于具体如何操理，明天咱们一块商定一下，仲子兄你看如何？

桑治平：没问题。

张之洞：那好。对了，我走的这几天，准儿和佩玉怎么样？

桑治平：(笑)放心吧，好着呢！两人处得像母女俩一样。

张之洞：那好，那好！我去看一下。

桑治平：稍等一会吧，天近黑了，兴许正吃晚饭呢！你先喝点茶，一会儿我陪你去。

(11)时：夜
　　景：内
　　人：张之洞、李佩玉、准儿

张之洞女儿准儿和琴师李佩玉房间。张之洞从门口进来。

李佩玉：张大人请坐。

准　儿：(扑在张之洞怀里)爸爸，李师说你是清官，是她见过最好最好的官了。

李佩玉：准儿，别瞎说！

张之洞：那就是说你没有说我是清官、好官了？

李佩玉：张大人，您……(桃花般的红晕把脸涨得更为娇艳)

张之洞：(大笑)佩玉，我都听见了。谢谢你夸我不是个坏官。

李佩玉：人家说的是实话嘛。(头深埋下)

张之洞：有钱难买背后夸。佩玉，我真的很感谢你，我不爱钱财，只希望能给百姓、给山西父老乡亲办的实事，有人能背后像你这样评价我就知足了。

李佩玉：我知道。你在四川、湖北当学政时把按例应得的上万两银子都捐给了书院,去京上任路上盘缠都是夫人卖了娘家嫁妆首饰凑的。

张之洞:这你也知道呀?谁和你说的?

李佩玉:家父。那天您和诸大人走后,因知您大名,他特让我为他弹了一曲《岐山凤鸣》古乐……(蒙太奇)

月下的花溪书院。李塾师住宅前,院中高大的葡萄架下,身着素装月下正弹着《岐山凤鸣》古曲的李佩玉,犹如一天宫降在凡界的仙女,闭着眼的李塾师显然被女儿这首古曲的琴声打动了,直到曲终,仍沉浸在乐曲的余音中。片刻,李塾师睁开眼,品了口茶后对女儿说:"古来圣人极为重视乐,把乐和礼视为治国安民的两个重要手段,大千世界,世事纷杂,芸芸众生间,犹如各种不同乐器发出不同的声音,圣人超凡的治国之道就是如同让这不同的声音协调得当,让人悦耳动听。从张抚台大人来寒舍听你弹曲并评论得头头是道起,我就觉得这位新巡抚与其他当官的不一样,从不关心政事的我这个一介穷书生就开始关注起这位新巡抚如何理政山西、治理邦民:打探他的过去,看他现在的作为。慢慢地我发现,他就是一个圣人贤士,一个在四川、湖北当了多年学政,按例应得的上万两白银分文不要全捐书院,且赴京上任用盘缠还得卖夫人陪嫁首饰的人,全国哪里还能找出第二人?"

(画面复原)

李佩玉:所以,我认定您是清官、好官,更是好人。这也是家父愿意让我来的缘由。

张之洞:你父亲太高抬我了。

李佩玉:是您做到了这份儿上。(准儿的书掉在地上)哎哟,光顾说话,你看准儿睡着了

张之洞:可不。来,我抱她。

张之洞把准儿抱上床,正欲给她脱外衣,李佩玉拦住:"我来吧!张大人,天不早了,您也早点休息吧!"

张之洞:我这一段还要去各地走几天,准儿就麻烦你多照看了。
李佩玉:张大人何必如此客气,准儿和我这一段相处熟悉了,你放心去吧!

李佩玉给准儿盖被子间,准儿睡梦中无意识搂住佩玉喃喃自语了一声:"妈妈。"李佩玉脸又现红晕,偷偷瞄了张之洞一眼。

【画外音】此时的琴师李佩玉惊奇地发现,张之洞那紫铜色的脸膛上,几滴泪珠正顺着他的脸颊滚落而下……她没有想到,一向铁板着面孔,在她眼里威严凛冽的抚台大人,竟然也有着儿女情长、怜人容人、仁厚柔情的一面。

第十集　清藩库藩司欲阻
　　　　　迎大佬丹青荐才

(1)时:日
　　景:内
　　人:阎敬铭、张之洞、桑治平、大根、马巡捕

巡抚衙门。张之洞正在几案上批阅公文,冷不丁桑治平闯了进来。张之洞有点惊异地瞅了他一眼。

张之洞:什么事?看把你心急火燎成这样子。
桑治平:香涛弟,你看,阎敬铭补授户部尚书的上谕。还有这。(镜头特

写:奏章尾朱笔批"民间栽种罂粟有妨嘉谷,屡经严谕申禁,仍着该抚随时查察,有犯必惩,以挽颓俗"字迹)

张之洞:好。仲子兄,太后也是心急用他啊!丹老补授户部尚书,作为大司农,对咱们今后清藩库减税赋等,一定会极力支持。趁热打铁,咱们马上把禁烟局和清源局设立起来,立即展开此事务。

桑治平:香涛弟说得对,葆亨他们已知你要查藩库,心中必会有所准备,所以必须快刀斩乱麻,展开此两事务。这期间,以丹老的老练精明,以他对山西的了解,以他的清廉,特别是他参与山西前几年大旱赈灾时款项的巡查,心中必会有数的,也必会在朝中鼎力相助。

张之洞:行,我明天就召集葆亨、王定安他们,谈设立"禁烟局"和"清源局"的事,并让他俩参与其事。

桑治平:对,在没有掌握确凿证据之前,绝不能打草惊蛇。一步步按咱们原来定下的部署走。

张之洞:仲子兄,丹老这次进京赴任,又得劳驾你去解州一趟了,尽量说服他取道太原进京,就说我想向他就山西政务一些事好好请教一番,亲自把盏为他饯行。

桑治平:好。明日一早我就骑快马起身,您等我消息好了。

(2)时:日
　　景:内
　　人:张之洞、葆亨、王定安

巡抚衙门。签押房。张之洞与葆亨、王定安正在议事。

张之洞:葆翁、鼎丞,铲除罂粟复种庄稼和藩库清理的奏折朝廷已批回,今天让你们来,就是商量机构的设立和人选事宜。不知二位有何见解?

王定安:大人的意思是——

张之洞:很简单,马上设立"禁烟局"和"清源局"专门机构,立即开展此两项事务。

葛　亨：张大人，这虽是好事，可铲除罂粟毒苗这种事，我上次就和您说过，本来不让农户种烟，其本身利益受损就有抵触，现在又要他们买种子、农具，他们从哪儿弄钱？

张之洞：所以就要给铲烟的农户补贴。咱藩库能拿出多少银子？

葛　亨：好我的张大人，藩库账上现在哪儿有多余的钱哪！

张之洞：那咱藩库账上到底现在还有多少钱？

葛　亨：实秉大人，这我也不清楚。

张之洞：葛翁，这可是你的不是了。身为掌管全省财政的藩司，却不知藩库账上有多少钱，是不是有点说不过去？

葛　亨：下官不才，的确失职，但有些原因张大人您并不知晓。

张之洞：有何原因？

王定安：张大人有所不知，这藩库在葛亨从陕西来山西之前，就已近二十年未清理过了。故您问此他确实也有点为难。

张之洞：为难？难在哪儿？葛翁说说看。

葛　亨：一言难尽啊，大人。一是我来后藩库账上不仅没钱，甚至还亏空着。光绪三年大旱时还是我从朝廷要回了六十万两银子赈灾。至于清理藩库，抚台大人，曾九帅在任上都不吭声，我下官怎敢主动去清理？况且曾九帅前面还有另几位前任巡抚，要清理藩库我岂不是自找麻烦？

张之洞：一个省的藩库竟然三十年不清理，你作为管理全省财务的藩司，不觉这是一个大笑话吗？那好，现在我是巡抚，我决定要清理一下藩库，你说应该不应该？

葛　亨：这……当然应该。

张之洞：那好，既然你也觉得应该，那就尽可大胆、主动支持把清理藩库作为一件大事来干。

葛　亨：下官不是不想清理藩库，只是怕牵扯出一些他刚才所言的那些不必要的麻烦而已。

张之洞：至于怕牵扯麻烦，你尽管放心。葛翁，咱们在圣母殿抽签，我相信这签灵,圣母已证实了你的清白,我也是才来到山西,既然咱们自己干干净净,怕什么? 要真牵涉到谁,只要是把朝廷的银子和山西父老的血汗钱据为己有,纵然是巡抚本人,我张某人也不会对他客气,该参劾就参劾!鼎丞,你说我说得对不对?

葆　亨:中丞的胆识和正派,实在令我太敬佩了!曾九帅走后,卫大人来抚晋,不是我背后说卫大人的坏话,他的确是个胆小怕事、多一事不如少一事的人,我也曾和他提过清理藩库的事,但相处一段,我看他这种性格,真要清理藩库捅了什么娄子,他也不会给我做主,也就只好不提了。现在既然张大人下这决心了,有您做靠山,清理藩库就是我分内事,这事交给我办,我定会竭力把它办得一清二楚,让您满意。

张之洞:葆亨愿意来清理藩库自然很好。但作为藩司,想要避嫌还是不插手为好!况且铲除鸦片,我刚才说了,山西可怕的不是灾,是毒害人的鸦片烟。如果再不铲除毒苗改种成庄稼,老百姓家不存储点粮,万一再遇上前几年那种大旱,岂不又会发生大量饿死人、人吃人及拿钱也买不上粮的惨剧? 这种关系到千家万户之大事,这么重要的难办事,别人办我还不放心呢。故禁烟局就由葆亨你来兼任负责,各州县人员由你选配。而"清源局"将另择人选,也希你能配合多提供方便。鼎丞。

王定安:请大人讲。

张之洞:这两个局,均由你承担督促和监管,希你费心尽力。

王定安:大人放心,下官一定会尽心尽责。

葆　亨:行,张大人,我也一定会尽力干好此事。只是禁烟改种庄稼,这补贴农户的钱,不是我叫苦,确实缺口太大。

张之洞:补贴农户工具、种子的钱,葆翁尽可放心,大家都想想办法。现在,你们通知各府州县,现任县令以上官员限半月期补齐欠库款和清理藩库,葆亨你负责承办此事;另外,把各府州县虚实职人员情况也限半月内报上来。这些就是想筹出点钱来作为补贴农户种子、农具费用的,不会让你一个人作难。

【画外音】张之洞接任山西巡抚,刚上任,就提出要整顿吏治,清查藩库,并不让葆亨插手此事,而以避嫌为名令其去负责禁烟,丝毫不给葆亨和王定安面子。如何让张之洞不要把自己扯连出来,又气又怕的二人一时犯起愁来,他们决定把徐时霖叫来一起商量对策。

(3)时:日
景:外
人:葆亨、王定安、徐时霖、三姨太徐一雯

藩库衙门。葆亨客厅。三姨太徐一雯推门进,来给正在密谈的葆亨和王定安、徐时霖三人倒上茶水送上点心后又闭门退出。

徐时霖:王大人,这回你们陪张之洞在晋祠游玩,他提到我的事了吗?
王定安:你那烂事倒没提,但比这更麻烦的事恐怕你也脱不了干系。
徐时霖:王大人此言何意?
葆　亨:张之洞要成立"清源局",清查藩库,前几年赈灾时那上千万两银子的支配能放过你?
徐时霖:那怕啥?清查藩库还不是你当藩司的主事?赈灾时的账面咱不是都已做得天衣无缝了?
王定安:天衣无缝个屁!葆翁已被委禁烟局兼任局长,去干铲除鸦片改种庄稼的事。而清查藩库则是要让别人来查,且既查就是行内人,你那种做假账的水平能蒙骗过关?
徐时霖:那葆翁,你答应去干禁烟的事了?
王定安:葆翁能不答应吗?
徐时霖:那……那你们说该怎么办?
葆　亨:张之洞这个人,相处了几次,挺让人难捉摸的,跟他在一起本来好好的,不知怎的说翻脸就翻脸,一点情面都不讲,半点面子也不给,弄得你挺尴尬的。这不卫大人刚走,就把三个幕僚给赶走了!

徐时霖：可不是，我也听说了。

王定安：也怪他们自己，没有金刚钻，还敢揽瓷器活儿，也不知谁推荐给卫大人这种谁也不想惹的好好人的。张之洞可不是卫荣光，文章写不好，在张之洞面前还当面犯烟瘾，真是自找不自在！

葆　亨：鼎丞，这回领教到张之洞的厉害了吧？你点子多，你说对付这种人该怎么办？

王定安：看来，张之洞的确不是咱们想象的那种书呆子。不过，我看这种人倒也好，不搞阴的明着来。若不告你说要清查藩库，给你猛来个措手不及才让你更麻烦。

葆　亨：倒也是，起码咱们能提前准备一下，想点应对的办法。

王定安：对，现在看来，明知他对葆翁用的是调虎离山之计，咱们也还得想办法和他拉近关系，让他觉得咱们是自己人。

葆　亨：可是张之洞一不贪财，二不受礼，怎么个拉近法？

王定安：提亲呀！你忘了那天在晋祠他答应去见"太原一枝花"秦家姑娘的事了？

葆　亨：哎呀，看我这脑袋。对，我明天就去秦家。

王定安：除了提亲，禁种铲除罂粟这事，你也得卖力干漂亮点，干出个样板让他看得到，能觉得你是个干实事的实干家，让他慢慢地相信你是为他尽力的自家人。人嘛，谁都有个短处、弱处，就看你找准找不准。

徐时霖：王大人，您不是说朝中有些人也得打理打理吗？

王定安：当然得打理，朝中能有人替咱们说话能不重要？这就是刚才我说要尽量拖的原因，拖才有打理的机会，才能防止万一。葆翁过两天就进京办这事，你准备银子就是了！

徐时霖：王大人又说笑话了，我哪儿还有什么银子呀！

王定安：别尽当铁公鸡了，我还不知你办那些事的底？——好了，好了，别哭穷了！不会让你一人出的。（打哈欠）——葆翁，我也有点熬不住了，你有福寿膏吗？

葆　亨：有，雨生刚带来的真正开栅货——上等公班土。来，咱们到烟室里去。

徐时霖：本来想多带点再给王大人点，谁知家贼难防，去取时又少了一包。

王定安：你衙门那杜师爷看上去就不是个地道人，怎么这几次去好像未看到他。

徐时霖：这种两头吃手又不干净的东西我早打发他回家了。

王定安：以防万一，张之洞查藩库的事，咱们一是和亲拉拢他，二是干点实事迷惑他，三是去朝中找靠山。能拖尽量拖一拖。非到不得已，雨生，你那杜师爷这种人说不定还得利用一下。

葆　亨：鼎丞又有何妙策？

王定安：到时候再说吧！

(4)时：夜
　　景：内
　　人：张之洞、大根

巡抚衙门。张之洞书房。大根打洗脚水进来。

大　根：四叔，下午你出去不在，仲子叔捎口信，说他和丹老明天就能到榆次了。

张之洞：好，你准备好马车，咱明天一早就去榆次接丹老。

大　根：好。

(5)时：日
　　景：外
　　人：阎敬铭、桑治平、衙　役

榆次城。城门处，挑担的、推车的小商贩及各式人等进进出出着。城门洞处,一衙役装扮的中年人不时向远处张望着,像在等候什么人。桑治平陪阎敬铭、杨深秀坐的骡车由远而近出现在进城的人流中。衙役连忙向前到骡车前。

衙　役:请问,你们是阎大人和桑先生吧?
桑治平:正是。请问你是——
衙　役:我在此已等候好久,终于盼到你们来了。抚台大人昨晚就来到榆次等着迎候丹老了。
阎敬铭:桑先生,张大人公务繁忙,还这么客气,真令老朽不安哪。
桑治平:张抚台对丹老十分钦佩,这次若不是因在外地察访,原本是想亲自到解州拜访您的。
阎敬铭:不敢当,不敢当!
衙　役:请阎大人和桑先生等一起随我去县衙门吧!

(6)时:日
　　景:外
　　人:张之洞、阎敬铭、桑治平、罗县令

榆次衙门。衙门前,张之洞带着一班官吏迎上前来。

张之洞:(作揖)久仰丹老声威,不胜倾慕。
阎敬铭:张大人亲自来榆次相见,愧不敢当。
张之洞:丹老四朝元老,中兴功臣,之洞未去解州相迎,已是不恭,尚望丹老鉴谅!我来介绍一下:榆次县令罗佑辉。
阎敬铭:我也介绍一下,闻喜县杨深秀漪村孝廉。
杨深秀:拜见张大人。
张之洞:好好。杨孝廉同丹老一道进京?
阎敬铭:不是,我特地带他来见见张大人。

张之洞:那好啊,杨孝廉就在太原多住几天,正有要事请教呢!

阎敬铭:我带他特来拜见一下张大人,反正他中进士后,一直闲逸在家。

张之洞:没说的,我正缺人才呢!杨孝廉如不嫌弃,定能助我一臂之力。

杨深秀:治下久闻张大人盛名。大人巡抚三晋,此乃三晋父老之幸,治下愿为大人驱使。

罗佑辉:张大人,都准备好了,请您和丹老一行入席吧,大家在席上再好好畅谈。

张之洞:好,丹老,杨孝廉,请!

杨深秀:二位大人请。

(7)时:日

景:内

人:张之洞、阎敬铭、杨深秀

榆次驿馆。二楼居中一房间内,张之洞正与阎敬铭促膝谈心。

张之洞:丹老,二十年前,胡文忠公誉您为湖北经济第一人。写信介绍我到武昌去拜您为师。怎奈天不假寿于文忠公,此行未果。岂料二十年后今天,我又有幸得以拜识您,真是又憾又幸哪!

阎敬铭:文忠公生前对老朽提起过你,夸奖你是他遇到的最聪颖的年轻人,日后前程不可估量。文忠公果然是慧眼识人,今天你也做到他当年的官位了。

张之洞:谢谢丹老夸奖。我哪能与文忠公相比,尽力为山西百姓做点实事,不负朝廷信任、丹老厚望,我愿足也。

阎敬铭:张大人想铲除弊端、整肃民风的事,桑先生已简单和我说过了,还想再与老朽说点什么呢?

张之洞：不瞒丹老，本应留您在太原多住几天，只是省城人多眼杂，故选择此地。有件事想请教丹老。

阎敬铭：我知道张大人的意思。是不是想谈清理藩库的事？

张之洞：正是。经这些天来的察看，深感整个官场贪污普遍、受贿成风，公事懈怠、惟务钻营，其根源就在省城，上行下效嘛。还有这山西藩库，竟然三十年未清过账目，岂非咄咄怪事！

阎敬铭：是啊，各省藩库也多是十年八年未清理过的，但山西三十年藩库未清，的确太出格过分了。太后这次要老朽去做六部中这最难掌的户部，我想了想，我这户部大司农单要去摸清各省库存银钱状况，也不容易哪！

张之洞：这正是太后英明之处。如您所说，朝廷六部以户部最难掌施，所以太后这才选丹老您来做户部大司农负其重任。

阎敬铭：正因为如此，才知再难也得把各省库存银钱情况摸清楚，倘若老朽尸位素餐、毫无建树，既愧对太后信任，也对不住张大人你一片苦心啊！

张之洞：丹老言重了，聆听您教诲，才是受益匪浅哪。对了，丹老刚才说要摸清各省库款情况，您作为大司农，进京后真要烧这把火，我可在山西这次清查藩库为您提供一个例证。

阎敬铭：张大人，咱们想到一起了。说实话，自打听桑先生和我说你要决心清查山西三十年未清理过的藩库后，我从内心就十分敬佩张大人胆识。所以，今次专带了杨深秀来，实际上就是想留下来帮你查清山西三十年未清理过的藩库账目。但藩司葆亨、王定安在山西任职既久，葆亨又是皇室下面耳目很多，所以面对着罗县令他们，我不能明说这事，得谨慎方是。杨深秀自幼聪慧，精理、识天文，又仗义疏财，是极有血性的一条汉子。且光绪三年他还在阳曲参与赈灾，所以你给他找个做事的地方，让他暗中帮你就行。

张之洞：杨孝廉干脆就在我衙门做幕僚好了。

阎敬铭：不妥。要在你身边做幕僚，察查一些事的人无论当事人还是作证人就会多有顾忌,不利于清藩库。

张之洞:丹老,您考虑得太周到了。好,杨孝廉的事,我会妥当安排。

杨深秀:张大人不必多为我操心,随时听您吩咐。今后叫我漪村好了。

张之洞:行,那我就不把漪村当外人了。不瞒丹老,我通过明察暗访,已知道三晋吏风败坏之根源就是现任藩司葆亨,同伙的还有冀宁道王定安和阳曲县令徐时霖。他们在光绪三年赈灾时合伙弄虚作假,贪污了不少银子。所以我想成立"清源局",以清查藩库为突破口,狠狠刹一下山西官场这种贪污中饱之风。

阎敬铭:抚台这种气概,老朽虽然敬佩,但也不能不把实话告诉你,这种气概用于京师做言官可以,但用之于你为山西巡抚则不行。

张之洞:丹老此言何讲?

阎敬铭:你初为封疆大吏,尚不知地方官员底细。若是拿圣人教诲、朝廷的律令来严格度量这些知县、知府,几乎没有几个合格的,能像马丕瑶这样的是特例,凤毛麟角,再难找到了。所以看一个官员好不好,只能视其大节而遗其小过了。所以做巡抚的,切不可有牵连多少人就办多少人的打算,抓住为头的,惩办几个罪大的帮凶就行。若全部处罚,谁来为你办事?倘若这些人抱成团与你作对,你又如何在这个省待得下去?故我劝你,要清藩库,就清赈灾这件事好了;要参劾,就只参劾几个民愤极大的,特别是葆亨、王定安这两人就好了。葆亨贪财好色,王定安贪婪阴鸷,二人是司道大员,官位高,影响大,端出他们来,不仅震惊山西全省,也可警戒全国其他十八省贪官污吏。——对了,抚台计划用谁来负责清源局?

张之洞:辽州同知马丕瑶,是卫中丞临走时向我推荐的诚实可靠人,我才去考察过了,如您刚才所说,的确属光明磊落、正派干练之人。另外,我已奏请过太后,将安徽宁国知府高崇基调回山西参与藩库清查,卫中丞推荐的太原知府薛元钊、汾阳县令方龙光等人,也准备抽到清源局。

阎敬铭:做得好!高崇基此人我了解,在寿阳干了七年知县,有"民情爱戴,颇著循声"好评。做此件大事,非有此廉正能干才人方行。张抚台,来晋也有一段日子了,有何感受?

张之洞：我来山西，一路看到的皆是成片的罂粟，我认为山西灾不单在天而在烟。这也是百姓苦之根源，废庄稼而种毒苗，到头来酿成的自然是苦酒，一旦再遇旱灾，照旧拿铜板买不上粮而饿死。现在禁烟折谕旨也已批回，故成立清源局之时，先成立了个禁烟局，决定让葆亨负责，也让冀宁道王定安做督办，负责两局进展。

阎敬铭：好，张抚台这着棋下得妙，来了个一箭双雕：葆亨和王定安这一下是哑巴吃黄连有苦也大张嘴说不出什么来，二是他们必须把禁烟这事做得好一点，可在你面前展现展现他有才干且对你忠心。

张之洞：真要给三晋父老把实事办好，并能把过去贪污挪用的主动缴回国库，我张某人也会手下留情，绝非非要把谁置于死地不可！

阎敬铭：看来我让仲子带给你的"以霹雳手段，显菩萨心肠"，在你真是名副其实哪！香涛弟。另外，藩库清查，老朽再帮你出个主意，也说不定可以再弄出点真凭实据来。

张之洞：丹老请讲。

阎敬铭：我这儿存有杨深秀当年记载的赈灾底账副本。除朝廷下拨赈灾银两外，地方大户和各省速运山西的银一千三百万两和粮一百六十万石，下拨时各州县都有正本。可派人下各州县挑一些数量大的，逐个登门拿出正本与我这副本对照，不照应的就是证据。

张之洞：太谢谢您了！丹老，说了大半天了，我陪您到庭院走走，一会儿吃了午饭，我还得向您请教呢。

阎敬铭：张抚台，求你饶了我这个老头子吧！

张之洞：（一脸愕然）您……

阎敬铭：你才四十多岁，老朽我六十有五了，如何陪得起！午饭后你让我歇歇吧，行不？

张之洞：哎哟，真对不起，我求治心切，把丹老您当金刚罗汉看了。

阎敬铭：别急，香涛小弟，晚上我还有重要话对你说哩，哈哈。

(8)时：夜

景：内

人：张之洞、阎敬铭、杨深秀、罗佑辉、大根

榆次驿馆。相挨张之洞房间。张之洞正与罗县令闲聊,阎敬铭与杨深秀敲门进来。罗县令起身。

罗佑辉：阎大人,杨孝廉请坐。

阎敬铭：罗县令也坐。

罗佑辉：不了,阎大人远道而来,难得与抚台张大人相聚,你们谈。张大人,有什么不方便尽管说。我就先告辞了。

张之洞：也好,你忙了一天,也早点歇着吧!

杨深秀：罗县令慢走!(杨送罗出去,返回朝二人点点头)

阎敬铭：上午我说还有重要话对你说,咱们就接着聊聊。

张之洞：请丹老指教,我洗耳恭听。

阎敬铭：你不是说清查藩库目前还缺乏有重量的真凭实据吗?

张之洞：正是。

阎敬铭：账目表面上,可以作假,一般看不出什么。光绪三年杨深秀协助我在山西办赈务时,我派他到阳曲县总库协助赈灾,其间他就发现了徐时霖做假账贪污赈灾粮款现象,于是便悄悄暗中又记了一本详细收支账。这次清查藩库,朝廷下拨的赈灾银子估计他们不敢动,但捐官的和各省及大户济灾捐的银子,这里面漏洞很大,特别是赈灾设在阳曲的总库,只要先从徐时霖这里找到一些证据作为突破口,葆亨和王定安那里的贪腐事和证据就会带出来。只要把清查账目料理一清,找出证据后奏请太后、皇上,相信全国各省都会效法山西的。

杨深秀：把我当年赈灾中在阳曲总库暗下记的收支明细账,让清源局找几笔大额济灾粮款单对比并下去查对,肯定会从中找到徐时霖贪污的一些证据。我还能找到一个证人。

张之洞：证人?你从哪儿找的证人?

杨深秀: 这还是前些年我在阳曲徐时霖那儿帮助赈灾时……（蒙太奇画面第二集6）

……仓库门打开。戴着茶色眼镜的杜师爷拿着毛笔站在仓库门旁横贴着的上面写有忻州、潞州、汾州、平阳等各州府等地名的纸张前（字幕显示：县衙门杜师爷）。几位伙计分站在几个草席围的粮屯上，开始用米斗往几行排着队来拉赈灾粮的赶车人粮袋里装粮食。

"忻州一袋加5斗——"

"潞州一袋加5斗——"

"汾州一袋再加5斗——"

……

每往持粮袋人的粮袋里装一斗，就吆喝一声地名，而每听到装粮伙计报的数字，杜师爷就往纸上某地名下"正"字上添一笔。

一位等待装粮的赶车汉子扛起已扎口装满的粮袋，在肩上掂了掂后又放下："杜师爷，这袋子里装的是五斗吗？"

杜师爷："当……当然是。这儿每……每个口袋都……都是五斗装。"

赶车汉子："杜师爷，你敢不敢和我打赌？这袋粮装得要是够五斗，我给你倒着走！"。

赶车汉子边说边一把拿过装粮伙计手中的米斗，心存疑惑地正上下里外查看，被杜师爷一把又夺回。

杜师爷："看……看什么看！这……这官家的斗，你也敢……敢不相信？"

赶车汉子正要回话，被同行的几位拉扯了一下，使个眼色。赶车汉子不服气地扛起粮袋，边走边扭回头用讥诮口气朝杜师爷唾了一口："相信！

181

相信你奶奶个鸟!"扭头愤然朝仓库门外而去。

杜师爷:"你……你……"

杜师爷气得涨红的脸上,大张着嘴结巴着。仓库门外,赶车汉子把粮袋刚放到车上,肩膀就被人拍了一下,他一扭头,是杨深秀。

杨深秀:"大哥,贵姓?"
赶车汉子:"怎么,有事?"
杨深秀:"刚才装粮时,我看到你打量那个米斗,是不是怀疑分的这济灾粮分量有虚。"
赶车汉子:"不是怀疑,是那量米的斗肯定有虚。"
杨深秀:"这样吧。你回去把这车粮再过一下米斗,相差多少,你再来拉这济灾粮时告诉我一下。我叫杨深秀,这一段天天在这儿。记住,不要告诉别人。"

(画面复原)

杨深秀:这位赶车汉子几天后再拉粮时,找到了我。每石粮竟然少了近一斗,那年下来,从我手下发到全省的赈灾粮就达一百六十万石,这大斗进小斗出,这中间扣的粮少说也有十万石之多。据说这些克扣下的赈灾粮都低价卖给了太原粮油商人刘定邦。当时,我除了暗记有账,也偷偷拿了一个藏在米斗底部的圆垫木。这圆垫木就是杜师爷克扣少给粮的器物。当时那个杜师爷,听说是后来一次偷徐时霖大烟被发现,被赶回家了,估计也能找见他,这种人给点小利就会作证,只要找到他,人证、物证就都有了,起码可作为徐时霖贪污赈灾粮的铁证之一。从徐时霖这儿打开突破口,不愁牵不出葆亨和王定安的贪腐证据。

张之洞:丹老,太谢谢您了,你把漪村带来助我,真是给我雪中送炭啊!

丹老,有您赴京后支持,有杨孝廉协助,我定会把山西大大小小贪官污吏全部抓捕归案,予以严惩,还山西父老乡亲一片清朗!漪村,怪不得丹老说你是奇才,果然名副其实。

杨深秀:不敢,不敢!张大人言重了,我只是想把心里所想实告张大人罢了。

张之洞:以你学识,这样安排吧:我和学台王仁堪沟通一下,你可到晋阳书院任主讲,清理藩库事随时联系,如何?

杨深秀:治下愿为大人驱使。

张之洞:(紧握杨深秀手)丹老先生把你这么个宝送到我身边,张某真是三生有幸啊!

杨深秀:大人过奖了。能受到张大人如此嘉奖和重用,杨某才是荣幸之至呀!

张之洞:丹老,还有一事想麻烦您提出个意见。

阎敬铭:不必客气,香涛小弟你说。

张之洞:我前一段约谈各县县令时,发现解州知县王轩学识还算渊博。目前汾州知府出缺,代理汾州知府事务的汾阳县令方龙光我又抽出他专做马丕瑶副手,我想让他来任此职,凭您在解州多年的印象,我此决定妥当否?

阎敬铭:王轩此人诗文书画精通,尤酷爱金石,稍有些书呆子气,但人品不错,不妨试用一段看看。

张之洞:谢谢丹老指教。

阎敬铭:漪村,你看你看,香涛小弟又客气起来了!

三人相对一视,端起茶碗一碰,爽朗大笑起来……

(9)时:日
　　景:内
　　人:张之洞、桑治平、杨深秀

张之洞书房兼客厅。张之洞与桑治平、杨深秀正议事。

张之洞：仲子兄，你草拟的解散差役局设立清源局和禁烟局等几件紧要事等的治理方案我都看了，基本都涉及了，山西治理必须标本兼治，你和漪村抽空再看一看还有何需要补充的，尽量完善。

桑治平：好的。

张之洞：漪村，这段日子，通过约谈和私访及诸位四处辛劳地察访、取证，几个官员的贪赃枉法事，现在弄到什么程度了？

杨深秀：大多查证资料已完备，少量的还须再查证。另外，民众反映"五台帮"帮首刘定邦强买强卖、欺行霸市、贩卖人口、私设公堂的一系列案事，臬司那儿至今还在查察中。

张之洞：好吧，已查清并已成铁证的事，你们要分别梳理一下，拟折呈报。至于刘定邦的案子——你通知方臬司，让他抽空来衙门一趟。

第十一集　铲毒苗学子尽责
　　　　　封藩库贪官惊魂

(1) **时**：日
　　 景：内
　　 人：张之洞、桑治平、杨锐、高崇基

巡抚衙门。签押房内，张之洞坐在堆满一沓沓公文材料的书案旁批阅着，几声敲门让他停下笔来。

张之洞：进来吧！

桑治平：我带来两个人，您猜猜看是谁？(随桑治平进门一中年(字幕显

示:高崇基,字紫峰)、一青年(字幕显示:杨锐,字叔峤)。

张之洞:哎呀,紫峰、叔峤,你们怎么一起来了?

杨　锐:香师,刚要进这衙门大门,正好遇上了。

张之洞:紫峰,杨锐是我的学生。

高崇基:刚才路上桑先生介绍了,才华横溢、前程无量的大才子!

杨　锐:不敢当,不敢当。还望前辈今后多指教。

桑治平:我刚出衙门,正好碰上,虽未见过面,但一看就猜着准是他,一问,果然是。这不就领上来见您了。

张之洞:看来用不着再介绍了。紫峰,一会儿让桑先生领你和杨锐去看看休息和办公务的地方。

桑治平:抚台大人,你看看这天什么时辰了,就是您的学生、老相识,也不能大老远来,连中午饭也不吃就开始办公务吧?

张之洞:(看看窗外天,突然明白过来,不好意思笑笑忙放下笔)哎哟,对不住,真不知已中午时分了。仲子兄,快去告大根一声,随便买点吃的来,咱们一起吃个便饭。饭后咱们还得去提葛尔提督那儿一趟,说说让他派兵丁帮铲罂粟这毒苗的事。

杨　锐:香师还是老样子,办起事来雷厉风行,废寝忘食。

高崇基:(笑)张大人就是这么个火急火燎的脾气。

(2)**时**:日
　　景:内
　　人:张之洞、葆亨、王定安、罗承勋

巡抚衙门。花厅。张之洞正与葆亨、王定安、罗承勋议事。

葆　亨:行,张大人,近来从娘子关送入一笔洋药入关税,原想作为支运贡铁的脚费,现在可拿来应应急,运铁的脚费缓一下再说。另外,和票行打了个招呼,答应借给二万两,这钱不用还,以后可以税相抵。

张之洞：一共有多少？

葆　亨：加入关税四万两,共六万两。

张之洞：好哇,葆翁还是有办法的嘛！罗总兵。

罗承勋：张大人,您讲。

张之洞：我与提葛尔提督协商的事,他告你说了吧？

罗承勋：说过了,协助地方铲除罂粟。

张之洞：那好,就这事。山西这么大地方,上千万亩地种着鸦片,光靠葆翁他们禁烟局那么几个人干,个个就是长三头六臂也管不过来,所以除农户自己铲除鸦片苗外,还得你们派兵丁们帮助一下,若遇少数几户刁民不肯拔苗改种庄稼的,必要时硬行铲除。

罗承勋：明白了。

张之洞：鼎丞,清源局也设立起来了,由马丕瑶牵头负责,我让他见见你这个两局督办,配合协助做好此项清藩事务。

王定安：大人放心,我会配合马大人尽心竭力做好此事的。

张之洞：那就好！葆翁,现在,你就以巡抚衙门藩司下文给各府州县,限半月内把所欠库款补齐,逾期者一律以贪污挪用公款论处。鼎丞,你也以巡抚衙门冀宁道通知各府州县,也是半月内将本属地全部虚实职官员情况报上来。

(3)时：日
　　景：内
　　人：张之洞、桑治平、大根

巡抚衙门。签押房。

张之洞：这补贴农户购农具、种子的钱,葆亨已筹了六万两。

桑治平：葆亨不是说藩库没钱吗？怎么还拿出……

张之洞：他说一笔是才从娘子关进了的洋药入关税,另一笔是问票行借的。不过,补贴农户这费用还有不小缺口,也不能全压在葆亨一个人身上,咱们也得想想办法。

桑治平:这倒是。不过,有一万两现成银子摆在那儿等您拿,您为何不拿来用?

张之洞:哪儿有一万两?你开玩笑吧?

桑治平:刚来时,"蔚丰厚"票号毛掌柜不是拿一万两银票让您题字吗?您当时不是说以后再说吗?

张之洞:对,我想起来了。当时毛掌柜是想贿赂我,以后再从我这儿捞好处,商人嘛,以利为重,现在让他捐,肯吗?

桑治平:我去找他,试试看。

张之洞:行,但记住,"惟名与器,不可假人",拿名位与他换银子,这种事我可不干。

桑治平:(笑)抚台大人放心,不会浊您清流党名声的。

(4)时:日

　　景:内

　　人:张之洞、桑治平

巡抚衙门。桑治平宅舍。桑治平正在挂在墙上的一大张宣纸上专心画着一幅大中堂竹石图。画已完成,正题写着"清风节节高"几个字,连张之洞从门外进来也未觉察。

张之洞:好,"清风节节高",画得好!写得好!

桑治平:您什么时候进来的?

张之洞:刚进来。你倒挺有闲心的,又画起画来了。

桑治平:您还说呢,不都是因为您!

张之洞:因为我?我让你画了?

桑治平:您是没让我画,但我得为您画了。

张之洞：仲子兄，你这话说得让我糊涂了。

桑治平：毛掌柜来找我，他答应捐钱了。

张之洞：捐多少？

桑治平：五万两银子。

张之洞：五万两？他捐五万两？有条件吧？

桑治平：两个条件。一个是我给他画幅石竹中堂，意在生意节节高升，您写副对联配上。

张之洞：这个容易，我写唐薛涛的"晚岁君能赏，苍苍劲节奇"，配你这幅画给他不正好嘛！第二个呢？

桑治平：为他票号题"天下第一诚信票号"。

张之洞：这个我不能为他写。他"蔚丰厚"票号到底诚信不诚信我都不知，怎么能写他第一诚信？

桑治平：您不写，这五万两银子可就没了。

张之洞：（略思片刻）这……这我真不能写。要不我给他题朱熹"不诚无物"四个字吧！

桑治平：我看还是按毛掌柜意思题吧。去掉票号两字：天下第一诚信。意在天下第一重要的是诚信，并非是说他"蔚丰厚"就是第一诚信，且与"不诚无物"一个意思，相信他也好接受。

张之洞：行，你这主意也不错。来，拿纸，我现在就给他写。

(5)时：夜

　　景：内

　　人：张之洞、桑治平、杨深秀、杨锐、大根

巡抚衙门。张之洞书房兼客厅。张之洞、桑治平、杨深秀、杨锐在一块议事，大根忙活着给大伙提壶添茶。

桑治平：今天毛老板高高兴兴取走了您题的字，又加了一万，还说哪天还要来面谢您。六万两,您抚台大人的字可真是字字值千金呀!

张之洞:(笑)大概是谁头上戴这巡抚顶带字就会值千金吧?

杨深秀:今天我在晋阳书院讲完课准备回来时,碰到了李山长,他问您何时去给学子讲课?

张之洞:是该去了,刚来山西去书院拜访李山长时答应过的。你再去时告山长一声,我把清源局的事一落实就去。

(6)时:日
　　景:内
　　人:张之洞、葆亨、大根

巡抚衙门。签押房。张之洞正批阅公文,葆亨敲门进来。

葆　亨:张大人,您找我有事?

张之洞:"蔚丰厚"的毛掌柜捐了五万两,后来又加了一万两。我的意思是五万两你入库作为给农户的补贴,那一万两就把卫大人留下的梅山那半拉子工程做个了结吧!

葆　亨:我可听说这是大人您个人的润笔费哪!

张之洞:这巡抚顶戴一摘掉,我的字恐怕就一文不值了。真要值那么多钱,那我就天天写,咱那藩库可就堆金积玉不发愁了。葆翁,刚才我这样打算行不行?

葆　亨:本来就是您张大人的钱,全用到公务上,何有不行之说?

张之洞:那好,这笔钱就由你支配吧!

葆　亨:张大人,我想到晋阳书院,让李山长挑一批学子到乡村去宣传禁烟种庄稼的好处。

张之洞:从书院抽些年轻学子到下面帮助宣传禁种禁吸鸦片好处,这一点想得周全。禁烟局如此重任让葆翁你担当,看来我没选错人。禁烟局成立后的事,你尽量让下面人多分担些事,自己不必远去,就在阳曲、汾阳一带近处看看就行,山西情况我还不熟悉,有好多事得随时向你请教呢!

葆　亨:不敢不敢,张大人言重了,政务上的事,您只管吩咐好了,为三晋父老办事,下官定会竭尽全力。

(7)时:日
　　景:内
　　人:张之洞、葆亨、王定安

抚台衙门。张之洞正在书案批阅公文,一衙役进来。

衙　役:张大人,藩司葆大人和冀宁道王大人求见。

张之洞:请他们进来。

王定安:张大人,葆亨把皇上禁种罂粟朱批圣谕印了几千份,准备派人四下张贴,争取今春所有种罂粟的地全部种上庄稼。

葆　亨:李山长从晋阳书院挑选的五十多人都过来了,明日起就全下派到各府州县参加禁烟事务。

张之洞:李山长帮得好啊!葆翁,废烟种粮,你给山西百姓做了件好事。

葆　亨:张大人为三晋父老生计操劳,下官理当尽心。

(8)时:夜
　　景:内
　　人:葆亨、王定安、徐时霖

藩司衙门。葆亨客厅。葆亨、王定安和徐时霖沉闷地坐着喝茶。徐时霖看了二人一眼,终于沉不住气了。

徐时霖:王大人,这春耕的时令十天半月就要到了,您不是说张之洞说过要去我那儿查看的吗？怎么办？你们倒是说话呀！

王定安：葆翁,各地官员的欠款不是收回一部分了吗？先把各地主要大路两旁看得到的地方的所有罂粟苗全部铲除,种子、农具及时补发给农户。雨生那儿,葆翁是不是去找找罗承勋,让他派兵丁帮帮多铲除一些,雨生在张之洞眼中是根刺,时时在想参劾他,别再让张之洞抓住小辫子。雨生,你也放点血配合一下,说实话,真认真起来,你犯的事并非小事,张之洞还是顾及葆翁面子的。

徐时霖：行,我回去准备一下。

葆　亨：雨生,就照王大人说的去办,我去见罗总兵,务必接待好这些兵,别出了乱子,张之洞此人说过的就要做到,肯定会去你阳曲察看的。

徐时霖：我知道了。

(9)时：日
　　景：外
　　人：冯济川、梁培伦、众学子、民众

孝义县城。大街上,冯济川和梁培伦正领着一群学子在四处贴禁种罂粟告示和标语。一伙民众在几处布告前围着看。

告示、标语特写镜头：

告　示

兹因民间栽种罂粟有妨嘉谷,屡经严谕申禁,仍着该抚随时查察,有犯必惩,以挽颓俗。

一、凡家拥有烟土者,全行上缴收购。

二、种烟地全改种为粮食,厘税全免。

三、凡改种粮食地,按地亩补贴农具、种子。

四、如若有违禁种罂粟者,地方官员、社首担其责任。

鉴此布告天下,咸便闻知。

光绪八年三月二十三

墙上标语内容:洋烟不禁,害我中华;铲除罂粟,违者必罚!吸食鸦片危害大,害人害己害国家;毒尽不除,家何以安?

布告前,一大群民众在围着看。

冯济川:培伦,葆大人要咱们近日把农户补贴名单填好送去。时间还早,大家贴完标语,是不是再分组顺便去检查、登记一下农户补贴工具和种子的情况,不要落下任何一家。

梁培伦:行,诸同学,咱们分头行动!

众学子:好。

学子甲:济川,咱们去哪儿?

学子乙:要不咱们就去城东那边吧,前几天我和培伦去时那片523户农户大都落实表示不再种毒苗了,工具和种子也大部分都发到这些农户手中。只是有一家,把发下的种子给吃了。

冯济川:吃了?怎么能把种子吃了?不种地了?

学子乙:听邻居说,他抽大烟把地给抵押了。

梁培伦:你领上济川去吧!你俩换一换,我们去城西那片。

学子甲:行,我去培伦那组。

冯济川:那走吧,咱们去看看。

(10)**时**:日
　　景:外
　　人:冯济川、学子甲乙、行人

冯济川与学子甲乙等三四个学子穿过街巷往县城东走去,碰到有树或墙上空着的地方就贴上标语,碰到行人多的地方就散发几张印有宣传禁烟好处的传单。

(11)时:日
　　景:外
　　人:冯济川、黄二、学子甲、学子乙、村民

学子乙领着冯济川和另外几个学子穿过街巷,在城边一偏僻处停下来。相邻几处人家见来了一伙城里年轻学子,相跟过来看热闹。

学子乙:济川,就这家。
冯济川:走,进去看看。

这是一处有着两孔破土窑洞的院落,外墙面裂着几条粗细不一的大缝,缝中长着大大小小乱蓬蓬的杂灌草,院墙是乱木条胡乱围起,一副衰败破落的模样。

冯济川:(与众人相互看一眼,惊讶地)就这儿?
学子乙:嗯,就这家。

冯济川一行人推开柴门走进院子,走到一孔窑洞前。

(12)时:日
　　景:内
　　人:冯济川、学子乙和众学子,村民,黄二、黄二母、黄二两个孩子

门开,窑洞里的凄惨景象让冯济川一下子惊得停住了脚步:一瘦如枯骨的老人盖着条露着黑棉絮的破被子躺在炕上,不时无力地发出一声呻吟,两个挂着鼻涕的年纪相差不大的一男一女半大孩子,赤身蜷缩在墙角手握黑乎乎糠菜团子怯生生地望着来人;一个黄皮寡脸披头散发的男子,两眼呆滞着蹲在炕头。

冯济川:黄二?是你?你家不是在城里吗?怎么搬城外这儿住了?

村民甲:卖了房搬来的。

村民乙:这儿是他老婆娘家的牲口圈,也卖得只剩这没人要的破窑洞了。

冯济川:怎么弄成这样?抽大烟?

黄　二:抽什么呀,饭都吃不上了。

冯济川:你媳妇呢?

黄　二:我……

村民甲:卖了。

冯济川:卖了?你可真有能耐,抽大烟把老婆也能卖了?地,是不是把地也给抵押出去了?(见黄二低头不语)你——真没出息!抵给谁家了?

村民甲:冯少爷,他把地抵押给杨掌柜了。

冯济川:杨掌柜?

村民乙:是。和你家同开"体仁堂"药铺的杨掌柜。

冯济川:那你怎么活呀?

村民甲:他现在又想卖闺女。

冯济川:(哭笑不得)你真有出息!(略思索片刻)对了,黄二,阳曲县衙你不是有个当师爷的舅舅吗?

黄　二:……

冯济川:你说话呀!

黄　二:他——我也好多时日不见他了。

村民乙:他去找过,他那个舅舅偷县令的大烟,给赶出衙门了,哪里还顾得上管他!

冯济川:这样吧,黄二,能不能听我一句？别再抽大烟了。——如果你再不抽了,把地给你要回来。

黄　二:我锅也揭不开了,哪有钱？

冯济川:我想办法把地给你要回来,种子我给你,好好种庄稼。(从口袋里掏出几枚铜圆)给老人找医生看看抓点药,再买点粮给孩子吃。

(13)时:日
　　景:外
　　人:冯济川、学子甲乙

一行人走出院门。冯济川一脸沉重。

冯济川:禁种毒苗罂粟,张抚台做得好啊！毒苗不铲除,亡我大中华。他让我们书院学子出来到乡下多给农户讲讲吸食烟土的害处,这就是活生生的例子！不铲除罂粟这种毒苗,多少人家会家破人亡啊！

学子甲:济川兄,这个叫黄二的你认识？

冯济川:以前打过交道。

学子乙:这地你怎么给他弄回来？

冯济川:这"体仁堂"药铺是我家和杨家合伙开的,我把股份押给他一部分给他赎出地让他养活家人。老人和孩子太可怜了。走,咱们再去另一个村子看看吧！

(14)时:日
　　景:外
　　人:张之洞、葆亨

巡抚衙门。签押房。张之洞和葆亨在商谈着什么。

葆　亨：张大人，这是各府州县现职官员补缴欠藩库款上来的名单。

张之洞：嗯，都补齐了？

葆　亨：极少数个别的还没有，名单上打钩的几位。不过，差得也不太多，确实也真特殊困难些。是否可再允缓他们几天？

张之洞：你看着处理吧，真有特殊原因者，也不必过于死板，再缓些日子只要补齐也就行了。

(15)时：日

　　　景：外

　　　人：张之洞、葆亨、冯济川、梁培伦、农户多人

孝义县城边。张之洞、葆亨和王定安一行骑马来到一片已泛青的农田前，农户众人不远处围看着。

葆　亨：张大人您看，面前这一大片农田都种上了春小麦，往年这儿栽的是毒苗罂粟。

张之洞：葆翁干得不错嘛！这事看来我选你承办还真是选对人了。

葆　亨：大人过奖，都是为朝廷办事，应该的。现在还有好多农户未落实下去，有个别的寨子社首领着农户抗着不让铲，担子还重得很呀！

张之洞：受驱于眼前利益。这些糊涂农户还得多说服说服。实在不行，可让罗承勋派兵丁帮着些。搞得好的，可推广带动四周村社。这儿是何人负责？

葆　亨：这一带由书院学子冯济川和梁佩伦担负，整个孝义县铲毒苗改种粮的事数他们配合得又快又好。

张之洞：人在吗？

葆　亨：在，我叫他过来。（冲农户人群中）济川，张大人叫你们两人过来一下。

冯济川、梁培伦：拜见张大人。

张之洞：你们俩是——

冯济川：我们是晋阳书院的。

梁培伦：李山长派我们来"禁烟局"协助办事的。

王定安：葆亨去晋阳书院找着李山长，抽了一部分学子分到各州县"禁烟局"配合宣教禁种鸦片，李山长对鸦片深恶痛绝，很是支持。这些年轻学子到了各州县，干得都还很不错。

张之洞：好，好。山西的事，将来靠的就是他们这些有才学、有作为的后生办。——对了，晋阳书院李山长让我去书院给学子们讲讲课，这一段忙得也未赶上去。鼎丞，通知学政王可庄一声，让他和李山长打个招呼，近日抽空我去拜访他，顺便去见见书院的学子们，讲一次课。

冯济川：葆大人，抚台大人若要去我们书院讲课，我们能不能请天假回书院？

梁培伦：我们想听抚台大人的课。

张之洞：（笑）好啊，葆翁，你看两位后生想听听我讲课，这个假可以准吧！

葆　亨：（笑）张大人都答应了，哪能不准呢？

众笑。

(16)时：日

　　景：内

　　人：张之洞、桑治平、杨锐、葆亨、王定安、王仁堪、马丕瑶、方龙光、李秉衡、薛元钊、方潆益等太原府各衙门官员。

巡抚衙门二堂花厅。不大的厅房四围桌子后面坐满了各式官员。

张之洞：今天召集诸位来，两件事：一是将整治山西政务的条例共六项二十条草拟小册子发给诸位论议;(杨锐分发。一官员手中条例特写镜头:目录　第一项务本养民,第二项养廉课吏,第三项去蠹理财,第四项辅农兴利,第五项兴办学堂)第二是经多日筹办,由马丕瑶任主办,李秉衡、薛元钊、方龙光为副办的"清源局",今天正式设立挂牌办公。清源局和葆亨任主办的禁烟局督办均由冀宁道王定安承担。好了,你们下去各自准备吧。方臬司,你留下。

方濬益(字幕显示:山西臬司方濬益):好。

众官员走出。

张之洞:子聪,清源局人员安全,你要全盘负责,倍加防范。
方濬益:明白,张大人。

(17)时:夜
　　景:内
　　人:马丕瑶、高崇基、李秉衡、薛元钊、方龙光、李衡等几个办事人员。

清源局。马丕瑶、高崇基召集清源局全体办事人员围长桌开会。(字幕依座位分别显示:太原知府薛元钊、平阳知府李秉衡、汾阳县令方龙光)

马丕瑶:明天我们就要正式开展藩库的清查工作了。任务艰巨困难的程度大家心中都清楚,我不多说了,具体的分工一会儿由崇基给大家说。强调的是因明日的开局至关重要,为保密起见,今晚咱们散会后大家辛苦一下就在此过夜。李衡,(字幕显示:李衡,清源局干事)用的东西都准备好了吧?

李　衡:准备好了。
高崇基:明晨卯时,抚台大人派的皂隶和绿营派的兵丁准时到场配合我们行动,我们当然要准时到场,条件不好大家今夜也一定要尽量睡好。我说一下分工的情况……

(18)时:日
　　景:外
　　人:徐时霖、兵丁

藩司衙门。紧挨衙门一侧挂有"财库重地,不得入内"的藩库大门,被印有"山西衙门清源局"的封条封上。大门两侧,分站着两位佩着刀枪威风凛凛的兵丁把守着。徐时霖骑马从远处过来,见有兵丁把门,惊讶地张大了嘴。稍停片刻,他调转马头急急离去——

【画外音】素有"马青天"之称的辽州同知马丕瑶担任新设的清源局的局长后,不负众望,上任第一天就把藩库封了。心中有鬼慌了手脚的葆亨、王定安和徐时霖三人急忙又聚到一处,开始秘密商谈对策。

第十二集　王定安策划美人计
徐时霖诬陷良家女

(1)时:日
　　景:内
　　人:王定安、葆亨、徐时霖、徐一雯

葆亨住宅。葆亨的三姨太徐一雯从客厅一侧小门掀起门帘出来,走出院门朝远处张望:清冷的天空,一阵寒风吹过,随着几只麻雀从树梢的猛地飞起,几片枯叶旋转着飘然落下。满脸焦急的徐一雯打了一个寒战,又闭上窗扇返回坐下。突然,一阵由远而近的马蹄声传来,徐一雯一看是徐时霖,急忙领着他进门。

徐一雯:哥,你怎么才来呀?
徐时霖:唉,别提了!小妹,葆翁在家吗?
徐一雯:在,王大人也在,人家等你都等急了!
三姨太徐一雯领着徐时霖上楼后,走到侧门前掀起门帘推开门让他进去。
这是一间吸食鸦片的密室。靠墙铺着厚褥子和纯毛毯的烟床上,镶贝花梨木的烟几两旁,葆亨和王定安正由两个丫鬟侍候着吞云吐雾。见徐时霖进来,葆亨和王定安半支起身,徐一雯示意两个丫鬟出去后,又闭上了侧门。

葆　亨:(举起手中那杆精致烟枪)来两口?
徐时霖:不了,我用过了。有什么情况?
葆　亨:藩库被封了,你知道吧?
徐时霖:我刚才来路过藩库时看到了。
王定安:怎么办?
徐时霖:您王大人是有名的"智多星",点子多,我一个小小七品芝麻官,能拿出什么好主意?
王定安:官小不怕,这事办好了,起码给你弄个同知干干。
葆　亨:鼎丞,什么时候了,还有心说这些。快说正经的,商量商量怎么办吧。
王定安:我说的就是正经话。经商、做官,或摆平什么事,无非就是不走黄门就走红门这两条路。钱看来这次不好使,就走红门这条道吧:一是你去见见张抚台,说说上次提亲那事;二是找个漂亮风骚女子,对付马丕瑶!
葆　亨:算了吧!马丕瑶都五十岁的人了,用红门这种办法恐怕不行,半老的人他能有那兴致?

王定安:此言差也！葆翁你也五十大几了,不是除纳了个黄花女做三姨太,还时不时去柳巷寻个花问个柳吗?

葆　亨:鼎丞,什么时候了还言此种话？算了,彼此彼此,我可不想揭你老底。现在事不宜迟,咱们得说点正经的,好不好?

王定安:这本来就是正经话。"男人不风流,窝囊不如狗。"男人贪色,女人贪财,正常。常言道:"三十四十如虎狼,五十如同添翅膀",我的意思是,马丕瑶这个人不贪财,但马丕瑶不带家眷,一个人孤身来太原,时间一长,他能不想女人？鬼才信！所以得走红门这条道,自古"英雄难过美人关"嘛。至于朝廷御史那儿可走黄门,葆翁你正白旗出身,朝中人缘好,赴京送礼这事由你来办。

葆　亨:你说得倒也有道理。费点银子还好说,只是走红门的这种事,烟花女子肯定不行,可能做到让马丕瑶一见迷心的绝色美女一时何处去寻?

王定安:我早想到了,这种事由雨生办为最妥。

徐时霖:我？不行不行,这种事我可不在行。

王定安:算了吧！太原城里有"秦家一枝花",但这枝花给张之洞留着,不能动。可我听说你阳曲县不是也有"阳曲四美"一说吗？郑家千金那个四美之一的独生女,我可听说是你可是一直在打她的主意。

徐时霖:王大人可别听他人瞎说,我哪是这种人?

王定安:别装了,老婆放老家守空房,你在衙门月月换新娘,谁不知道?算了,你愿办就办,不愿办就算了,反正前些年藩库赈灾的那笔银子你们谁也没少拿！

葆　亨:雨生,咱都别说废话和风凉话互相推诿了。大家现在都坐的是一条漏水船,我藩司要出了什么事补不上这个漏水的洞,大家都得沉下去！

王定安:知道就好,所以无论如何,咱们得先稳住马丕瑶,真要让他查出什么来,我这头上的蓝宝石顶子保不住,你雨生可能就不单是保头上的乌纱帽了,恐怕连戴乌纱帽的脑袋——哼,不说你也清楚什么下场！

葆　亨:试试吧,那个郑家千金倒是可拿来利用一下,我就不信马丕瑶这头老牛不啃这么水灵灵的嫩草!

徐时霖:郑家开的有"聚善堂"药铺,人家是独生千金,一个良家妇女,又不缺钱,能听咱摆布?

葆　亨:雨生,这可就看你的本事了!

王定安:雨生,这种事必要的时候软硬都得用上。对了,你那个姓杜的师爷在吗?

徐时霖:我早打发他回家了。

王定安:怎么回事?

徐时霖:这家伙贪心不足,我让他去开栅镇给我去买上等烟膏,每次都吃过水面,捞了不少不说,有时还以次充好骗我。他烟瘾比我大,回去后照吸如旧,坐吃山空,听说现在房子都当出去了。

王定安:上次我和你说过,这种人该用还得用。趁他现在过得狼狈,让他回来。

徐时霖:回来?不不!

王定安:这种事你我都不好出面。(凑近徐时霖耳旁低语,徐时霖一会儿吃惊,一会儿点头)

徐时霖:明白了。还是王大人心眼儿多。可是,马丕瑶吃住都在清查局里,除了去抚台那儿,哪儿都不去,能上钩吗?

葆　亨:就是,郑家小女儿纵然同意,到哪儿实施合适?

王定安:这事我有安排。张抚台让我名义上监管着禁烟局和清源局,我就有进清源局和与马丕瑶接触的理由。我刚才说了,马丕瑶未带家眷,临时住在一个叫"潞州面食店"的店里,吃住都在那儿,这就是个机会。好啦,你们只管把郑家三小姐这事摆平就行,其他不用操心了。此事宜速不宜迟,咱们分头赶快行动吧!

(2)时:日

　　景:外

　　人:张之洞、马丕瑶、李秉衡、薛元钊、方龙光、李衡巡抚衙门。张之洞正与清源局马丕瑶、李秉衡、薛元钊、方龙光等一班人马议事。

张之洞：玉山兄，听说你把清源局选在贡院了？这个办事地方怎么样？

马丕瑶：还可以。这贡院里面空房子多，出入一个门，外人轻易进不来，乡试举办近年来每次都在阳曲，不影响。

张之洞：这一段藩库清查有何进展？

马丕瑶：单从账面上，的确看不出什么，特别是朝廷的救灾款和各省的协济款，都是公文交代，蒙混不得。不过，有几笔款额支出的确不太正常，有人反映曾九帅走后藩司葆亨代理巡抚期间外放的几笔款都有回扣这种事，还有虚衔捐款，这些里面也好做手脚。只是这些没有铁证都不好说。

张之洞：不正常的支出发现什么线索没有？

薛元钊：这里面多得很，从历年账上看，有的富裕州县缴的税反而没有贫瘠州县的多，而有的县才区区几万人得到的外放银两却比几十万人的州县多，特别是前几年赈灾粮款的发放，阳曲县和太谷县人口差不多，但阳曲县得到的是太谷的一倍还多。只是如马大人所言，没有证据就难办。

李秉衡：我平阳捐官共四十七人，对照执照查捐银数中，已发现捐银数和上缴藩库账不符多起，因这些捐官者中有的在外地，估计再有十天左右即可完成全部对照。

方龙光：要说难也不难。

张之洞：此话怎讲？

方龙光：大灾那几年，凡朝廷和各省及大户捐拨粮款，均有正副两份记账簿，正簿给捐拨粮款一方，副簿则作为收粮款一方记账凭证留官府存档备查。只要双方所填数目相同，则正常，相差则有问题。另外还有——李衡，你说说看。

李　衡：当时太后给了葆亨虚实执照各两千张，捐官收的银子500余万两，现在仅已查过才200多份就有正副本对照不相符的180余人，可以说他们对绝大多数捐官人都如雁过拔毛从中贪污。

马丕瑶：方县令和李衡说的都是事实，证据也掌握了一部分。至于双方勾结在账面背后作弊贪污的，也查有事实。比如当时人们就反映大斗进小斗出贪占赈济粮问题。漪村就掌握了证据。

方龙光：马大人说得对。账面也可能看不出什么问题，问题就出在上下勾结共同贪污这上面。别的不说，葆亨和他大兄哥徐时霖正副账簿保证吻合，这吻合背后有没有问题？那就不一定了。

马丕瑶：所以现在我们主要是一方面先把账面可疑处一一理列出来，另一方面想各种办法再一一去寻找证据。

张之洞：行，就先这么办，证据上只要有个突破口，再下来就好办了。对了，玉山兄，这事你和鼎丞说过没有？

马丕瑶：没有。我们定的规矩是吃住全在局子里，外出两人相随，不准接待任何人，清查进展情况只向抚台您一人呈报。

张之洞：玉山兄想得很周到。不过，在未拿到充足铁证之前，不能打草惊蛇，清源局和禁烟局不是都让他负责的吗？该向鼎丞呈报的你还要去报上一些，说不定从中或许还可发现或透露出一些问题呢。

马丕瑶：我懂大人的意思了。

张之洞：你们家眷都未在身边，这段日子你们要照料好自己。

马丕瑶：抚台您不也一样嘛，也千万要注意保重自己。

薛元钊、方龙光：就是，就是。

张之洞：好，此事多有劳累，诸位多保重。

(3) 时：日

　　景：外

　　人：杜师爷、家丁

阳曲县衙门。徐时霖宅院。衣着破烂的杜师爷站在院门外犹豫一下后又抬手敲了几下门。一家丁走出来。

家　　丁:哎哟,是杜师爷呀! 好久不见,怎么落魄成这样?

杜师爷:徐……徐老爷在吗?

家　　丁:杜师爷,你找他有事?

杜师爷:是……徐……徐老爷叫……叫我来的。

家　　丁:徐老爷叫你?

杜师爷:嗯,是呀!

家　　丁:(上下打量几眼,一脸不屑)那好,你在这儿等着,等我去通告老爷一声,让你进,再进。

杜师爷:(望着家丁闭门进去,恶狠狠唾了一口)呸! 老子在……在时,你……你他妈和……和孙……孙子一样巴结老子,现在看见老……老子遭难了,就狗眼看……看人低。真是凤……凤凰落架不……不如鸡……(门突然打开)

家　　丁:你骂谁是鸡?

杜师爷:我……我说我……现在活得不……不如鸡呀,你看我……我这一身像个落汤鸡……

家　　丁:进去吧,老爷在里面等着你呢。

(4)时:日
　　景:内
　　人:徐时霖、杜师爷、家丁

徐时霖客厅。家丁领杜师爷进门。杜师爷战战兢兢小心走到徐时霖不远处站定。

杜师爷:老……老爷。

徐时霖:来啦? 坐呀!

杜师爷:我……您看我……这一身……

徐时霖:(对家丁)去,找着三姨太,给他换身衣服。

杜师爷:谢老爷大……大人不记小……小人过!找我有啥……事?

徐时霖:给我办件事。(招手让杜师爷靠近,附耳低声)就说吃药出人命了,把"聚善堂"那父女俩给我抓了。

杜师爷:(惊讶地一愣)"老爷……这……"

徐时霖:(拿一包袱,从中取出一个大元宝)干不干?干好了,这个你拿走,回来还当你的师爷。不愿干就滚蛋!

杜师爷:我干,我干!谢……我听您的,您看我……我该怎么干?

徐时霖:怎么干,我不管,反正不管你什么手段抓了人就行。

杜师爷:(跪下连磕几个响头)老爷,我……我干。

(5)时:日

景:外

人:杜师爷、黄二、黄二母、黄二孩子

孝义县兑镇。黄二家。两个脏兮兮的孩子在窑洞门口里玩。杜师爷手提着一纸包包子推开柴门进来,给了俩小孩一人一个包子,敲门。黄二开门。

黄　二:舅舅,你怎么来了?

杜师爷:好久未……未见了,来……看看。

黄　二:进屋吧,我妈在里面。

杜师爷:近来干……干什……什么?

黄　二:鸦片不让种了,改种庄稼了。刚领了种子,准备过几天下种。——娘,舅舅来了!

杜师爷:姐,是……是我。

黄二母:是小弟呀,怎么突然想起来我这儿了?

杜师爷:我来……来看看你。(放下包子)

黄二母：看我干什么呀，死不死活不活的一个累赘。

杜师爷：姐也不要这……这样说，听黄二说不……是要准备春播下种了吗？

黄二母：听他鬼说，拿什么种。整天抽抽抽，抽得媳妇也走了，公家补贴种子、农具的钱也去抽了。这败家子没救了。我真不如快点死了算了。小弟你来是有事吧？

杜师爷：我也没……没什么大……大事，一来看……看你这个当姐的，二来想……想给孩子找……找个事，总得养家糊……糊口吧？姐你没请……请郎中看？

黄　二：看了。郎中说还得再吃几服药，可冯少爷前几天给的钱花完了。

黄二母：听他胡说，冯少爷给的钱多大半他去抽了大烟。

杜师爷：这可是……是孩子你的不…… 不是了。病不等药，药方在……在吧？给，去药店再…… 再抓……两服回来。（把铜元塞给黄二）

黄二母：小弟，别给他钱，保不准又要去抽，这家过得……唉，反正我活着也是个累赘，还吃什么药，早不想活了。

杜师爷：姐，你快别这…… 这么说，我给你好…… 好好劝…… 劝他。黄二，明天你……你来衙门找……找我，给你寻个挣…… 挣钱的事。

(6)时：日
　　景：外
　　人：杜师爷、黄二

阳曲县衙门。坐在椅子上傍茶几正拿着水烟袋抽烟的杜师爷，房间门突然被推开，黄二闯了进来。

黄　二：舅舅，我妈她……

杜师爷：你妈她……她怎么啦？

黄　二:她……她跳水缸了!

杜师爷:昨天还……还好好的,怎……怎么就……是不是你拿……拿我给你的药……药钱又去抽大烟了?

黄　二:我……

杜师爷:(打黄二一耳光)没……没出息的东…… 东西!

(7)时:日

　　景:内

　　人:徐时霖、杜师爷

阳曲县衙门。徐时霖烟室。徐时霖正由妖艳女子陪着抽烟,听见敲门声,妖艳女子过来开门。

徐时霖:什么事?

杜师爷:老爷,我…… 我姐死了。

徐时霖:你姐死了? 你真把你姐毒死了?

杜师爷:哪……哪能呢,她……她跳水缸死了。

徐时霖:那不正好吗!

杜师爷:老爷您……

徐时霖:(招手让杜师爷靠近,附他耳边)就说药有毒,吃药死了,抓郑家父女不正好是个借口? 趁热打铁,快让你姐的儿子来告状!

杜师爷:是,老…… 老爷,我这就去!

(8)时:日

　　景:内

　　人:杜师爷、黄二

阳曲衙门。杜师爷房间。杜师爷进门。

杜师爷:黄二,你妈死外……外人知道吗?

黄　二:不知道,我把妈放到炕上锁上门先把孩子放姑姑家就直奔你这儿来了。

杜师爷:(拿出一个元宝和几个铜圆)过……过两天买个棺……棺木吧。你妈的事现……现在先不要告……告诉任何人,包括你姑姑,就说兑……兑镇药不……不全来城里买……买的药。

黄　二:知道了,舅舅。

杜师爷:走,我们快……快去买……买上药!

(9)时:日

　　景:内

　　人:郑筱筱、药店伙计、黄二

阳曲县城,"聚善堂"药铺。一位伙计正给顾客抓药,郑筱筱在一旁忙着用药碾碾药。黄二从店门口进来。

伙　计:先生,您抓药?

黄　二:照这方抓两服药。

伙　计:好,稍等。

黄　二:我家病人急着服药,能不能快点。

郑筱筱:我来给你抓药吧。(接过方子进柜台,照药方一一配药,包好盖上店名印)

(10)时:日

　　景:内

　　人:杜师爷、药店伙计

"聚善堂"药铺,黄二出门,杜师爷进门。

杜师爷:掌柜的,给我称上半两半夏。

杜师爷出来,从街上走了一段路,又拐进另一家名为"益民堂"的药店。

杜师爷:掌柜的,给我称上半两乌头。

(11)时:日
　　景:外
　　人:杜师爷、黄二

药店门外大街上。黄二朝杜师爷面前走来。

杜师爷:回去熬上药,把药味弄得大……大一些。"聚善堂"包药纸保存好,后天一早拿上就来……来衙门告……告状,记……记住。

(12)时:日
　　景:内
　　人:张之洞、葆亨

巡抚衙门。签押房。张之洞批阅公文,门响。

张之洞:进来!(葆亨进来)
葆　亨:张大人,梅山那工程已竣工,您要不要去看看?那议事厅门上的匾您看题个什么字好?
张之洞:好,我抽空去看看再议。对了,工程花了多少银子?
葆　亨:您张大人两个字的钱。

张之洞:两千两?

葆　亨:除建成议事厅,堆起的山上栽了牡丹和松树,把几块古碑也建了个小亭子护起免受风雨剥蚀,成了个小花园。

张之洞:那好,那好。行,没事你就忙去吧!(见葆亨迟迟不走,抬起头)葆翁,还有事?

葆　亨:张大人,秦家姑娘这事我和他们家说了,父母一口答应。您看——什么时候让她来抚台衙门见见面?

张之洞:这一段咱们都忙禁烟和清查藩库这两件大事,那种事就暂不要再提了吧!

葆　亨:这……噢——好好。

(13)时:日

　　　景:内

　　　人:葆亨、王定安、徐时霖

阳曲县衙门。徐时霖住宅客厅。葆亨、王定安、徐时霖正密谈着。

王定安:阎敬铭重返朝中,被太后补授户部侍郎。这次赴京上任转道太原还带了杨深秀来见张之洞,你们掂量掂量这里面会不会有什么问题?

葆　亨:听罗县令说,从张之洞和阎敬铭见面接谈中,觉察出之前他们俩好像也没见过面。带杨深秀见张之洞好像是想让给他找个什么事干。兴许也是冲阎敬铭这位四朝大佬名声,朝中有人好办事,找个靠山呗!

王定安:我看不像是一般的相见相送。光绪三年,阎敬铭被朝廷派来协助赈灾,杨深秀在阳曲雨生你那儿一待数月,不会是冲着查藩库而来的吧?

徐时霖:杨深秀是曾在阳曲帮助我赈灾,但杨除了记账外就是读书写字,从不多管他事,挺书生气的一个人。

王定安:凡事多往坏处想想防着点为好。不管张之洞与阎敬铭相见是

211

什么目的,但我们还是小心为妙。对了,雨生,郑家小女儿之事,办得怎么样了?

徐时霖:一切均在按既定方案办。

(14)时:日
　　景:外
　　人:徐时霖、杜师爷、黄二

阳曲衙门。大堂。黄二在衙门大堂击鼓喊冤。

(15)时:日
　　景:内
　　人:徐时霖、杜师爷、郑掌柜、郑筱筱

郑家药铺内,郑掌柜和几位伙计正在抓药。杜师爷带着四位兵丁恶狠狠地闯进门来。

杜师爷:谁……谁是郑掌柜?

郑掌柜:鄙人即是。

杜师爷:(举起药方)这服药,是……是在你们铺里买的吧?

郑掌柜:怎么啦?

杜师爷:带……带走!

郑筱筱:慢,你们讲不讲理呀,平白无故就抓人!

杜师爷:平……平白无……无故?哼,都出人命了,还……无故?给我带……带走!

郑筱筱:(挡住父亲)不行,放了他,这药是我抓的。要抓要杀冲我来!

杜师爷:"呵,你这小……小……小嘴巴却还挺倔的。行,你真要……要敬……敬酒不吃吃罚……罚酒,那我也没……没办法,只好给你找……找个好地方去。抓走！"

(16)时：日
　　景：外
　　人：徐时霖、杜师爷、黄二、郑掌柜、郑筱筱

阳曲县衙门。大堂内，徐时霖坐在案后。

杜师爷："带犯人上……上堂。"

衙丁带着被捆绑着直喊冤枉的郑掌柜和郑筱筱上，在徐时霖案桌前跪下。

徐时霖：郑掌柜、郑筱筱，你们可知罪？
郑掌柜：老爷，我们不知罪。
郑筱筱：老爷，我们小户人家，安分守己开个小药铺做自家买卖，为什么事抓我们呀？
徐时霖：你们抓错了药，闹出人命来，不该判处吗？
郑掌柜：老爷，那可太冤枉我们了，那方子我看了，你们也可去问问别的大夫，确实没有问题，真的不会吃死人的。
徐时霖：大胆，事到如今，竟还敢狡辩抵赖！——传苦主上堂！
杜师爷：传……苦……苦主人上堂——
黄　二：清官大老爷，千万为小民做主啊！
徐时霖：有何冤情，实实报来。
黄　二：我到他们药铺买药，回来熬上让我老母亲喝，谁知才喝了一服药，就口吐白沫，不行了。后来请郎中看，才说是这药里有反药，乌头和半夏，吃了就中毒。
徐时霖：这药还有吗？

黄　　二：有,再没敢喝这药了。

徐时霖：药带来了吗？

黄　　二：我带来了一包。(从腰包掏出)——就这个。

徐时霖：郑掌柜,这包药纸上有你"聚善堂"印记,你还有什么话可讲？

郑掌柜：不可能。药方汤头中"本草言明十八反",我们每个伙计都背得烂熟,而且都是照郎中处方配药,怎么会把乌头和半夏放在一起呢？

郑筱筱：这药是我给抓配的,处方中根本没有乌头和半夏！你们纯属是在陷害！

徐时霖：大胆！人证、物证俱在,还敢抵赖,看来,不给尔等一些厉害,还真不知道王法何在！来人,把这二人关入重犯牢！

(17)时：日

　　　景：内

　　　人：葆亨、王定安、徐时霖、徐一雯

葆亨住所。客厅。敲门声。徐一雯开门,徐时霖匆匆进来。

徐时霖：小妹,在吗？

徐一雯：(朝密室努努嘴)王大人也在里面。(边说边挪开书柜,徐时霖推门进去)

徐时霖：王大人您也在。

葆　亨：事办得怎么样？

徐时霖：我就是想来与你们商量这事的。父女俩都抓了,关起来了。只是郑家这小女子太倔,死活不从,恐怕用不上。

王定安：对待女人,无非也是软硬两种办法,你用了吗？

徐时霖：用了,她说是她配的药,要求放了她父亲,要抓就抓她一个人。

葆　亨：嚄,有情有义又孝顺又漂亮,这女子难得。

王定安：怎么,你又想得手啊？

葆　亨：瞧你鼎丞说的,我成什么人了。

王定安：没什么,葆翁,漂亮女子人见人爱,不奇怪,只是这个女子你葆翁别生歪心眼,好自为之,不能坏咱们大事。

葆　亨：王大人多虑了。

王定安：(边理山羊胡边思忖)雨生,你刚才说这个郑家小女子要求放她父亲?

徐时霖：是,王大人。

王定安：嗯,孝顺就好,孝顺就好。我看呀,(三人头碰一起,低声)就这样办……

第十三集　访书院士子吟长诗
　　　　　　谈学问巡抚罢考官

(1)时：日

　景：外

　人：张之洞、王仁堪、吴子显

巡抚衙门。张之洞与王仁堪(字幕显示：学政王仁堪)正出门欲上轿,一顶小轿停下,下来一中年官员急急过来。(字幕显示：祁县县令吴子显)

吴子显：张大人,你们这是去哪里?

王仁堪：张大人去晋阳书院巡学,我陪着去一趟。

张之洞：子显你找我有事?

吴子显：王大人知道,是想和您说说今年乡试需准备的一些情况。

王仁堪：是,文武乡试今年又要进行,子显是同考官,我让他有空提前和您说说情况的。

张之洞：乡试还是由阳曲承办吧?

吴子显：是，历来如此。

张之洞：这样吧，我已答应李山长上午要去书院，拖了好久，不好再失约，下午还要和王学台与为《山西通志》修改润色的杨湄等几位老先生坐一坐，你可先住下办其他事，明天上午我和王学台在这衙门里等你，我也正想与你们一起聊聊这事呢，好不好？

吴子显：那好，我明天上午再来。

(2)时：日
　　景：内
　　人：李用清、王仁堪、杨深秀、冯济川、梁培伦、众学子

晋阳书院。阳光明媚。一书斋内，李用清（字幕显示：新任晋阳书院山长）正与学台王仁堪商谈着什么，门响，杨深秀领冯济川、梁培伦两学子进来。

杨深秀：李山长，我把学子代表带过来了。

冯济川、梁培伦：（躬身致礼）师长好！

李山长：你们不是派到"禁烟局"去协助禁烟的两位吗？你……叫冯济川吧？

冯济川：是，山长。是葆大人同意我们回书院听抚台张大人讲课的。

李山长：济川，这样吧，今天听课人较多，天气正好也不错，张巡抚建议就露天讲，你们现在就通知众学子，带上凳子到大照壁前场地上集中。就这事，你们去抓紧办吧！

冯济川：好的。

王仁堪：那好，我们到门口去迎接张大人吧。

(3)时：日
　　景：外

人：张之洞、李用清、王仁堪、杨深秀与众教习、冯济川和梁培伦等众士子。

晋阳书院。大照壁前场地。照壁下一排桌子上，居中的张之洞两边依次排着王仁堪、李用清山长、杨深秀和几个年长教习。

李用清：张抚台来书院巡学时答应给大家讲了一堂课，尽管政事繁忙，张大人还一直惦记着这事，故今天来看大家并授一堂课，为此，老朽代表书院全体教习和士子对张大人深表感谢。现在就请张大人给大家讲课。（一片掌声中，张之洞起身致意）

张之洞：敝人承乏晋省不久，来拜见李山长时，曾应李山长之邀，给诸位授课，但因繁事累身，迟延了多时，还望大家谅解。今天诸位想要敝人讲点什么？大家说说。

杨深秀：（场下学子互相交头接耳，纷纷议论）我看这样吧，在场诸士子，大多读过张大人的诗，也很喜欢大人的诗作，就请大人谈谈诗，好不好？

众士子：好！

杨深秀：张大人您看……

张之洞：杨总教刚才说咱晋阳书院也有人读过我的诗，真有人能背下我写过的诗？能否当着我面背诵一首？

众人兴奋地相互看看，许多人欲试又胆怯，互相怂恿。梁培伦站起来。

张之洞：好。嗯——咱们是不是在哪儿见过面？

梁培伦：是，大人。在孝义您察看铲罂粟那次。

张之洞：对对，你们干得不错。你背我哪一首？

梁培伦：我先背一首。若背错哪个句子，请大人宽谅！

张之洞：好，你背吧！

梁培伦："一岭如龙九曲回，江东霸主起高台。羞从洛下单车去，亲见樊山广宴开。水陆上游成割据，君臣投分少疑猜。张昭乞食无长策，豚犬悠悠等可哀。"大人咏怀湖北古迹九首中的第四首《吴王台》。不知有无背错之处。

张之洞：不错，背得好，能不能再背出一首？

梁培伦："上山采苦菜，青青不盈筐。暮春茁寸玉，食之生清凉。菲薄野人味，岂荐鼎俎旁。自殊春荠日，敢望秋藿香。贵人餍刍拳，肠腐亦当防。为君已内热，恐君不能尝。"这是大人"古风"中的第二首。

张之洞：好，好。——对，你身旁这位，我巡察铲罂粟时和你一起在孝义的……记的是叫冯济川吧？

冯济川：大人好记性。我是叫冯济川。

张之洞：你能背出一首吗？

冯济川：能。

张之洞：好，背吧！

冯济川：张大人，我能提个要求吗？

张之洞：（看看周围众人的惊异之态，笑）什么要求，你说！

冯济川：我要背下来，抚台大人您中午留下来和我们大家一块儿吃顿饭。

在人们的哄笑声中，张之洞也不由得笑出声来。

张之洞：行，但我也有一个要求，十句以上的诗。开始吧！

冯济川："啸台低，吹台高，台下瓦砾生黄蒿。登台吊古逢吾曹，故人谁欤今边诏。大梁本是霸王地，至今白沙三丈没城壕。五季如风青城虏，惟有信陵死不腐。中原荡荡不自立，金戈蹂践徒辛苦。当早汴水入泗流，清明上河尚可游。南下朱仙四十里，大车辚辚，小车辘辘，彻夜无时休。一自河决汴流断，中州贫索来寇乱。锦衣甘食皆河兵，哪有健儿习征战？君来蔡州营，我去宋州城。宋蔡相望列三帅，千群边马仍横行。尔我少年容易老，王粲从军欢情少。饮我酒，为君歌，金梁水月吹酒波。试看战骨白，岂惜朱颜酡。抱关侠士不可见，只有宪王乐府堪吟哦。"（随着冯济川的背诗声,画面出现现场和书院风景及各种人物的不同表情。诗颂完画面归原。)

杨深秀:抚台大人,"吹台行赠任丘边云航"(拍掌赞叹)如此长的一首诗,难得你一气背完。

张之洞:"尔我少年容易老。"当时写此诗和你们一般年纪,不知不觉间二十多年就过去了。李贺说"少年心事当拿云",年轻人有点目空一切好说大话也不是啥大毛病。行,诸位能流利地背下我这么多诗,是我知己。好,今天咱们就讲讲诗,王学台,咱们中午饭嘛,就在这儿吃了!

"好!"众人一起拍起手来。

(4)时:日
　　景:内
　　人:张之洞、李用清、王仁堪、杨湄

晋阳书院。一僻静的课室中,一银发白须老者(字幕显示:太原府教授杨湄)与几个老学究正审阅着《山西通志》一沓沓的资料。李用清与张之洞、王仁堪相随着推门进来。

李用清:杨老先生,你们看谁来了?

杨　湄:张抚台、王学台,快请坐!

张之洞:杨老,通志修改润色快完了吗?

杨　湄:本来估计应该这个月底能结束,但介休绵山正果寺有个问题未弄清。

张之洞:什么问题?

杨　湄:前明版通志中,载有绵山抱腹寺太宗赐圆寂禅师空王佛号包塑真容肉身之事,正德十三年刻《抱腹寺重修空王佛正殿碑》中亦有记,但目前又有人说正果寺释圆空、释普钦、昙鸾祖师、释怀德和释怀显等十多个塑像也为肉身佛,且从佛像个别处露骨已能证实。如果这事是真,那有如此之多包塑真容肉身佛寺庙可就举国罕见了。只苦于未见证实,暂还不敢下定论。

张之洞:那可以亲自去正果寺实地查看一下呀!

杨　湄:是要去,只是这两天有点不太方便。

张之洞:噢,那你们就自己安排吧!对了,杨老,近来碑帖淘到什么新宝没有?

杨　湄:您还别说,我还正想和您说这个事呢。

张之洞:噢?这么说您还真淘到宝了?

杨　湄:对,我正好收集到两本欧阳询碑帖,只是有一处弄不懂的是,这两帖内容相同字亦一样,唯有一字不同,一作"公"、一作"勾",我疑为通假,但无证据,你有没有注意到这方面?

张之洞:嗯……没有,真想不出来。山长您有没有……

李用清:杨老问过我,我也没有印象。不过我昨天碰到解州县丞王轩在太原办事了,这人博学,尤精金石和古碑帖研究,好像还未走,我让人去找找他,让他看看,或许能寻出证据来。

张之洞:好啊,丹老也和我介绍过他,就见见他。

杨　湄:张抚台,有个事想请您帮个忙,不知可以不可以?

张之洞:杨老请讲。

杨　湄:过两天去绵山,能不能给我们配几个衙丁?

张之洞:可以呀,再给您配上抬椅人,上山下山少累点。

杨　湄:不不不,我腿脚还行,不坐抬椅。只是您问起通志这事,我实际上也很想马上去绵山一趟,证实一下肉身佛这事,早点把通志修改审阅完。只是听有学子说前两日去游玩,正碰到有土匪不知从哪儿掳掠了一伙女子,正往一悬崖洞中那边去,凄哭惨喊,让人胆寒,所以这两天不敢去。

张之洞:真有此等事?

李用清:这事我也听这两个学子回来说了。

张之洞:我作为巡抚,岂能容此等恶人在晋地任意横行?杨老,这事我答应你,等消息好了!

(5)日：时
　　景：外
　　人：张之洞、桑治平、葆亨、王定安

巡抚衙门。梅山。新修成的假山上，一座绘漆一新的小亭四周，新移了几株小松树。正面一洞两边山坡墙面上分别嵌了乾隆帝赐给前任巡抚农起与鄂弼的两块石碑。

张之洞：葆翁，这工程你设计得不错，省钱办了大事，记得写信告卫大人一声。

葆　亨：是，卫大人临行惦记着这事呢，下官让上画上图连信一并寄给他。对了，张大人，我说的就是这洞门顶，挂匾或刻石，您题个名吧！

张之洞：题什么？这是咱们议公务事的地方，原来那个"当仁洞"石刻就不错，就还用它吧！

王定安：就是，张大人说得有道理，以仁为任，无所谦让。取《论语·卫灵公》句中择其意，这个名取得本来就很妙啊！

葆　亨：张大人说此名不错，自然和鼎丞一样知其出处，你们都是博古通今的大才子啊！葆亨肚里空空，自惭形秽。走，大人到里面去看看。

(6)时：日
　　景：内
　　人：张之洞、方濬益、大根

二楼花厅内。大根给张之洞和方濬益沏茶。

张之洞：子聪，绵山有土匪横行，你这当臬司的不可能不知道吧？

方濬益：张大人，不瞒你说，这绵山的土匪可能与"五台帮"有一定关联,而"五台帮"可能与……

张之洞:你不必有什么顾虑,百姓不得安宁,要你这个臬司和我这个巡抚有何用?不管他有什么靠山,必须给我把这个"五台帮"缉拿归案。

方濬益:有您张大人做主,我当尽力。

(7)**时**:日
　景:内
　人:张之洞、王仁堪

巡抚衙门。签押房。张之洞与王仁堪边喝茶边闲聊着。

张之洞:往年乡试这经费支出多少?从何处筹集?

王仁堪:具体承办与支出应由阳曲县操作,我不清楚,但大概数字知道,每次得三万余两银,均由省城行户和附近州县供应。

张之洞:那还是要分到百姓头上捐摊吧?

王仁堪:是,历来都这样。

张之洞:祁县县令吴子显是状元宰相潘世恩的女婿吧?

王仁堪:张大人了解他?

张之洞:(笑)不瞒你说,全省所有现职县令以上官员,我在京和来晋后,都打听了个差不多,捐官的虚实职人员个人情况也让各府州县一并报了上来。

王仁堪:哎呀张大人,我这家底是不是你也打听了?

张之洞:"这学政王仁堪,人正直,学问好,山西士子多有赞誉者,从不过问地方事,但可备咨询。兴文办学等事,尽管放手让他办。"能在背后受一个巡抚如此评价,你让我还说什么?

王仁堪:(笑,起身拱手)张大人,你这中丞当得,厉害,服了,服了!

张之洞:哪天叫上藩司葆亨一起来。这乡试的费用,不能加在百姓头上,由他藩司支付。

王仁堪：应该，朝廷选择人才，怎能由缴过税的百姓再摊？同意张大人这样做！（听见敲门声）子显来了！

张之洞：走，趁今天天气好，咱们和子显一起去后面梅山看看。

(8)时：日
　　景：外
　　人：张之洞、王仁堪、吴子显

竣工后不久的梅山。入洞口上，有"当仁洞"刻石。洞门两边不远处就嵌有乾隆帝赐给前任巡抚农起和鄂弼的两块碑。张之洞与王仁湛、吴子显一行从远处走过来。（镜头拉近）

张之洞：乡试费用之事就这么定了，从今年始，乡考一切费用全部由藩库支出，民间各项支应一律永远免除。至于乡试地点，另再考虑，能否迁移太原？

王仁堪：这……这当然好，但一时去何处寻考场？至于费用，以前我也与藩司葆亨提起过，他说藩库连支运贡铁脚费都拿不出来，哪还有钱给你支这种钱？

张之洞：所有陈规陋习少一分管制，公事就少一分通融，乡试也应恪守清廉为本，上报国家厚恩，下为民生造福。这事你甭操心了，我和他葆亨讲，你们尽管乡考其他事宜好了。

几个人在梅山前停下脚步。

吴子显：才几个月没来，这原来堆煤之处就变成了这般风景，张大人，这是您设计的吧？

张之洞：我哪能有这本事，是葆亨他们找人设计的。子显，当年先人取这"当仁洞"名，你有何见解？

吴子显:"当仁洞"……大人,我还真琢磨不透这里面的含义呢!"

王仁堪:面临仁德,担当仁道,以仁为任,无所谦让。当年取这名的人从《论语·卫灵公》句中选择其意,大概也就是出于此想吧。

张之洞:对,这一带的碑石还不少,你看看这两块。"

王仁堪:这是乾隆帝嘉勉山西巡抚鄂弼和农起的两块。

张之洞:子显知道乾隆帝当年嘉勉鄂弼和农起的缘故吗?

吴子显:知道一些。

张之洞:鄂弼是谁的儿子你知不知道?

吴子显:这一点下官可真不知道。

王仁堪:鄂尔泰的第三子,后来做到四川总督。

张之洞:作为山西地方官,对山西历史上一些人物和大点的事件,了解上一点不无好处。走,咱们到里面看看。

(9)时:日

　　景:内

　　人:张之洞、王仁堪、吴子显

三人进入"当仁洞"。步入一个半地下的大厅。大厅高处的窗户,能透进一丝阳光,大厅并不显得昏暗。里面刚刚竣工,桌凳已置办好,四壁中,已挂有一些字画条幅,但仍有不少空处。厅中一张宽大的桌案上,放有笔墨纸砚。

王仁堪:真宽敞啊,书院要是有这么个大厅多好,坐一二百学子听课,就用不着教习重复三四遍到课室去重复讲了。

张之洞:王学台有这种想法很好,如再办一个书院就盖一个比这更大的厅房,还可盖一个藏书的图书馆,供学子们随时查阅。

王仁堪:张大人,你这提法与我不谋而合,我可真有再办一个书院的想法。几个书院张大人你也去看过了,都人满为患,除晋阳书院还说得过去,其他均陈设破旧,葆亨说藩库又无钱可支,真让人心里有点凉寒。

张之洞:仁堪,我理解你心情。但我也真有再办一个书院的计划。仁堪,你先列个方案,规模、地点,最好学科要广奥,课程有特色,图书馆要去天津、上海和南方采购些翻译过来的各类新书。

王仁堪:(激动)张大人,我当上学台以来,去过天津考察,看过几所新学堂,说实话,我连做梦都想办一所那样的新型学堂。山西穷,穷不在天,人才短缺是穷根之一。

张之洞:说得是。仁堪哪,山西官员如果有一半能如你王学台这样有眼光,有公心,山西何愁不强,民众何愁不富?子显,你说是不是?

吴子显:是,是。两位大人说得都对。

王仁堪:张大人,那儿放笔墨纸砚干什么?

张之洞:噢,四周墙上装饰用啊。全省九府十六州,所有知县以上官员或书或画,每人一幅。你看那幅大雁图,没想到方枭司能画到这般好。

王仁堪:方枭司不但书画好,对金石尤有造诣。潍坊陈氏的赵飞燕古印就是他给纠误的。

张之洞:看来我们这各衙门中也是藏龙卧虎呀。好,葆亨早让我给这个议事厅门匾上题字取个名,一直没考虑合适,今日二位既来了,咱三人就各写一张吧。

王仁堪:张大人,您先来。

张之洞:行,我就先来。你们说,写个什么好?

王仁堪和吴子显展开纸、研墨,张之洞略一思索后,提笔写下"邃密深沉"四个大字。

吴子显:好,张大人写得好!

张之洞:好?好在哪里,吴县令不妨说说看。

吴子显:这好嘛……我是说张大人您写得就是特别好!

王仁堪:从朱熹"旧学商量加邃密,新知培养转深沉"诗句中择"邃密深沉"而书匾立于此,张大人,您用心良苦,的确写得好啊!

张之洞:王学台果然学贯古今,对,就是此意。来,该你们写了。

吴子显:王大人先写吧,我想想写什么。

王仁堪:(举笔思索片刻)这是个官员议事场所,我就写个"世路无如贪欲险,几人到此误平生"吧!

张之洞:(笑)不错,你录朱熹诗句在此挂壁让人自警,同样用心良苦啊!子显,你写个什么词句?

吴子显:我写什么,一时还真想不出个合适的来。

张之洞:你就把王学台刚才朱熹诗上两句写出来,我让装裱出来与他并排挂上也不错嘛!

吴子显:上两句……这个……

王仁堪:我再把"十年浮海一生轻,乍睹梨涡倍有情"写齐吧,一首诗两种字体不一样也不好看。

吴子显:我是做同考官的,常鼓励学子们说多读书多做学问,要不就写个"学海无涯"吧!

张之洞:行,鼓励人勤奋读书嘛。不过你别只写"学海无涯"了,干脆和王学台一样,把此联上下句都写全,写成一条幅吧。

吴子显:行行。"书山有径勤为路,学海无涯苦当舟"。(王仁堪一旁边看边苦笑摇头。)

张之洞:吴县令,这一对联句出自哪位名人之下?

吴子显:可能是孔子……不,是老子的励志名言吧?

张之洞:(冷笑)那你写的这"书山有径勤为路"对不对?

王仁堪:"书山有路勤为径",后面这句是"苦作舟",不是"苦当舟"。子显,你细心点,慌什么?

吴子显:那路和径不都一回事吗!

张之洞:吴子显呀吴子显,让我怎么说你呢?如果你谦逊点,刚才王学台替你背出"十年浮海一生轻"那上两句给你面子我装糊涂或你干脆说时间长忘了还情有可谅,但连黄口小儿都能背诵下的东西你都能背错,错就错吧,且还要强词夺理,这可就说不过去了。我算明白了,令岳丈把十万卷书赠送别人而不留于你,足见你真为不可造就。像你这等肚里空空之人怎么能做乡试同考官,我还真怕误了人家前程呢。王学台,今年乡试决不能让他混进来!今后也不能!

吴子显:张大人,我也是堂堂进士出身,如何就做不得同考官?(王仁堪悄悄扯他一下)

张之洞:我看你这堂堂进士不但当不了同考官,县令也未必够格。哼!

张之洞冷笑一声,甩袖疾步走出当仁洞。

王仁堪:你不要吭声好了,和张大人顶什么嘴?

吴子显:一点情面都不讲,也太欺负人了吧?

王仁堪:你也是,考进士时学的那些丢哪儿了。算了,我明天到他那儿还有点事,看情况给你说说吧!

(10)时:日
　　景:内
　　人:张之洞、王仁堪、王轩

巡抚衙门。张之洞和王仁堪谈论着什么。

王仁堪:张大人,子显县令你真的要参他?

张之洞:我昨天说得很明白,他答不上你替他回答我装糊涂,已经是很给他面子了,却还无理辩三分,什么路和径一回事,你说这种人当同考官岂不误人子弟?就当县令我看也难给老百姓办出什么实事好事!

王仁堪:可是背不下诗句就免了县令是不是传出去也……

张之洞:管他别人说什么,无才无德之人绝不能占着茅坑不拉屎。(听见敲门声,王仁堪看了一眼张之洞,张之洞示意开门。(门开王轩进来)

王　轩：王大人您在？你们有事，那我一会儿再来吧。

张之洞：来来来，没什么事，快来坐下。

王　轩：听李山长说您找我？

张之洞：对对，就是杨湄老先生有欧阳询的两本碑帖，内容一样字也相同，唯一字不同，一作"公"，一作"勾"，是通假还是怎的，找不出根据。

王　轩：这事呀，《仪礼》郑玄的笺注上有"勾亦作公"这句话，这不就是两字通假的证据？

张之洞：等等。（起身从书柜拿下《仪礼》翻看）

王　轩：（帮翻页数）张大人，在这儿。

张大人：对对，果然有此句话。（拍王轩肩）兄台大才，做官真是委屈了。这样吧，今年的汾州知府空缺，同考官出缺，你近日就到汾州做知府，再兼上这个同考官吧。

王　轩：张大人，您是开玩笑吧？

张之洞：不，真的，（边说边写任命书，盖上紫色巡抚大印）你先上任，我随后再奏请太后、皇上批准。好了，没什么事你就先回去准备准备吧！

王　轩：（惊喜）好，那你们谈，我走了。

王仁堪：其实吴子显这人也还可以，你看吴子显这事……

张之洞：王学台，你介绍他认识了我，却让他丢了官，心里过意不去，我理解你这种心情。但这种进士出身的人，只是把"四书""五经"当作了敲门砖，功名之门一旦打开，那块砖就弃之不用，只顾升官发财，忘得肚里空空却还傲慢狂妄，所以不给他点颜色真还不知自己是老几呢！这样吧，广灵县县丞长期出缺，县令年老久病已提出了告老还乡请求，就先让吴子显去广灵当县丞吧。我现在就发此令（拿出行文提笔写道：准予广灵县县令谢宗琪开缺回家养病，迁原祁县县令吴子显任广灵县县丞。）

【画外音】广灵县偏远贫瘠，广灵县历年还欠藩库银四万两，想到这儿，张之洞又在迁任职令上加了一笔："广灵历年所欠藩库银两，着吴子显三个月还清。"就这样，张之洞这一升一降的任命，让坐在一旁的学台王仁堪惊讶得目瞪口呆。

第十四集　郑筱筱舍身救父
　　　　徐时霖再设阴招

(1)时:日
　景:内
　人:郑掌柜、狱卒、牢头、犯人若干

　　阳曲监狱。一男牢房中,全身哆嗦的郑掌柜曲蹲在一角落里,两眼胆怯地望着同牢中坐在对面的一群犯人。犯人中,一个面带凶相显然是牢头的正恶狠狠地瞪着他。郑掌柜慌恐地把目光躲闪转向铁门处。突然,他惊恐地站起来:铁门外过道中,狱卒正押着他女儿郑筱筱经过。

郑掌柜:筱筱!
郑筱筱:爹——
狱　卒:快走,不许讲话!
郑掌柜:(望着一步一回头被狱卒架走的女儿,心如刀割)筱筱——

(2)时:日
　景:外
　人:徐时霖、杜师爷、黄二

　　阳曲县衙门。徐时霖住处。正在烟床上抽鸦片过瘾的徐时霖和杜师爷正说着什么。听到敲门声杜师爷马上起身走到门前,开半扇门探头一看,原来是黄二。

杜师爷:是你？你……你来干什么？

黄　二:舅舅,你不是说干完那事就让我来领赏吗？你让我做的都干完了呀！

徐时霖:外面是谁呀？

杜师爷:你等着。(关上门)"噢,老……老爷,是雇……雇的那位买……买药的,来要……要赏钱。

徐时霖:我可是听到他叫你舅舅的啊！

杜师爷:他……他瞎叫,瞎叫。

徐时霖:别紧张嘛。是外甥有什么不好？自家人岂不是更可靠？

杜师爷:老爷说……说的……是。

徐时霖:好啦,办了事,该赏就赏。(从烟儿抽屉取出两个小银元宝)拿上,我这儿正好有两个银子。

杜师爷:好,好。(接过银子转身纳于袖中,开门拉黄二到一旁,从袖中取出一个小银元宝)老爷赏……赏你的,回……回吧！

黄　二:(偷偷看杜师爷袖口)舅——

杜师爷:看什么看？快走吧,这银子买二斗小米足够了。不是有你舅舅我这面子,这种好事能轮上你？

(3) 时:日
　　景:内
　　人:徐时霖、杜师爷、郑筱筱、狱卒、牢头、犯人若干

阳曲县监狱。狱卒带着捆绑着的郑筱筱到了一狱室门前。室内,徐时霖正与杜师爷密谈着什么。听见敲门声,徐时霖对杜师爷使了一下眼色,杜师爷忙去开门。

杜师爷:徐……徐老爷,郑……筱筱被……被带来了。

徐时霖:送进来吧。

杜师爷：进……进来吧！

徐时霖：你们都出去，我和郑姑娘单独谈谈。

杜师爷：(拍拍狱卒肩)走，我们到……到门外等。

徐时霖：郑筱筱，你知道你犯的什么罪吗？

郑筱筱：我没有罪。

徐时霖：别嘴硬了。人家吃你抓的药，命都丢了，人证物证齐全，这可犯的是死罪哪！

郑筱筱：反正我们没抓错药，这是有人冤枉我们。

徐时霖：郑姑娘，我是看你年纪轻轻，又这么漂亮，怪可怜的，不想让你受刑吃苦，想帮帮你，你想出去吗？

郑筱筱：本来就不该抓我们进来。

徐时霖：姑娘，你能不能答应帮我个忙？实话告你，只要你帮这个忙，不但就能放你父女俩平安无事出去，还会给你家一大笔银子。

郑筱筱：我帮你？我能帮什么忙？

徐时霖：很简单。是——(贴耳低言)

郑筱筱：(满脸通红，摇头)不，绝不！你们是不是串通好了专门来欺侮我们？

徐时霖：姑娘，刚才说了，要不是见你年轻、漂亮、水灵灵的，(边说边用手摸郑筱筱脸蛋)我才不给你想这个办法呢。

郑筱筱：(厌恶地用力拨开徐时霖的手)不干！

徐时霖：好，愿干不干，你看着办吧。——杜师爷！

杜师爷：(进门)下……下官在。

徐时霖：(使眼色)送郑姑娘！

杜师爷：姑娘，别……别不领情。徐老爷成……成心救你，你别敬酒不……不吃吃罚酒哪！

郑筱筱：(紧咬下唇恼怒坚决地)不！(杜师爷看了一下徐时霖眼色，朝狱卒一挥手)

狱　卒：走，快走！

(4)时:日
　　景:内
　　人:杜师爷、郑掌柜、郑筱筱、狱卒、牢头、众犯人

阳曲县监狱。狱卒押着郑筱筱返回牢房,经过关郑掌柜的牢房时,一阵凄厉的惨叫声惊呆了郑筱筱:她看到牢房里几个犯人正在毒打她的父亲,父亲满脸是血,抱着头在地上翻滚着,而牢头则在一旁幸灾乐祸地冷笑着。郑筱筱一把甩开狱卒哭叫着扑向关父亲的牢房门。

郑筱筱:不！不要打,不要打我爹呀……(又扭身跪在狱卒面前)求求你,别让他们再打了,爹爹呀……(见几个人对父亲仍不住手,狠踹猛打,不得已又跪求杜师爷),求求你别让他们打我爹了！

杜师爷:你……想……想通了?(见郑筱筱只是痛哭,不吭声,便阴阴一笑,朝牢头一示意)牢头一挥手,几个犯人不再打郑掌柜！

(5)时:日
　　景:内
　　人:王定安、马丕瑶、家丁、丫鬟

冀宁道衙门。王定安府邸。客厅中,正在书案上临帖练写书法的王定安听到敲门声,停下笔转身:"进来。"进来的是家丁。

家　丁:老爷,清源局马大人求见。
王定安:(放下笔)快请他进来。

家丁出,门开,马丕瑶进。

王定安:噢,玉山兄,稀客稀客,快请坐。

马丕瑶:王大人,打扰了。

王定安:哪里哪里,抚台让我督促禁烟局和清源局,我本应该常去清源局看看了解一下清查的进展才对。

丫　鬟:大人请喝茶。

马丕瑶:我正是特来向王大人呈报这一段清查情况的。

王定安:葆方伯负责的禁烟局,这一段铲除毒苗改种庄稼的事搞得不错,张抚台很满意,想必玉山兄清查藩库的事,也该有一定成效了吧?

马丕瑶:三十年账目堆得半间屋都放不下,查对起来一笔笔的确费劲。

王定安:查出什么事吗?

马丕瑶:目前查对下来,账面上暂时都还没有发现什么大的事。

王定安:账本上能查出什么事? 一收一支有凭有据平不了账那管财务的人不是个傻子吗? 贪腐如能在账本上查出来,那还叫贪腐吗? 变相胡支乱花或从中私分回扣谋私牟利的事才叫贪腐,清查的就是这个。

马丕瑶:王大人说得很对。只是这么多年过去了,物是人非,当事人也多有变化,所以藩库清查这事,的确有点难。

王定安:所以你担子重。张抚台是个办实事的人,如此重任交给你办,就一定要办好干出个名堂来,才不会辜负张大人对咱们的厚望。

马丕瑶:感谢王大人教诲。请王大人放心,我一定会尽力办好此事,不会让您失望的。

王定安:那就好,那就好! 不过不是为怕我失望,而是我刚才说过的,咱们不要辜负张抚台张大人的厚望才对! 你说呢?

马丕瑶:王大人说的是。

王定安:好了,咱们不说这事了。玉山兄,天也不早了,你既然来了,就在这儿吃顿饭吧。

马丕瑶:王大人,不敢给您添麻烦。且正好我也有点急事需要办,望大人屈原。

王定安:那好,玉山兄公务繁冗,就不强挽了。这样吧,改日我做东,聊尽地主之谊,你和葆亨都来,就咱们三个人聚一聚,顺便把这段禁烟和藩库清查过程遇到的情况互相谈谈,好赖张抚台给了我个监督你们办事进程的职权,我总得了解点情况吧?万一抚台张大人问起来,我也不至于在新抚台面前落个不办事的庸才名声吧,玉山兄,您说呢?

马丕瑶:王大人言之有理,随时听候驱使。大人留步,就先告辞了。

王定安:(望着马丕瑶背影)来人!

家　丁:小的在。

王定安:远远给我盯着!

家　丁:是,老爷。

(6)时:日
　　景:外
　　人:马丕瑶、家丁、街道上各色来来往往行人

马丕瑶匆匆忙忙在街道上走着。王定安的家丁不远不近地鬼鬼祟祟跟着,为怕马丕瑶发现,不时到障碍物后躲闪一下。直到看到马丕瑶进了巡抚衙门大门,才转身急速返去……

(7)时:日
　　景:内
　　人:张之洞、马丕瑶、大根、李佩玉、准儿

巡抚衙门。张之洞住宅后院。张之洞和李佩玉、准儿一家人,正谈论着什么,大根领着马丕瑶进来。

张之洞:玉山兄,咱们到花厅去谈吧。

(8)时:日
　　景:内

人：张之洞、马丕瑶

马丕瑶：我去冀宁道王定安那儿的情况就是这样。

张之洞：王定安这个人很有心机，他知道你们清查藩库不会只看账面，所以不如借挂着监督的头衔，主动和你谈做假账和回扣一类人人都知道的一些贪腐方式，再讲些官样套话，让他在你心目中树立起一个清正廉洁的上司形象，便于从清查过程中得到更多的内情，以思对策。

马丕瑶：抚台分析在理。只是他说要邀我和葆亨聚聚吃饭，我是去还是不去，一时还拿不定主意。

张之洞：玉山兄，你酒量怎么样？

马丕瑶：抚台大人想听真话？

张之洞：假话我问你干什么？

马丕瑶：年轻时傻疯，一斤不上脸。抚台大人呢？

张之洞：彼此彼此。

马丕瑶：哎，我说抚台大人，您问我这干什么？

张之洞：再疯一次！

马丕瑶：您的意思是：不入虎穴，焉得虎子，去演一场戏？

张之洞：对，你想想，早不请，晚不请，这个时候找借口请，这和此地无银三百两有何两样？所以接触一下有好处，能更多了解内情了解对方。故玉山兄只要有海量，不妨就再疯一次。不过，我有四个字想送给你。

马丕瑶：（笑）送我？嗯——张大人，我估计能猜到您送我的四个字是什么。

张之洞：真的？那好，咱们各自写到纸上，看能不能对上？

马丕瑶：行，下官要对了，抚台大人您请我喝茶？

张之洞：（从书案上拿过蘸墨的笔和纸笑着递给马丕瑶）不喝茶，喝酒。

张之洞返回到书案，奋笔疾书四字，拿起与马丕瑶所写四字相对照，四字都是：随机应变。两人随即大笑起来。

(9)时:日
　　景:内
　　人:王定安、家丁

冀宁道衙门。王定安住宅。王定安在烟榻上由一丫鬟陪侍正吞云吐雾。听见敲门声,王定安示意丫鬟去开门。

丫　鬟:(关上门回头)老爷,他回来了。
王定安:让他进来。
家　丁:老爷,我看到了。
王定安:你看到他去哪儿了?
家　丁:马大人去了巡抚衙门。
王定安:巡抚衙门?
家　丁:是。我清清楚楚看见马大人进了巡抚衙门大门。
王定安:好了,你下去吧!
家　丁:是。

王定安就着烟灯深深吸了几口大烟,枯黄干瘦的脸上显出一丝阴森森的冷笑……

(10)时:日
　　景:内
　　人:葆亨、王定安、徐时霖

葆亨住宅。客厅。

王定安:雨生,从马丕瑶说的口气中,探不出什么情况来,估计这几天就要查到光绪三年间大旱时的赈灾粮款了,我担心的是,你办的那些事,到底把屁股擦干净了没有?

徐时霖:王大人尽管放心,赈灾粮款的出入库不但账面上查不到一点儿问题,就那济灾粮的出入库当时也是搞得神不知鬼不觉。不会有事的。

葆　亨:鼎丞是过于小心了。

王定安:小心无大差。从这些日子办事上看来,张之洞绝不是个酸书生,马丕瑶也绝非是省油的灯,我们得有几番对策方会平安无事。对了,郑家姑娘的事办得怎么样了?

徐时霖:没问题,一切准备就绪,就等你们发话了。

王定安:那好,咱们就把酒宴订到后天晚上。

第十五集　王定安设宴探虚实
　　　　马丕瑶施计救民女

(1)时:日

　景:外

　人:王定安府邸家丁、兵丁、李衡

有兵丁把守的清源局大门。大门一侧墙上挂一写有"未经准许,外人一律不得入内"的白底黑字木牌。门外远处,一衙役模样的人正骑马奔来。到门前不远处下马后将马拴一树上后,径直朝前走来欲进清查局,被兵丁拦住。

家　丁:兄弟,我是来送请柬的。

兵　丁:你等一下,我先去通报一声。

一人随兵丁出来。(字幕显示:"清源局"干事李衡)

李　　衡：什么事呀？

家　　丁：冀宁道王大人派我来给马大人送请柬。

李　　衡：那你放下吧，我转交给马大人。

家　　丁：可王大人吩咐我，务必要亲手转送给马大人的。

李　　衡：我转交给马大人。

家　　丁：您——贵姓？

李　　衡：我姓李，叫李衡。放心，马大人正忙着，我进去马上就会交给他。

家　　丁：(不情愿地)那——好吧。

(2)时：日
　　景：外
　　人：马丕瑶、李秉衡、薛元钊、方龙光、李衡、兵丁、衙役

清源局。大房间里。薛元钊、方龙光和四五个办事人员正在堆满了各式账簿的案桌上专心致志地查对着一本本封面上写着"同治""光绪"各年号的历年账簿，有的不时用算盘计算一阵，与账簿上数目对照查验。

薛元钊：龙光，你过来看看账簿上记的这几笔票号捐银子的大数，只有对比正本才能弄清。是不是和玉山兄说说，派人分头下去核查对证一下这些捐银子的正副本。

方龙光：好。

大房间内的隔间里，马丕瑶和李秉衡也正在堆满账簿的书案上仔细翻看着。几声敲门后，薛元钊和方龙光推门进来。

薛元钊：玉山兄，你看，仅山西票号这一行，全国就有四十二家分号。

光绪三年大旱赈灾期间,每家分号都捐有银子。这四十二家票号大掌柜都捐银买了官衔,这还不算另外上千大户历年捐虚衔的银子。这些副本都在咱们这儿存着,派人下去查对一下这些捐款正副本,就可知详细数。

方龙光:对,只是这全国各地四十二家分号如果要家家都去查对的话,咱们哪能顾得上?是不是先选上几个大的分号来查对?

马丕瑶:龙光说得对,不要说咱们没这么多办事人员,就是有,若去每个分号查对,骑快马路上来回也得半个多月,且不说这样做还会走漏风声。所以,咱们先就近的票号查对。不过据我所知,早年的票号各地分号由分经理和大掌柜经营,总经理的老掌柜只是在各大分号来回巡查,因根在山西,故虚衔执照一类官方颁发的重要文书,依例都应保存在山西老家。我估计这四十二家分号的捐银正本应在总票行存放着为多。

李秉衡:就是这么查的。现在调出来的当年捐官虚衔两千张执照,发出去的有一千五百余张,就是仅查了其中捐六品至四品的,约有三百余张,占全部捐款一半以上,约二百五十万两。

薛元钊:玉山兄说得有道理,那我们马上就开始先查对这赈灾、捐官两笔的正副本账据。

敲门声,李衡推门进来。

李　衡:马大人,冀宁道王定安送来的请柬。

请柬镜头特写:

玉山先生大鉴:兹择于明日晚刻,假座"杏花酒楼"御凤阁,薄具杯酌,并有藩司葆翁作陪,以共藉叙衷情,届时恳乞惠莅,无任光幸。

顺颂时安。

王定安 谨上

马丕瑶：(看了看,笑笑将请柬递给二人)元钊、龙光,这口福我可是要独享去了。

方龙光：玉山兄,这宴席你去不去参加?

薛元钊：该不会是一出"鸿门宴"吧?

马丕瑶：去,当然要去!我与张抚台商谈过此事了,是"鸿门宴"也要去赴,还要一同演一演这出戏。记住,这两天你们去票号查对正副本这事,一要快,二要保密,速战速决。

(3)时：日

　　景：内

　　人：马丕瑶、葆亨、王定安、郑筱筱、酒店伙计

海子边。竖着"杏花酒楼"旗牌的二层雕梁画栋小楼。二楼一豪华餐厢里,马丕瑶、葆亨和王定安三人正在一桌酒席上边吃边聊。

王定安：前一阵子,二位贵务繁冗,我这个当督察的也没寻个时机碰头交流,今日巧得闲暇,故特薄具杯酒,约二位前来一倾积愫。咱们就边喝边随便聊聊,也让我这个做督察的心中有个数,万一今后抚台问起了,也好向张抚台陈述。来,我先敬二位一盅。

马丕瑶：王大人日理万机,已是辛劳,有事只要派人通知一声来向您陈述即可,何必如此客气,实不敢当!来,还是我先来敬王大人为妥。

葆　亨：马大人说得在理,且王大人也年长我二人,是该先敬你为妥。

王定安：二位太客气了。好了,那咱们就同干,同干!(示意郑筱筱)——来,给马大人添上!

葆　亨：马大人,咱们虽早已相熟,但这种场合恐怕还是第一次,且马大人又是担责藩库清理事宜,作为藩司,尽管事出有因,亦为久未清理藩库给马大人添烦而深感愧疚。在此特敬一盅,以表寸心。

马丕瑶:不敢不敢！葆大人所言,让下官心甚不安了。您贵为藩司,清理藩库本应是分内之事,无奈听张抚台说是葆大人为了办事人员顾虑少些,自己坚持一定要回避,下官深为葆大人秉公弃私之品行所感动。下官才疏学浅,整理中间如有疑难之处,还望能得葆大人指臂之助。

王定安:清理藩库、查禁罂粟,葆大人和马大人你们各司一职,我又负责全盘监督,在办张抚台交付的大事上,咱们都是一家人,一家人在一起吃顿饭不算个啥,我不过尽地主之谊罢了。俗话说:本是一家人,关门好办事。咱们今天关起门来就是边喝边议议抚台张大人交办的这两件事,以便下一步事办妥善后向张大人呈报。

马丕瑶:下官有一建议,不知二位大人认同否?

王定安:请讲。

马丕瑶:二位大人官职远在卑职之上,却一直"马大人、马大人"地称呼下官,实在承受不起啊。王大人刚才不是说咱们现在是一家人吗?是一家人,那就恳望二位大人叫我玉山吧,不然,卑职在此可就如坐针毡待不住哪!

葆　亨:可现在不一样了,马大人,张抚台安排的事,咱们可就彼此彼此了。比如封藩库,不是也不需要和我这个管藩库做藩司的打招呼呀……

王定安:(打断)葆翁,这话我可不赞同,玉山弟这是例行公事,公事公办!

葆　亨:王大人您误解了。我刚才所说,只是打个比方,是说现在我与马大人同样在办张抚台安派的大事,彼此一样,不分上下。我可以去他马大人管辖的辽州直接查禁罂粟,马大人也可在我主政的藩司任意办事,施其所责,都是为朝廷办事,所以马大人也千万不必误解有虑。至于清查中若有涉我之事,望马大人秉公而断,绝不留情。

马丕瑶:葆大人如此开诚布公,公私分明,让下官万分敬佩!

王定安:看来是我有点误解了。来,葆翁,我自罚一杯。(喝尽又斟上)葆翁呀,我看玉山弟刚才说的有些道理,既是一家人,"大人大人"的称呼是有点见外。这样吧,玉山弟,就照你的来。我虚长二位几庚,我为兄,你葆翁小玉山弟,就称他玉山兄,如何?

葆　亨:行,来,玉山兄,咱们弟兄仨再碰一盅!

王定安:不,碰双不碰单,添上,再碰一盅。——对了,葆翁,如今这铲除罂粟的事,到什么程度了?

葆　亨:大部分地方都进展得还不错,就是文水的开栅镇一带遇到了些麻烦。

王定安:什么麻烦?

葆　亨:罂粟种植和提炼制膏在开栅镇很有传统,很多人都是靠这种营生活命。你现在一下子断他们的财路,不,全家人的生路,他会和你拼命的。所以,不能急于求成。我计划暂放一放开栅镇一带的铲罂粟改庄稼之事,只要别的地方都不种这种毒苗了,他开栅镇拿什么来熬制烟膏?

王定安:说得有道理。前一段抚台张大人去下面看时,直夸奖葆翁你干得不错呢。那玉山贤弟,你们清源局清理藩库到了什么程度呢?

马丕瑶:藩库账目有点难。一是未清理时间三十年了,拖得太长;二是经办人员大多生疏此行,所以现在才整理到同治十年。相比葆方伯的工作进展,卑职深感惭愧。

葆　亨:玉山兄,看你说到哪儿去了。这清理藩库账目的事哪能与铲除罂粟的事相比?那毒苗拔掉一亩就少一亩,现成的事。可藩库账目得一笔笔对照,当然费劲些。

王定安:葆翁说得对,二者不能相比,不能相比!

葆　亨:玉山兄,我倒有个建议,不知当说不当说?

马丕瑶:洗耳恭听!

葆　亨:我觉得,山西财源的每年收入,大项上不外乎田亩税、商贸税、入关税等几个,玉山兄可让办事人员各掌一项,然后再交换复查,即可减少漏笔。

王定安:玉山弟不妨也学学葆翁,去晋阳书院向山长借几位精干的学子来,就按照葆翁刚才说的办法,清理藩库账簿岂不快些?

马丕瑶:鼎丞兄和葆弟的提议好,是个很好的办法。感谢感谢,二位还有什么好办法尽管说出来,我继续洗耳恭听……

王定安:那行,玉山弟,不能这么白听,得把这盅干了我再讲给你。葆翁,你说是吧?

葆　亨:鼎丞兄,你哪能这样对待玉山兄?来,我替玉山兄喝这盅!

王定安:不行不行,你替喝这可就是瞧不起玉山贤弟了。罚你,罚你陪玉山弟喝一盅。

马丕瑶:鼎丞兄,我的确不胜酒力。好,就喝这一盅,到此为止吧?

葆　亨:玉山兄,咱们兄弟几个好不容易才聚这么一次,边议政务边谈心,不说尽兴到一醉方休,起码这一小坛老汾酒得清理干净吧!来,我满盅,你和鼎丞二位兄长浅一些,干……

马丕瑶:葆翁真是海量,佩服。待会儿还得回去,的确不……不敢再喝了。

王定安:葆翁,就这最后一盅算了,不要强人所难嘛。

葆　亨:好,就这一盅,马大人,我先干了!

马丕瑶:好,干。二位大人,天不早了,是不是咱们改日再聊?我也该回去了。

王定安:玉山老弟,天这么晚了,喝了酒出去,容易着凉。这酒家是我好朋友开的,你未带家眷,房间小住得又远,吃住都不方便,我已和朋友说好了,给你腾出了个房间,今后吃住就在这儿。

马丕瑶:不行不行,哪儿好再麻烦鼎丞兄呢!

葆　亨:玉山兄就别见外了,未带家眷,吃饭、洗漱,很麻烦。这儿比你住的那儿好多了,且离清源局又不远,方便得很。

马丕瑶:这——不大好吧?

王定安:这有什么呀!我刚才说了,酒家老板是我多年的好朋友,这点面子还是给的。

马丕瑶:那好吧,听……听从鼎丞兄安排,但酒不能再……再喝了,我现在头有点晕得厉害!(喝完后伏在餐席上)

王定安:喂,玉山弟,玉山弟!——是有点喝多了。葆翁,送马大人到屋里早点去歇着吧!

葆　亨:好!

葆亨挥挥手,让酒楼伙计扶起马丕瑶,自己和王定安跟随着一起到了一个房间,帮着把马丕瑶扶到床上,点起蜡烛。

王定安:玉山贤弟!(马丕瑶发出轻轻鼾声)
葆　亨:(与王定安对视一眼)睡了。
王定安:咱们走吧,让马大人好好歇歇。

(4)时:夜
　　景:内
　　人:徐时霖、郑筱筱、杜师爷

酒楼另一个房间内。徐时霖在和郑筱筱正说着什么。杜师爷从外面推门进来。

杜师爷:老爷,葆……大人和王……大人那边都……都准备现成了。
徐时霖:郑姑娘,放了你爹放不了你爹,可就看你的能耐了,自己掂量吧,好了,去吧!
杜师爷:郑姑娘,请……请吧!

(5)时:夜
　　景:内
　　人:杜师爷、郑筱筱

马丕瑶住的房间内。杜师爷领着郑筱筱进来,指指床上睡着的马丕瑶,阴阳怪气对郑筱筱坏笑了一下,出门转身反闭上门离去。

(6)时:夜

　　景:外

　　人:杜师爷

深夜。漆黑的夜空中,弯弯的月牙儿在浮云中款款游动着。

万籁俱寂。杏花酒楼酒幌子旁,高高挂着一盏随风摇晃着的灯笼,湖水中倒映着的灯笼,随波抛散着零碎的闪闪亮点。偶尔从远处传来几声青蛙的叫声。

马丕瑶的房间外,杜师爷一个人鬼鬼祟祟、蹑手蹑脚地溜到窗户下听。

(7)时:夜

　　景:内

　　人:马丕瑶、郑筱筱

杏花酒楼马丕瑶住的房间内,进了门的郑筱筱靠着闭上的门扇站了片刻,慢慢挪步走到放着蜡烛的案几前。她看了一眼在床上面朝里熟睡的马丕瑶,蹑手蹑脚地回到门前,侧耳听了听,又轻轻返到床前。(蒙太奇画面十一集8)

……狱卒押着郑筱筱返回牢房,经过关郑掌柜牢房时,一阵凄厉的惨叫声惊呆了郑筱筱:她看到牢房里几个犯人正在毒打她的父亲,父亲满脸是血,抱着头在地下翻滚着,而牢头则在一旁幸灾乐祸地冷笑着。郑筱筱一把甩开狱卒哭叫着扑向关父亲的牢房门。郑筱筱:"不！不要打,不要打我爹呀……(又扭身跪在狱卒面前)求求你,别让他们再打了,爹爹呀……"见几个人对父亲仍不住手,狠踹猛打,不得已又跪求杜师爷:"求求你别让他们打我爹了！"……

(画面复原)郑筱筱惊恐地双手捂住脸。画面又现:

在摆有残羹剩饭和酒壶的小圆桌旁的是徐时霖和杜师爷,而坐在另一角落椅子上满脸愤懑却又显得无奈的是郑筱筱,旁边桌子上放着显然一筷未动的饭菜。

杜师爷:(剔着牙一脸坏笑)郑……姑娘,识点时……时务,最好吃……吃上点,不吃……上你怎么能有……有力气侍候好老……老爷?

徐时霖:郑姑娘,本县令交代你的都听明白了?

杜师爷:老爷问你呢!

郑筱筱:(流泪点头)……

杜师爷:不许……哭!学聪……聪明点,老爷早说……了,把……事办成,免你父女俩无……无罪。

……

徐时霖:郑姑娘,吃点吧,别糟蹋自己。实话跟你说,你们父女俩犯的这可是死罪呀。你还年轻,今后的好日子长着呢,让这漂亮的脸蛋白长了,那多可惜!记住,能不能救你的老父亲,可就看你自己的了。只要侍候好大人,我保证让你父女俩马上就能回家。

(画面复原)一阵更鼓声传来,已疲倦得有些蒙眬睡意的郑筱筱猛地一惊,完全清醒了。她焦急地站起身,发现蜡烛已快点完,便欲卸下纱罩换支新蜡。然而却一不小心碰了椅子一下,马丕瑶被惊醒了,一睁眼,看到眼前的郑筱筱,猛地一下子坐起身来。

马丕瑶:你是谁?在这儿干什么?

郑筱筱:(猛地跪下,泪水涟涟)马大人。

马丕瑶:快起来,快起来!怎么回事?

郑筱筱:求求你,求求你放过我!

马丕瑶:姑娘,别怕,有话好好说。

郑筱筱:我……(泪水从两眼又流了下来,回想起自己的遭遇……(蒙太奇第九集15)

阳曲县城。"聚善堂"药铺。一位伙计正给顾客抓药,郑筱筱在一旁忙着用药碾碾药。黄二从店门口进来。

伙　计:先生,您抓药?
黄　二:照这方子抓五服药。
伙　计:好,稍等。
黄　二:我家病人急着服药,能不能快点!
郑筱筱:我来给你抓药吧。(接过方子进柜台,照药方一一配药)

郑筱筱【画外音】谁知第三天,官府就找上门来……(蒙太奇画面第十一集2、3)

郑家药铺内,郑掌柜和几位伙计正在抓药。杜师爷带着四位兵丁恶狠狠地闯进门来。

杜师爷:谁……谁是郑掌柜?
郑掌柜:鄙人即是。
杜师爷:(举起药方)这服药,是……是在你们铺里买的吧?
郑掌柜:怎么啦?有什么问题?
杜师爷:带……带走!
郑筱筱:慢,你们讲不讲理呀,平白无故就抓人!
杜师爷:平……平白无……无故?哼,出……出了人命叫……叫平白无……无故?带……带走!
郑筱筱:不行,放了他,这药是我抓的,要抓要杀冲我来!
杜师爷:呵,你这小……小女子长……长得倒不错,小……小嘴巴却还挺倔的。行,你真要……要敬……敬酒不吃吃罚……罚酒,那我也没……没办法,只好给你找……找个好地方去。抓走!

(画面复原)

郑筱筱:就这样,把我们父女抓进了县衙门。他们逼着要我……要我来……说办不成就不放我爹,要我们父女俩偿命!

马丕瑶:(马丕瑶猛拍了一下桌子,气得满脸涨红)卑鄙!

片刻后,马丕瑶冷静下来。他低头仔细打量着眼前这位虽素装淡抹却美丽超众的姑娘。猛地,他看到被月光映射在窗格上,晃过来一个人头影子,忙警惕地把食指堵在嘴上,指指窗格上的头影,示意郑筱筱别做声。

马丕瑶:(紧盯着窗格上的影子,压低声)姑娘,别害怕!不过,你得稍微配合一下,委屈一下,你就这么——(压低声附在郑筱筱耳边,郑筱筱羞涩地点点头。)

(8)时:夜
　　　景:外
　　　人:杜师爷、马丕瑶、郑筱筱

窗户下,杜师爷鬼鬼祟祟、蹑手蹑脚紧贴着窗户格子上偷听屋里传出的说话声:

郑筱筱:(娇声娇气)马大人,你把灯吹了嘛!
马丕瑶:好,好,把灯吹灭,把灯吹灭!

随着蜡烛的吹灭和一阵木床的响动,贴在窗格上偷听的杜师爷稍停留片刻后,又鬼鬼祟祟地顺着墙根悄悄溜走。

(9)时:夜
　　景:内
　　人:马丕瑶、郑筱筱

望着窗格上人影消失,正在来回挪动椅子的马丕瑶停下手来,愤慨地将紧握的拳头狠狠地捣在椅子上,一股鲜血从拳头下慢慢浸了出来……

郑筱筱:(惊恐地)马大人……(忙掏出手绢想包扎)
马丕瑶:(摆手不让她说话。压低声)别吭声!

马丕瑶放轻脚步,慢慢走到门前,稍停片刻,听听外面确实没有什么动静了,便轻轻打开门,小心探出头四下看看后,又重新关上门返回床前。

马丕瑶:郑姑娘,你要想得救,这戏咱们就还得继续演下去,而且演得不能有一点破绽,你明白吗?
郑筱筱:(摇摇头)不大明白。
马丕瑶:让他们知道你顺从了我,让他们相信我很喜欢你的样子,先把你父亲放出来,然后我再设法把你送回家。
郑筱筱:我明白了。
马丕瑶:那你就听我的安排。回家后,你们父女俩必须马上离开家,到乡下亲戚家或外地暂时躲一躲。
郑筱筱:(跪下,泪如泉涌)马大人,你是好人!
马丕瑶:快,快起来。记着,你和你父亲未彻底摆脱他们之前,一定小心,谨慎,临危不乱沉住气。
郑筱筱:嗯。

(10)时：日

　　　景：外

　　　人：杜师爷、徐一雯

葆亨住宅。杜师爷敲院门，院门开。

徐一雯：杜师爷，有事吗？

杜师爷：老爷在吗？

徐一雯：你等会儿，我先去告知一声。

(11)时：日

　　　景：内

　　　人：葆亨、王定安、徐时霖、杜师爷、徐一雯

藩司衙门。葆亨住宅客厅。葆亨、王定安与徐时霖在密谈着什么，三姨太徐一雯推门进来。

徐一雯：杜师爷来了，在院门外等着。

王定安：让他进来吧！

徐一雯：好。(出门。片刻，领杜师爷过来进门，反闭上门离去)

杜师爷：各位老爷，都……都在啊！马大人……与郑……筱筱那个……那个了。

徐时霖：你真的听清楚了？

杜师爷：昨夜我听……听得清……清清楚楚，郑家那姑……姑娘非让马……马大人……吹……了……灯不可！

王定安：吹灭灯还听到他们说什么了没有？

杜师爷：没……没有，只听到床……床"咯吱咯吱"……嘻嘻……

葆　亨：好啊，马丕瑶，我还以为你真成了柳下惠了呢！鼎丞，你这个

计妙,酒后乱性,这个马丕瑶果然把持不住上钩了啊!

徐时霖:就是,王大人料事如神,真不愧为大才子。

王定安:先别高兴太早,马丕瑶上钩没上钩还真不敢定呢!

徐时霖:没问题,嘻嘻,里面那动静我那杜师爷都听见了。

葆　亨:这好说,郑姑娘是个黄花大闺女,马丕瑶和她成不成一试不就明白了?

王定安:(冷笑)你这采蝶狂可真是什么时候也不忘本性啊!

葆　亨:(尴尬笑笑)开个玩笑嘛!

(12)时:日
　　　景:内
　　　人:马丕瑶、郑筱筱

马丕瑶:郑姑娘,我去清源局办事走了。记住,你就在这儿待着,今天哪儿都不能去,无论谁叫你,就说是我马大人让你等着。

郑筱筱:嗯。

马丕瑶:设法让他们先放了你父亲,可让他们带你父亲来这儿见你,抽个机会,告诉你父亲一个去处,先让他尽快离开家。

郑筱筱:知道了!

(13)时:日
　　　景:内
　　　人:郑筱筱、徐时霖、杜师爷

杏花酒楼。马丕瑶房间内。郑筱筱正坐在案桌旁对镜梳妆,听见敲门声,郑筱筱起身开门。

杜师爷:郑姑娘,马……马大人呢?

郑筱筱：走了。

杜师爷：走了？

郑筱筱：嗯，一大早吃过早点就走了。

杜师爷：他没说什么？

郑筱筱：没有，只说让我在这儿等他，不让我走。

杜师爷：这很自然。这么水嫩嫩的黄花大闺女，谁舍得让你走呀！

郑筱筱：我要见徐老爷。

杜师爷：有什么事，和我说吧！

郑筱筱：不行，你做不了主，我要见徐老爷！

徐时霖：（进门）找我什么事呀？

郑筱筱：放了我爹！

徐时霖：急什么呀，我迟早肯定会放你爹的！

郑筱筱：不行，你答应过的。要不，你告马大人一声，我不等他了，你让我走。

徐时霖：（拉住郑筱筱）你要去哪儿？走得了吗？

郑筱筱：还把我送回你关我的牢里去不行呀！

徐时霖：好好好，有靠山了，牛起来了，是不是？好，我回去就放你爹，行吧！

郑筱筱：不行，我得亲自看见你放了我爹。

徐时霖：好吧，让杜师爷带你去。

杜师爷：那郑……郑姑娘，请吧！

郑筱筱：不行，马大人不让我出门。

徐时霖：咳——这可怪了。放你爹，又要亲眼看，又不出这个门，你这……这不是……

郑筱筱：放了我爹，带我爹到这儿见我！

徐时霖：呵，得寸进尺，你有没有个完？（见郑筱筱倔强地歪头不理他）——好，好！杜师爷，去典狱长那儿，把郑老头带到她这儿来。

杜师爷：这……

徐时霖：愣着干什么，去！
杜师爷：哎，我……我这就去！
徐时霖：你个小丫头片子，神气什么呀！别以为和人睡了一宿就尿高了。过几天被马大人玩腻了，你照样逃不出本老爷手心，哼！

(14)时：日
　　景：外
　　人：马丕瑶、葆亨、王定安

杏花酒楼外，沿湖路径上。马丕瑶匆匆走着，碰到正在湖边相随散步的王定安和葆亨。

葆　亨：玉山兄早啊！
王定安：玉山弟昨晚睡得可好？
马丕瑶：谢谢二位了。我还要去办点事，先走一步，先走一步了
葆　亨：玉山兄慢走啊！

葆亨一脸得意的表情。
王定安一脸阴森望着马丕瑶的背影……

(15)时：日
　　景：内
　　人：郑老板、郑筱筱、徐时霖、杜师爷

杏花酒楼。郑筱筱在房间。郑老板和女儿相拥痛哭。郑筱筱看看父亲满脸的伤痕，又看看在一旁站着的杜师爷，猛地过来抓住他用拳头乱打。

杜师爷：哎……你干什么，干什么？

郑筱筱：打死你,打死你！把我爹打成这样！
杜师爷：别……别打……

杜师爷一边躲,一边往门口跑,被郑筱筱趁势连打带推赶出了门外。

郑筱筱：(急促低声)爹,马大人是个好人,他救了咱们,你回去快……
郑老板：那你……
郑筱筱：爹你放心,马大人说他会想办法的,你到那儿等我好了。

"咚咚咚,开门！"杜师爷在门外喊,郑筱筱和郑老板会意地看一眼后过去开门,杜师爷领徐时霖进门。

徐时霖：郑老头,看到你女儿还算听话的面上,暂时放你一马,回去吧！
杜师爷：就……就这么放……放他走啊？
徐时霖：跑了和尚跑不了庙。操点心,这两天你给我看好她！
杜师爷：放……放心吧,老爷！我会寸……寸步不离盯……盯着她！

(16)时：日
　　　景：内
　　　人：葆亨、王定安、徐时霖

藩司衙门。葆亨住宅。葆亨、王定安与徐时霖正在客厅密谋着。

葆　亨：看来马丕瑶也不过如此,我还真以为他不食人间烟火呢！
王定安：雨生,你确定这两天晚上马丕瑶和那个郑筱筱都在一起？
徐时霖：在啊！每天晚上早早就睡了,那可真是如胶似漆呀！
王定安：你怎么知道得这么详细？
徐时霖：我专门安排人盯着呢！

葆　亨：鼎丞兄是不是又多虑了？

王定安：不，小心无大错。我不是多虑，只是你们想过没有？马丕瑶这么多年，你们谁听说过他有什么风流韵事没有？

葆　亨：这倒是没有。

徐时霖：我也没听说过。

王定安：对呀，一个多年从未有过风流韵事且有"马青天"称谓的君子，怎么对咱们安排给他的一个大美人，就这么轻易地接受了？

葆　亨：你不是说"三十如虎，四十如狼，五十如虎添翅膀"吗？

王定安：此一时，彼一时也。还有这个郑家姑娘，我听雨生说这个姑娘秉性刚烈，为救父不得已从之可理解，可心甘情愿竟然如此顺从一个五十岁的老男人，对于一个如此刚烈女子可就有点让人不得不生疑了。——对了，郑老板放了没有？

葆　亨：放了，听雨生说郑姑娘来到马丕瑶这儿的第二天就放了。

王定安：郑姑娘还在吗？

徐时霖：在啊，马丕瑶不让她走。

葆　亨：没玩够，舍不得啊！

王定安：糊涂！雨生，马上派人去郑老板家里看看，看看郑老板的药铺重新开业了没有？

(17)时：日
　　景：内
　　人：马丕瑶、薛元钊、方龙光、李秉衡

清源局。马丕瑶召集全体办事人员议事。

马丕瑶：抚台大人让我去禀报一下咱们清源局这一段办事的进展状况，诸位说说你们这次去票行查对的情况吧！

薛元钊：玉山兄，你估计对了。票号全国四十二家分号的正本都在山西老家。这次查对下来,除七家正副本相符外,其他对应不上的三十五家就相差银子三十万两。

方龙光:这仅是票号行业,还有其他行业捐赠的查对下来也有近百万两,至于用钱买官的那上千张虚衔执照还未查对完,估计也会是一个天文数字。

李秉衡:我回平阳府让人把捐官的几个大户执照正副本对照下来,相差的银子就三万余两。如果按当时所传朝廷曾给下了四千虚实职捐官执照,全部查下来,恐怕数目也相当惊人。

马丕瑶:取证了吗?

李秉衡:均取证拿回来了。

方龙光:祁县东关的秦广汉送来一个圆木板,说是当年从阳曲库给县里拉济灾粮时,怀疑阳曲县衙门的杜师爷大斗进小斗出,他偷偷藏下的,仅这一项,从阳曲县济灾库杨深秀记的入库账中一百七十二万石中,就要扣回十多万石,倒卖给粮贩子变现贪污。这些当年粮贩子中有三人已做了笔录,仅他三个粮贩子就通过杜师爷给了徐时霖近二十万两银子。

马丕瑶:太黑,太过分了!秦广汉和这三个粮贩子都写了作证字据了吗?

薛元钊:写了,我都存好了。

马丕瑶:拿过来我看一下。

薛元钊:好的,我去拿。(与方龙光一起出门,走到旁边一带锁四角包铜皮的木箱前,开箱取出证据后与方龙光一起又进来)。

方龙光:马大人,您看,字据都押了手印。

马丕瑶:好。从诸位查回来的证据看,正如丹老先生所言,这些钱应该就是藩司葆亨主持、冀宁道员王定安为副手,以阳曲县令徐时霖为主要办事人相互勾结合伙贪污的。咱们把现已取回的证据,先封在密柜里。先把票号对不上的这三十万两、粮库大斗入小斗出从中克扣贪污的二十万两银子的情况拟成上谕,晚饭之前拟好,我连夜去呈报张抚台。

(18)时:夜
　　景:内
　　人:张之洞、马丕瑶

巡抚衙门。张之洞住宅客厅。张之洞拿着拟好的奏文看。

张之洞:干得好,玉山兄。

马丕瑶:夜长梦多,我回去想办法尽快就把郑姑娘安全送走。

张之洞:好,回去告诉清源局各位,辛苦点,继续查。把所有查出来的贪污事连同证据一并整理后拟成折子,准备呈报朝廷。把那个郑姑娘遭诬陷的事也一并笔录下来作为他们的罪证。也一定注意保护好郑姑娘及所有证人的安全。

马丕瑶:我都安排过了。郑老板到了文水乡下一个亲戚家去暂时躲避了。那个秦广汉也搬了一个地方。已告诉他们这一段,轻易不要露面。

(19)时:夜
　　景:内
　　人:马丕瑶、郑筱筱

杏花酒楼马丕瑶住处。马丕瑶开门出去四下望望,又返进来。

马丕瑶:郑姑娘,在家等着,明天一早有机会就送你出城去。这之前,不要出门。

郑筱筱:知道了。

(20)时:日
　　景:外
　　人:马丕瑶、郑筱筱

杏花酒楼。二楼过道。马丕瑶与提一小包袱的李衡走过。路过一房间时,杜师爷从轻轻拉开的门缝中偷看马丕瑶和李衡的背影。

李　衡:(故意大声)马大人,我在门口等你,取上东西我们就走吧,下面马车等着咱们呢!

马丕瑶:不急,来,一起回屋喝点茶再走嘛!

(21)时:夜
　　　景:内
　　　人:马丕瑶、郑筱筱、李衡

杏花酒楼。马丕瑶房间内,郑筱筱正坐在椅子上对着桌几上插瓶里的一束花痴痴发呆,房门一响,把她惊醒过来。马丕瑶和李衡先后进入屋中。

郑筱筱:马大人,您来了。

马丕瑶:李衡,把衣裳给郑姑娘。郑姑娘,快把这身衣服换上,一会儿送你出城。

郑筱筱:(跪下)马大人,谢谢您,您救我们家的大恩大德,我们永世不忘!

马丕瑶:别说这些了,这两天你也受委屈了。快起来换衣服,我们去门外,一会儿和我相跟走,外面有人来接应。

马丕瑶和李衡走出门去。郑筱筱打开包袱,换上男装。马丕瑶和李衡返进门。李衡脱下自己外衣藏起,换上郑筱筱的衣服。

马丕瑶:(出门看看返回):郑姑娘,跟上我,咱们走,一路上千万别说话。

李　　衡：把包袱背上。
郑筱筱：嗯。

(22)时：夜
　　　景：外
　　　人：马丕瑶、郑筱筱、李衡、杜师爷

杏花酒楼。马丕瑶和一身男装打扮的郑筱筱从房间出来，快速地通过楼道。镜头推近杜师爷房间窗格上不起眼的一个小小纸洞，露出杜师爷监视着的一只眼睛。马丕瑶二人过去后，杜师爷开开门，鬼鬼祟祟悄悄蹑到马丕瑶的房间外，沾唾沫在窗纸上捅开小洞往里瞅：昏暗的烛光下，穿着郑筱筱衣服的李衡面朝里正和衣躺在床上……

以为郑筱筱仍在房内的杜师爷，放心地又蹑手蹑脚返回了自己房间。

第十六集　欲开脱京城贿御史
　　　　　　转目标开栅造乱局

(1)时：日
　　　景：内
　　　人：葆亨、王定安、徐时霖、徐一雯、丫鬟

藩司衙门。葆亨卧房烟室。葆亨、王定安与徐时霖正由三姨太和俩丫鬟侍候着边吞云吐雾过烟瘾边密谈着。

葆　　亨：雨生，郑家药铺重新开了没有？
徐时霖：没有，郑老板和他女儿都不见人影儿了。
王定安：坏了！葆翁。

葆　亨：鼎丞，怎么啦？

王定安：我们可能上当了。我估计马丕瑶根本就没动那个郑姑娘。

葆　亨：不可能吧？和那么水灵灵个黄花大闺女夜里在一个家一张床上！

王定安：你当都是你呀，见了女的就走不动！

徐时霖：鼎翁，你说官场两条道，不走黄门走红门，看来这条妙计也落空了，下一步该怎么走？该不是你"智多星"也黔驴技穷了吧？

王定安：徐县令，你手下人连个小女子都看不住，从眼皮底下溜了，还有脸幸灾乐祸？实话告诉你，若张之洞这次查藩库把什么给抖出来，我王定安过不了关，你这七品乌纱帽恐怕保不住是小，你戴乌纱帽的这颗脑袋能不能还长在两肩膀上……哼哼，还真说不定呢！

葆　亨：谁也别再说风凉话了，咱们仨现在可坐的是一条漏水的船，要救一起救，要沉可就是一起得沉呢！

徐时霖：那怎么办？葆翁你正白旗出身，朝中熟人多，鼎丞你又是跟着曾九帅，见过大世面、经过大风浪的，你们俩总得想个办法吧？

王定安：不行，我们不能坐以待毙，得想办法让他张之洞啥也办不成！

葆　亨：怎么办不成？

王定安：阎敬铭复出绕道太原并带来杨深秀专门与张之洞密语数天，不几天就成立清源局封了藩库，这之间能无联系？很可能马丕瑶他们已在藩库中赈灾账中嗅出了咱们的事，所以我们必须想办法在张之洞向朝廷呈送折子前花银子买通几个御官，能给咱们把张之洞的奏折掩下来，这是其一；其二就是赶紧拟个折子，将张之洞来山西后干的不当之事搜罗上报朝廷，弄个渎职之罪让朝廷罢去他巡抚之职！

徐时霖：从哪儿寻他有渎职之罪？

王定安：给他制造啊！葆翁，你不是负责"禁烟局"吗？张之洞不是要求禁种禁吸食大烟吗？开栅镇不是有相当多农户阻拦拔罂粟吗？好啊，这次遇到不愿拔罂粟的农户连同那些不关闭的烟馆和熬制烟膏作坊，何不趁此机会让总兵罗承勋派出兵丁硬地来上这么一下？那些个整天闷在绿营里的兵痞子,如同拴在槽里的一只只叫驴,一旦放出来,啥事干不出来？这次要真捅出个大乱子来,甚至弄出几个命案,还愁凑不上给张之洞的渎职罪？

徐时霖:这个主意不错,我阳曲那儿也不愁找这么个地方,弄他个鸡飞狗跳,让他张之洞碰得个头破血流顾不上咱们的事!

王定安:糊涂,阳曲出了乱子,你这个当县令的能脱了干系?

徐时霖:倒也是。那文水的刘县令和汾州知府王轩岂不当了冤大头?

葆　亨:雨生什么时候变成菩萨心肠了？你不知道刘县令和汾阳知府王轩都是张之洞任命的?

王定安:葆亨,你让雨生给他传话,就说张抚台对文水铲除罂粟的进展很不满,总兵罗承勋派兵来帮助铲除罂粟改种庄稼,也是为你这个文水县令在张抚台面前有个面子。刘县令也是个书呆子,你奉承他几句,可能他就摸不着北了!

徐时霖:还是鼎丞大人想得周到,下官明白了。

葆　亨:还有那个郑家小娘们,如真要骗了咱们,也决不能轻饶她!雨生,你让杜师爷带几个人马上给我去找到她!

王定安:别老惦记小娘们的事,赶快赴京找人是正事。雨生,京里那些御史们胃口都大,咱们赶快筹一批银子,每人十万,让葆翁尽快带上赴京去!

徐时霖:鼎丞,你又不是不知道,我捐官、扶正都掏空了,哪儿还拿得出银子啊！要不你借我几万两先垫上吧!

葆　亨:鼎丞,我这几年儿子娶亲、捐官也用个差不多了,你也暂垫上,我在票号入有股,年底分了红就还你。

王定安:(冷笑)都什么时候了,你们还这么要财不要命!老实说,这些银子我一个人拿得起,十万二十万我一张嘴,就会有人送过来。但我不垫不借,咱们现在干脆一起去找张之洞认罪投降吧!

葆　亨:鼎丞,开个玩笑,何必发这么大火？行了,你们能出多少拿多少,余下不足的我补上。这样吧,要干就干,咱们怎么干？您出主意。

王定安:咱们来分分工,葆翁你去找一下总兵罗承勋,张之洞不是说过抗拒不拔除罂粟者严惩不贷吗?那几个扛着不铲除罂粟的村寨,还有烟馆开得最多的文水开栅镇,明天就让他带兵去这两个地方强制拔除所有罂粟,彻底封了大烟馆,演一出好戏给张之洞看。雨生,你配合罗承勋一起去文水开栅镇,请几个兵丁中当排长、头头的喝点酒,给他们吹吹风,这出大戏一闹,人证物证都有了,我就把张之洞的渎职罪拟好折子,葆翁你见过总兵罗承勋后就立即就起身赴京师给那几个御史。若是张之洞问起你,我就说你上大同巡查拔毒苗禁烟的事去了。

葆　亨:妙,还是鼎翁有主意。好,就这么办,闹他个惊天动地,让张之洞这个不知好歹的书呆子吃不了兜着走!

(2)时:日
　　景:内
　　人:葆亨、罗承勋、徐时霖、兵丁

绿营。总兵罗承勋公务客厅。敲门声。

罗承勋:进来。

兵　丁:藩司葆大人求见!

罗承勋:快请他进来。

葆　亨:罗总兵,久违了。

罗承勋:葆大人日日公务繁忙,怎么突然想起到我这儿来了?

葆　亨:我可是无事不登三宝殿,今日来求罗总兵了。

罗承勋:我是个粗人,葆大人有什么话请直说。

葆　亨:罗总兵痛快。张抚台让我管办铲除罂粟改种庄稼的事,现在在文水遇了些麻烦,一是劳力不够,另一方面是个别村社顶着不办。眼看春耕下种马上就开始了,再不拔除就耽误季节了,所以想请罗总兵派些兵士帮助农户铲除一下罂粟。

罗承勋：这好说。上次咱们在巡抚衙门张抚台那儿，他不是亲口说要让我帮您吗？这兵您什么时候要？

葆　亨：明天一早，最好人多点，杜家寨有寨门，人少了恐怕不行。

罗承勋：好，明天我给您一个营，你们领路就行了。

葆　亨：我让阳曲县令徐时霖配合你们做此事。

(3)时：日
　　景：内
　　人：张之洞、桑治平、马丕瑶

巡抚衙门。

张之洞：玉山兄，这出戏演得还行吧？

马丕瑶：快别说了，张抚台，您难为死我了。对了，我是来和您说，又有了新发现。

张之洞：快说。

马丕瑶：正如上次薛元钊所言，前年，曾九帅调离山西，卫荣光未来接任期间，葆亨代理巡抚之职时，曾先后往一些州县放银六十余万两，其中有些不该放银的县反而放了不少银，为的就是回扣；王定安署理藩司期间，用同样不该放而放银的手法乱放银三十万两，从中要回扣捞好处。几经调查下来，可知此二人贪得无厌，卑鄙龌龊，正如百姓背后所言：山西两条大蛀虫，不除三晋难安宁。

桑治平：郑老板父女的失踪，必然会引起葆亨和王定安他们的警觉。夜长梦多，我觉得咱们现在应该把已经查出的材料，尽快整理让武巡捕带两人火速上报朝廷，并将他们贪污情况的材料交给丹老、张佩纶、陈宝琛他们。

张之洞：你说得很对，玉山兄，你马上回清源局，尽快查出一些铁证材料给了仲子兄，起草奏折，另抄两份给丹老和佩纶、宝深带去！

(4)时：日
　　景：内
　　人：葆亨、李郁华

北京。御史李郁华府邸。李郁华客厅。葆亨和李郁华（字幕显示：御史李郁华）分坐茶几两旁边喝茶边聊着。葆亨随手将一精致木匣盒子放在茶几上。

葆　亨：李大人，好久不见了，这次回京到朝廷办点公务事，顺便来看看你。一点心意，不成敬意。别的我也就不多说了，李大人您多费心好了。
李郁华：葆翁客气了！你我又不是外人，还破费干什么！
葆　亨：（边说边起身）那是，那是。好了，我还有点事要去办，就不打扰您了。
李郁华：行，葆翁大忙人，就不勉强留您了。放心，我一定尽力！
葆　亨：李大人留步！
李郁华：好好。葆翁慢走！

李郁华从门口返到茶几旁，打开木盒：满满一盒金灿灿银闪闪的金银元宝。他顿时乐得满脸开花。

(5)时：日
　　景：内
　　人：杜师爷、柴营长、兵丁

一门口长杆上挑着"酒"字布帘的酒馆一楼，一群兵正围在一块吃喝着。二楼，杜师爷正与一带兵的头头（字幕显示：绿营柴营长）饮酒吃喝着。

杜师爷：今天，我们徐……徐县令特让我来招……招待柴营长的。铲……铲除罂粟，利……利国利民。封烟馆、拔毒苗这……这事，张……张抚台说了，凡那些敢顶……住拒不服从的，大……大家一定严……严惩不贷！来，老兄我再敬柴……柴营长一杯！让弟兄们尽管放……放开肚子，吃饱喝足，一过……响午，就领着各……各位兵士弟兄们好好干！

柴营长：杜师爷，够义气。好，有需兄弟尽力的地方，尽管张口！

杜师爷：那自……自然是。今后肯定有……有用各位兄……兄弟的时……时候。

(6)时：日

　　景：外

　　人：李　衡、郑筱筱、杜师爷、柴营长

一辆马车在大路上朝文水开栅镇行来，在杜师爷他们酒馆对面一写有"潞州烩面"的饭馆门前停下来。正在二楼上陪柴营长吃饭的杜师爷从窗户上看见从马车上下来的一男一女子。突然，他站起身，伸长脖子睁大了眼睛向下看：原来马车上下来的不是别人，男的是和马丕瑶一起去过酒楼他见过的李衡，而女的正是徐时霖让他寻找的郑筱筱。杜师爷顿时惊喜地瞪圆两眼，返回到柴营长跟前。

杜师爷：喂，大……兄弟，巧了，眼下正……正需要你跟弟兄们先……先帮我办……一件事呢！

柴营长：杜师爷，你直说，什么事？

杜师爷：你看，对……对面正进饭……饭馆那个女的，正……正是我们阳……阳曲衙门缉……缉拿的一名杀……杀人犯，你带……几个弟兄把……把她给我抓……抓起来，我给你拿……拿赏钱。

柴营长：我以为多大的事啊！行，你领上，我马上带人给你去抓！

杜师爷：我不……不能露……露面。那个男的认……认得我。

柴营长：行,你等着,我给你抓上送过来!

(7)时:日
　　景:内
　　人:杜师爷、李衡、郑筱筱、饭馆伙计、食客、柴营长、兵丁

潞州烩面馆。馆伙计端着烩面正给李衡和郑筱筱往餐桌上放时,郑筱筱突然看到柴营长领着几个兵丁进来,正欲起身躲避,被柴营长赶上前挡住了去路。

柴营长：往哪儿跑? 哟嗬,小妞挺俊的嘛!

柴营长边说边用手去摸郑筱筱的下巴,被郑筱筱一把打开。柴营长冷笑一声,朝身后几个兵丁一挥手,两个兵丁便拥上去捆绑郑筱筱。
"放开我!"郑筱筱拼命挣扎……

李　衡：你们干什么? 怎么随便抓人?
柴营长：你少管闲事! 我们奉命抓杀人犯。
李　衡：不行! 我奉马大人来送她,你们不能……
柴营长：(把刀架李衡脖子上)妈的,没事想找死是不是?
郑筱筱：李大哥,和这些当兵的讲不清理,快回去告诉马大人!
柴营长：押走!

酒馆。兵丁押着郑筱筱进来。

杜师爷：郑姑娘,跑……跑啊,怎么不……不跑了? 和……和老……老子耍……耍这一套! 你……你还嫩……嫩了点!
郑筱筱：凭什么抓我? 马大人让我走的。

杜师爷:马……马大人让你走？哼哼,有能耐回……回去你和……徐老爷说…说去!

柴营长:杜师爷,人给你抓来了!

杜师爷:好,好！兄弟,多……多谢了!

柴营长:杜师爷,你看这赏钱……

杜师爷:这好说,这好……好说。给,(从腰包里掏出一个小银元宝)你先拿……拿上这个,下……下午干……干完一起补……补上。

柴营长:嗯,杜师爷够朋友！好,那我可就听你的,带上弟兄们分别去杜家寨和开栅镇了!

杜师爷:好,去吧,给我好……好好干,晚上我还……在这儿,给你和弟兄们摆……摆庆功宴!

柴营长:行,杜师爷,咱们晚上见!

(8)时:日

　　景:外

　　人:农户、众兵丁

杜家寨。一个围有寨墙且较大的村庄。农户们各干其事。突然,一敲着锣喊着"当兵的来拔烟苗了,当兵的来拔烟苗了……"的寨民,从街巷中穿梭而过。

镇周边田地里,上百名兵丁三五成群,在兵头头的指挥下,开始到四周田地里拔罂粟苗。

寨子里不少人从家门出来,老老少少、男男女女渐渐地越聚越多,人群中不断有人喊着:"走,找当兵的说理去!"

一老年人领着吵闹着的人群出寨门朝各自家烟田里奔去……

田地里,农户与当兵的强烈地纠缠冲突着。

一老大娘抱住一兵的腿哀求着不让拔罂粟,兵丁一脚把老大娘踢倒在地……紧接着,一群士兵追打着与他们冲突的农户,势单力薄的农户们纷纷逃回寨子里,背后是一伙伙追赶的兵丁。

几个兵丁撞开几家房门进去,四下寻找可寻之物,不给就打……

一群兵丁分别拖着几个年轻女子到炕上、地上污辱……

有的兵丁点火烧房屋……

(9)时:日

景:外

人:烟馆老板、老板家人(妻子、小儿子)、烟馆女招待、众兵丁

开栅镇。集市上,熙熙攘攘的人群,各种商贩的吆喝叫卖声……

数百名兵丁从街面穿行而过,人们慌乱起来,纷纷躲避。兵丁们分头将几家烟馆、烟膏坊围住。

店铺纷纷关门。

一家烟馆内,几间隔板分开的烟床上,几名女子正分别给烟客们点烟泡侍候着,猛不防冲进来几名兵丁。烟馆老板赶紧走上来给其中一个头头模样的兵抱拳作揖。

烟馆老板:兄弟,贵姓? 请各位到客厅喝茶。

兵头头:朝廷有令,禁吸大烟,奉命查封,等候处置。

烟馆老板:兄弟,我一家人全靠此为生,能不能……

柴营长:这我作不了主,你跟我们头儿说去。我们现在是奉命行事,封门!

烟馆老板:连个招呼都不打,就突然封门,你让我们到哪儿住去? 还讲点道理不讲?

柴营长:讲你个球理! 给我捆起来!(两兵丁上去捆)

老板妻子:不行,你们不能乱抓人!

柴营长:给我一起捆起来!

小儿子:不许捆我妈(小儿子上来咬捆他母亲的兵丁。)

被咬兵丁:(一脚把小儿子踢倒)你个小兔崽子!
老板妻子:(扑到小儿子前抱起)我的儿子——!
柴营长:给我捆起来都拖出去!

吸食大烟者要走,被柴营长拦住。

柴营长:我们弟兄们这么辛苦,就这么走呀?
烟　　客:兵爷,我……我的确没钱呀!
柴营长:没钱?没钱抽大烟?给我捆起来!
烟　　客:别,别!

一个个烟客掏钱走人。几个侍候烟客的年轻女子也想走,兵头头一挥手,被几个兵丁拦了下来。

柴营长:弟兄们,这钱大家分了,回去买酒喝。弟兄们好久没开过荤了吧?(走到吓得挤成一堆的几个女子面前,来回打量一番后,揪出一面目俊俏女子)这位归我了,那几个,赏给各位啦!
众兵丁:哇——

众兵丁一哄而上。在一片尖叫哭闹声中,几个年轻女子被三个、两个兵丁们分别拖拽着掳到各个烟室和房间。

(10)时:日
　　景:内
　　人:张之洞、桑治平、王轩

巡抚衙门。案桌上堆放着一叠告状书。案桌后阅看着状纸的张之洞。一旁椅子上的汾州知府王轩坐立不安,胆怯地望着怒气冲天的张之洞。突然张之洞猛拍了一下桌子，王轩吓得站起身来。

张之洞：（状子扔给王轩）无法无天，太不像话！王知府，这是怎么回事？

王　轩：张……张大人，我只想遵您吩咐做，把罂粟拔光，却不知……

张之洞：做官怎么能和做学问一样闷在家里？这不是明摆着让人看笑话！

王　轩：真对不住抚台。

张之洞：说对不住有何用？仲子兄，传告总兵罗承勋，凡驻防三晋各镇各营这次铲除罂粟中有借铲除之名实施抢劫杀人、奸淫妇女者，一律捉拿归案，予以严惩。王轩，回去配合做好受害农户安抚赔偿的事。下去吧！

王　轩：是。

张之洞：不争气。怪不得丹老说他书呆子气！

桑治平：这也不能全怪王轩。香涛弟，您不觉得这事的发生有点蹊跷吗？

张之洞：你说。

桑治平：这些兵丁犯事者，固然罪有应得，但前些日子各地绿营均未发生过此类事故，为何单单这次兵丁如此疯狂越矩？

张之洞：嗯，倒也是。

张之洞：仲子兄，马上召见葆亨、王定安。

(11)时：日
　　　景：外
　　　人：徐时霖、杜师爷

阳曲衙门，徐时霖住宅客厅。

徐时霖：杜师爷，这回嘛，还干得不错，那些当兵的给张之洞捅了不小的乱子,王大人和葆大人都很满意。

杜师爷:徐老爷,抓回郑……郑姑娘,用……用不用告葆……葆大人他们?

徐时霖:嗯,总算是还把她抓住了,要不然眼皮底下人就能溜了,哼,我饶了你,恐怕葆大人也饶不了你!

杜师爷:是是,怨我一时粗……粗心,给姓马……马的骗……骗了!

徐时霖:好啦,先把她给我关起来,等我见了葆翁再说吧。

杜师爷:那……那好。老爷,这当……当兵的赏金……

徐时霖:怎么,不是给了你百十两的银子吗?

杜师爷:除了吃……吃酒,光兵头头就要……要了三十两。

徐时霖:三十两?这兵头头胃口也太大了些吧!不会是你狗改不了吃屎,又从中吃过水面吧?

杜师爷:我哪……哪儿敢呀!老……老爷,你就给……给我十个胆,也不……不……

徐时霖:算了算了,不要"不……不"了,量你也不敢!

(12)时:日
　　景:外
　　人:葆亨、王定安、徐时霖、杜师爷

冀宁道员王定安府邸。客厅里,葆亨和徐时霖看了一眼烦躁不安地在地上来回踱步的王定安,两人对视一下后低头闷声喝茶。

王定安:葆翁,这两天你不能露面,在家隐蔽上两天。张之洞对开栅事件十分恼火,让桑治平传话要我们俩马上去见他。我已告诉桑治平,说你去大同查看禁烟情况去了。我先去见张之洞,过一两天你再去见他。

葆　亨:鼎丞,见他不见他无所谓,反正几个御史都收了咱们的银子,也答应联名拟折向太后呈报张之洞渎职之罪,我看他也蹦跶不了几天了。

王定安：葆翁，切不可麻痹大意，这一段你也看到了，张之洞并不是个书呆子，朝中也有的是人，新出山上任的户部尚书阎敬铭和他关系非常，还有与他同一伙的那些清流党人，一个个也都不是省油的灯。所以我还是去见他一下的好，探探口气，摸摸意图，咱们下一步如何打算，心中也好有个数。

葆　亨：嗯，你说得倒也是。好，我在家等你。

第十七集　罗总兵灭口下毒手
　　　　　马巡捕命丧娘子关

(1) 时：日
　　景：外
　　人：王定安

巡抚衙门。王定安进了巡抚衙门大门，穿过堂道，径直朝张之洞办公务的厅堂走去。正欲举手敲门，里面的说话声让他不由又停下脚步来。他扭头环顾左右，确认没人后，把耳朵贴近门扇。

(2) 时：日
　　景：内
　　人：张之洞、马丕瑶、桑治平、大根

巡抚衙门。张之洞办公务厅堂。大根分别给张之洞、桑治平、马丕瑶倒茶。

马丕瑶：张抚台，事情已基本弄清。葆亨、王定安伙同徐时霖上下勾结贪腐案中有证人证件已了清八项，正如丹老所言，朝廷下拨的赈灾银子他们一文未动,而从其他项中贪污。其中仅光绪三年赈灾中,徐时霖让杜师爷以大斗进小斗出手段多次劫扣济灾粮五百余石,伙同奸商变卖后将贪腐的七十万两银子与葆亨、王定安私分,与杨深秀私记账簿数基本相符,且杨深秀把当年的证人也找到了;另外,葆亨代理巡抚期间放银回扣和捐官这两项里,葆亨、王定安通过贪污、放银回扣和不入账等手段,通过正副本相对,有证有据确定贪污银一百八十余万两。其余还有零零碎碎的贪污项,我都一并把材料交给仲子先生了。

桑治平:是。奏折今天我已拟好,你审阅后我就誊写。

张之洞:行。仲子兄,咱们暂不要打草惊蛇。尽快誊写毕,即日就派人赴京送奏折。

(3)时:日
　　景:外
　　人:王定安、家丁

巡抚衙门。在张之洞办公务厅堂门外偷听里面谈话内容的王定安脸色大变,立即返身离开,匆匆走出巡抚衙门。

王定安匆匆进了府邸。

王定安焦急地猛敲葆亨的院门……

家　丁:(开院门)王大人,您来了!

王定安:葆大人在吗?

家　丁:在后花园喝茶呢。

王定安:快,快领我去见他。

(4)时:日
　　景:外
　　人:葆亨、王定安、徐时霖

藩司衙门后院住宅后花园。一栋临池的小亭里,葆亨正与徐时霖边喝茶边闲聊,不时往池里抛掷些鱼食观赏成群在抢食的鱼。

家丁引王定安急匆匆过来。

王定安:葆翁雅兴不错呀,死到临头还有品茶赏花观鱼这份闲情逸致!

葆　亨:鼎丞,您这是怎么啦?见着张之洞了?

王定安:张之洞倒没见着,可要命的话我可听到了。

葆　亨:此话怎讲?

王定安:我呀,到巡抚衙门张之洞那儿正要敲门进去,刚好听见里面正说话,在门外偷听了。雨生,光绪三年赈灾,您办的那些屁股擦不净的事,人家马丕瑶全给您抖出来了!

徐时霖:哎,王大人,您可不能这么说,赈灾中的那些事,我可是都按您出的那些主意办的呀。

葆　亨:是王大人的主意,可我当时和你亲口说过要你办得利索点呀!

王定安:葆翁,别说了,你的事也抖出来不少。

葆　亨:我什么事?

王定安:曾九帅走后你当了几天代理巡抚,乱给那些和你亲近的县令放银要回扣,还有历年捐官的钱,可能马丕瑶他们都查出来了。张之洞要桑治平尽快拟奏折,近日就要派人赴京师呈报朝廷!

徐时霖:那……那怎么办?

葆　亨:鼎丞,要不……我们找找曾九帅吧,让他帮帮咱。九帅出面太后也得让三分,扳倒个张之洞,应该是小事一桩。

王定安:曾九帅已经离开山西,他怎好再参与山西的事?替他包着点不连累他才对。

葆　亨:要不,我们干脆去向张之洞自首,把亏空的银子补上算了。反正我们敌不过张之洞。

王定安:葆翁,你这是说气话呢,还是真想向张之洞自首减轻处罚?

徐时霖：这又不是三万两万，那么大亏空你们拿出来拿不出来我不知道，我可是真拿不出来了。

王定安：说实话，如果真要补上不受处罚，我倒愿意补，太原城票号那些大掌柜哪一个我都能借得出十万八万的，可你以为把挪用的垫补上就能安然过了关？就说你葆翁，一个正三品的布政使，还能保得住头上的蓝宝石顶子吗？辛辛苦苦混到这个地步，就甘心这么到头来竹篮打水一场空？

葆　亨：我也知道这不是个办法，可到了这般地步，难道就这么白白等着束手就擒？

王定安：我估计，近日张之洞就会派人前往京城给朝廷送我们挪用银子的奏折，咱们必须劫下这个奏折，让他转不到太后、皇上手中。

葆　亨：这好说，我和总兵罗承勋说一下，让他暗中派兵设卡，决不让参咱们的奏折送到朝廷里。

徐时霖：罗总兵听你的？

葆　亨：应该会配合。我代理巡抚那一段下放银子，他也没少捞，把咱们处理了，他也过不了关。

王定安：(略显悲忧)这只能是拖一拖，权益之计，走一步看一步吧！

葆　亨：也就只好这么着了。行，我这就去绿营找罗承勋。

(5)时：日
　　景：内
　　人：张之洞、桑治平、杨锐、大根

巡抚衙门。花厅。

桑治平：香涛弟，奏折已誊写毕，另给丹老和张佩纶他们的两份也抄好了。咱们何时派人赴京城？

张之洞：听到葆亨、王定安那里有什么消息没有？

桑治平：没有。不过，前几天先后碰到过王定安和葆亨，打了个哈哈就过去了。从表情上看,他们不太正常,似乎像有所察觉。

张之洞:从查藩库起,就不太正常了,这很自然。前一段让绿营兵协助铲除罂粟发生的事件中,葆亨说是去了大同,我现在怀疑,他很可能去了京城。

杨　锐:正想和你说此事。你让派去大同的马巡捕回来说,大同同知说葆亨根本没有到他那儿。

桑治平:这足以说明,绿营兵闹事就是他们预谋策划好的。

张之洞:这个葆亨竟然与我来这一套!仲子兄,看来去京城运动搬后台,他们跑先了一步。

桑治平:说得在理。咱们是在查藩库,他作为藩司,自知其中不干净那些事不可能都掩得严严实实,不可能甘心坐以待毙,肯定会利用他正白旗出身、朝中有广泛人缘的身份周旋,说不定王定安还会让他去见见曾九帅帮着出出主意。

张之洞:有这种可能。不过老于世故的曾九帅不可能出面,出出主意倒也可能。毕竟有些事是在他理政山西时发生的。看来事情远比咱们想得复杂。葆亨、王定安他们既有所察觉,就会有所准备有所行动。仲子兄,"风雨欲来风满楼"啊!看来,咱们也得及早有所准备方好。

桑治平:说得是。

张之洞:这样吧,派马巡捕赴京把清源局提供已掌握的贪腐事证,分别送给张佩伦和丹老先生,以让他们心中有数。同时将这一材料详详细细条贯清理,写成佐证,正式书成奏折,报送朝廷。

桑治平:好,就这么办。

(6)时:日
　　　景:内
　　　人:葆亨、罗承勋、柴营长、胖士兵、瘦士兵

绿营。门外有一胖一瘦两名士兵站岗的罗承勋办公务花厅。厅内案桌

旁太师椅坐着正喝茶谈事的葆亨和罗承勋。

葆　　亨：我代理巡抚时期，给你放银的事，张之洞他们都查出来了。
罗承勋：那如何是好？
葆　　亨：所以与你来商量对策。
罗承勋：人家都查到证据了，我们有什么办法？不行我给他退了银子算了！
葆　　亨：你以为退了就完事了？你我兄弟好不容易才混到了这等份儿上，到手的荣华富贵，难道就这么甘心让张之洞给毁了？
罗承勋：葆翁你有何打算？
葆　　亨：你看能不能这样？（附耳悄语，罗承勋点头）
罗承勋：行，那就这么定了！请葆翁后厅回避一下，这事我现在就来安排。
葆　　亨：这人可靠吗？
罗承勋：草包一个，给他点甜头，爹也敢杀的没脑子人！
葆　　亨：那就有劳罗总兵了。
罗承勋：咱们一根绳上的蚂蚱了，客气啥哩？

葆亨起身入后厅回避，罗承勋整整衣服坐案桌后。

罗承勋：来人！
胖士兵：（进门）大人。什么事？
罗承勋：把姓柴的从囚禁室押到我这儿来！
胖士兵：是，大人。

(7) 时：日
　　景：内
　　人：柴营长、胖士兵、瘦士兵

绿营禁闭室。窄狭的小隔间,曾不可一世的柴营长坐在铺草席子的地上,两眼绝望地一动不动盯着顶板。胖、瘦两个士兵一人手提着头枷,一人打开留一小窗洞的铁门,柴营长扭过头来。

柴营长:(立刻恢复蛮相)干什么?

胖士兵:柴营长,罗总兵叫你去他那儿一趟!

柴营长:不去!

瘦士兵:柴营长,我们也不想让您遭这罪。可是……我们也身不由己呀!

胖士兵:就是,您平时对弟兄们不孬,我们都在心里记着呢!

瘦士兵:我们知道柴营长不是为难弟兄那种人,您看……

柴营长:嗯,看来你俩小杂种那么点良心还没让狗全啃了!

胖士兵:哪儿敢,哪儿敢呢!

瘦士兵:柴营长,委屈您了!

柴营长:别放屁了,带老子走!

胖瘦士兵:是,是……

(8)时:日

　　景:内

　　人:罗承勋、柴营长、胖士兵、瘦士兵

绿营。总兵罗承勋办公务花厅。士兵甲、乙押柴营长进来。

罗承勋:好小子,强奸良家妇女,逼死人命多条,你犯的可是十恶不赦砍脑袋的死罪,知道不?

柴营长:(跪地)大人,看在我跟您是老乡又卖命多年份儿上,求大人千万救救我,小的只是一时酒后糊涂……

罗承勋：好啦，别说了，把柴营长头枷打开。

胖、瘦士兵：是！

罗承勋：(挥手让两士兵出去后)小子，你想不想从囚室早点出来？

柴营长：想啊，谁愿在那狗窝待着？

罗承勋：那再问你，想不想官复原职再回去当你那个营长？

柴营长：(连磕响头)当然更想了，谢谢罗总兵！谢谢罗总兵！

罗承勋：慢，我话还没说完呢，起来！

柴营长：是。

罗承勋：出来可以，重当你的营长也行。但你得替我办件除奸的事，不知你愿不愿意？

柴营长：为长官大人效力，肝脑涂地，万死不辞！

　　罗承勋走到柴营长前，低声附耳说了些什么，柴营长一边听一边不住点头。罗承勋说完，见柴同意了，便又返回案桌后。

罗承勋：来人！

胖、瘦士兵：到！

罗承勋：去，你们俩领着柴营长，去后勤给他换套新军服。

胖、瘦士兵：是！

(9)时：日
　　景：外
　　人：柴营长、胖士兵、瘦士兵

　　绿营。挂"后勤处"牌子的楼屋。柴营长一身新军装随胖、瘦士兵从里面得意洋洋走出来。

瘦士兵：柴营长，看来罗长官对您是别有一番对待呀，和您一起的那几

279

个可还在囚着呢!

　　柴营长:那当然!我是什么人,你们不知道吧?(装神秘压低声)告诉你们可别对外人说,罗长官的小姨太呀,是我老家二婶她亲侄女呢!

　　胖士兵:罗长官小姨太不是四川人吗?怎么成了您老家河南人了?

　　柴营长:这个嘛……

　　瘦士兵:人是活的嘛,你怎么山东人跑到山西来了?保不准罗长官小姨太从小给到四川什么亲戚家了呢!

　　柴营长:对对对,我二婶她妈就是从四川嫁到河南的!

胖士兵还要说什么,被瘦士兵用手扯了一下用眼神制止住。

(10)**时**:日
　　景:外
　　人:葆亨、罗承勋

葆亨从后厅出来。

　　葆　亨:罗总长办事果然利索、痛快!
　　罗承勋:过奖,过奖!
　　葆　亨:罗总兵,办了这事,你这个柴营长是不是知道得太多了?
　　罗承勋:葆大人,你那个杜师爷,是不是也知道得太多了?

葆亨愣了一下,看着罗承勋,随即心照不宣地一齐大笑起来……

(11)**时**:日
　　景:内
　　人:衙门马巡捕、绿营柴营长、士兵娘子关。马巡捕骑马从远处直奔而来……

把关士兵拦下马巡捕。柴营长从坡上关兵驻地慢慢走下过来。

马巡捕：我是巡抚衙门的巡捕，受抚台之命赴京，你们不得误我行程。

柴营长：什么事呀？

士　　兵：他说是受抚台之命赴京送呈文的。

柴营长：什么呈文，拿来我看看。

马巡捕：不行，这你不能看！

柴营长：(猛然掏出匕首刺入马巡捕胸部)你自找死！

马巡捕：(口吐鲜血)你……

柴营长：快，把尸首驮在马背上，牵马往前面河北地界走得远一点，把马和尸体一块从那儿的悬崖推下去！

士　　兵：这…这……

柴营长：(把刀架在士兵脖子上)是不是和他一样不想活了？

士　　兵：不，不。我们去，去！

(12)时：日

　　景：外

　　人：葆亨、王定安、徐时霖

葆亨府邸。葆亨、王定安、徐时霖三人在密室。葆亨拿出打劫来的奏折让两人看。

葆　亨：(递给王定安)这是张之洞呈报朝廷的奏折，罗承勋给我了。你们看看，咱们犯的这八大罪状，条条要命！这奏折真要交到朝廷那儿，送再多钱也没人保得了咱。

王定安：(手晃了晃奏折)这事办得是很漂亮。但我也奇了怪了！有些账面外的事清源局怎么知道得那么清楚？我说过，马丕瑶不会那么轻易上钩的,八成我们上当了。

徐时霖:不,不可能,我那个管家听得清清楚楚!

葆　亨:如真像你说的那样,我们可真是成了"肉包子打狗"——赔了!

王定安:真要是单纯赔了倒好说,恐怕咱们是买蜜诱蜂反被蜇,被姓马的耍了!

葆　亨:妈的,不能便宜那个郑家姑娘了!

徐时霖:也真想杀了这个马丕瑶!

王定安:杀马丕瑶简单,但张之洞会更加怀疑,咱们暴露得会更快,且还会再起用第二个马丕瑶,你杀得完吗?况且铁证人家张之洞已拿到手,所以现在劫回奏折也只能是个权宜之计,万一十天半月朝廷无回应,又见不了马巡捕回音,张之洞不但会起疑追查马巡捕下落,更会很快拟折再呈报奏折。

葆　亨:马巡捕坠崖在河北境界,张之洞纵然知道了也会以为他是坠崖而亡!

王定安:早不坠崖迟不坠崖,偏偏送告我们罪状的奏折时坠了崖?你以为张之洞真那么傻?

徐时霖:那怎么办?

王定安:破釜沉舟!等过几天,尸体不齐全了,让可靠人打扮成老百姓,报河北当地衙门,就说发现了尸骸,验尸拖上三两天后再主动报给张之洞,纵然他怀疑咱,也等于是杀鸡给猴看了,让他心里掂量掂量,别把事做绝了!如果张之洞还没有收手的意思,咱就不得不来个不愿做但不得不做的下下策。

葆　亨:什么下下策?

王定安:在张之洞再次报奏折之前,来这么一下!(咬牙切齿用手掌往脖子上比画了几个)

徐时霖:对,兔子急了还咬人呢!是他张之洞不仁,也怪不得咱不义了。

葆　亨:还是鼎丞你想得周全。真成了人命案,让朝中那些咱们花了钱的御史们再鼓动一下,谁还顾得上管咱们藩库清不清这烂事!

王定安:没办法的办法,也只好这样了!——对了,柴营长这种粗人,也得防着他口无遮拦。最好是事办妥之后,(用手掌从上到下比画了一下)来个干净,免留后患!

葆　亨:这一点,罗总兵也想到了,他说他自有安排!不过他想要个可靠人配合一下。雨生,要不——就让你那个杜师爷去吧!今晚饭后我领他直接去见罗总兵。

徐时霖:行,我让他今晚见你。——对了,万一要用那个下下策,(用手在自己脖子上划了几下)那这个人去哪儿雇?

王定安:葆翁,我知道你在陕西当臬司,江湖上混得熟,这些人中武艺高、讲义气,只要出重金,死也不会出卖朋友的大有人在。

王定安说完看着葆亨,葆亨阴沉着脸朝天呆了一阵,咬着下唇冲王定安和徐时霖点了两下头。三个人脸上阴森森地将脑袋凑到了一起,低声密议起来……

(13)时:夜
　　景:外
　　人:葆亨、徐时霖、杜师爷、衙役、轿夫

太原。大街上。一项由几个衙役打着灯笼护着的大轿从人来人往的闹市街上行过,杜师爷骑马跟在轿后随着。

轿子内,并排坐着葆亨和徐时霖。

葆　亨:你向杜管家都交代妥当了?

徐时霖:交代妥当了。

葆　亨:好,去了绿营,就按罗总兵事前与我们安排好的来,别多问。

徐时霖:明白。

(14)时：夜

　　　景：内

　　　人：葆亨、罗承勋、徐时霖、柴营长、杜师爷

绿营。罗承勋住宅。客厅隔间一小餐室内，一桌酒席，依主客围坐着葆亨、罗承勋、徐时霖、杜师爷、柴营长一干人。

葆　亨：俗话说"强将手下无弱兵"，柴营长作为罗总兵手下，果然英雄，这次除奸，功不可没。这酒嘛，我就先敬你一盅。

柴营长：葆大人过奖了，杀球个人，不就是抹个蚂蚁吗？区区小事不足挂齿！

徐时霖：就是，就是！来，柴营长，咱们也算老相识了，我也敬你一盅！

罗承勋：徐县令，客气了。你手下的杜师爷也不弱嘛！

柴营长：对，杜师爷，咱们也是老相识，同干！

杜师爷：谢……谢各位大人看……看得起，同……同干！

葆　亨：二位都劳苦功高。罗总兵是不是可破例一次，给柴营长放个假；我出银子，让杜师爷今晚陪着他出去玩个痛快，就算我们慰劳柴营长一次！

罗承勋：葆大人说了话，我哪有不从之理？

葆　亨：那好，我和雨生还有事要办，就先告辞了！来，大家干了这最后一盅！

罗承勋：（起身）二位慢走。

柴营长：二位大人慢走！

葆　亨：坐坐，杜师爷，代我们俩陪着罗总长和柴营长慢慢喝，失陪，失陪！

葆亨与罗承勋两目对视，会意地微微点头一笑。

(15)时:夜

　　景:外

　　人:葆亨、徐时霖、轿夫

轿子内,葆亨和徐时霖交谈着。

葆　亨:看来罗承勋说得不错,这姓柴的小子口无遮拦,天生一个无脑子草包的料!

徐时霖:罗总兵这么做,是不是也太狠毒了些。

葆　亨:无毒不丈夫嘛!古今中外,历来如此。记得,事办完后,这次可得把屁股擦干净些!

徐时霖:这您放心,我保证,万无一失。

(16)时:夜

　　景:外

　　人:杜师爷、柴营长、妓女"一枝莲"

太原柳巷。吊着一串串宫灯,挂有"艳香楼"牌子的两层楼面门道里外,站满了打情骂俏迎来送往装扮妖艳的女子。杜师爷陪着柴营长刚出现在"艳香楼"前,就被几个女子围住缠上了。

柴营长:起开。我要"一枝莲",让她来陪老子!

老　鸨:哎哟,客官,对不起!"一枝莲"有主儿了。这么多漂亮姑娘你随便再挑一个不行吗?

柴营长:不行,今个儿偏就要"一枝莲"来陪我!你是不是嫌银子少?老子我今天有的是!

酒喝得有点高的柴营长从腰中掏出包银子的小袋子,朝老鸨晃晃。老鸨朝后招招手,一姿容姣好、个子高挑的年轻女子走过来。(字幕显示:妓女"一枝莲")

一枝莲:谁呀,这么吵吵嚷嚷的。
柴营长:呵,真是你"一枝莲"？杜师爷,你想玩就也挑一个,今晚让她们好好侍候侍候咱们俩!

柴营长拥着"一枝莲"上楼……

杜师爷看着柴营长与"一枝莲"进了房间,扭头塞给老鸨一个小银元宝,在她耳边说了句什么,便走出院外匆匆离去。

(17)时:夜
　　　景:外
　　　人:杜师爷、蒙面人

深夜。艳香楼。

时隐时现的半圆月亮在如碎絮般的云中缓缓移动着……

大门外,一顶由四个蒙面人抬的轿子来到楼前停下。轿子上下来的杜师爷走上大门轻叩两下。老鸨打开大门,杜师爷和四个蒙面人鱼贯而入……

(18)时:夜
　　　景:内
　　　人:柴营长、杜师爷、"一枝莲"、蒙面人

"一枝莲"房间内。

门栓被一把刀从门缝中伸进渐渐拨开。裸着身子在床上正睡得香的柴营长和"一枝莲"被进门来的黑衣人惊醒。四个蒙面人把还未反应过来的柴营长塞嘴捆绑装进一长布袋内。吓得全身发抖的"一枝莲"躲在床角,惊慌地看着几个蒙面人将在布袋里不断挣扎的柴营长连扛带抬带出门去。

(19)时:夜

　　景:外

　　人:罗承勋、杜师爷、柴营长、蒙面人

杜师爷与几个蒙面人穿过院子出了大门后,将被装在布袋中挣扎的柴营长塞在轿子中,抬起轿子飞速地消失在夜幕中。

城外。偏僻的荒山岭上,一处废弃的土煤矿:黑糊糊地面上,几间快要倒塌的土坯房,土坯房近处几根支架下,一个长满荒草的井口。

月光下,被风吹着的四周树丛中发出的呼啸声中,罗承勋带着一队兵丁在等待着什么。

远处,杜师爷带着抬轿子的蒙面人一路赶过来,越来越近,终与罗承勋的人马会合。轿停,黑衣人把装柴营长的口袋抬出来扔在地上。

杜师爷:罗……罗总兵,人带……带来了。

罗承勋挥手示意解开装柴营长的布口袋。月光下,露出脸的柴营长一看见罗承勋,惨白得像涂了霜似的脸上,两眼闪出一丝希望的眼神。

罗承勋:柴营长,委屈你了。没办法,我救不了你,让你临走去艳春楼风流一次,能让你做个风流鬼也算尽我力了。不过,你家里的事尽管放心,吃的穿的我会安排好。

罗承勋说罢,对蒙面人指指不远处一枯井做了个手势,蒙面衣人立刻把拼命挣扎的柴营长抬到枯井口扔了下去,就近取几块砖头,又砸了下去。

杜师爷望了罗承勋一眼,月光下,罗承勋冷冰冰的眼光让杜师爷不由得浑身打战起来。

杜师爷:罗……罗总兵,咱们走……走吧?

罗承勋:不急,聊上几句嘛!

杜师爷:这深更半夜的,聊……聊什么?

罗承勋:杜师爷,王定安大人说了,你老人家这些日子累坏了,也该好好歇一歇了。

杜师爷:不……不敢,为大……大人们效劳,万……万死不辞!

罗承勋:万死倒不必,一次足矣!

杜师爷:罗……罗总兵,你你你……这话什……什么意思?

罗承勋:没什么意思,柴营长在那里面一个人怪孤单的,你和他做个伴怎么样?

杜师爷:不……不不,罗……罗总兵,这……玩笑……开……开不得!

罗承勋:谁和你开玩笑?

罗承勋一做手势,四个蒙面人立马上来把吓瘫了的杜师爷四肢抓起向枯井前走去,杜师爷拼命挣扎大喊大叫起来:"罗大人,饶……饶命……"

(20)时:日
　　　景:内
　　　人:阎敬铭、桑治平

巡抚衙门。张之洞住处。书房兼客厅内,张之洞与桑治平闲聊着。

张之洞:马巡捕走了第几天了? 也该回来了吧?

桑治平:哪能这么快,来去骑快马怎么也得个七八天。不过,我估计杨锐该见着丹老和张佩伦他们了。

第十八集　张之洞夜半遇刺客
　　　　　女琴师临阵化险情

(1)时：夜

　　景：内

　　人：刺客"华北虎"、鸨母、"一枝莲"、仆女、众妓女、嫖客若干。

　　华灯映照的艳香楼内外。门口,一身材魁梧佩腰刀的壮汉,跌跌撞撞闯进门来。

鸨　母：(吃惊地朝楼上喊)"一枝莲",华哥来了!

　　院内正二楼栏栅处,一位面容姣好的女子看到壮汉赶忙下楼迎过来扶他上楼。边上楼边朝身旁一仆女吩咐："快去盛碗酸梅汤来。"

(2)时：夜

　　景：内

　　人：刺客"华北虎""一枝莲"。

　　"一枝莲"扶"华北虎"坐下,返身取碗倒茶。

一枝莲：华哥,你这是在哪儿喝成这般模样？来,先喝点水。
华山虎：(一把搂过放腿上)我刚在藩台家喝酒来。还给你带来样好东西,你猜猜是什么!
一枝莲：华哥不是逗我吧,能有什么好东西？(听见敲门声,起身)进来!

仆役女:汤来了。

一枝莲:好,放下吧!(仆役女出,一枝莲关上门返身)华哥先喝点酸梅汤解解酒吧。

华山虎:(从腰里掏出飘满绿的翡翠镯子)想不想要?

一枝莲:华哥,真给我买的?

华山虎:来,带上!

一枝莲:(惊喜、感激地又坐在华北虎怀中)华哥,你真好!

华山虎:让我在你这儿好好睡一会儿,好好陪我一陪。夜半时分我有事就要走。

一枝莲:半夜走? 干什么呀?

华山虎:这你就别问了。这包裹里有五十两银子和两块金饼,给你放下,如果我明晨一早回来,就用这赎你身和我一起远走高飞。如果我回不来,就自己留下用它赎……

一枝莲:(捂华山虎嘴)不许你胡说!

(3)时:日
　　景:内
　　人:葆亨、王定安、徐时霖

葆亨宅邸。密室里,刚过完烟瘾的葆亨、王定安、徐时霖将侍奉他们的丫鬟打发出去后,葆亨闭上门,开始了密谈。

王定安:准备妥当了吗?

葆　亨:好了。今夜一场惊天动地的大戏,你们就等着看热闹吧!

王定安:此人可靠吧?

葆　亨:此人武艺高强,轻财重义,为朋友不惜两肋插刀的多年交情,特别可靠!

徐时霖：那个又抓住的郑家姑娘，怎么办？
葆　亨：暂时你先关着，了却了此事后再处理她！

(4)时：夜
　　景：外
　　人：张之洞、大根

巡抚衙门后院。

圆月下，大根正在院中茶桌上冲泡着茶水。张之洞从屋里出来。
独自坐在院里小茶桌上品茶水的张之洞，听到另一房中传出来的一阵练琴声后，端起茶碗起身朝传出琴声的房间走去。

(5)时：夜
　　景：外
　　人：张之洞、李佩玉、准儿

琴房外，张之洞从远处走过来，从半开的窗扇看到琴房内佩玉在一旁看着准儿弹琴。佩儿弹完一曲抬头望着佩玉。

李佩玉：不错。再弹一遍，最后一段收尾稍慢上半拍。

(6)时：夜
　　景：内、外
　　人：张之洞、李佩玉、准儿

琴房内，李佩玉看着准儿弹琴。

佩　玉：最后一段又落了一拍,注意看我弹。(佩玉示范弹了一遍,又让准儿重弹。)

准　儿：这样行了吧？李师。

佩　玉：对,就这样弹。(猛发现准儿衣服前襟破了一处洞)这儿怎么回事？

准　儿：(不好意思,忙掩住上衣破洞)在花坛里捉蝈蝈儿挂了一下。

佩　玉：(摸摸佩儿头)调皮！快脱下来,我给你缝缝。

准儿脱下外衣,佩玉从针线包中取出针和线纫针缝衣服。窗扇外的张之洞眼里充满感激和满意的目光,悄然返身离去。

(7)时：夜
　　景：外
　　人：张之洞、大根

张之洞从佩玉和准儿住的屋子窗户下返到小茶桌上,边喝大根添上的茶,边与大根拉家常。

张之洞：大根,来山西大半年了,做饭洗衣,你照料我够吃苦了,抽空回老家一趟,把侄媳接来吧！

大　根：四叔,这事过一段再说吧,您一个人在这儿我不放心。

张之洞：这有啥不放心的,你不就走十天半月吗？我吃饭又不讲究,填饱肚子就行。再说,这一段不是还有佩玉一直在帮着吗！你没看见准儿黏佩玉那股劲儿,比我这当爹的都亲近呢！

大　根：弹得琴好,人品也好,佩玉真是个好女子！

张之洞：是啊,准儿没了娘,我又忙得整天很少在家,多亏有佩玉照看呢！好啦,天不早了,你看,佩玉和准儿也熄灯睡了,你快去睡吧。

大　根：您不睡,我也不睡！

张之洞：小孩子话，你才三十来岁，哪能和我四十多的人比呢？快去睡，我也去睡了。

张之洞说罢起身回屋，望着张之洞的背影，大根微微一笑，收拾茶具回到自己屋里去。

(8)时：夜
　景：内
　人：张之洞、桑治平、大根、刺客、李佩玉、准儿、皂隶

【画外音】从小失去爹娘的大根是张之洞和夫人把他抚养成人的，和四叔张之洞与婶子的关系特别亲近。张之洞见他虽身材壮实却不太爱读书，也不勉强他，便送他到一位精通武艺的朋友那儿去习了几年武，后来一直在他身边做事。这次来山西，大根怕失去婶子的四叔孤单，便随同他一起来山西照料他。张之洞有熬夜的习惯，不想让照料他劳累一天的大根随着他熬夜。但不论他怎样赶大根去休息，大根总是会变着法儿等四叔睡了才上床休息。

大根给张之洞打好泡脚水后，转身闭门出来收拾茶具。

张之洞关上房门，关上窗扇，又坐在案几旁边泡脚边就着蜡烛看起书来。

大根进到自己屋里，放好茶具，回头望了一眼四叔还亮着烛光的房间，随即虚掩上房门，自己取盆倒水泡起脚来。

寂静的夜。偶尔传来蝈蝈的叫声。淡淡的月光将院里花坛上一丛丛花枝的影子照射得朦朦胧胧。大根洗完脚开门倒水后，看了一眼四叔张之洞还亮着光的窗户，转身回屋关门时看到稍远院墙上似乎像有什么影子闪了一下。他迟疑片刻，吹灯后迅速地从床上枕头下摸出三节铁链，悄悄从开出一点的门缝中警惕地注视着不远的墙角处。

突然间,他看到院墙下花丛中渐渐升起一个人影来,在白墙的映衬下,很清晰。黑影左顾右盼了一下后,手提着一把在月色下散发着寒光的长月牙形弯刀,弯下腰快速地朝他四叔张之洞的房间窜过来……

"什么人!"大根怒吼一声,手握三节铁链从门中跃出,直奔已窜到张之洞窗下的穿夜行衣的刺客。刺客猛吃一惊,随即转身与赶到身边的大根对打起来。

月色下两个黑影拼命搏斗……

对打的金属碰撞声惊醒了已和准儿一起睡下的女琴师佩玉,她迅速穿好衣服推开窗扇……

打开窗扇一脸惊色的张之洞……

隔壁桑治平也被外面的嘈杂声惊醒。他侧耳稍听片刻:"有情况,漪村快起!"桑治平叫醒和他同屋睡的杨深秀……

武功高超,身材比大根还魁梧几分的刺客渐渐占了上风,桑治平他们根本沾不上边,大根边应招边往后退……

"大胆!"一声脆音,随着喊声,只见赶上来的女琴师佩玉两手一甩,两支飞镖分别从左右手中直飞刺客,被击伤手臂的刺客,弯刀瞬间从手中跌落在地上。几名皂隶也已赶了过来,与大根等人乘势围了上来,刺客惊慌,紧捂着被飞镖穿透的手臂转身拔腿奔向院墙要逃……

"哪里跑!"大根赶上,一铁链打在正欲翻墙逃走的刺客腿上,刺客一下子跌扑在地,被拿着棍棒赶过来的桑治平、杨深秀及几名皂隶五花大绑起来。杨深秀扯下刺客脸罩:刺客正是华山虎。

(9)时:夜

　　景:内

　　人:张之洞、桑治平、大根、刺客"华山虎"

巡抚衙门。灯烛照得通亮的花厅。居中端坐在太师椅上的张之洞,怒目圆睁瞪着眼前身着夜行衣被五花大绑押上来的刺客。

大　　根：见抚台大人还不快跪下！（猛踹刺客腿弯处）跪下！

张之洞：（猛拍一下太师椅扶手）你是什么人，为何深夜持刀来巡抚衙门？

刺客抬头望了一眼张之洞，低下头紧咬下唇不开口。

大　　根：抚台问你，为何不回话？

桑治平：（附张之洞耳边）此人绝非一般窃贼，此事也绝非劫财而来，一时不会审出什么结果，不如先关起来，明天再说，如何？

张之洞：行，按你说的办。大根，找个地方把他押去关起来，检查窗门加固好，你们几个人轮班严加看守。

大　　根：是。走！（与两名衙役押着刺客下）

张之洞：仲子兄，如你所言，今夜事情我也觉得有点蹊跷，是不是暂不要对外泄露？

桑治平：嗯，有道理，就这么办。

张之洞：好，大伙儿听着，今夜之事不得外传，明日照常各行其是。各自安歇吧！（突然发现佩玉不在了）对了，佩玉呢？

桑治平：你们绑着刺客来花厅时，佩玉怕准儿一人孤寂害怕，回去陪她了。

张之洞：今夜也真多亏她了。不然，后果还真不敢设想呢……真没想到啊，一个看上去那么柔弱的女子，有如此绝世的武艺，竟然平日深藏不露。

桑治平：听你说过，佩玉父亲除了当塾师，还兼当武师授徒。门里出身，自会三分，佩玉是独生女，当父亲的教上聪明贤惠的女儿几招防身之术，也在情理之中。

张之洞：嗯，有道理。

杨深秀：此人武功高，今夜得多派几个人轮班看守。

张之洞：对，大根，你多叫几个皂隶看守好。

大　根：好的。

张之洞：仲子兄，佩玉这样文武才貌俱全的女子太少见了！

桑治平：果真是真人不露相，高手在民间啊。

张之洞：难得的奇女子……

桑治平望着心事重重陷入深思的张之洞……

(10)时：日
　　景：内
　　人：张之洞、大根

巡抚衙门签押房。正在批阅公文的张之洞被撞开门的声音惊讶得抬起头，大根神色惊慌地闯进来。

大　根：四……四叔，刺客死了！

张之洞：什么！死了？怎么死的？

大　根：不知道，桑先生已经过去了。

张之洞：（霍然站起，边往门外走边训斥大根）混账，你们是怎么看守的！

(11)时：日
　　景：外
　　人：张之洞、桑治平、众人

巡抚衙门。关押刺客的小房间，大门开着，门外已围着几名皂隶和衙役。见巡抚来了，忙让开一条路。

手脚蜷曲，脸色青黑，嘴唇乌紫，鼻孔和嘴角凝结血痕的刺客尸体旁，桑治平正细细验看着。

桑治平：(附张之洞耳边)我们到签押房去说话吧！

(12)时：日
　　景：内
　　人：张之洞、桑治平

签押房。桑治平随张之洞进门后,转身将门和窗紧闭。

桑治平：抚台,这件事你怎么看？
张之洞：奇怪了,门窗我专门告知要加固并安排人看守的,别人不可能害死他。
桑治平：对的,是自寻短见。从现场鼻孔嘴角流血及面色青紫这一点看,应是吃自身带的砒霜而死的。
张之洞：这样说来,刺客是事先就给自己准备下了死路,那他究竟是刺杀什么人呢？
桑治平：说劫财吧,你这清水衙门没有商贾票号多,你说他图什么？很显然,刺客很可能是冲你来的。
张之洞：是呀,要劫财,也不至于事先把毒药藏在身上,未经审讯就自行了断。要说是刺杀我,我才来这里不久,结怨于谁呢？
桑治平：(哭笑不得)哎呀,我的抚台大人,您结怨的人还少吗？铲罂粟、禁烟馆,您断了多少人的财路？让多少人翻滚倒地,难熬烟瘾？您清查藩库,多少人将会被您摘去官帽甚至性命不保？您这十六岁就能榜中头元的聪明脑瓜,竟连这也想不到？
张之洞：如此说来,此人是来杀我的了。
桑治平：十有八九。听大根说,与他对打中,此人刀法颇有路数,说明武功很好,属于武林中人物。由此看来,此人未必是与你结怨,必是受人重金所聘并有约在先,不成功则一死了之。这种江湖人重承诺、讲义气。

张之洞:嗯,你分析得有道理。但破这个案,你有什么想法呢?

桑治平:我看不如这样吧!(附张之洞耳边低声)……

第十九集　查元凶官府巧设局
　　　　　　祭刺客妓女吐实情

(1)时:日
　景:外
　人:士兵、众人

巡抚衙门一侧。一个草棚下,凉床上陈放着刺客华山虎的尸体,草棚两边各有一持刀士兵看守着。

草棚边贴有一张告示:

昨夜一男子猝死于此,望其亲友前来认领,若有知情者可提供线索。

街上来往行人纷纷前来驻足围看。

(2)时:日
　景:内
　人:桑治平、大根、老三、妓女"一枝莲"、众人

草棚对面,临街一小酒店里,桑治平、大根边在酒桌上喝酒,边死死盯着草棚这边的动静。草棚前,不时有人来看告示,着灰色上衣的老三也夹在观看的人群中。

大根发现了老三,指着一个穿灰上衣的低个子对桑治平说:"看,那个

人,我好像有点面熟。"穿灰上衣的低个子在告示旁站了一会儿,又进草棚对躺在凉床上的死者从头到脚看了个仔细。

桑治平:能想得起在哪儿见过吗?

大　根:让我想想……好像是……对,我想起来了,在晋祠见过,老三,对,葆亨叫他老三,给我四叔马的那位……"(蒙太奇画面,第六集7)

几位骑马的仆人护着卫大人的骡车离去。葆亨望一眼仍在凝神痴痴望着渐渐远去卫荣光的轿子的张之洞,和王定安交换了一下眼神。

葆　亨:张大人,卫大人也送走了,咱们反正相随出来一趟也不容易,是不是找个什么好景地方看一看?

张之洞:这附近有什么好看的地方吗?

葆　亨:有几个,近处就有一个名胜地不远,大人想不想顺便去看看?

张之洞:是不是晋祠?离这儿还有多远?

王定安:不错,是晋祠,骑马也就一炷香工夫。

张之洞:噢,晋祠倒是一处年代久远的名胜。《水经注》上有"晋水发源地有北魏所建唐叔虞祠,后历代又多加兴建"的记载。但究竟后来为何改称晋祠,兴建有多少殿堂楼阁或有何古迹,我确实不知。

王定安:武王原封叔虞于唐,北魏时建唐叔虞祠。后叔虞之子因晋水流唐而改国名为晋,唐叔虞祠便随之称为晋祠。历代修建的主要有唐碑、钟鼓楼、献殿、鱼沼飞梁、圣母殿、晋溪书院等。

张之洞:有什么特别好看之处吗?

葆　亨:有啊!晋祠有"三绝",千年老槐周代柏,冬不结冰难老泉,第三绝嘛是宋代塑像,这些都值得一看呀!

张之洞:倒是想看看,只是今天恐怕赶不回太原了。

王定安:张大人,你来山西几个月来日夜操劳,今日既来了,顺便玩玩休闲一下,也是应该的呀!

葆　亨:鼎丞说得对,张大人起早贪黑地忙公务,人又不是铁铸的,是该稍微轻松一下了。何况一路还可顺便看看农舍田野,访访民情社稷,再者,山西这块地上任何一处古建名胜或兴或衰,都与山西政务有关,了解一下晋祠,对今后维修多加指点,这些不都也是政务吗?

张之洞:好,好,我听你们的。就去看看你们所说的这晋祠"三绝",看它究竟能绝到何处?不过,咱们说好了,对着游人或祠里任何人,对我都以张老板相称呼。

王定安:明白。张大人您这是随时随地都在微服私访、体察民情呀!

张之洞:过奖了,哪能谈到这一步?

葆　亨:就是,就是! 大人这种体谅民情的做法就是让人敬佩!

张之洞:大根,你把马给我,我与葆翁和王观察一块骑马去!

葆　亨:不必,张大人。晋祠这个好景处,难得来一次,大根一块看看吧! 老三,把你的马给张大人。"

老　三:(一个矮胖叫老三的人牵着自己骑的一匹棕红色马过来)张大人,请上马。

桑治平:你没看错吧?

大　根:不错,就是他,葆亨跟前的人,葆亨叫他老三! 要不要叫他?

桑治平:(正犹豫着,忽然发现什么)你看——

大根顺着桑治平目光看去,只见一身素装的一女子从街头急急忙忙走来,来到草棚下,分开众人到死者面前一看,便大哭起来。哭一阵后,打开随身带的包,从里面拿出纸钱香烛,在死者头前点起香烛,将纸钱一张张焚化……

大　根:这下好了,这女子肯定和刺客关系非常,起码知道死者姓甚名谁。我过去看看。

桑治平:不行,看,你见过的那个人也在盯着这女子。咱们在这儿继续盯。一会儿,待这女子走时,你远远跟着。

女子焚完最后一张纸钱,起身又看了一眼死者,转身走了。大根指认的那个人也从围着的人群中走出离开。桑治平对大根使了个眼色,大根起身远远跟上女子。

(3)时:日
　景:内
　人:桑治平、大根

巡抚衙门门房内。桑治平正来回踱步焦急等待着。听到敲门声,连忙急步走到门前。

桑治平:大根,跟的人弄清了吗?
大　根:弄清楚了。该女子是"香艳楼"的一名妓女,名号"一枝莲"。至于和刺客什么关系,您没告我,我一时也没敢打听。
桑治平:你做得对。我和抚台说一声再安排。

(4)时:日
　景:内
　人:桑治平、妓女"一枝莲"

艳香楼。"一枝莲"香房内。"一枝莲"见进来的桑治平白净面孔,气度不凡,脸上顿生喜意,抛了个媚眼转身去沏茶。

桑治平:(压低声)别忙活了,我是巡抚衙门当差的,来和你打听个事。
一枝莲:我一青楼女子,能知道什么呀!
桑治平:今日你到巡抚衙门前给死者烧纸,和死者什么关系?怎么认识的?

一枝莲:你这人怎么啦？来这儿要玩就玩,其他我一概不知!

桑治平:(掏出一个银元宝和一把匕首)既去烧香焚纸,必认识此人!人命关天,两样东西任你选。说实话,死者叫什么？是你什么人？

一枝莲:(吓得忙跪下)老爷,我……我说实话。人我虽然认得,但他干什么营生,哪里人,家里有什么人,一概不知,只知他外号叫"华山虎"。

桑治平:那你怎么认识他的？

一枝莲:(沉默片刻)我是"艳香楼"的妓女,他是到艳香楼来时才认识的。

桑治平:他仅是一个嫖客,掏钱买欢,并无真情,怎么你要去给他烧香焚纸？

一枝莲:他与别的嫖客不一样。

桑治平:有何不一样？

一枝莲:他人虽有点贪杯,但他武功好,大方讲义气。一次,来了十几个无赖在艳香楼闹事,有的还带着刀,他正好在我这儿喝酒,便出去了。那十几个无赖以为他喝多了,欺负他,谁知他只三拳两脚就把这群无赖全打趴下了,此后这些人再不敢来闹事。还有一次我母亲病得厉害,和他无意说起家穷无钱治病的事,他二话没说,立刻把身上仅有的二十两银子全给了我。我感激他,所以今天早上听一个从这儿路过的姐妹说巡抚衙口死的人像"华山虎",再想想他昨天夜里和我说过的话,我猜定就是他,就过去了。

桑治平:他昨天晚上和夜里在你这儿？都说什么话了？

一枝莲:也没说什么,只是他……可能酒喝得有点多了。

桑治平:现在"华山虎"不明不白死了,你心里难过,能来给他烧纸吊唁,说明你是个有情义的女子。我们为他陈尸巡抚门外,一来想破这起案子为他平冤,二来也是想招来他的亲人和朋友,将尸体运走安葬。希望你不要有什么顾虑,尽量回忆一下"华山虎"和你说起过的他在太原府交往的一些事,有助尽快了结此案,让他能早日入土为安。

一枝莲:(思虑片刻):如果破了此案,真的一切与我无关吗？

桑治平:这你放心,如你讲的真能帮助我们破了案,说不定还要奖赏你。

一枝莲:好吧。他这个人平日很少说话,只是昨天黑夜他来时,说在藩司衙门喝酒了……

(蒙太奇画面第十五集2)

"艳香楼"妓院门口,一身材魁梧佩腰刀的壮汉,跌跌撞撞闯进门去,一面容姣好的女子见到他赶忙过来扶他上楼。

一枝莲:华哥,你这是在哪儿喝成这般模样? 晚饭还未吃吧? 来,喝点酸梅汤解解酒。

华山虎:(一把搂过一枝莲放腿上)我刚从藩台家喝酒回来。还给你带来一样好东西,你猜猜是什么!

一枝莲:华哥不是逗我吧,能有什么好东西?

华山虎:(从腰里掏出飘满绿的翡翠镯子)想不想要?

一枝莲:华哥,真给我买的?

华山虎:来,带上!

一枝莲:(惊喜感激抱住华山虎)华哥!

华山虎:让我在你这儿好好睡一下午,今晚好好陪我一陪,夜半时分过我有事就要走。

一枝莲:半夜走? 干什么呀?

华山虎:别问了。这包裹里有五十两银子和两块金饼,给你放下,如果我明晨一早回来,就用这赎你身和我一块远走高飞。如果我回不来,就用它自己赎身……"

一枝莲:(捂华山虎嘴)不许你胡说!

(画面复原)

一枝莲:老爷,就是这些。

桑治平:你讲的都是实话?

一枝莲:老爷,您是官府里的人,我没想到他会去做这种伤天害理事,所以这案与我无牵连就万幸了,我哪儿还敢在您面前说谎话?不信你可在艳香楼问问。

桑治平:好吧。记住,不要和任何人讲刚才的事。

一枝莲:嗯,我知道。对了,老爷,那些银子和金饼虽然华山虎说过那些话,但我不想要,(摘下镯子)连同这个,都交给你们充公好了。

桑治平:镯子是华山虎给你的,你就留着戴吧。至于那些银子,你是个有情义的好女子,又配合了我们了解案情,就自己留着吧,愿用此银赎身从良更好。不过,刚才你说的那些我都记下了,敢不敢往上面画押作证?

一枝莲:敢,句句真实,当然就敢。

桑治平:好。那你真名叫什么?

一枝莲:姓季,季花玲。

桑治平:(写好名)名字下画十字掩上手印。季姑娘,记住,不许和别人说今天的事!

一枝莲:老爷放心,贱人打死也不敢乱说!

桑治平:那好,画上押,你就没事了。

一枝莲:真的?

桑治平:(点点头)嗯。(见一枝莲突然给自己跪下,忙拽起)快起来,你这是干什么?

一枝莲:老爷,您是好人。我一个风尘下等女子,第一次听人赞扬我还是好女子,谢谢您了。

(5)时:日

　　景:内

　　人:张之洞、桑治平、大根

张之洞住宅。书房兼客厅。桑治平敲门进来,大根招呼茶水。

桑治平:据这个叫"一枝莲"的妓女所说情况来看,这个被称"华山虎"的刺客很可能是一个流落江湖的武林中人,葆亨深知此人是会武功的江湖侠义,讲信用,故才敢于用重金收买来行刺你。行刺前他必定立下重誓:不成功则自杀。"华山虎"应是此刺客绰号,籍贯或许是陕西华州、华阴一带,也可能在华山落过脚。

张之洞:葆亨来山西之前是陕西臬司。

桑治平:这就对了。很可能葆亨在陕西时就与"华山虎"结识了。臬司负有保护地方安宁之责,不少臬司都与地方黑道有暗中联系,黑道不给臬司添乱子,臬司则保证给黑道以官府庇护。这就是老百姓所言的"官匪一家"。

张之洞吃惊地望着桑治平。

【画外音】精通典章满腹经纶而对江湖黑幕一无所知的清流巡抚张之洞,怎么也想不到身为朝廷命官的藩司大员,竟然会与江湖浪人勾结做出此等伤天害理的勾当。他惊异而又佩服地望着桑治平,把这位黑白两道都精通的人物请来做助手,是太合适不过了。

张之洞:仲子兄,多亏你阅历丰富,此事给我启发不小,让我又长见识了。你看,要不要派人到华州、华阴一带去查访查访?

桑治平:依我看不要去了。一是查访不出什么结果,二是没这个必要。"华山虎"已死,死无对证,人家已灭了口,说不清了;此招十分毒辣,这种事没有几千两银子做不到这一步。葆亨出此下策,更证明了葆亨贪腐事实。重金雇人行刺,成则转移朝廷视线,不成则给你一个颜色,看你敢不敢再查下去。

张之洞：哼，葆亨想以此威胁我，他看错人了。我张某人虽没武功，但胆量还是有的，大不了一死嘛！人生自古谁无死，为朝廷惩戒贪官，为百姓伸张正义而死，正是死得其所！

桑治平：(击掌)壮哉！你能有这种气派，世上还愁有何事办不成呢！

第二十集　杜师爷捡命逃一劫
　　　　杨深秀秘密赴京城

(1)时：日
　　景：内
　　人：张之洞、桑治平

巡抚衙门。签押房。张之洞签批着公文，桑治平突然闯进来。

桑治平：不好，马巡捕出事了。

张之洞：怎么啦？

桑治平：连马坠到崖沟了。

张之洞：什么地方？人呢？

桑治平：属井陉县境内，离娘子关不远。当地人发现后井陉县令告诉平定县令的。人在娘子关近处暂时安葬了。

张之洞：马巡捕是去时坠的崖还是回来时坠的崖？

桑治平：不清楚。但从时辰上看，应该是去时出的事。

张之洞：来往京城这么多年马巡捕从来都没出过事，偏偏这次送这种奏折就坠崖？不对，这件事有点蹊跷！

桑治平：是。马巡捕的事暂不要往外宣扬，静观葆亨、王定安还会干什么卑劣事。我们还是想周全一点为好。奏折的事，是不是另派人再送一份给皇上？

张之洞：仲子兄说得对。你就连夜速重写奏折一份,即刻秘密派人赴京报送朝廷。

桑治平：好,我这就去办!

(2)时：日
　　景：内
　　人：葆亨、王定安、徐时霖、三姨太

葆亨密室。葆亨、王定安、徐时霖密谈着。

葆　亨：鼎丞,罗承勋这事办得还算利落。只是事情已到了此般地步,下一步该如何走?

王定安：葆翁,朝廷中那几个打点过的御史,可靠吧?

葆　亨：拿人钱财,替人消灾。李郁华大人说他们已写好追究张之洞渎职的奏折,在太后上朝时请求罢免张之洞。

葆　亨：张之洞这几天好像三把火的劲头不是那么大了。

王定安：不能那么小看他。张之洞不是一般人,千万不能大意。

徐时霖：依王大人意见……

王定安：静观其变!

(3)时：日
　　景：外
　　人：秦光汉、杜师爷、赶车汉子

清晨时分。偏僻的荒山岭土路上,两辆拉满货的马车在行驶中,镜头拉近,才看出最前面赶车的汉子是秦光汉,秦光汉赶着马车来到废弃的土煤矿时,停住车,与后面车招呼了一声,便走到几间快要倒塌的土坯房后小解。突然,一阵呻吟声从土坯房近处几根木支架处传入他耳中。秦光汉吃惊地停了片刻,扭头朝另一赶车人招招手。赶车人把马在路边树上拴好后过来,秦光汉指指木支架处,两人顺着声音前去,在长满荒草不断传出呻吟声的枯井口前停下来。

秦广汉:喂,下面什么人?
杜师爷:救……救命呀！救……救救命！……
秦广汉:快,快去把捆货的绳子解下拿过来。

赶车汉子走到车跟前,将两车捆货的绳子急忙解下,拿到枯井口边来。

秦光汉:(把两条绳子连接好)喂,下面的,别喊了,我扔绳子下去,你拴在腰上,把你拉上来。
杜师爷:我……我胳膊和腿都……都断了,拴……拴不上。
秦光汉:这声音听着怎么好像是有点熟。(左右看看,突然看到井口边的支架上有个木滑轮,朝赶车汉子)走,咱们俩去把那木支架挪过来。

两人把木架子挪到井口上,确认牢固后,将绳子套在木滑轮上。

秦光汉:我下去拴人,我自己上拽时,你帮把力。
赶车汉子:算了,我下去拴吧,你个子大,又胖,我未必拉得动你们。我拴好喊一声你就往上拉。
秦光汉:也行,小心点。

赶车汉子将绳头打个活口结,套在自己单腿上后,双手握紧绳子由秦光汉慢慢拽着往下放……
井下传来赶车汉子的喊声,秦光汉开始拼命用力往上拽。把人拽上井口后,秦光汉大吃一惊！

秦光汉:(吃惊)杜师爷,是你?

杜师爷:你……

赶车汉子:光汉,快放下绳子来!

秦光汉把杜师爷拉到一旁,迅速放下绳子把赶车汉子拉了上来。赶车汉子一脸惊慌。

赶车汉子:光汉,底下还……还有个人!

秦光汉:死的,活的?

赶车汉子:不知道。看不见,黑洞洞的。

杜师爷:是……是绿营的柴……柴营长,死……死了。

秦光汉:杜师爷,怎么回事?

杜师爷:你……你认得我?

秦光汉:你杜师爷可真是贵人多忘事呀!当年拉济灾粮你量米斗捣鬼克扣粮食的事我可没忘记!

杜师爷:恩……恩人,你大……大人不计小……小人过,都是……徐……徐老爷让……让办的。

秦光汉:说,到底怎么回事?

杜师爷:他们杀……杀人灭……灭口,先扔下柴……柴营长,扔下我时,跌……跌到他身……身上,又藏在他……他身下才没被砸……砸死!

秦光汉:那你们干了什么事,要杀你们灭口?

杜师爷:他们派柴营长杀……杀了巡抚派出赴京送奏折的马巡捕……

秦光汉:什么?(惊愕地与赶车汉子相视一看)

杜师爷:恩人,这里不……不是久留之地,快……快把我送马……马大人……不,张抚台那儿,我有紧……紧要事相……告。

秦光汉:(朝赶车汉子)快,抬上车,把他藏在布匹下。

(4)时:日

景：内

人：杨深秀、秦光汉、学子

晋阳书院。正在自修室给学子讲课的杨深秀看到在门口正焦急望着他的秦光汉。秦光汉见杨深秀看见了他，忙朝他招招手。杨深秀和学子们打个招呼，忙走到门口。

杨深秀：光汉，有事吗？
秦光汉：杨先生。（附耳低声）
杨深秀：（吃惊地）行，你先回家等着，我随后就到。

(5)时：日
　　景：外
　　人：张之洞、杨深秀

巡抚衙门。杨深秀匆匆进入……
张之洞送杨深秀出门……

秦光汉家。由兵丁护送的一顶大轿子停在秦光汉家门前，杨深秀从轿内出来，与秦光汉将罩着头的杜师爷扶抬着上了轿。杨深秀与兵丁护送的轿子直奔城外……
轿子直奔巡抚衙门里……

(6)时：日
　　景：内
　　人：葆亨、王定安、徐时霖、徐一雯

藩司衙门。葆亨府邸。密室中，葆亨和王定安、徐时霖正议论着什么。

密室门外的三姨太不时提壶进来给他们添茶水。

徐时霖：过了这么长时间了，马巡捕坠崖这事他们也知道了，"华山虎"这事，怎么就没听说张之洞他们有什么动静？

葆　亨：罗承勋这个人办事利索。算得上是够朋友了。

徐时霖：只是有点苦了我那杜师爷和他那个柴营长了。

王定安：不这么做，你我也没有好果子吃。他这么做，实也是迫不得已呀！

葆　亨：这一段所以平平静静，我估计两个原因。一是"华山虎"虽死，禁烟、罢官、查藩库，惹了一大群人，他只能乱怀疑一通，没凭没据，能把谁怎么样？这一来，敲山震虎，他张之洞也不是拿命不当命那种人，能不稍收敛点？二是朝中那些得了咱们银子的，可能把咱们告他张之洞渎职的那折子，告到太后那儿派上了用场了，说不定他心里正在掂量着他这个巡抚保得住保不住呢。鼎丞，你说呢！

王定安：理倒是那么个理，但总觉得越是这样没动静，越应该操点心才是。张之洞，还有那个马丕瑶，可都不是轻易能对付得了的人。上次那个郑家姑娘的事，说不定是被马丕瑶给耍了呢！

徐时霖：王大人是不是有点过分小心了？我可是派人一直寸步不离死盯着的，不可能是被马丕瑶耍了吧？

王定安：死盯着？那怎么跑掉被你那个杜师爷又捉回来了。

徐时霖：王大人过虑了，关她这地方墙高门严，又有人日夜看着，哪儿能会有让她再跑掉的事？

葆　亨：鼎丞小心还是对的。不过，弄清楚这种事也并非什么难事。雨生，你一半天把那个郑家姑娘送到我衙门来，先让你小妹先看好她，我要好好审审她。

王定安：葆翁该不是又有花心了吧？

葆　亨：鼎丞尽说笑话，现在什么时候了，能有那心思！

王定安：哼，猫不吃腥的事，我还从没听说过呢。

311

葆　亨：我是想，咱们也应来个软硬兼施。女人之间吗，好沟通，让你小妹哄住她，说不定真能弄清情况呢！

王定安：要这么想倒还行。好啊，真要能从郑姑娘嘴里问出个名目来，弄清楚咱们是不是让马丕瑶给耍了，倒也算是个正事。行，这事嘛你们看着办吧！我嘛，(拿起帽子弹了弹)还有点事，就先走一步了！

徐时霖：(目送王定安走出门后扭头望着葆亨)葆翁，你让我把郑姑娘送你这儿，是开玩笑，还是真想要弄清楚马丕瑶要没耍咱们？

葆　亨：谁和你开玩笑！

(7)时：日
　　　景：内
　　　人：张之洞、桑治平、杨深秀、杜师爷

巡抚衙门后院。一间厅房里，案几后正襟危坐的张之洞眉头紧锁，两眼瞪着坐在对面角落地上的杜师爷。杜师爷则浑身哆嗦着，两眼怯生生躲着张之洞森威的目光，又偷看了一下张之洞旁边坐着的桑治平和杨深秀。

张之洞：还认得我吗？
杜师爷：(忙不迭爬过来边磕头边说)张大……大人，小……小人罪该万……万死！我说，我……我全说……

(8)时：日
　　　景：内
　　　人：张之洞、桑治平、杨深秀、杨锐、大根

巡抚衙门。花厅。桑治平、杨深秀、杨锐、大根一齐看着满脸怒气、两眼冒光、森猛威严的张之洞。

杨深秀:抚台,现在人证物证俱在,把此罪证补上,这新旧铁证一一呈报朝廷后,葆亨纵然家世显赫,朝中奥援广泛,量也没有谁会能包庇了他。

桑治平:抚台,眼下对葆亨他们,要严加防范,杜师爷这个铁证据要秘密藏起保护好,防止他们再干出些什么想不到的坏事。

杨深秀:桑先生说得对。葆亨与王定安、罗承勋现在是狗急跳墙,什么坏事也能办出来。

张之洞:(一拳猛砸在书案上)贪赃枉法,鱼肉百姓,劫杀巡捕,窃取奏折,杀人灭口,恶贯满盈,罪不容诛!

桑治平:人证物证,件件齐全,罪证确凿,抚台打算怎么办?

张之洞:仲子兄,现在咱们分头办事,我现在就去见提督葛勒尔,把罗承勋干的这些事告他看他如何处理。你和杨深秀、杨锐去与马丕瑶一起把此案以前所查出的一切细细条贯厘清,拟好折子,派人转道速送去京!

桑治平:好。

杨　锐:呈报朝廷的折子写好后,还是我去送吧,绕过娘子关,从潞州那条小路进入河南去京。

杨深秀:还是我去吧!我在潞州时去过河南,和丹老光绪灾年一同共过事,熟。

张之洞:好,那就辛苦你了,一路小心。

杨深秀:张大人尽管放心。

(9)时:日

景:内

人:徐时霖、衙役、马车夫、兵丁

清徐监狱。监狱门外,有几个兵丁和衙役随护的一顶轿子从远处过来,后面一辆马车跟随着。轿子到了监狱门前停下来,一衙役掀起轿帘,徐时霖探出头左右看看后走下轿来。

徐时霖：(朝后面紧跟着的马车夫) 就在这儿等着。
马车夫：是，老爷！

徐时霖领着兵丁和两名衙役走进监狱大门……

(10) 时：日
　　景：内
　　人：徐时霖、郑筱筱、衙役、狱卒

狱卒领着徐时霖和相随的衙役从狱牢过道朝关郑筱筱的牢室走去。走到关郑筱筱牢室门前，狱卒打开锁让徐时霖进去。郑筱筱愤怒地看着徐时霖。

徐时霖：起来，拿上你的东西跟我们走。
郑筱筱：去哪儿？为什么还不放我？
徐时霖：放你走？那很容易呀！只要你讲实话，那个马丕瑶是怎么教你的？你和他究竟……嘻嘻！那个了没有？
郑筱筱：徐老爷，你不是答应我只要陪了马大人就放我回家吗？凭什么还要关着我？
徐时霖：这话嘛，你跟葆大人说去，带走！

第二十一集　暗侦察绵山寻证据
　　　　　　设巧局锁定"五台帮"

(1) 时：日
　　景：外
　　人：方潴益、大根

巡抚衙门。方濬益骑马从街巷远处奔来,到衙门门前下马,将马牵到马桩拴了,匆匆进门。大根提壶从签押房出来。

大　根：方臬司,您来了。
方濬益：大根,张大人在吗?
大　根：在,刚进去。

(2)时：日
　　景：内
　　人：张之洞、方濬益

签押房。桌案后批阅公文的张之洞听到敲门声："进来吧!"

方濬益：张大人,我来了。
张之洞：来,快坐下。濬益,我在咱后面新修的议事厅看到你新画的大雁归图了,只知你对金石有造诣,没想到你方臬司的画水平也不低呀!
方濬益：张大人见笑了,我瞎涂的东西哪能谈得上什么有水平。您找我是不是说刘定邦的事?
张之洞：是。近来有什么进展?
方濬益：不瞒大人说,以刘定邦为老大的"五台帮"强买强卖、欺行霸市,特别是与阳曲县令徐时霖内外勾结盗窃赈灾粮的罪行,在漪村先生帮助下,人证物证基本查取齐全,只是这里面还牵连着藩司和冀宁道的一些问题还未完全拿到铁证,有待进一步查清。至于各地所报少女失踪的几个案是否与刘定邦的"五台帮"有关,现在还无任何线索。
张之洞：我就是和你说这事。前两天我去晋阳书院,从杨湄老先生口中无意中听到一件事。有叫冯济川和梁培伦的两名学子假日去绵山游玩,偶然间从采药人口中听到有众多不明情况年轻女子被一伙人掳往偏僻的一个悬崖洞穴那边去了,怀疑是土匪所为。土匪一般是劫财或绑架富人做人质勒索钱财,所以,我觉得这不像一般土匪所为。有没有可能与这一段各地上报的失踪女子案件有关?

方濬益:张大人分析有道理,我回去就马上派人上山去查。

张之洞:不要打草惊蛇,对王定安、葆亨他们一样。杨湄老先生急于到绵山正果寺考察,提出想要几个人陪着去。我看这样吧,你去找李山长,把我的意思说了,让冯济川和梁培伦两名学子以陪杨湄老先生考察的名义给你们引路,你们从衙门抽几班捕快化装成游人暗中保护,打探那些被绑架女子是什么情况?

方濬益:我明白。张大人,如没什么事我现在就先去晋阳书院找李山长,让那两名学子陪杨湄老先生上山,至于什么情况,我从绵山回来再来向您禀告。

张之洞:好,我等你消息。

(3)时:日
　　景:内
　　人:张之洞、葆亨、王定安

巡抚衙门。二堂花厅中,张之洞与葆亨、王定安正商谈着。

葆　亨:张大人,铲除罂粟改种庄稼的事,各州府县的"禁烟局"已成立,人员也配备基本齐全。这一册子是各地现职官员补缴藩库欠款数的花名单,除了广灵县吴子显,基本都补齐了。吴县丞说一个是您让他三个月补齐,现在还未到限期;另一个原因是他说广灵百姓就够贫困了,不要这顶乌纱帽,也不忍再给他们加摊捐了。

张之洞:吴子显还真这么说了?

葆　亨:这儿有他给您写的信。

张之洞:(看信,笑)呵,这吴子显还真有点爱民之心……行,咱不说他这事了。那禁烟的事,现在怎么样了?

葆　亨:各地官员欠库银的公款这一补缴,那农户农具、种子的补贴费,就比较好解决了一些。现在除了少数地方,烟田基本上都改成种庄稼地了。

张之洞:葆翁,禁烟这事你干得不错。阳曲那边我也大致看了看,毒苗沿路看不到了,这点徐时霖做得还可以。下一步,先从官员开始,发现再吸鸦片者一律严惩不贷!春播马上就要开始了,那些还未铲除了毒苗的地方,让罗总兵多帮着点,必须坚决铲完。行,如果没什么事,你们就回去忙吧!

王定安:各地烟馆都已封停,戒烟丸也都发下,张大人,戒烟这项事,请医生,配这种戒烟药丸,葆翁真出了不少力呢。

张之洞:我就说过,让葆翁挑这副重担没用错人嘛!

(4)时:日
　　景:内
　　人:葆亨、王定安、徐时霖

藩司衙门后院。葆亨府邸客厅。葆亨、王定安与徐时霖三人在烟室中。徐一雯忙前忙后伺候着。

徐时霖:前两天张抚台去寿阳,顺便路过到阳曲我那儿看了看,他说什么了没有?

葆　亨:你真是个蠢货!都什么时候了,脑袋都保不住了,还在顾及你这乌纱帽。

徐时霖:妹夫,你什么意思?

王定安:你可能还不知。从马巡捕那儿截获的奏折中,张之洞已经知道你从救灾粮中和"五台帮"贪占的事了。

徐时霖:(吓得面如土色)妹……妹夫,这事你可是知道的呀,该咋办?

葆　亨：你自作自受,问我干什么!

徐时霖：妹夫,话可不能这么说,这事咱俩可都是一根绳上的蚂蚱。

王定安：算了算了,吵有何用？让你管禁烟,就是不让你插手清理藩库事,还让我监管你和马丕瑶这禁烟及清库进程,明摆着这就是他张之洞设下的局,让我们演,当下我们处境十分不利。得想办法阻止他再向太后、皇上呈送奏折,不然,我们就惨了……

葆　亨：鼎丞,那如何是好？

王定安：先用这一招试一试。

葆　亨：哪一招？

王定安：(阴笑着扫了葆亨、徐时霖一眼)上次张之洞不是答应了吗？让他见"太原城里一枝花"——秦姑娘。

葆　亨：万一这一招也不行呢？

徐时霖：是呀,张之洞这人说翻脸就翻脸,不吃这套怎办？

王定安：(咬牙切齿)那就怪不得咱们手下无情了。

(5)时：夜

　　景：内

　　人：张之洞、大根、李佩玉、准儿

巡抚衙门。一阵"梅花三弄"琴声从张之洞女儿房间传出。张之洞侧耳听了片刻,顺着琴声来到女儿房间。正弹着琴的女儿准儿停下来："爸爸,我会弹'梅花三弄'了。"

张之洞：佩玉,刚才真是准儿弹的？

准　儿：(假装生气)爹,你怎么不相信我!

张之洞：相信,相信。我怎能不相信我的乖女儿呢! 来,给爸爸接着弹。

李佩玉：准儿心灵又勤快,教一遍自己记下后,非要把它练熟不可。张大人,您坐。准儿,弹一遍给你爹听听。

准儿弹"梅花三弄"。弹之间,大根从门口进来:四叔,方臬司有急事要见你。张之洞起身,摸了摸女儿头,转身和大根相随出门。

(6)时:夜
　　景:内
　　人:张之洞、方濬益、大根

张之洞书房兼客厅。正等着的方濬益见张之洞进来忙起身。张之洞用手示意他坐下。大根沏上茶水。

张之洞:情况怎么样?
方濬益:张大人,弄清楚了。就是刘定邦的"五台帮"与天津来的人贩子合伙干的,准备把这些女子运到天津卖给妓院。
张之洞:这些女子现在还在绵山吗?
方濬益:在,昨天把杨湄老先生送回书院后,冯济川和派去的两衙丁说了他们在绵山看到的情况。(蒙太奇)

(7)时:日
　　景:外
　　人:杨湄、冯济川、梁培伦、皂隶

绵山。茂密的森林,如丝如带缭绕山林间岩石间淙淙作响的清泉,天然的大大小小各种形状的溶洞。画面中,冯济川、梁培伦和装扮成采药人的一中年、一青年两名皂隶陪着杨湄老先生顺坡道上石台阶,一步步往正果寺走去。

(8)时：日
　　景：内
　　人：杨湄、冯济川、梁培伦、皂隶

杨湄在正果寺挨个仔细观察佛像。

冯济川：(低声)培伦，你在这儿陪着杨老先生，我带他们二位去那边看看。
梁培伦：小心，别让他们发现。

(9)时：日
　　景：外
　　人：冯济川、二皂隶、小和尚

冯济川和两名扮成采药人的捕快快步路过一门口停着两顶小轿的禅房院时，听到里面不时传出一阵阵的调笑声。一小和尚从远处背柴过来，中年皂隶上前正欲问，和尚满脸惊慌连连摆手快速离去……

中年皂隶到院门一侧看看四周，摆手让二人过来，三人绕围墙到禅房后一开有高窗户处，中年皂隶蹲下让年轻皂隶站在自己肩头上去至高窗户处。年轻皂隶侧耳听听后用唾沫湿开窗户纸一小孔偷偷往里看：

(10)时：日
　　景：内
　　人：黑衣人甲乙丙丁、被绑架的众年轻女子。

禅房里，几个黑衣人边喝酒边不时对捆着手脚、嘴里塞着布的两个年轻女子动手动脚。

黑衣人甲：(抓住女子头发使其仰起脸，用手掐掐其脸蛋。女子泪水涟涟）几位弟兄，看我给咱老大刘哥挑的这两位，瞧瞧这眉眼，瞧瞧这小嘴，瞧瞧这身段，怎么样？够标致吧？

黑衣人乙：不错不错，你老兄这眼力还行，挑得够嫩的。半路你没先偷腥吧？

黑衣人丙：量你老兄也不敢，小心刘哥扇你！

黑衣人丁：这俩妞水灵灵的，可惜是要送给咱老大刘哥，碰不得的，要不，现在真想先受用了再说。

黑衣人甲：喂，要玩洞那边多的是。

黑衣人乙：要玩就抓紧，再想玩这些新鲜货就得等下一批了。刘哥说，后天这些女子全部装粮车上出娘子关往天津那边去呢！

黑衣人丙：这么快呀！那我现在就想去。

黑衣人甲：不行，先把她俩用轿子送下山再说。

黑衣人丁：对，刘哥接她俩的马车在山下那儿等着呢，咱们现在快走吧！

(11) 时：日

　　景：内

　　人：杨湄、冯济川、梁培伦、二皂隶

正果寺内。刚才背柴的那个小和尚拿着抹布整理着佛像前的供桌。梁培伦帮着杨湄老先生在一个个佛像前边画图边往纸上涂着标志，看到门外冯济川他们正走过来。

梁培伦：杨老，济川他们回来了。

中年皂隶：小师傅，又碰到你了。对了，刚才在那边禅房院，你为什么朝我们摆摆手就慌慌张张走了？

小和尚：施主小声点。那院子以前是我们住的禅房，后来一位"五台帮"叫他刘哥的人来游，在这院子里喝茶时见这院子不错，就强行买下成了

321

他们的私宅,一般我们都不敢去那个院子。

年轻皂隶:杨老,您考证得怎么样?

杨　湄:马上就完。

冯济川:培伦,要不你先回吧,臬司等着你回话呢!

杨　湄:臬司既等你,咱们就一起相随回吧,我回去再整理。

中年皂隶:好,咱们分头行动,你们下山后慢慢和杨老先生回,我们两人一人下山悄悄跟刘定邦接两女子的马车,一人直接往太原赶,把情况禀报方臬司。

返第(6)画面:

方濬益:张大人,情况就是这样。

张之洞:如此看来,多地报女子失踪就是刘定邦干的了。

方濬益:肯定是他刘定邦干的,就差拿到铁证了。衙丁说他跟着黑衣人抬俩女子的轿下山后,刘定邦的马车接上连夜往太原赶,今天也到了。只是后天他们就要起身从娘子关往外送这些女子了。时间很紧,张大人,怎么办?

张之洞:大根,去叫桑先生过来一趟,咱们一起商量一下,一定把这些女子解救下来,作为刘定邦贩卖妇女的又一罪证到手后,立即抓捕归案。

(12)时:日

　　景:内

　　人:方濬益、黑衣人、赶车人、被绑架女子、兵丁

平定县娘子关。四个兵丁守护的城门口,十余辆黑衣人押送的运粮马车正从远处过来,越来越近,越来越近,直到城门口,被守护兵丁拦下。

兵丁甲:拉的什么? 往哪儿去?

赶车人：高粱。正定县酒坊要的货。
兵丁甲：打开，检查！
黑衣人甲：老子不就卖个高粱吗？检他娘的什么查？
兵丁乙：你嘴放干净点，今天就非要检查不可！
兵丁甲：(招手，另两个兵丁)过来，查！
黑衣人甲：(也招呼十余辆马车上押车的黑衣人过来)弟兄们，这几个当兵的非和咱们过不去，给我捆了，过！
兵丁甲：你敢！

兵丁乙飞快转身敲响挂在城门一侧的铜钟。方濬益引拿腰刀的众兵丁从宿将楼拥出，下来团团围住黑衣人。

方濬益：你好大胆子，竟敢以暴冲关，给我仔细查！

众兵丁纷纷搬下粮袋，掀开粮袋下的大木板箱，每辆车木板箱里都藏着两个被捆住手脚用脏布堵着嘴的年轻女子。

方濬益：(指着黑衣人)伤天害理，给我都捆起来！

(13)时：日
　　景：内
　　人：张之洞、桑治平、杨深秀、杨锐、方濬益、大根

巡抚衙门。正墙上挂有"宏粹经远"匾，中堂画两边分别挂有"抚安千里路，宣布九霄恩"对联的二堂厅房。张之洞和臬司方濬益及他的幕僚们正在议事。

方濬益：张大人，解救的女子都安置好了，什么时候抓刘定邦？

张之洞：子聪,刘定邦知不知道解救女子这事?

方濬益：现在他还不知道,但一半天不见他手下的几个黑衣人回来,估计就会猜到出事了。

桑治平：所以今明两天,最迟后天,必须把刘定邦抓捕归案!

杨深秀：对,夜长梦多。

方濬益：刘定邦是当地人,横行多年耳目广奥,一有动静就会销声匿迹。且雇有一帮亡命之徒,所以抓捕一要保密,二要选择时机。

大　根：我也听人说刘定邦这个人居无定处。

杨　锐：不是说他派马车去绵山把两个年轻女子掳回太原了吗?

方濬益：是,衙丁暗跟着他马车见进了"晋地第一粮行"的。

张之洞：能不能找一个刘定邦手下心腹一类的人,摸清他的行动规律。

桑治平：这倒是个办法,但时间这么紧,一时去哪儿找合适的人?

大　根：要不我试试吧?

张之洞：你? 怎么个试法?

大　根：自从我和仲子叔在院前街饭庄和姓祁的掌柜打了那次交道,后来见了面他客气得要命,从晋祠回来吃的刀削面就是在他那儿买的,开始几次饭钱死活也不要,我都是硬放下。听人说这个祁掌柜是个酒鬼,是刘定邦心腹之一,找找他套套近乎或许能打听出刘定邦点什么。

桑治平：大根真是大有长进了。香涛弟,我看行。大根,我和你去,找个借口接近接近他。

方濬益：这些人心狠手辣,小心点。

桑治平：香涛弟,记得丹老赴京上任时,给您留了两小坛他老家的西凤酒,还在不在?"

张之洞：仲子兄还惦记着这酒哪!

桑治平：您等消息吧,这酒还真说不准要派上用场呢!

张之洞：子聪,不管仲子兄和大根什么结果,你派人秘密守住出太原城几个城门口。必要时可找绿营支援。

方濬益：好,我回去马上去安排。

(14)时：夜

　　景：外

　　人：桑治平、大根

院前街。行人稀少的街面上，祁掌柜的饭庄门前幌子上，挂着的一盏烛灯笼在微风下一闪一闪摇晃着。桑治平和大根相随着进入饭庄。

(15)时：夜

　　景：内

　　人：桑治平、大根、祁掌柜、店小二

院前街饭庄。店小二一看是桑治平和大根，连忙上前招呼。

店小二：二位爷，来了！

大　根：想要个清净点的房，有没有？

店小二：有有，请里面走。

桑治平：祁掌柜在吗？

店小二：就这么巧，祁掌柜下午出去办事，这才刚刚回来，在上面正准备吃饭呢！我去叫喊他？

桑治平：别叫了，我俩去见见他就行。

店小二：这……

大　根：（拿起酒让店小二看）我们去陕西走了几天，才回来，闲着没事，正好带了坛好酒，想到你这儿配个好菜打打牙祭。

桑治平：反正和祁掌柜都是熟人了，两个人是吃，三个人也是吃，人多热乎点岂不更好？

店小二：那好那好，我领你们去，楼上请。

楼上一房间内，祁掌柜正坐下准备吃饭，店小二领着桑治平和大根进来。

桑治平：祁掌柜，不打招呼就过来打搅，冒昧冒昧，望多见谅！
祁掌柜：不敢不敢，桑先生夜间过来，找我有事？
大　根：（拿酒放桌上，笑）和你一样，吃饭！
店小二：哥，二位爷带了这好酒要和你一起喝。
桑治平：祁掌柜，我这兄弟经常到你这儿买刀削面回去，麻烦你们不少，说有时你连钱都不收，今儿个我俩从陕西办事回来带了点好酒，家眷也不在身边，到你这儿吃点饭，顺便咱们一起热闹热闹。
祁掌柜：不敢不敢，我这等粗人怎能配与你们官家人一桌子吃饭，先前的事还一直揪心对不起这位兄弟呢！
大　根：不打不相识嘛，过去了的事，还提他干什么？
桑治平：对，自打那次认识起，咱们这不常来常往成为朋友了？今天再喝上一场，保不准今后就成了弟兄呢！来，把酒打开，咱们先和祁掌柜碰一盅！
祁掌柜：桑先生真是宰相肚里能撑船。好，既然二位对我能如此宽宏大度，那兄弟我也就恭敬不如从命了。小二，去，弄几个好菜来！

（16）时：夜
　　　景：内
　　　人：张之洞、杨深秀、杨锐

张之洞书房。张之洞和杨深秀及杨锐焦急地等待。

杨　锐：香师，大根和桑先生不会有什么事吧？
杨深秀：大根武功高强，我倒不担心这儿。我是担心刘定邦耳目多，时间一拖长，万一让他知道了娘子关扣他车和人事，就不好抓了。

张之洞：我相信桑先生的智谋，耐心等一等。在这儿坐着也心急，要不咱们到外面去走走吧！

(17)时：夜
　　景：内
　　人：桑治平、祁掌柜、大根、店小二

祁掌柜显然已经喝得有点高，说话嗓门也大了。

祁掌柜：(拿起酒盅对桑治平又对大根)大哥，小……小老弟，你们说得对，喝了这场酒，咱们就是铁哥儿知心弟兄了。拿这么好的酒专门过来和我喝，够……够朋友！今后只要有用弟兄们的地方，尽……尽管说。来，干了！

大　根：那当然，祁掌柜……

祁掌柜：不，祁老弟。

桑治平：对对对，大根，今后我叫祁老弟，你叫祁哥。

祁掌柜：这就对了！小二来，添上酒。

桑治平：祁老弟今后衙门有啥事，尽管开口。

祁掌柜：免不了，免不了。桑老兄这话够意思！——对了，桑老兄不是说二位家眷都不在身边吗？要不要咱们去一个地方那个那个？

桑治平：老弟什么意思？什么地方？

祁掌柜：老兄真是老实人。老弟我可是和我家刘哥一样，一天没有女人都不行。跟你说实话，今下午我就是在柳巷"五台会馆"给我家老大刘哥安排这事的。

桑治平：噢，老弟和你们家老大过得可真够快活的。

祁掌柜：我哪能跟我家老大比。小二，去灶房让厨子熬点醒酒汤。

店小二：好嘞！

祁掌柜：(低声)我告你说，有人昨天不知从哪儿弄了两个又俊又嫩的丫头给刘哥,我在会馆澡池给他准备现成了。想一想,哎哟,刘哥享受得那个美啊……

桑治平:你们会馆还有澡堂?

祁掌柜:有啊,烟室、牌室、澡堂……吃喝玩乐一条龙,可全了。

桑治平:好啊,什么时候祁老弟你也带上我们俩去享受享受你刘哥那种快活!

祁掌柜:那我办不到,会馆外人进不去。要不,今天我先领你俩去个地方,"艳凤楼"新来几个女校书,也挺不错的。

桑治平:祁老弟的心意领了,改日刘哥不在,领我们去开开眼界,可以吧?

祁掌柜:那行,那行。(又提坛倒酒,只倒出一点就空了)

桑治平:哎呀,酒没了。大根,(给大根使眼色)去把那一坛酒拿来!

祁掌柜:不不,我这儿酒有的是,哪能让小弟再回去取一趟酒呢?

桑治平:哎,祁老弟,咱弟兄们难得一聚,不必喝两样酒了,伤头,况且又不远,客气什么。大根,去取吧,要喝就喝个痛快!

祁掌柜:老兄够意思。行,听你的!

(18)时:日
　　景:外
　　人:张之洞、杨深秀、杨锐、大根

巡抚衙门。张之洞和杨深秀、杨锐在衙门内庭院边散步边聊着,杨锐看见大根正匆匆从衙门大门进来。

杨　锐:香师,大根回来了!

张之洞:大根,你仲子叔呢?什么情况?

大　根:仲子叔还在那儿,借口让我回来取酒报信。刘定邦现在正在柳巷"五台会馆"澡堂。

张之洞：漪村,你快去把情况告诉方臬司,缉捕刘定邦。杨锐,写通知给各府州县,两日内速赶来太原参加议事。大根,你可不能多喝。

大　　根：(从袖子里拿出一团棉团)四叔,你闻闻,我都悄悄吐这里面了!

杨深秀：千万别让姓祁的看出来!

大　　根：这你们放心,那家伙一见酒就美得什么都不顾了。仲子叔也给我打着掩护呢。

(19)时：夜
　　景：内
　　人：方濬益、刘定邦、兵丁、被绑架两女子、"五台会馆"杂役

太原城柳巷,"五台会馆"。镜头从一座三层中式楼房三楼窗户穿入：澡池大间,一个热气弥漫盛满水的水池。水池一边站着两名惊恐不安的女子。镜头拉近女子面部,正是在绵山禅房被黑衣人欺辱的那两个女子;水池一边的大木桶内,刘定邦赤着上身穿一短裤从门外进来,奸笑着走近两女子：怎么？让你们洗个热水澡,这衣裳还得让我亲自给脱呀! 你——脱!见两个女子迟疑着不动,他狞笑着把一女子按在池边地上,粗暴地三两下就撕下女子衣裳,顺手将尖叫着的两个女子扔进水池……

(20)时：夜
　　景：外
　　人：方濬益、捕快、兵丁、杂役

会馆门前。方濬益领着多名捕快和一队兵丁飞快跑过来团团围住大门。几个黑衣守门人欲拦,被捕快和兵丁打倒、捆上,用布堵上嘴。方濬益抓住看门杂役："刘定邦在哪个房间？"杂役："在……在三楼。"

方濬益：你,还有你们几个在这儿守着,其余的跟我上!

(21)时:夜
　　景:内
　　人:方濬益、刘定邦、兵丁、捕快、黑衣人

会馆三楼。方濬益领着捕快和士兵冲进楼门沿楼梯直上三楼,杂役纷纷躲在墙角不敢动,遇黑衣人阻拦兵丁、捕快即将其打趴下。

三楼澡池大间,正搂着两名女子在木桶里寻欢作乐的刘定邦听到门被打开声,一惊,松开女子,跳出木桶,顺手拿起池旁凳子上短裤趁水雾跳窗逃出……

方濬益:(问木桶内吓得战战兢兢的两女子)他人呢?

两女子指指窗户。方濬益扒窗户一看:刘定邦正顺隔壁房顶逃窜……

"快,追!"方濬益向身边捕快、兵丁指指打开半扇的窗户。

(22)时:夜
　　景:内
　　人:张之洞、杨深秀、杨锐

巡抚衙门。签押房,烛灯下的张之洞坐立不安,拿着书看不进心去,又放下,喝了几口茶,又站起到窗口前。片刻,杨锐进。

杨　锐:香师,通知写完了,明日一早就发下去?
张之洞:发下去。漪村,方枲司带了多少人?
杨深秀:捕快带兵丁五十多个,估计他们现在该得手了。(门突然打开,方濬益慌慌张张进来)
方濬益:张大人,刘定邦跑了!

张之洞：(猛拍案几一下)你,怎么搞的! 去,抓不住刘定邦别回来见我!

第二十二集　黑老大毒招挟人质
　　　　　女琴师侠义擒元凶

(1)时：夜
　景：内
　人：桑治平、刘定邦、祁掌柜、大根、店小二

祁掌柜已有醉意,但仍还强撑着要酒喝：来,再干三盅,不干不够意思……
正乱着,店小二慌慌张张上来：掌……掌柜的,刘哥来……来了!
三人还未回过神儿来,只穿一条短裤的刘定邦已跟了上来,突然看到桑治平和大根。

刘定邦：小二,这两人是谁?

店小二：这是……

桑治平：噢,我们是刘掌柜朋友,过来聚聚。祁老弟,这位是……

祁掌柜：是我刘……刘哥。刘哥,我俩兄……兄弟。

刘定邦：兄弟? 我怎么没见过?

桑治平：祁老弟和店小二都知道,我俩是常客了。

店小二：是,是。常来咱店买刀削面带回巡抚衙门里去。

刘定邦：巡抚衙门?

桑治平：是,我们俩衙门当差,混口饭吃。祁老弟,刘哥就在这楼里住吧,衣服也不穿就过来找你,肯定是有什么急事,我们就不好再打搅了。大根,我们回吧!

桑治平和大根刚下楼正出门,背后一声"站住!"店小二和提一口刀的刘定邦从楼梯快速下来。

刘定邦:好一个当差的!是想回去叫人来抓我吧?哼,既然你们官家和我过不去,就别怪我也不仁不义了!

大　根:仲子叔快走,我来对付他!

见刘定邦持刀直砍过来,大根顺手拿过门后一根顶门柱迎上去,桑治平急忙抽身直奔巡抚衙门。

(2)时:夜
　　景:内
　　人:大根、刘定邦、祁掌柜、店小二、捕快、皂隶、兵丁

刘定邦与大根在饭店厅房打得不可开交。刘定邦的刀被大根用顶门柱打掉,两人又抢起板凳激战,一直打到街巷上。远处传来人马喊叫声,刘定邦无心恋战,找个机会返回店内立刻把门关上。

桑治平领着几名捕快、皂隶赶了过来,敲门不开。不一会儿,一群兵丁也在方濬益带领下赶了过来。见关着门,几个人便用街边一竖立的木桩开始撞击店门。

店门撞开,屋里屋外,楼上楼下,除了被吓醒酒的祁掌柜和吓得两腿打战的店小二,刘定邦早已不知去向。方濬益和桑治平仔细搜索观察着,楼下墙角一只颇大的水缸引起桑治平的怀疑。他掀开大缸盖看了一下,空的。

桑治平:祁掌柜,刘定邦人呢?

祁掌柜:不……不知道。

方濬益:(问店小二)你说,他人去哪儿了?

店小二:真的不知道。

方濬益：(仔细看看四周,又看看大水缸,命几个兵丁)把它挪开！

几个士兵挪开大缸,一个深黑的暗洞显露出来。

方濬益：(狠狠瞪祁掌柜和店小二一眼,命兵丁)给我捆起来。

祁掌柜：(跪下求饶)老爷息怒,这不能怨我们啊！这饭店是刘……刘定邦开的,临走时警告我们,说暴露了这暗道出口就要杀我俩全家。求求你们,赶快抓住他吧,不然我俩全家就都完了。

方俊益：那就老实告诉我们,他可能躲在哪儿？

祁掌柜：他这个人行踪诡秘,真说不准。

桑治平：你刚才也说了,抓住他,对你们也有好处。

祁掌柜：是是是！

桑治平：那就想一想,他还说什么了？

店小仁：他临走好像……对了,听他说……(蒙太奇)

……刘定邦与大根在饭店厅房打得不可开交。刘定邦的刀被大根用顶门柱打掉,两人又抢起板凳激战,一直打到街巷上。远处传来人马喊叫声,刘定邦无心恋战,找个机会返回店内立刻把门关上。

桑治平领着几名皂隶赶来,敲门不开。

店内,刘定邦把墙角大缸挪开。

刘定邦：(咬牙切齿地)张之洞,你个奶奶的。和老子过不去,老子就和你全家过不去！——你俩过来。

祁掌柜：刘哥,您说。

刘定邦：把缸盖好。给我拖拖他们,能拖多久算多久。告诉你俩,只要这个暗道口暴露了,我就让你们全家都去见阎王！

祁掌柜：不敢不敢,刘哥您放心。

祁掌柜:对对,刘哥——不,刘定邦他就是这么说的。
桑治平:不好,快回去保护准儿。

  (3)时:夜
    景:内
    人:李佩玉、准儿、刘定邦

  琴房。李佩玉正教准儿练琴。突然听到窗外什么响了一下。李佩玉起身,在门前停了一下,开门走出到院里。此时,一个蒙面黑影沿墙根溜过来窜进门里。灯下能看出,蒙面人正是刘定邦。

  准儿一看不是李师,惊吓得正要喊叫,被刘定邦猛抱在怀里捂住嘴,四下看后,见案几旁有一抹桌布,顺手拿过来塞进准儿嘴里,然后挟持她出门而去。李佩玉返进门里,一看准儿不在,大吃一惊:"准儿!"她边喊边冲出门去……

  (4)时:夜
    景:外
    人:李佩玉、杨深秀、衙役等

  琴房外。"准儿——"从屋里冲出来的李佩玉心急火燎地大声喊着,直奔到前院张之洞住处。
李佩玉:(边捶打门边喊)张大人,张大人!
杨深秀开门出来:佩玉,怎么了?

  "什么事,什么事?"几个衙役跑过来……

  (5)时:夜
    景:内

人：张之洞、杨锐

花厅。正和杨锐说着什么的张之洞，听到外面乱糟糟的声音，惊异地相互看了一眼。

杨　锐：香师，你听，出什么事了？
张之洞：（猛站起身）走，出去看看！

(6)时：夜
　　景：外
　　人：张之洞、桑治平、杨锐、方濬益、大根、众衙役

巡抚衙门，前后庭院中，已围了不少人，见张之洞过来，李佩玉哭着跑过来："张大人，准儿不见了！怨我，全怨我，我没看好准儿！"

张之洞：别急。（看见方濬益和桑治平及大根领众皂隶和兵丁从衙门口进来）你看，他们都来了，咱们一块想办法找。
杨　锐：方臬司，准儿可能被刘定邦绑架了。
方濬益：什么时候？
李佩玉：刚才，我听到院里什么响刚出门看了一下，片刻返回就不见准儿了。
桑治平：（顿脚自责）坏了，可惜我们迟了一步！
大　根：四叔，这儿有封信。（张之洞接过）
张之洞：在哪儿发现的？
大　根：刚才我去琴房，就在琴房的地上。

张之洞拆开信看。镜头拉近：你做官，我经商，做官经商本无妨。放虎归山各自去，平安无事两不伤。三日不悔仍作对，让尔丧女痛断肠！）

张之洞：无耻至极！写信吓我，也太低看本部院的胆量了！方臬司，他走不远。你领众士兵出衙门把四周把守好，仲子兄，咱们和大根把庭院和所有能藏身之处仔细搜查一遍。漪村，你去绿营见总兵一下，速派兵把太原出城口全部把守起来，严查出城人和所有车辆，定要抓住刘定邦！

桑治平：香涛弟，此举不妥。

张之洞：仲子兄有何高见？

桑治平：刘定邦是唯利是图的恶徒，又具奸商心态，从此信中可看出，劫持准儿也只是想让你放过他，有点奈何，他不会舍弃在太原城这么大的产业，故眼前不要逼他太急。

杨深秀：桑先生说得有道理，您别太急，贸然行动确实不妥，防他狗急跳墙。目前看来准儿还暂无生命危险，趁此我们抓紧时间想出个救准儿的万全之策。

杨　锐：香师，漪村兄说得对。

方濬益：张大人，咱们现在应做两手准备。如果这衙门内查不到，就说明人已逃出，照您说的，带兵守好出太原城所有城门，防其外逃；二就是要想法尽快打听刘定邦可能藏身之地。

桑治平：削面店的祁掌柜是刘定邦手下得力弟兄之一，应该知道他常好出入之处。事不宜迟，我和杨锐现在就去找祁掌柜。大根，你和佩玉守着张抚台，等候消息。方臬司，咱们各自行动吧！

方濬益：好！

(7)时：日

　　景：内

　　人：桑治平、杨锐、祁掌柜、店小二

太原院前街饭庄。祁掌柜和店小二正收拾零乱的餐厅，见桑治平和杨锐他们带着几个皂隶又过来，惊魂未定的眼神相互看了一下。

祁掌柜：桑先生，你们这是……我不是和你们讲了，我……我惹不起刘哥呀！

桑治平：祁掌柜，我们来不是和你说这个，是有件事还想请你帮一下。

祁掌柜：那好说，那好说。桑先生直讲。

桑治平：咱们楼上谈如何？

祁掌柜：行行。桑先生，请。

桑治平：杨锐，你们几个帮店小二收拾收拾。

祁掌柜：不敢，不敢，哪敢劳烦诸位弟兄？我们自己来，自己来。小二，快招呼弟兄们坐下喝茶。

(8)时：夜
　景：内
　人：张之洞、桑治平、杨锐、大根、李佩玉

巡抚衙门。张之洞住处。焦急等待的张之洞、李佩玉和大根。门响，桑治平和杨锐先后进来。

张之洞：仲子兄，怎么样？见到那个姓祁的了吗？

桑治平：见到了。整个衙门大院都查过了？

大　根：我与皂隶们里里外外都仔细查看了，早跑了。

李佩玉：(哭红的两眼焦急地)桑先生，打听到准儿有什么消息了没有？

桑治平：没准确消息。我和杨锐到祁掌柜他饭庄楼上后……(蒙太奇)

饭庄内。

桑治平：杨锐，你们几个帮着店小二收拾收拾。

祁掌柜：不敢，不敢，哪敢劳烦诸位弟兄？我们自己来，自己来。小二，快招呼弟兄们坐下喝茶。

二人沿楼梯上楼。

祁掌柜：桑先生请坐。说吧，让我帮什么？

桑治平：祁老弟，刘定邦跑了，你高兴吧？

祁掌柜：桑先生，说实话，我现在心里也是七上八下的，要是刘哥相信是你们发现这暗道口还好说，要是不相信，他这种心狠手辣之人真不知他会怎么对待我？你说，我能高兴？

桑治平：聪明！知道这情况就说明你祁老弟是个明白人。所以，帮助我们抓住刘定邦，你不但和店小二会平安无事，而且他在太原城这偌大的产业你也会得到不少，何乐而不为？

祁掌柜：这个，这个……

桑治平：祁老弟，我不强迫你。但你出去看看，太原城所有城门均有兵丁把守检查，他刘定邦除非在地下不出来，不做买卖，否则，不用三天，定会捉拿他归案！到时候，你这窝藏包庇的罪名恐怕也脱不了干系吧！何去何从，祁老弟你自己思量。——告辞了！

祁掌柜：桑先生留步。

桑治平：怎么，祁老弟想通了？

祁掌柜：你说刘定邦要抓了，那太原城这粮行产业真能有我份儿？

桑治平：祁老弟你是真糊涂还是装糊涂，这刘定邦一抓进牢，拐贩妇女，杀人越货，这种种罪行加一起，他还有出来的可能？（手比划砍脖子）他这儿一分家，粮行的买卖顺理成章不都是你们几个他身边的弟兄掌控？

祁掌柜：这倒也是。桑先生，说实话，具体在哪儿我说不准，很可能躲在地下室了。

桑治平：地下室？在哪儿？

祁掌柜：告诉你恐怕也不好抓。这些地下室都有通往外面的暗道，汾河岸和城墙外都有伪装的许多暗道出口，只是具体在哪儿我也不全清楚。

桑治平：这么说刘定邦是不好抓的了？

祁掌柜：那倒也未必。

桑治平：此话怎讲？

祁掌柜：不怕你见笑，他和我一路货色，天大的事晚上也离不开女人。他和"艳香楼"一个当红的妓女长期相好，时不时还让这名当红妓女给他介绍个新货尝鲜。所以，只要她不在"艳香楼"，那准是被刘哥接走了。

桑治平：这个女的你认识？

祁掌柜：认识，"艳香楼"的头房"一枝莲"。人长得没说的，就是要价太贵些。

桑治平："一枝莲"？是她！

祁掌柜：桑先生，你认识"一枝莲"？

桑治平：祁老弟，如果你说的是实话，抓住刘定邦你就是有功之人，不但不治你同犯和窝藏罪，还要大大奖你。若要是有半点虚假，后果你清楚！

祁掌柜：不敢不敢。小的绝对不敢欺瞒。

（画面复原）

桑治平：情况就是这样。这样吧，我让大根和几个皂隶盯着祁掌柜。我带点银子，现在就去"艳香楼"打探一下"一枝莲"在不在？

杨　锐：咱们相随去吧，万一有什么事好通风报信。

桑治平：不必了。"一枝莲"虽入风尘，但自上次事后，看出人还义气，且我在她眼中印象不错，相信她会帮的。人多了说话反而不方便，你们还是在家等消息好了。

李佩玉：我与你去吧！

桑治平：你一良家女子如何去得那种地方？

李佩玉：万一"一枝莲"有客，你见不了岂不耽搁时间？所以，我以她亲戚或打杂仆人身份想法见到她，兴许能打探出什么消息。

张之洞：不妥，这地方你不能去。

李佩玉：张大人，这种时候了还讲什么顾忌？见不着准儿，我死的心都有了。你们阻拦不了,我一个人也要去。

桑治平:佩玉想的也有可能。也好,我准备封信,若我无法见到她,你把信给她,她就知道是我让你见她。好,走吧!

张之洞:仲子兄,你们小心。

(9)时:夜
　　景:外
　　人:桑治平、杨锐、"一枝莲"、老鸨

艳香楼。三三两两的嫖客和妓女出出进进的大门前,桑治平和李佩玉一前一后随着进出的人进了大门。在一偏房内观察的老鸨看见穿着体面有钱模样的桑治平进了门,连忙出门满脸堆笑迎上来准备打招呼,见身后跟着李佩玉一个女的,知道桑治平并非嫖客,脸立刻拉了下来。

桑治平笑笑,将一块银子递给她,老鸨接过用手掂掂,立刻脸上又由阴转晴。

老　鸨:这位爷,你们是来……

桑治平:这位是"一枝莲"的一位乡下远亲,她表哥在我店铺里当伙计,帮不了她,就过来想找找她帮找个事儿干,她在不在?

老　鸨:在是在,但她能帮什么忙?这女子倒模样挺俊的,要找活儿干不如就在我这儿干好了。

李佩玉:我见见我表妹,她要同意,我就在你这儿打杂当下人。

老　鸨:行行,那我引你上去。(见桑治平跟着,忙制止)你不能上去。

桑治平:为什么?

老　鸨:有个常客定下"一枝莲"了,这几天不让别的客人见,专等着人家来接呢。

桑治平:什么大贵人,谱摆得倒挺大的。这样吧,我和"一枝莲"也是老熟客,见了她说说话我们就走。

老　鸨：这个……

桑治平：（从腰中又掏出一块银子）方便方便，一会儿就走，不妨碍你的生意。

老　鸨：好吧。说好，就一会儿。

桑治平：行行，保证一小会儿就走。

　　桑治平和佩玉与老鸨相随上楼，到"一枝莲"房门前停下。老鸨敲门，屋内"一枝莲"问："谁呀？"

　　"是我。"老鸨应声后，"一枝莲"开门，桑治平对有点惊讶的"一枝莲"点头笑了笑："姑娘，还记得我吗？""一枝莲"点点头。桑治平扭头对老鸨："你看，我们都很熟的，你去忙，我们就说几句话。"

老　鸨：哎，哎。（惊异的目光看了看桑治平和李佩玉，又看了"一枝莲"一眼，转身走下楼去）

（10）时：夜
　　　景：内
　　　人：桑治平、李佩玉、"一枝莲"

　　艳春楼"一枝莲"房间。"一枝莲"搬椅子让进了门的桑治平和佩玉坐下。桑治平返出门左右看看关上门坐下。

一枝莲：老爷您找我有事？

桑治平：姑娘，想请你帮个忙，行吗？

一枝莲：老爷，您说。

桑治平：有个叫刘定邦的是不是和你相好？

一枝莲：这……（苦笑，又看了一眼李佩玉）

桑治平：没事，这是我衙门里的，我怕万一见不了你，就让她来通个信

341

给你,以求你帮忙。

一枝莲:老爷,我是和刘定邦熟。但一个风尘贱女,逢场作戏,说不上和谁好。再说,他又不缺女人。怎么,刘定邦是不是犯什么案了?

桑治平:不瞒你说,除了欺行霸市,还有贩卖妇女。

一枝莲:这事我知道。艳春楼不少女孩子就是他从外地贩过来的。

桑治平:他还绑架了张抚台的小女儿。

一枝莲:(吃惊地望着桑治平)这该杀的,怎么这么缺德? 老爷,那一次我就说过您是好人,且也知抚台张大人也是个一心为民的好官。我虽属贱女之流,但也不会糊涂到是非不分,他刘定邦做这种坏事,活该遭报应。老爷,要信得过我就直说,我怎么个帮法?

桑治平:你能见着他吗?

一枝莲:能,他捎话说今夜就派人用轿来接我们。可能一会儿就到。

桑治平:(吃惊)这么快? 听你口气好像不是只接你一人?

一枝莲:(自嘲地)是,每次接我去时,都要让我给他再物色、挑选一个新的女校书,一块去陪他消遣折腾。

桑治平:那他接你去哪儿知道吗?

一枝莲:不知道。城里城外有他好几处地盘,真说不准去哪儿。

桑治平:糟糕,没想到这么急。这刘定邦也真够狗胆包天,做造孽的事也不忘寻欢作乐! 好,佩玉,我们赶紧回去想办法。季姑娘,我派人会跟在接你的轿子后面,适时配合一下,事成后定有重谢!

一枝莲:老爷,不行。

桑治平:什么不行?

一枝莲:你们不能跟,一是刘定邦耳目多,有人前后护轿,跟着会被发现;二是去城里还是城外不清楚,若城外就会换乘马车,你们怎么跟? 三是跟到任何一处你们也进不了院门,打草惊蛇反而不利于救人。

桑治平:真没想到姓刘的这家伙竟如此狡诈!

李佩玉:季姑娘,陪你的女校书找上了吗?

一枝莲:现成,这楼里就有新来的,随时叫上走就行。

李佩玉：别找了，让我和你去。

一枝莲：什么，你去？

桑先生：佩玉，你胡说什么？

李佩玉：季姑娘，我看得出，正如来时桑先生介绍说过的一样，你是位讲义气辨是非的好女子，所以请答应我和你去，我要救出张大人的女儿。

一枝莲：刘定邦身高力大，又有护丁，你一女流之辈怎能敌得过他……

李佩玉：张大人女儿从我身边被偷走，是怨我没看好，我一定要救出她！

桑治平：佩玉，这怎么能怪你呢？

李佩玉：桑先生，别说了，时间来不及了。你赶紧回去做好接应准备，注意沿途标识，见机行事。快走！（一把将桑治平推出门，扭头对一枝莲）季姑娘，赶快让我换上你的一套衣裳化装。（听到桑治平叫门，佩玉开门，杏目圆睁，咬牙切齿，低声严厉地）桑先生，你再不走我立马撞墙死给你看！（猛关上门转身）季姑娘，有绣花针吗？

【画外音】桑治平没想到，一向温良恭让的李佩玉此时竟然如此的烈性。他明白，一段日子的朝夕相处，让佩玉和准儿感情至深，救她心切。事到如今，他也只好速回巡抚衙门一起商议接应解救人质的办法了。

(11) 时：夜

景：内

人：张之洞、桑治平、杨锐、大根

巡抚衙门。张之洞住处。焦急等待的张之洞和杨锐听到门响，桑治平进来。

桑治平：香涛弟，佩玉她没有回来……

张之洞：佩玉她到底怎么回事？快说！

桑治平:我见到"一枝莲"了。正如饭庄祁掌柜所言,刘定邦果然派人今晚要接"一枝莲",还有另一相陪女子。佩玉为救准儿,自己顶替那个风尘女子一起去了。没办法,我挡不住她!

张之洞:胡闹!

大　根:我去把她拉回来!

桑治平:恐怕早已接走了。

张之洞:不行,救不了准儿,也不能再搭上佩玉,人家佩玉也是李老先生的独生女儿呀!

杨　锐:香师,事已至此,再急再发火也无济于事了。说,我们当前怎么办?

张之洞:杨锐,大根,多带些人,先去艳春楼,如果不见"一枝莲"和佩玉,就到刘定邦的晋源粮行和其他铺子挨个地查!

桑治平:好,大根,快去集合人,除留下几个看门,都走!杨锐,你陪张抚台在家等着。

杨　锐:好的。有什么情况随时来人联系。

(12)时:夜

　　景:外

　　人:张之洞、桑治平、杨锐、大根、众皂隶、老鸨、嫖客、妓女

深夜。艳春楼门前的大街上人迹已几乎绝见,只有串串烛灯悬挂下的艳春楼大门口还有嫖客和接送的妓女们不时出入。见桑治平和大根带的一路人马纷纷过来,嫖客和妓女们纷纷躲避。吓得战战兢兢的老鸨也躲在一边不敢吭声。桑治平抬头望望二楼"一枝莲"黑了灯的房间,走到正惊恐望着他的老鸨跟前。

桑治平:"一枝莲"去哪儿了?

老　鸨:不……不知道。你刚走就有人来用轿接走了。

桑治平：从哪个方向走了？

老　鸨：出门往西拐，去哪儿就不清楚了。

桑治平：(对大根)走。

一群人从艳春楼大门返出来涌到街上。桑治平朝路西方向望了一眼，又看了看脚下和四周。

桑治平：大根，让大家在周围一带地上仔细察看，看有什么特殊标识一类的东西没有？

大　根：好，大伙儿散开吧，分头看看，仔细一点。

一群人手持火把四下分开在路面四周搜寻。一皂隶发现地上一闪亮东西拾起：(镜头特写)一根拴红线的绣花针。皂隶跑到桑治平跟前："老爷，您看，绣花针。"另一皂隶："老爷，我这儿也有一个绣花针。"

桑治平：往西再看看。

大　根：这儿又有一根，同样穿着红线。

画面呈现：桑治平刚才在"一枝莲"房间情景：

李佩玉：是我没看好张大人女儿，我一定要救出她！

桑治平：佩玉，怎么能怪你呢？

李佩玉：桑先生，别说了，时间来不及了。你赶紧回去做好接应准备，注意沿途我留下的标识，见机行事。快走！(一把将桑治平推出门，扭头对"一枝莲")季姑娘，赶快让我换上你的一套衣裳化妆。(听到桑治平敲叫门，佩玉开门，杏目圆睁，咬牙切齿，低声严厉地)桑先生，你再不走我立马撞墙死给你看！(猛关上门转身)季姑娘，有绣花针吗？

【画外音】桑治平明白了,这就是佩玉给他留下的去向标识。桑治平不由得激动得内心一热:好一个聪明绝顶的女子!

桑治平:大根,往西拉长人马,按发现的绣花针方向走!

一群人马沿街西行,遇岔路口又分头持火把搜寻,继而又集中朝找到穿红线绣花针方向前行。终于在城外一深宅大院处停下来。大院四墙高围,门上一幌子上书"酒坊"两个大字。

皂隶甲:老爷,这儿再找不到绣花针了。
皂隶乙:我那边也找不到了。
桑治平:再仔细看一遍。(众皂隶应声又分头去查看)
大　根:仲子叔,你看!(指地上一白手绢并拾起)我见过,这是佩玉的。
桑治平:(接过翻看)明白了。大根,这是佩玉告诉咱们的信号,快派人速回衙门,通知方臬司,刘定邦就在此院中。
大　根:祁掌柜不是说刘定邦住的地方都有暗道吗?这个院里会不会有?
桑治平:说得对。宁可信其有,不可信其无。

(13)时:夜
　　景:内
　　人:刘定邦、李佩玉、"一枝莲"、几个刘定邦手下与黑衣人

一进上下三院的酒坊。最后院的二楼正厅,灯火通明。"一枝莲"与李佩玉正陪着刘定邦及其几位手下围在餐桌上饮酒吃喝。几位黑衣人守在一旁。

刘定邦:弟兄们,张之洞这段日子和我过不去,太原城看来我是暂时回

不去了,所以生意上的事祁掌柜他们就靠你们帮着打理了。放心,用不了多久他张之洞就得滚蛋。船准备得怎么样了?

黑衣人甲:准备现成了,就在出口处等着。

黑衣人乙:(从门外慌慌张张进来)刘哥,大门外官府突然来了不少人,围得水泄不通。

刘定邦:怪了,这么快就寻上来了,他们怎么知道我在这儿?

黑衣人:刘哥,快,我们从暗道走!

刘定邦:把暗道口封死,到河边,先别出去,待凌晨人少时再走。

一枝莲:刘哥,不是说好就在这儿吗,还往哪儿走呀?

刘定邦:没听见官府来人围住了。放心,去哪儿也亏不了你小宝贝。(手摸了一下"一枝莲"脸蛋,看了一眼李佩玉,淫笑中含有一丝凶光)

【画外音】这突如其来的情况,让李佩玉一下子蒙了:准儿在哪里?怎么打探?李佩玉一时没了主意。但事已至此,也只有随机应变了。

(14)时:凌晨
　　景:外
　　人:桑治平、杨锐、方濬益、大根、刘定邦、"一枝莲"、李佩玉、黑衣人

汾河岸边,一芦苇草茂密之处。一只有篷船静静地停靠在芦苇丛中,近处岸上一巨岩旁,一块石头突然被挪开,黑衣人甲、乙先后出来四下看看,朝里一招手,刘定邦和"一枝莲"及李佩玉相继走出洞来。黑衣人甲打了个口哨,船慢慢靠过来。黑衣人招呼刘定邦、"一枝莲"及李佩玉等人过来正欲上船,撑舵人扭过脸来,才看出是桑治平。

桑治平:刘老板,等候你多时了。

刘定邦:你们……

方濬益：拿下！

刘定邦和黑衣人等转身欲跑，四周突然涌出众多兵丁和皂隶，将他们围了起来。刘定邦见状，突然发出一阵大笑声。

桑治平：刘定邦，笑什么？已为阶下囚，不老老实实就擒认罪，竟还敢如此狂妄！

刘定邦：桑先生，我量定你不敢抓我。

桑治平：此话怎讲？

刘定邦：除非你不要抚台张大人小女儿的命！

方濬益：刘定邦，你别胡来！

刘定邦：不是我胡来，是你们逼的。跟你讲实话，自你发现了饭庄那个暗道，我就料到你们可能会来这一手。还有，"一枝莲"她出卖了我，别以为我看不出来，她带的这个女人再装也不是风尘女的样儿，所以我早把张抚台那个小女儿藏在了一个地方。所以，姓桑的，你最好放我走，否则，你抓我之时，可能就是抚台张大人他女儿断头之日。

桑治平：放你可以，但有个条件。

刘定邦：讲。

桑治平：你交出张抚台女儿，就放你走。

刘定邦：你说话当真？

桑治平：我堂堂巡抚幕僚，面对如此众人，岂会食言？

方濬益：刘定邦，放心，我以臬司身份担保！

刘定邦：那行，我也讲两个条件。

桑治平：讲。

刘定邦：让我上船，船由我手下弟兄掌舵。不准派人乘船追赶。

桑治平：（领大根等走下船）可以。

刘定邦：（和黑衣人上船）还有，"一枝莲"和这个女人我也得押着，你若食言，就等着收她们尸吧。

方瀹益:刘定邦,你别得寸进尺!

杨　锐:除此,其他任何条件都可以考虑。

刘定邦:不行,就这条件,不答应,(又下船)抓我好了!

李佩玉:姓刘的,我可以跟你走!

桑治平:佩玉,你……

李佩玉:桑先生,你不要说了!

刘定邦:呵,良家俏女子竟如此烈性,招人喜欢!行,这样的女子能陪一宵我可就死也值了。

李佩玉:你一个大老爷们,说话要算数!

刘定邦:算数,算数。

李佩玉:那好,只要你把张大人女儿交出来,我就立马上船跟你走!

刘定邦:你和"一枝莲"上了船我就交出来。

李佩玉:好,我们上(拽住极不情愿的"一枝莲"上了船)。

刘定邦:好,够意思。(示意手下捆绑上两人)桑先生,咱们有言在先,那就言而有信。请你手下闪开让我上船,立马告诉你藏抚台小女儿地点。张抚台女儿交给你们,如不放我走,立马杀这俩女子给你看!

桑治平:大根,给他让开。

刘定邦:(见大根等让开路,登上船,立即拿刀逼住"一枝莲"和李佩玉)酒庄地下室酒窖缸内,去找吧!

桑治平:方臬司,我和大根在这儿守着,你和杨锐带人速去酒庄。

刘定邦:(指大根)他下去,你留下。

桑治平:(给大根使眼色)你下来。

方瀹益:好,杨锐,咱们走!

(15)时:日

　　景:内

　　人:方瀹益、杨锐、众兵丁

刘定邦酒庄。地下酒窖。盖着石板的一排排齐腰高的大缸。方潶益、杨锐与众兵丁挨个挪开石板察看。一低个子兵丁连续用力挪开几个石板盖没有发现后,突然间似乎听到旁边有异响。他顺响声摸过去,在一酒渣堆边一大缸内听听后,挪开石板,果然发现口中塞着破布被捆着手脚的准儿在里面。兵丁兴奋地大喊起来:"方臬司,找见了,在这儿!"

众人过来抱出准儿迅速解开手脚……

有气无力的准儿看见杨锐,眼泪哗哗地流出。"杨叔叔!"扑在杨锐身上大哭起来……

(16)时:日

　　景:外

　　人:桑治平、方潶益、大根、刘定邦、"一枝莲"、李佩玉、黑衣人

汾河岸边。桑治平一行人正焦急等待着。

大　　根:仲子叔,你看,他们来了!

桑治平:方臬司,找见准儿了吗?

方潶益:找见了。杨锐送回衙门去了。

李佩玉:(听见找见了准儿,两眼满含泪水)谢谢,谢谢老天爷!

刘定邦:谢老天爷?该谢谢老子才对。

桑治平:刘定邦,我说话算数,放你走。能不能把李佩玉留下?咱们之间的事与她无关,别伤及无辜好不好?

刘定邦:看看看看,你说话又要不算数了吧?不行,要么一块走,要么一块死,让我做个风流鬼。

李佩玉:刘定邦,放心,我既答应过,就说话算数,我跟你走。可这么长时间捆得我们俩手麻了,总得让我们缓一缓吧?

刘定邦:行,乖乖听话。(刚松开李佩玉,刘定邦突然两手捂住眼大叫起

来)哎呀,疼死我了!

两黑衣人刚想过来,李佩玉朝二人一吹气,他们也突然捂着双眼大叫起来。看着三人痛得转圈的模样,李佩玉嘴角泛着微微一丝冷笑,和"一枝莲"一齐下得船来。众兵丁、皂隶一拥而上,将刘定邦和黑衣人捆绑起来。

(17)时:日
　　景:内
　　人:张之洞、大根、李佩玉、准儿

巡抚衙门。后院李佩玉和准儿房间。李佩玉坐于在床上躺着的准儿身边。轻轻的敲门声响后,张之洞和桑治平与大根先后从门口进来。李佩玉站起身。

张之洞:还睡着?怎么样?
李佩玉:不要紧,就是受了点惊吓,昨夜睡得有点不踏实。
张之洞:行,就让她睡一会吧。佩玉,一会儿中午时,带她一起到我那儿一趟。
李佩玉:嗯。

(18)时:日
　　景:内
　　人:张之洞、桑治平、杨深秀、杨锐

巡抚衙门。签押房。张之洞与桑治平、杨深秀、杨锐议事中。张之洞从案几上堆着的一批公文中拿起一份来。

张之洞:抓了刘定邦,给太原一带百姓除了一害,总算又办了件实事。

但看看,这不,归化、萨拉齐、宁远、丰镇,几乎晋北七厅都有类似刘定邦所为这类欺男霸女、欺行霸市无法无天的事。这种事总不能一一都再像办刘定邦案一样这么没完没了耗神费力地干了吧?所以,咱们得想出个一劳永逸的办法来。仲子兄,你们大家看看有什么高见,说说。

桑治平:晋北这七区蒙汉杂居,实际上这地方都由八旗子弟掌控着,俨然独立王国,不受控驭。

杨深秀:大人说得极是,这七厅境内蒙汉杂居,户口不编籍贯,亦未立学,士无进步,农鲜恒心,必须编立户籍,清勘田亩,修通驿道,广兴学校。

张之洞:漪村说得对,仲子兄你起草个晋北七厅改制方案,汉满通用,不能再让他们任意胡来!

桑治平:好!

(19)时:日
　　景:内
　　人:张之洞、桑治平、杨深秀、杨锐、大根

巡抚衙门。张之洞住处。桑治平、杨深秀、杨锐、大根聚在张之洞住宅中纷纷议论着。

桑治平:这一次又是关键时刻,佩玉一个小女子起了关键作用。没有她,准儿很难说会遭什么难呢!

杨深秀:是啊,真没想到平日从不显山露水的佩玉竟有那么大神功,不可思议。

张之洞:大根,你去看看佩玉、准儿他们,叫他们过来吧!

大　根:好,我这就去。(一开门,正碰上李佩玉领着准儿过来)来了,正准备去叫你们呢!

杨　锐:香师,人都到齐了,咱们入座吧?

张之洞:好,入座,入座。

绕开屏风进客厅,李佩玉有点惊讶地看见客厅中央摆了一桌的饭菜。

桑治平:佩玉,今天是张抚台专为你准备的一桌家宴,所以你得坐上座。

李佩玉:不行不行,桑先生,我怎么能坐上座?

桑治平:这是张抚台的意思,你不能不听吧?

李佩玉:谁的意思也不行,没这规矩。

张之洞:佩玉,为抓刘定邦你立了头功,为救准儿你立了大功。于公于私我都应该把你当功臣来感谢才对。今天让大根买了点现成的,表表心意,所以你就别推让了。

李佩玉:张大人,您就别让我作难了,让我坐那座,犹如坐在针上。

桑治平:好了,香涛弟,别难为佩玉了,您还坐上座。准儿,挨你父亲坐下。

准　儿:不,我要和李师坐一起。

张之洞:好好,你挨李师坐。来,大家随便坐。

杨　锐:佩玉,你说说,你是怎么把刘定邦和他那两个黑衣手下眼睛弄伤的?

桑治平:香涛兄你不在场,佩玉这一招让人意外,堪称出神入化,还未等人们反应过来,三人顷刻间就束手就擒了。

张之洞:李老先生教给你这个当女儿的什么看家本领了,他们说得这么玄乎。

李佩玉:也就防身小技,也没什么正经本事。

杨深秀:可是光从刘定邦两眼上就发现了好几根绣花针,你也太厉害了!

大　根:四叔,我想起来了。咱们头次去晋祠见李塾师,李塾师用"口吐金莲"吹下飞着的麻雀。佩玉,你是不是对刘定邦用这种功力了?

李佩玉:是。那天我和一枝莲要了两包绣花针,除给你们引路用了部分外,余下的都藏在了嘴里。

张之洞:那你口中能含几根钢针?

李佩玉:三四十根。我爹能含五十余根。

张之洞:佩玉,上次遇刺客你救了我,这次又舍身救了我小女儿,你真是我张家恩人,让我怎么感谢才好?

李佩玉:大人快不要这么说,我都承受不起了。

桑治平:佩玉,那天在"一枝莲"那儿你对我的那凶劲儿,也蛮吓人的!

张之洞:怎么回事?

李佩玉:桑先生,你快别说了!

桑治平:好好,不说。香涛弟,佩玉不仅是文武双全奇女子,也是才貌双全绝世侠女、才女!

杨深秀:对对,来,我们大家敬才貌双全、文武兼备的佩玉一盅!

李佩玉:(一脸娇红)哎呀,你们再这么说,我可要走了……

众人齐笑。张之洞深情地注视着李佩玉……

【画外音】平日朴素淡雅的佩玉,此刻被众人夸得双颊飞红、春色无限,在张之洞眼中,佩玉已不仅仅是他和女儿的救命恩人,更应是他志同道合的知己友人和理想伴侣……

第二十三集　张佩伦奏折震朝野　老佛爷拍板定案情

(1)时:日

景:内

人:阎敬铭、杨深秀

北京。户部衙门。阎敬铭花厅。阎敬铭认真地看着杨深秀交给他的奏折文本。

阎敬铭：八条罪状条条清晰、人物佐证件件有力,好折子,好折子！张抚台有勇有谋,令老朽敬佩,敬佩！这事做得好！杨深秀,你应该再去见一下张佩伦、陈宝琛,把这折子给他们看一看。

杨深秀：我来您这儿之前,已经见过他们了,折子的内容誊了一份给他们。他们答应马上拟呈报参劾葆亨、王定安的奏折。

阎敬铭：好！作为户部掌门人,又在山西寓居十多年,佩伦、宝琛他们呈上折子后,太后必会召我询查。应召之时,我定会将亲见亲闻的山西吏治的一些腐败事,一一禀奏太后,配合张佩伦、陈宝琛,参劾葆亨、王定安!

杨深秀：谢阎大人！

阎敬铭：此案重大,朝廷定会速下定论。你可暂留京师,就在老朽这陋室住下等待消息如何？

杨深秀：丹老说得是。

【画外音】这些日子,张之洞派杨深秀呈送给太后、皇上的奏折和张佩纶、陈宝琛参劾山西藩司葆亨和冀宁道王定安的折子,成了朝廷上下议论的热点。地方官员荒废政务、吸食鸦片、结党营私、中饱私囊等为司空见惯之事,均已见怪不怪,但贪污救命的救灾粮款且数量如此巨大,却令人惊讶。然而,让所有人均感愤慨认为罪不容诛的事,居然还有人想为其包庇……

(2)时：日
　　景：内
　　人：慈禧、光绪、恭亲王奕䜣、阎敬铭、张佩伦、陈宝琛、李郁华、李用清、众大臣

养心殿。正面坐在龙椅上的十一岁小皇帝光绪背后,八条从高处落下

的薄薄透纱黄色幔帐下,隐约坐着盛装的慈禧太后。恭亲王弈䜣站在光绪帝一侧,注视着左右一个个低头肃立的大臣。

慈　禧:前两天有奏折称,山西巡抚张之洞借铲除罂粟之名,私动兵丁,践踏良田、焚烧房屋,逼死人命,渎职之罪,当须究责。众臣对此,有何见解?

李郁华:(字幕显示:御史李郁华)太后,张之洞越权私动兵丁,狂妄自傲,山西搞得鸡犬不宁,渎职之罪难辞,理应撤除其职,依法惩治不贷!

张佩伦:太后,臣张佩伦有本起奏。

慈　禧:讲!

光　绪:讲!

张佩伦:张之洞领圣旨赴晋任巡抚,发现晋地乡间广植罂粟,官吏军营与民多食鸦片,官吏贪腐,民生凋敝,财务混乱,风气颓废;藩库亦竟现三十年未清理之咄咄怪事。张之洞上任后,大刀阔斧铲除罂粟,返种庄稼,且清查藩库,共查出藩司葆亨、冀宁道王定安、总兵罗承勋伙同地方官员大肆贪污,现有证人证据可查出者有:一、随意放银回扣二十三万两,其中罗承勋独吞七万余两。二、捐官贪污六十七万余两,仅山西四十二家票号捐银正副本对应就相差十四万余两,其他捐银一千五百余张正副本对应下来又相差二十五万余两。三、朝廷下拨赈灾银子和各省济灾及大户捐赠的数银子中,除朝廷下拨六十万两银未做手脚外,其余二百七十万两各省及大户济灾银就有七十三万余两是他们用各种手段贪污至自己手中。

李郁华:太后,圣上:臣认为刚才佩伦所奏有一面之词之嫌。据云自张之洞抚晋,短短数月间就以整肃吏治、铲除毒苗之名弄得整个三晋大地民怨沸腾,可谓是怨声载道、民不聊生,应深究其责,办他渎职之罪方对……

陈宝琛:李大人所言差矣!整肃吏治,铲除鸦片,可谓是张之洞任山西巡抚后治晋的正气之举,短短两个多月,已查出贪纵害民萨拉齐同知定福、剥商扰民直隶知州李春熙等一批贪官污吏,现在又清查三十年未理之藩库和救灾款项,查出藩司葆亨与冀宁道王定安贪污赈灾的救命钱之大案,作为受朝廷俸禄之御史,本应正邪分明为朝廷为国家尽责方是,李大人却避重就轻,对贪腐大案不闻不问,偏听偏信,说张之洞越权私动兵丁之事。据我所知,因农户确有劳力偏少,官府出动兵丁帮助铲除罂粟之事,但这些都是事前张之洞与提督葛勒尔协定好由总兵罗承勋承办的,且出现过的一些扰民违法事,也都已该关押的关押,该惩办的惩办了,连总兵罗承勋不也撤职了吗。故其加给抚台张之洞的造成晋地民不聊生等这些所谓渎职之罪,全属子虚乌有。

众臣交头接耳,纷纷议论:
"这是救命的钱呀,这等人连救济灾民的活命口粮都敢贪污,太恶劣了,怎么能昧良心如此胡来?"
"太不像话!"

光　　绪:对,太不像话! 不杀何以平民愤?
慈　　禧:张佩伦,你奏这些,可都有证据吗?
张佩伦:现已有三项共举证的一百七十三份当事人画押件附上,请太后、皇上明察。
慈　　禧:户部尚书阎敬铭。
阎敬铭:臣在。
慈　　禧:你在山西寓居多年,对张佩伦所讲有何看法?
阎敬铭:老臣认为件件属实。当年在山西赈灾中,老臣亦存有比张佩伦所奏之贪腐事有过之而无不及之证据!
李郁华:太后,丹老虽为四朝元老,但辞官后只在乡间寓居,他怎么能知道这么详细?

李郁华旁边两个收过葆亨厚礼的一胖一瘦官员跟着帮腔:"是啊,是啊! 阎大人辞官闲居乡野之中,怎么能知道这些事?"

李用清：太后，臣有本奏。

慈　　禧：讲。

李用清：当年圣上派臣到山西协助赈灾，确实不少地方官趁机置饥民生死于不顾，浑水摸鱼，中饱私囊。士林、民间亦有不少冀宁道员王定安、藩司葆亨与县令徐时霖上下勾结贪腐之传言……

李郁华：（打断李用清）哎，菊甫大人，传言毕竟是传言，岂可拿仅仅一个传言在朝上当作证据上奏？

阎敬铭：李大人此言差矣！老朽当年虽寓居乡间，但前几年山西大旱时领朝廷圣旨与李用清一起赴晋协办赈灾事宜，所见官员上下勾结贪腐中饱私囊还少吗？要说证据，你怎么知道没有？且不说张之洞奏折中已有众多人、物的铁证，太后、皇上，就臣自身亦可举亲历一例：当年臣曾派杨深秀在阳曲县济灾总库协助县令徐时霖往各灾区下发粮款，他就记载下了葆亨的姻兄阳曲县令用大斗进小斗出手段从中贪污济灾粮与奸商勾结高价贩卖的事，此账本现就在臣手（拿出账本举起）。李大人不关注此等损国害民吏风败坏之事，反而助力一些人诬陷张之洞，李大人，咱们当太后、皇上及众大臣之面直言，老朽听说葆亨前两天还专到李大人府上拜访，不知李大人今日所说的这些是不是与葆亨到李大人家有关？

李郁华：你……你阎大人可不能凭空胡说！

慈　　禧：李郁华，葆亨去你那儿，有这事吗？

李郁华：这……是，葆亨是去了我那儿。

陈宝琛：李大人，葆亨早不来晚不来，这时候来拜见你李大人，我想恐怕不会是空手而去吧？

李郁华：不不，宝琛小弟，这种玩笑可开不得，开不得呀！

慈禧看着李郁华，李郁华躲过慈禧那琢磨不透的目光低下头；慈禧又扫了一下众大臣，最后把目光落在阎敬铭身上，朝阎敬铭微微点头使了一下眼色。

(3)时:日
　　景:内
　　人:阎敬铭、杨深秀、阎夫人

阎敬铭府邸。杨深秀正在客厅里看书,阎敬铭急匆匆推门进来。

杨深秀:丹老您回来了。

阎敬铭:太后可能要单独召见我,九成是问我葆亨他们贪腐之事。我看你就别走了,再等上一天带个确切消息回去。

杨深秀:太后要单独见您?

阎敬铭:(笑笑)对。太后单独召见我这种事并非一次了。你就在家等我消息好了!

(4)时:日
　　景:外
　　人:李莲英、阎敬铭、侍卫

紫禁城。两边分立着持刀枪侍卫的景运门。恭候在门边的李莲英张望着。一顶轿子抬了过来,阎敬铭刚出轿门,李莲英哈着腰迎上来。

李莲英:丹老请,太后正等着您呢!

(5)时:日
　　景:外
　　人:阎敬铭、李莲英

养心殿前。李莲英领着阎敬铭走过来,进到东暖阁时,李莲英让阎敬铭在门帘外停下,自己掀帘进去。

阎敬铭站在门帘外恭候。片刻,李莲英又掀开帘子探出头来。

李莲英:丹老,太后让您进去。

(6)时:日
　　景:内
　　人:慈禧、李莲英、阎敬铭、宫女

阎敬铭进门肃立站定,摘掉帽子跪下磕头。

阎敬铭:臣阎敬铭叩见太后,太后万寿无疆!

慈　禧:起来吧!(朝李莲英)给敬铭搬张凳子来。

阎敬铭:谢太后厚恩,臣不敢坐。

慈　禧:敬铭,今天不在朝上,咱们随便坐坐。今上午张佩伦他们奏折中提到的山西葆亨一伙儿贪腐济灾粮款之事,你当时就被委派在山西协助赈灾,应该了解一些情况的,故就此事想听听你的见解。

阎敬铭:臣也正想就这事禀告太后呢。

慈　禧:你就说说吧!

随着阎敬铭的禀告,阎敬铭在山西巡查济灾的画面重现出来……

(蒙太奇呈现十六集(6)的画面)……

养心殿,东暖阁。幔纱后的慈禧双手端着茶碗边听阎敬铭讲边品茶。

慈　禧:这么说来,张之洞奏折中所言葆亨、王定安合伙贪占救灾粮款一事全都属实了?

阎敬铭:老臣所言句句属实。且其贪污何止只是救灾粮款,在捐官和前任巡抚曾国荃离任、卫荣光未来接任,他葆亨代理巡抚之职期间,先后放了不应该放的六十万两银中的回扣也贪墨颇多。

慈　　禧:这些奏折中也说到了,证据到了手都全吗?

阎敬铭:张之洞办事向来考虑周全,老臣也帮他提供了一些当年在山西济灾时的人证物证,可以说铁证如山。

慈　　禧:好。奏折已转军机处,我马上让奕䜣军机处将他们锁拿刑部严审惩办!

【画外音】此时,心里早有准备的阎敬铭暗自高兴:这些鱼肉百姓的蛀虫们终于到了受报应的一天。他不但把自己当年在山西参与赈灾中所掌握的葆亨一伙儿贪赃枉法之事详尽情况一一告诉了慈禧,还将当年参与赈灾时杨深秀掌握了的贪污所记之账拿出来让太后过目。实凭证据,让慈禧不由怒从心中起,当即决定对葆亨一伙儿贪腐罪行予以严惩。

(7)时:日
　　景:内
　　人:慈禧、光绪、奕䜣、阎敬铭、李郁华等众臣

养心殿。光绪和布幔后的慈禧正听众臣的奏折。

张佩伦:禀报太后、皇上,臣张佩伦有本起奏。

慈　　禧:讲!

光　　绪:讲!

张佩伦:山西布政使葆亨、冀宁道员王定安为掩盖其贪腐罪责,将巡抚呈报朝廷奏折之马巡捕半途劫杀,另又将参与劫持的知情人投井灭口,现人证物证俱在,详情特将山西巡抚张之洞派人送来的新奏折呈上。

张佩伦呈念奏折中,众大臣相互吃惊地交头接耳、窃窃私语。

慈　禧：奕䜣。

奕　䜣：臣在。(画面显示：恭亲王奕䜣)

慈　禧：将奏折转军机处朝房，从速调查葆亨一伙儿人的贪腐实情，如事实确凿，立即锁拿来京，交刑部审讯严办！

奕　䜣：遵旨。

慈　禧：李郁华。

李郁华：臣在。

慈　禧：对刚才佩伦再奏葆亨一伙儿贪腐杀人灭口之事，你还有何异议可讲？

李郁华：老臣无话可言。老臣昨日也只是偏听了一面之词，如佩伦所奏属实，葆亨一伙儿贪赃枉法之罪理当严惩。

慈　禧：(指指昨日朝上附和李郁华的一胖一瘦二臣子)你们两个呢？

胖、瘦臣：严惩不贷，严惩不贷！

慈　禧：那好，奕䜣。

奕　䜣：在。

慈　禧：如查有收受葆亨贿赂者，一并严惩不贷！

奕　䜣：遵命！

李郁华和一胖一瘦两个为葆亨一伙儿申辩说情的官员吓得面面相觑，浑身禁不住地颤抖着。

(8) 时：日

　　景：内

　　人：张之洞、桑治平、杨深秀、杨锐

巡抚衙门。花厅内，张之洞、桑治平、杨深秀、杨锐脸色凝重地在议事。

杨　锐：借刀杀人，毁尸灭迹，坏事做尽，实属十恶不赦。目前看来，应该是缉拿葆亨、王定安归案的时候了。

杨深秀：虽说应该，但仍应谨慎从事。一来葆亨、王定安耳目众多，二来朝廷批文未下，没有十分把握就动手易生变故。

桑治平：我同意漪村所言。只是虽有道理，但想想这一段以来对张抚台行刺、对马巡捕劫杀、对姓柴的营长和杜师爷灭口等，也怕夜长梦多啊……

张之洞：我拟折呈报朝廷前，已和葛勒尔提督达成一致，他已撤去罗承勋总兵之职。正如仲子兄所说，为防日久生变，我看咱们这样安排吧，也给他们最后一个机会……（三人凑近低声）

(9)时：日

景：内

人：张之洞、桑治平、杨锐、王定安、葆亨、方潆益、徐时霖等各府州县官员、皂隶、兵丁

巡抚衙门。当仁洞议事厅。张之洞与众官员。

杨　锐：今天召诸位来，是有几件事要定下办：一个是上个月曾要求各府州县在半个月内将所有虚实职官员个人情况登记据实报上来的事，现在已到期，希诸位将登记资料散会时交到藩司葆大人那儿。二是由臬司方潆益通告大家，一贯欺行霸市、绑架贩卖人口的粮油商人"五台帮"帮首刘定邦已抓捕归案，待时审判。三是通过这一段日子的察访取证，已经查明证实了一些官员贪赃枉法事实，现在由冀宁道王定安大人宣布。

王定安：对"贪纵害民、书检不修"的萨拉齐同知定福，"私加厘金、剥商扰民"的候补直隶知州李春熙，"习染最恶、征收弊混"的候补知县洪贞颐三位，予以革职处理；另外，对宁武知县萧树藩、石楼知县王景義、高平知县庆文、林格尔通判惠俊等五名官员予以降职处置。

张之洞：我插几句话。刚才宣布处置这些贪腐官员，并非是说其他人

就没问题了,所以希望有问题的这些人,能够迷途知返,主动交代自己违法贪污受贿的事情,退回赃款赃物,争取从轻处置。否则,严惩不贷,勿谓言之不预!

第二十四集　起淫心葆亨生奸计
　　　　　　受屈辱民女困狼窝

(1)时:日

　　景:内

　　人:王定安、葆亨

冀宁道王定安府邸。客厅。王定安正与葆亨商谈着什么。

葆　亨:鼎丞,张之洞传下话来,让我和你到巡抚衙门一趟,说是商议政事,还说主要是今年给朝廷贡铁和丝的事。我想听听你的见识,不会是有其他什么事吧?

王定安:葆翁尽管放心,奏折咱们已半路劫下,张之洞就是知道了重报,也还得些时日。且目前绥远丰绅将军和归化厅副都统奎英已上京到太后那儿告了他晋北七厅因改制"占碍旗民游牧"引起乱局,太后很不高兴,他张之洞这个巡抚宝座恐怕屁股暖不热就得卷铺盖走人!

葆　亨:话是这么说,但处了这么久,发现张之洞这个人是软硬不吃,总在找我们的茬儿。说实话,这一段我心里也七上八下够烦的。——要不,是不是鼎丞你先去张之洞那儿探探底,回来给我透个信,心里也好有个底,见了他好应付?

王定安:嗯——也好,我就先去见他!对了,郑掌柜那个叫筱筱的姑娘,还在你家关着吧?

葆　亨:是,跑不了。家门我三姨太看着,院门有衙役守着呢!

王定安：我总觉得让她跟马丕瑶这事有点问题，到底她办成了没有？值得怀疑，必须得弄清楚，别让他们耍了咱们！

葆　亨：鼎丞您放心，这件事我包了，很快就会弄清楚。

(2)时：日
　　景：内
　　人：葆亨、徐一雯

葆亨府邸。客厅，三姨太徐一雯正在逗弄一只鹦鹉。鹦鹉看见葆亨掀帘进来，学叫了几声"客来了，客来了！"

葆　亨：你看看你，这鸟教的，把我这主人叫成客人了。

徐一雯：你不就是个客人吗？三天两头地在外吃花酒，十天也难得有两天在家住，——没冤枉你。

葆　亨：对了，那个郑筱筱怎么样？

徐一雯：什么怎么样，你不是让我看着吗？人家到底犯了什么罪？整天哭哭啼啼的，饭也不好好吃。

葆　亨：你给我锁好门好好看着。不光是看着，我不是让你和她亲近点，弄清楚她和马丕瑶到底成事了没有，你从她的话中慢慢套出个所以然吗？

徐一雯：我可没那个本事！人家还是个没出嫁的黄花大闺女，让我问这种事，你也好意思。

葆　亨：她和马丕瑶过夜睡了，是真是假现在有怀疑，我就是让你从套她话中弄清楚到底还是不是黄花大闺女。

徐一雯：我可没这本事！

葆　亨：如果你没这本事，我可有这种本事！

徐一雯：你积点德吧！告诉你，你要么放人家，要么你换个地方让别人给你看着，这种缺德事，我不干！

葆　亨：(思忖片刻,冲着甩门出去的三姨太背影阴阴一笑)你不干,想换个地方？行啊,这可是你说的。

(3)时：日
　　景：内
　　人：葆亨、徐一雯

葆亨府邸。卧室内,葆亨正嬉皮笑脸地与三姨太徐一雯商量着什么。

葆　亨：一雯,小宝贝,我同意你说的,给郑筱筱这小娘们换个地方。不过,得劳驾宝贝你今天回一趟阳曲,和你哥说一下,就说这个郑筱筱问不出个所以然,让他派人来把郑筱筱拉回去,暂时还关在他那儿。

徐一雯：我去？你为什么不去？

葆　亨：我这不是正忙着吗？不瞒你说,还是为你哥忙。

徐一雯：为我哥？此话怎讲？

葆　亨：你看,这件事一了结,正好大同缺个同知,我想办法让你哥能当上。

徐一雯：你让我走,不是又有什么花花肠子想干什么勾当吧！

葆　亨：看你说的,我是那种人吗？好了,我派人看好郑筱筱,你去收拾收拾,我去衙门安排一下,咱们一起坐车走。这行了吧！

(4)时：日
　　景：内
　　人：葆亨、老三

藩司衙门。葆亨在厅堂里踱着步翻着眼在思考着什么。顷刻间,他阴阴地一笑,放下茶碗。

葆　亨：来人哪！

老　三：老爷,小的到。

葆　亨：一会儿我和夫人去阳曲,你这么……(凑近衙役耳边低语,衙役不住地坏笑着点头)

(5)时：日
　　景：外
　　人：老三

藩司衙门西一偏僻小院。拿着绳子的老三走到一锁着的小房间旁,掏出钥匙开门。

(6)时：日
　　景：内
　　人：老三、郑筱筱

坐在床上的郑筱筱听到开门声扭头看。衙役开门进来。见老三拿着绳子向她走近,惊恐地站起身来。

郑筱筱：你……你想干什么？

老　三：郑姑娘别怕,我和老爷出外面走一趟,先委屈你一会儿,不然你要跑了怎么办？

郑筱筱：(一边挣扎,一边喊)不,不要！放开我！

老　三：你给我乖一点,回来就放你。

被捆并被捂住了嘴的郑筱筱两眼愤怒地瞪着老三。粗粗长出一口气的老三,看着继续扭着身子挣扎的郑筱筱,一脸坏笑,走出门去反手关上门。哗啦一声,门被锁上。

(7)时：日

　　景：外

　　人：葆亨、徐一雯、刘管家、马车夫

一顶有轿子的马车从太原城门洞出来,骑在马上的葆亨跟在马车旁一起顺大路远去……

马车和葆亨穿行在长满庄稼的田野中……

葆亨不时朝后面扭头看看。突然,一骑马人从车马后面急驰而来。骑马人走近,来的原来是老三。葆亨与马车停下来。

老　三：(朝葆亨眨了一下眼,葆亨会意)老爷,有急事!

徐一雯：(掀开轿门帘布)什么急事,这都走了一半路了。

老　三：抚台大人差人传话,让老爷速去巡抚衙门见他。

葆　亨：夫人,你看这……这事赶得……

徐一雯：这么巧?

葆　亨：可不,就这么巧。这样吧,要不夫人你就先走一步,抚台张大人的脾气你也不是不知道,去迟了就发火。放心,你等着,办完事就赶回来。

徐一雯：那好吧!

葆　亨：(对老三)走!

【画外音】望着葆亨和衙役返回的背影,满脸疑惑的三姨太徐一雯,突然像明白了什么似的,嘴角显出一丝冷笑。

徐一雯：(朝马车夫一挥手)返回去!

马车夫：不去阳曲了?

徐一雯：忘拿东西了。返回去!

(8)时:日
　　景:内
　　人:葆亨、老三

藩司衙门。从衙门大门骑马进来的葆亨和老三跳下马,葆亨把缰绳扔给老三,老三到墙跟前一拴马桩上把马拴了。

葆　亨:去,把大门锁了。
老　三:好嘞!
葆　亨:走,西院去。

(9)时:日
　　景:外
　　人:葆亨、老三

藩司衙门西院。葆亨和老三走到小院前,让老三开锁后进到关郑筱筱的房门前。葆亨先贴着门缝侧耳听听里面的动静,然后朝老三指指门锁,示意让他拿钥匙开门。

(10)时:日
　　景:内
　　人:葆亨、老三、郑筱筱

关郑筱筱的房间内,一张小木床上,被捆着双手双脚的郑筱筱被开门声惊醒,她猛地坐起身来。
门开。葆亨和老三相随进来。郑筱筱惊恐地望着二人。

老　三:郑姑娘,我家老爷葆大人……

葆　亨：(猛打了老三一个耳光)胡闹！谁让你这么干的？(到郑筱筱前,取下塞在她嘴里的布,接着又开始解绳子)

老三捂着脸莫名其妙地看着葆亨。

葆　亨：愣着干什么？滚！

捂着脸的老三赶紧出门。葆亨想到了什么又紧随着出去……

(11)时：日
　　　景：外
　　　人：葆亨、老三、郑筱筱

葆亨从关郑筱筱的门出来,朝老三喊一声："站住！"老三停下脚步。葆亨从腰间拿出一个小元宝,摸了摸返身过来面带惊恐的老三被打的脸,附在他耳边压低声音："委屈你了。"

老　三：没事没事！老爷,能成全您好事,小的挨打也愿意。

葆　亨：(拍拍衙役肩膀)好！——去,买点酒肉,把你那几位弟兄叫一边去乐和乐和！

老　三：(接过小元宝)谢老爷！

葆　亨：记住,今天谁也不见！

老　三：(使一鬼脸)小的明白！

(12)时：日
　　　景：内
　　　人：葆亨、郑筱筱

坐在床上的郑筱筱,惊恐不安地望着返回来一脸坏笑渐渐走近她的葆亨,身子不由自主地直往后挪。

葆　亨:姑娘,别怕,我是来放你的。

郑筱筱:放我?

葆　亨:是啊,不信吗?

郑筱筱:那行,那现在我就走。

葆　亨:(挡住)那……那可不行!

郑筱筱:怎么,堂堂葆大人,说话不算话,还是个人吗?

葆　亨:大胆,你这个小姑娘,怎么骂开人了? 你知不知道,你们父女俩犯的可都是死罪呀!

郑筱筱:对呀,我既犯的是死罪你还说来救我?

葆　亨:是救你呀,不过你得实实在在告诉我一件事。说了实话,我就放你走。

郑筱筱:什么事?

葆　亨:你和马丕瑶马大人那事究竟成了没有?

郑筱筱:(愤怒)你……

葆　亨:放你走就这个条件,说,成了没有?

郑筱筱:你们设计下的事,这还要问?

葆　亨:当然得问。不但要问你,我还得验一验呢!

郑筱筱:验一验? 什么意思?

葆　亨:这很简单哟。你还是不是黄花闺女? 呵呵,本官我可是就这么一验便知……

葆亨边说边猛地抱起郑筱筱就往床边挪……

葆亨不顾郑筱筱拼命挣扎,走到床边把郑筱筱往床上一甩就扑了上去……

面对身材高大野兽般发狂撕扯她衣服的葆亨,郑筱筱显然不是对手,渐渐地无力反抗了……突然,她眼珠一转,用尽全身力气边喊边猛地推了一把葆亨。

郑筱筱:葆大人!

葆　亨:(葆亨有点吃惊地停住手)怎么啦?

郑筱筱:你堂堂一衙门大老爷,值得使用这种手段对待我这一小女子?

葆　亨:那你说怎么办?是你不同意嘛!

郑筱筱:谁说我不同意?一个死囚犯人,能保一条命,我能算不清这个账?

葆　亨:这么说,你是同意啦?

郑筱筱:不同意能咋的?只是……只是怕你家三姨太……

葆　亨:(打断)噢,这你放心,她不在,嘻嘻,我把她打发回娘家了!

郑筱筱:那就更好呀!葆大人,三姨太既不在家,不能晚上吗?您想想,这大白天——这种地方,有失您老爷身份,多扫兴!再说啦,关了我这么多天,身上也脏兮兮的,你家不是能洗浴吗?三姨太不在,我正好能洗个澡,干干净净的,不正好侍候您葆大人呀!

葆　亨:嗯,你这小嘴说得倒也是个理。行,晚上就晚上,只是你可不许耍滑头!

郑筱筱:看大人您说的!您这儿深院高墙,大门又有人把着,我就是会飞檐走壁也跑不出去呀!

葆　亨:呵呵,你知道就好!

(13)时:日
　　景:外
　　人:葆亨、郑筱筱、丫鬟

葆亨领着郑筱筱从藩司衙门西院出来,穿过衙门来到后院葆亨府邸。一丫鬟过来。

葆　亨：去,到三姨太房间去,给她洗个热水澡。

丫　鬟：是,老爷!(拿钥匙去开房门)

葆　亨：(附郑筱筱耳边坏笑着)去,洗了澡,吃了晚饭,乖乖地等我。

葆亨见郑筱筱随丫鬟进去后,来到客厅。打了个哈欠,烟瘾上来,掀门帘进入烟室,躺在烟床上开始吞云吐雾。

(14)时:日

　　景:外

　　人:徐一雯、马车夫

葆亨府邸。远处,三姨太徐一雯乘坐的马车过来。镜头拉近。马车夫停住车。

徐一雯:咋啦?

马车夫:到了。

徐一雯:(车轿窗帘掀起,徐雯雯露出脸)噢,到了?

马车夫:先去衙门还是去家?

徐一雯:去家,到花园后门。

马车夫:好嘞!

马车沿葆亨府邸围墙转过……

马车停在葆亨后花园围墙后门前。

徐一雯:你在这儿等着,我回去取东西。

马车夫:好。

第二十五集　　生醋意民女得救
　　　　　　　　设巧局三贪落网

(1) 时：日
　　景：内
　　人：徐一雯、郑筱筱、丫鬟

葆亨花园后门。三姨太徐一雯开锁进去，穿过花园，进入自己房间。正在浴室门外坐着看管郑筱筱的丫鬟见三姨太进来，吃惊地站起来。

丫　鬟：三姨太您……您不是回娘家了？

徐一雯：(听到里间有动静)谁在里面？

郑筱筱：(从里间冲出跪在徐一雯面前)三姨太救我！

徐一雯：(问丫鬟)怎么回事？

丫　鬟：老爷叫我看着她，让她洗澡。

徐一雯：(突然明白了，咬牙切齿地打了丫鬟一耳光)滚！

郑筱筱：葆大人他……他……

徐一雯：这个狗日的混账王八蛋！——快起来，别怕，我放你走！

郑筱筱：三姨太，您真的放我走？

徐一雯：真的放你走，快起来。

郑筱筱：三姨太，小女给您磕头了。

徐一雯：快，跟我走！

郑筱筱喜出望外，起身和三姨太徐一雯出门。临出门徐一雯又返身招手叫满脸委屈的丫鬟过来。

徐一雯：老爷来了，你——（附耳低语。丫鬟边点头边惊异地看着三姨太徐一雯）

(2)时：日
　　景：外
　　人：徐一雯、郑筱筱、马车夫

从屋里出来的徐一雯，领着郑筱筱穿过花园，从后门出去到了马车前。

马车夫：三姨太，取上东西了？上车吧！

徐一雯：我不走了。你把郑姑娘送一下。嘴巴严点！（塞给马车夫一个小元宝）筱筱，上车吧，想去哪儿，让他送你。

郑筱筱：（泪流满面跪下连磕响头）三姨太，您的大恩大德我永世难报啊！

徐一雯：别说了，快走吧！

徐一雯拉起郑筱筱让她上了马车，站着直到马车远去……

(3)时：日
　　景：内
　　人：葆亨、徐一雯、丫鬟

葆亨府邸。过足烟瘾的葆亨从烟室掀帘出来，又掀帘进入三姨太徐一雯房间。坐浴室门前的丫鬟忙站起身。

葆　亨：她还没洗好啊？

丫　鬟：正洗着呢！

葆　亨（侧耳听听，里屋传出一阵哗哗的水响声）嗯，好，好好。

葆亨朝浴室门走去，丫鬟惊恐地欲上去挡，但葆亨已掀起了门帘，映入他眼帘的是木浴桶内，一位披发背对他的赤裸女子正在洗浴。他放心地放下帘子，一脸得意洋洋，转过身哼着小曲走出屋子。

(4)时：日
　　景：内
　　人：徐一雯、丫鬟

三姨太徐一雯浴室。待葆亨出门后，浴室里的洗浴女子转过脸来，这才看清，刚才葆亨看到的洗澡女子原来是一脸怒气的三姨太。

(5)时：日
　　景：外
　　人：葆亨、老三、众家丁

从住宅出来的葆亨来到藩司衙门厅房。只见老三正和几个家丁猜拳喝酒，一个个看上去已是喝得醉眼蒙眬。

老　三：老爷，您这是——
葆　亨：你来一下。

老三随葆亨入衙门厅房一侧屋内，葆亨坐在靠墙的一榻床上，老三赶忙拎茶壶沏茶水。

葆　亨：我在这儿稍睡一会儿，记住，别让任何人进来！
老　三：没问题，老爷放心，我保证一只苍蝇也不会让它进来！
葆　亨：去吧！

老　　三：是，老爷！

葆　　亨：回来！

老　　三：老爷，还……还有啥事？

葆　　亨：太阳一落山，记得来叫醒我，可别忘了啊！

老　　三：是，好事等着老爷，我怎敢忘了？

葆　　亨：三姨太不在家，晚饭你给我打理一下。

老　　三：行。我给老爷您准备一只清蒸王八，一碟爆炒牛鞭，一盘红烧狗肉……咳，大补着呢！

葆　　亨：去去去！

老三扮鬼脸笑着出门而去。

葆亨闭上门，从木柜抽屉里取出一包印有老字号"龟龄集"的小瓷瓶药，用水冲着喝下后，又从柜中拿出一罐老汾酒，倒入酒盅中，边饮边哼哼着小曲，几盅过后，倚在床榻上眯起眼养起神来。

(6)时：夜

　　景：内

　　人：张之洞、桑治平、大根、杨深秀、马丕瑶、杨锐

巡抚衙门。厅房内，大根正给烛光下伏案阅批各州县报来折子的张之洞添茶，几下敲门声让张之洞停下笔来。他抬起头，示意大根去开门。

进来的是桑治平。

张之洞：仲子兄，有事吗？

桑治平：漪村回来了。

张之洞：他现在在哪儿？

桑治平：他来了，在门外。

张之洞：快，快请他进来！

杨深秀：拜见张大人。

张之洞：漪村辛苦了。不必客套,快快坐下谈!

杨深秀：丹老先生特地让我转告张大人,太后专为奏折中葆亨一伙儿贪腐事召见了他。丹老先生说,缉拿葆亨、王定安解押进京的批折随后就到。

张之洞：好,太好了!——对了,那个姓杜的师爷所说冤枉郑家父女那件事,如今怎么样了?

桑治平：这事我掌握的情况至今还不太详细,我明天去清源局再问一下马丕瑶吧!

一衙役进门来,径直走到张之洞身边附在他耳旁说了句什么。张之洞微微一笑,扫了桑治平一眼,又望了望众人。

张之洞：看,就这么巧,说曹操,曹操就到。(扭头对衙役)让他们都进来吧!

衙　役：是!

接(4)景：马丕瑶从门口进来,紧相随的是郑筱筱。

张之洞：玉山兄,说说吧,怎么回事?

马丕瑶：郑姑娘是刚从狼窝侥幸逃出来的!葆亨和王定安、徐时霖不但冤枉她父女俩,还乘机想欺侮郑姑娘,无耻至极!

桑治平：郑姑娘父女遭陷害的事,那个姓杜的师爷已经交代清楚了。到现在了葆亨还狗性不改,继续欺男霸女,罪行累累,实难容忍。应立即锁拿归案!

杨深秀：这些人如此毒辣,天理难容!

杨　锐：张大人,咱们呈报朝廷的折子还未收到谕旨,就这么抓一个全省仅次于您的二号官员,怕不怕……

桑治平：眼前情况紧急,事不宜拖。况且,漪村已带回丹老传话,皇上批折不日即到,张抚台您应马上拿主意才是!

张之洞:仲子兄说得对。现在事实清楚,人证物证铁证确凿,是该了结此案了。我看这样吧,明天一早我就去和葛勒尔提督联系,你们做个准备,先将葆亨、王定安锁拿归案,待皇上批文一到,立即押送进京!

(7)时:夜
　　景:内
　　人:葆亨、老三

藩司衙门厅房侧室。喝了点酒又吃了点补药的葆亨流着口水睡得正香。(蒙太奇,葆亨梦中画面):

葆亨离开厅房穿过前院回到后院自家住所。进门左右看看后,对丫鬟朝浴室指指,丫鬟点点头,示意人在里面,接着闭上门扇离去。

葆亨掀开浴室门帘:朦胧热气中,刚出浴的美人郑筱筱裹着浴衣妩媚地笑着朝他招手。葆亨身不由己过去一把抱起郑筱筱,出浴室就往卧室床上放。正解衣宽带情欲浓浓时,一声"老爷!"把他惊醒过来。

(画面复原)

葆　亨:混蛋!喊,喊什么喊?

老　三:老爷,您不是要我太阳落山喊醒您吗?这不……太阳刚落了!

葆　亨:刚落山就叫我,不能迟一会儿吗?才刚刚正梦到好处,就让你给搅了!

老　三:老爷,这梦毕竟是个梦,哪儿有真的好呢!看,这大补肾的饭菜我给您取过来了,这是清蒸王八,这是泥鳅豆腐,这是人奶煮鹿鞭……

葆　亨:行啦行啦,知道了,放下你出去吧!

(8)时:夜
　　景:外
　　人:葆亨、丫鬟

　　藩司衙门。葆亨从厅房出来,边打着饱嗝用小指长指甲不住地剔着牙缝,边朝三姨太房间走过来。见丫鬟正端着盆从门里出来泼水,便快步走上去。

　　葆　亨:她在吗?
　　丫　鬟:嗯……在,在吧。
　　葆　亨:(有点奇怪地看着支支吾吾、情绪有点不满的丫鬟)怎么啦?支支吾吾的。
　　丫　鬟:不,不怎么。
　　葆　亨:行,把盆给我。你去吧,这儿没你的事了。
　　丫　鬟:是,老爷。

　　葆亨用奇异的目光盯着丫鬟的背影。有点不解地摇摇头,返身推门进去……

(9)时:夜
　　景:内
　　人:葆亨、三姨太

　　葆亨从门外进来,转身锁上门,走到浴室门口,掀开门帘钻进头看了一下发现没人后,又到卧室门前推开门:床脚摆着一双绣花鞋,床上躺着露出一缕缕秀发盖被的女子。葆亨吞咽了一下口水,一脸淫荡地笑着边脱外衣边朝床上爬去……

葆　亨：(边叫边掀开盖在女子身上的被子)小乖乖,还捂着脸,害羞呀？想死个我了,乖宝贝……

　　猛地,女子甩开被子坐起身,原来这女子是三姨太,一脸的讥消望着葆亨呵呵冷笑。

葆　亨：你……你……怎么是你？
徐一雯：怪了！我的家,我的床,我的被子,不是我能是谁在这儿？
葆　亨：哎哟,那个小女子,你把她弄哪儿了？
徐一雯：哪个小女子？噢,就是让我看的那个郑筱筱呀！
葆　亨：(气急败坏)你、你……你坏了我……
徐一雯：坏了你的好事了,是不是？前段日子你让我看着她,说她是要犯,原来你是吃着碗里,还看着锅里,想金屋藏娇呀！早知如此,你何必娶我呀？呜呜……
葆　亨：(把床边桌几上的茶碗猛砸到地上)够了！没脑的东西,就知道吃醋！吃醋！你知道你坏了多大的事吗？你说,你到底把她弄哪儿去了？
徐一雯：我……我把她放走了！
葆　亨：什么？……哎哟我的妈呀！你可知道,我能不能保得住头上的蓝宝石顶子,这个小女子关系可大着呢！我要丢了这三品官帽,你,还有你哥,喝西北风都没地方去！你可真害苦我了！
徐一雯：那,那怎么办？
葆　亨：快,快去叫刘管家,再速派人去通知你哥,多派些人赶快去给我抓回来呀！

(10)时：夜
　　　景：内
　　　人：葆亨、徐一雯

葆亨府邸。卧室中，正睡着的葆亨突然惊恐地猛喊了一声坐了起来。一旁被吓醒的三姨太瞪大眼睛吃惊地望着满头大汗的葆亨。

徐一雯：你怎么啦？做噩梦了？

葆　亨：找不见郑筱筱那小丫头，我心不安，睡不踏实呀。对了，你哥那儿有什么消息没有？

徐一雯：刘管家派人去了，捎信说，一有消息就来告诉。

葆　亨：不行，鼎丞要知道这郑姑娘跑了，会骂死我们的。可现在找一天了，也没一点音信，要真找不回来，也不敢再瞒他了，得去见见他，让他出出主意，想个对策办法。

徐一雯：那也得等天亮了吧？这深更半夜的，人家王大人能不睡吗？

葆　亨：事不宜迟，顾不上那么多了。你起来去把刘管家喊来，速去阳曲一趟，让你哥务必速来一趟，好一起去见王大人。

(11) 时：夜
　　景：内
　　人：张之洞、王定安、桑治平、杜师爷、大根、侍卫

巡抚衙门。厅房内，案桌后的张之洞看着一旁相挨正提笔写着什么的桑治平，不时用手指点几下。一衙役从门外进来走到张之洞案桌前。

衙　役：冀宁道王定安来了。

张之洞：(与桑治平互相看了一下) 让他进来。

衙　役：是。

张之洞：(见王定安进门) 鼎丞来了，快坐下。

桑治平：大根，给王大人上茶。

王定安：张抚台让我来有事？

张之洞：也没什么大事，就是有个人想让你见见。——带上来吧！

厅房后门开，两兵丁押着杜师爷上来。王定安吃惊得猛站起来，手一颤抖，将大根刚递给他的茶碗跌落在地上。

王定安：你……你怎么还活着？
张之洞：（猛拍案桌一下）给我拿下！

两侍卫一拥而上，将吓得面如土色瘫软倒地的王定安绑了。

(12)时：夜
　　景：内
　　人：老三、徐时霖、衙役

阳曲县衙门。烟床上的徐时霖正在吞云吐雾，一衙役推门进来。

衙　役：老爷，藩司葆大人家的管家老三来了。
徐时霖：让他进来吧！
老　三：徐县令，姓郑那女的抓着了吗？葆大人和三姨太都急死了，这不，天不亮就赶我来找你了，你倒还有心思躺在这儿舒舒服服过瘾做神仙呀！
徐时霖：到哪儿抓去？上次郑姑娘逃跑，好不容易让我给抓回来了，再一再二地，哪有那么容易办的事？这能怨我吗？这么大地方，一个大活人藏了，到哪儿找去？昨天派人到她老家一带四处都找遍了，整整忙了一天也没见个影儿。
老　三：正因为不好找，所以葆大人才让你从速去一趟，说是要和你一起去见王定安王大人，让他帮着一块想个办法。
徐时霖：我才不和他去呢，明摆着去受骂！

老　三：徐县令,不看僧面看佛面,看在三姨太你家小妹面子上,你也不能赌气呀!再说呢,这种时候了,葆大人要出事了,你家小妹今后的日子,还有您老这七品乌纱帽,总不能不顾及吧?

徐时霖：(放下烟枪坐起来)哼,真是没事找事!好吧,我洗漱一下换件衣服咱们就走!

(13)时:日
　　　景:内
　　　人:张之洞、桑治平

巡抚衙门。签押房内,张之洞正和桑治平商谈着什么。

张之洞：仲子兄,昨晚你们审讯得怎么样?王定安他说什么了?

桑治平：王定安这人看似个胆小鬼,可鬼心眼不少。他承认有受贿贪污钱财的事,但杀人灭口的事,一股脑儿都推给了葆亨和徐时霖身上。

张之洞：杀人偿命,他当然知晓。他怕死!那好,就利用他怕死这一点,尽快让他配合咱们,一举抓捕葆亨和徐时霖归案!

桑治平：您说得对。若再拖几天,葆亨见不到王定安,定会起疑心的。可抓捕葆亨,怎么让他配合呢?

张之洞：葆亨耳目多,这一点上必须该想得周全点。告诉杨深秀他们,杜师爷被救和抓了王定安这事,一定注意保密,以防不测。

(14)时:夜
　　　景:外
　　　人:徐时霖、徐一雯、老三

藩司衙门。徐时霖和刘管家骑着马从远处疾驰而来,又从大门进入,直穿后院在葆亨住宅院门前停下,徐时霖将缰绳递给老三后上前敲院门。

三姨太徐一雯开门。

　　徐一雯：哥你来了？
　　徐时霖：他呢？
　　徐一雯：在里面正等着你呢！

　　(15)时：夜
　　　　 景：内
　　　　 人：张之洞、桑治平、杨深秀、杨锐、大根、丹老随从

巡抚衙门签押房。张之洞正和桑治平及大根商议着什么，杨深秀和杨锐兴冲冲推门进来。

　　杨　锐：张大人，张大人，好消息！
　　张之洞：什么事？看把你们急的！
　　桑治平：坐下，先喝点茶，慢慢说。
　　杨深秀：奏章，咱们的奏章朱批，太后皇上派人亲自护送来了，还要将罪犯锁拿进京呢！张大人，您猜猜皇上派谁来了？
　　张之洞：谁？
　　杨深秀：丹——老！
　　张之洞：什么？你说什么？
　　杨　锐：就是四朝大佬，户部尚书阎敬铭呀！

【画外音】张之洞怎么也不敢相信，太后会亲自派人而且是派四朝大老德高望重的丹老先生这样的重量级人物来。他内心既感激又兴奋。他当然知道，正如丹老所言，这次清查藩库山西给全国起了个表率，对国库空虚的大清无疑是个大好事。让阎敬铭来，是太后对他在山西抚政吏治做法的最大支持和肯定，说明他也没有辜负自己对他的信任和期望。张之洞不顾

一天的疲累和夜已深沉,决定连夜就去拜访阎敬铭。

张之洞:太好了！他现在到哪儿了？

杨深秀:丹老这个人怪脾气,沿途从不声张,已在驿站住下。这位就是护送丹老的随从,丹老让他来先见您的。

丹老随从:拜见张大人！

桑治平:丹老做得对,也做得妙。不动声色来到太原,避免消息走漏。

张之洞:好,好！仲子兄,咱们现在就去拜见丹老。既然圣谕已至,王定安也归案,咱们就趁热打铁,将葆亨他们来个瓮中捉鳖,怎么样？

桑治平:行,就按您说的办！

张之洞:走,去驿站。

大　根:四叔,我去备马车。

张之洞:马车和轿都不能坐,杨锐你守在王定安那儿,我们一行从后门出直接步行去驿站见丹老！

(16)时:夜
　　景:外
　　人:张之洞、阎敬铭、桑治平、杨深秀、大根、驿站守门人

街上灯暗人稀。驿站大门上方,写有"驿站"的灯笼在风中摇晃。

张之洞一行轻装简束从驿站大门进入,桑治平与守门人交谈几句什么,守门人指指正房二楼一仍亮着烛光的窗户,桑治平示意大根留楼下楼阶处守候,自己与张之洞一起登楼朝亮着烛光的房间而去。

(17)时:夜
　　景:内
　　人:阎敬铭、张之洞、桑治平

驿站。客房内,戴着花镜的阎敬铭正盘腿坐在床头秉烛翻看文卷,不时还持笔在纸上记些什么。听得敲门声,阎敬铭略停一下,将笔放下。

阎敬铭:是张抚台吧?门未关,进来吧!

张之洞一行进门,见阎敬铭正下床穿鞋欲起身,张之洞几步赶过去连忙扶住。

张之洞:丹老,快,别起身。我敲门还没出声,您怎么知道是我呢?

阎敬铭:我猜你今晚准会来。除了你,谁还会这个时候来找我?

张之洞:真是知我者,丹老也!

阎敬铭:老朽这次来本应先到巡抚衙门拜访张抚台才对,但我带着太后的朱批,事关重大,去衙门见张抚台人多眼杂,故多有得罪,还望抚台见谅。

张之洞:丹老说哪里话,接太后查核葆亨贪腐一案后,您提供了好多极为重要的佐证,在太后垂询时,亲口禀奏了您在山西期间的一些亲见亲闻,这次丹老受太后之托,又亲自来晋监押罪犯,我感谢还来不及呢!

阎敬铭:这次锁拿葆亨、王定安进京交刑部审讯,定会在全国引起震动,影响非凡。所以朝廷对此案件如何处置,极为重视,这也是太后专派老朽来的原因。

张之洞:正因为如此,故特来请教丹老,想听听前辈的高见。

阎敬铭:张抚台心中有何打算?

张之洞:我想就借朝廷定案这股春风,一是将全省十八府州及六十余个县所有库房账目,来个彻底清查;二是趁热打铁,借此整饬吏治,将所有查出犯有贪污罪的官吏一网打尽,予以严惩!同时,将一批确实清廉自守为官有方的各级官员上奏太后、皇上,请予以嘉奖升迁。

阎敬铭:仲子先生的看法呢?

桑治平:我同意抚台做法。不过……

阎敬铭：不过什么？

张之洞：仲子兄，这儿又没外人，说下去嘛。

桑治平：我觉得对贪官惩处，虽然应一视同仁，但眼前的山西全省官吏中犯有贪污挪用的几达七成以上，均该惩处，但若全部惩处，山西官场将会全面瘫痪，或许会背后联盟勾结，让清库一事流于敷衍过场，其他政事也被动懒政，影响大局。所以不如治大罪而宽小过，除徐时霖这类烟瘾成癖，行贿拍马，无能无节，贪污数额多又民愤极大的予以严惩外，其余凡涉及葆亨、王定安贪腐案的限期主动坦白，如数缴还贿赂并处罚金，可免予处分……

张之洞：这不成了以罚代法吗？

阎敬铭：张抚台，仲子先生说的有其道理。记得上次老朽和你说过，自古以来，法不责众。你现在初为封疆大吏，对地方官员还不太了解。若拿圣人的教诲、朝廷的律令来度量，几乎可以说十有九成不合格。故只能视其大节而遗其小过。我赞同仲子先生意见，葆亨这个人贪财好色，王定安贪婪阴鸷，二人皆司道大员，职高位大，在山西官场士林中口碑极差。从他们身上开刀，端出后不仅是震惊山西全省，也可警诫全国的所有贪官污吏。只是声势要大点，让大小贪者出出汗掉点皮。

张之洞：丹老说得对。古人云水至清无鱼，人至察无徒。行，遵丹老的意见办。至于声势大点，我倒有个想法，以议山西政事为由，通知十八府州及六十余县的县令通通集中来致太原，然后……

阎敬铭：这个办法行，只是得有个大场所。

桑治平：这好办。新改建落成的当仁洞议事厅就合适。

阎敬铭：当仁洞？我在山西时知道这个，但还未去过。

张之洞：仲子，明天咱们就请丹老一起去看看。

(18) 时：夜

　　景：外

　　人：大根

幽黑的夜空,明月悬空映射下,大根警觉地伫立在驿站院内楼阶旁。张之洞和阎敬铭及桑治平三人商谈中的影子,在二楼烛光映照的窗格上不停地闪动着。

(19)时:日
　　景:外
　　人:桑治平、狱丁

巡抚衙门监狱,王定安关押房间。桑治平走过来,示意守门侍卫打开门。狱丁打开门,桑治平走进去。

(20)时:日
　　景:内
　　人:桑治平、王定安

桑治平从门进来。躺在一张小木床上不住地打哈欠的王定安睁开眼看进来的桑治平一眼后,又闭上眼睛装睡。

桑治平:王大人,张抚台让我和你商议个事。
王定安:不敢,承受不起。我可不是什么王大人,是你们关起来的犯人。
桑治平:张抚台让我给你传个话,经查实,劫杀马巡捕是葆亨一手操办的。
王定安:你与我说这什么意思?
桑治平:张抚台说的意思就是说,你与这件事关系不大,只要你配合,起码杀人偿命这一条加不到你头上,其他事也可从轻发落。
王定安:张抚台真这么说了?
桑治平:我哄你干什么? 这不,抚台还让给你捎了包这东西。

王定安：（见是大烟土还有烟枪，立刻精神起来，翻起身拿起烟土往鼻子上闻）嗯，正货。——嗯？不对，他张之洞不是反对吸食鸦片这东西吗？怎么……

桑治平：抚台说了，这东西得慢慢改，一下子戒太难受，所以给你破个例。

王定安：你说吧，究竟让我配合什么？

桑治平：给葆亨写个信，让他参加后天在巡抚衙门"当仁洞"议事厅召集各府州县来参加的议事。

王定安：你们怎么不下发通知束？

桑治平：都发了，你就说通知束你来巡抚衙门时替他拿了。

王定安：葆翁要去我家怎么办？

桑治平：这你别管，我们会考虑到。你只管写信好了。

王定安：（流鼻涕眼泪打哈欠，拿起烟枪）好吧，我反正是死猪不怕开水烫了，先吸几口再写，可以吧！

桑治平：你自己考虑吧！

(21) 时：日
　　　景：内
　　　人：葆亨、徐时霖、徐一雯

葆亨住宅客厅。三姨太徐一雯和徐时霖从门外先后进入。

葆　亨：来了？

徐时霖：找了一整天，没抓着。

葆　亨：不说这了。你来得正好，鼎丞一早捎信过来，说今天在巡抚衙门新落成的"当仁洞"议事堂议事，十八府州和六十余个县的知县都要来，你接到通令没有？

徐时霖：接到了，这不正想问你吗？

葆　亨：鼎丞给我捎了个信，要咱们直接去巡抚衙门那个什么新建的"当仁洞"议事厅呢！你喝点水，咱们就早点过去吧。

徐时霖：不喝了，是不是咱们先到王大人那儿去一趟，反正也不远，我还给他捎了包正宗烟土呢。

葆　亨：也行。就和我一起坐轿去吧！

(22)时：日
景：外
人：葆亨、徐时霖、轿夫、家丁

两顶轿子一前一后在王定安住宅门前落地。葆亨和徐时霖先后下轿到了院门前敲门。家丁开门，两人相继进入王定安院内。

葆　亨：鼎丞在吗？
家　丁：王大人到巡抚衙门去了。
葆　亨：到巡抚衙门？
家　丁：是，刚走了不多时。
徐时霖：葆翁，咋办？
葆　亨：既然都去了，可能是咱们多心了，那就去吧！

(23)时：日
景：外
人：张之洞、阎敬铭、桑治平、大根

一座用土石堆起的人造山，山上种植有小树并建有一亭。城门似的大门上镶嵌有隶书"当仁洞"三个字。大根护送着张之洞、桑治平与阎敬铭从不远处一小湖边上过来，到洞门口停下。

阎敬铭：张抚台，我在山西多年，虽来过巡抚衙门，却还真没来过这个叫梅山的地方呢！

张之洞：听他们说，原来是堆煤的地方，建此议事厅时取土堆起来后，栽花植树建亭台，就将煤山取雅意改叫成梅山了。

阎敬铭：这名字取得好！这"当仁洞"名字也取得妙：面临仁德，担当仁道，放在这巡抚地用意深刻。

张之洞：对，当年取这名的人从《论语·卫灵公》句中择其意，大概也就是出于此想吧。以仁为任，无所谦让。这一片儿御赐的碑石不少，这门两边不远处就嵌有乾隆帝赐给前任巡抚农起和鄂弼的两块碑，丹老，要不要去看看？

阎敬铭：时紧事多，咱们先进去看看，安排妥帖后再看也不迟！

张之洞：丹老说得是。

桑治平：丹老请。

(24) 时：日
　　　景：内
　　　人：张之洞、阎敬铭、桑治平、大根、侍卫

进入"当仁洞"不几步，两个侍卫打开迎面一上书有"邃密深沉之馆"字匾的门，阎敬铭在门前停下驻足观赏。

阎敬铭：张抚台，这几个字准是你的墨宝吧？好，从朱熹"旧学商量加邃密，新知培养转深沉"诗句中择"邃密深沉"而书匾立于此，用心良苦啊！走，进去看看。

张之洞：丹老请。

这是一个能容数百人议事的半地下大厅。厅的两侧有数间隔房。

张之洞:这个地方怎么样?

阎敬铭:嗯,真是个议要事的好地方。行,就这个地方。张抚台,你们安排吧!

(25)时:日
　　景:外
　　人:张之洞、阎敬铭、桑治平、马丕瑶、葆亨、王定安、徐时霖、众府州及各县知府、知县、兵丁、衙役等

巡抚衙门后花园"当仁洞"挂有"邃密深沉"匾的议事厅。洞门侍卫林立,各府州县来参加议事的地方官员三三两两陆续进入洞门议事厅中。

(26)时:日
　　景:内
　　人:张之洞、阎敬铭、桑治平、葆亨、众地方官、侍卫

"当仁洞"内"邃密深沉"议事厅内,数十张方桌围坐满了摆有标牌的全省各府州及六十余县的各级官员。张之洞和桑治平、杨锐进来后与诸官员打招呼后,在方桌前一平台上坐下。

桑治平:诸位安静,张抚台有话讲。

张之洞:今日请诸位来,一是有要事通告,二是本巡抚奉圣谕来晋赴任快一年来,承蒙诸位协力,政能通达,民能安业,尤其铲除毒苗罂粟和禁食鸦片上,略显成效,藩司葆亨的业绩更胜一筹。(葆亨得意之表情)对此,本巡抚特向诸位致以感谢。但也不得不说,山西民众生活之艰辛,官吏懒政贪腐之颓风,至今仍无大的改观。让人更不解的是,我山西藩库账目竟然有三十年都未加清理,这岂非咄咄怪事?令国法难容的是:光绪三年起始千年不遇的奇灾大旱中,竟然有人置百姓生死于不顾,浑水摸鱼,上下勾连

进行大肆贪污(葆亨惶恐不安脸色特写)。更为恶劣的是:竟然敢对呈送朝廷奏折的马巡捕半途劫杀,还杀人灭口,是可忍孰不可忍!对此贪赃枉法之徒,必须予以严惩!

正当葆亨和徐时霖坐立不安如坐针毡之时,一群侍卫突然从一侧房间涌出将葆亨和徐时霖两人团团围住。两人大吃一惊!

葆　亨:干什么,干什么?

徐时霖:放肆!这是布政使葆亨葆大人,谁下的令让你们如此胆大包天?

张之洞:我,本部院下的令!

徐时霖:张……张抚台……

葆　亨:(强作镇静)张大人,我可是堂堂皇上赏赐的珊瑚顶戴正三品官员,是你想抓就能抓的吗?

张之洞:作为一省财库总管,连济灾救命的赈灾钱粮都敢昧着良心中饱私囊,卖官受贿、放银回扣、欺男霸女、杀人灭口,这一件件贪赃枉法的事,哪一条都够得上锁拿你进京受惩!

葆　亨:哼,捉贼拿赃,捉奸拿双。张大人,你说的这些,可有证据?

张之洞:(示意桑治平,桑治平一挥手,几个兵丁从侧房内将灰头土脸被捆着的王定安、杜师爷推出)让他们来说说?

杜师爷:徐……徐时霖,还有你……你姓葆的,我鞍前马……马后侍……侍候你们多年,你却狠……狠心要我命……

葆　亨:(先是惊吓如果,片刻又强作镇静)杜师爷,你这条疯狗,怎么乱咬人?张大人,你为了在太后面前摆功,也不能这么演戏吧?这种疯狗屈打成招的事我见多了。你这是在无端陷害本官!再说了,就算有罪,你有太后谕旨朱批吗?

阎敬铭:谕旨朱批在此!(随着声音,阎敬铭也从侧门走出来,手持圣谕朱批）:户部尚书阎敬铭,奉太后、皇上旨谕,受恭亲王之托,将结党营私,伙同阳曲县令徐时霖贪赃枉法、荒废政务的山西布政使葆亨,冀宁道王定安,革职锁拿进京,交军机处审讯严惩!

侍卫一拥而上将葆亨、徐时霖扭绑起来……
围坐在各个方桌上的官员面面相觑,有的吓得浑身哆嗦……

葆　亨:张之洞,你别太得意,欺男霸女、假公济私!长期霸占女琴师,"蔚丰厚"毛老板给你五万两银子这些事,谁不知道?我到太后那儿定要告你!

阎敬铭:押下去!

张之洞:贪赃枉法,祸害百姓,国法难容。不是不报,时候未到。葆亨、王定安和徐时霖的下场,诸位都看到了。至于刚才葆亨所言,诸位可充分查证,如发现我张之洞有一文贪污,我自辞巡抚之职到刑部请罪!现在,本部院通告:凡牵涉到葆亨、王定安贪污救灾粮款的,限三十天内主动坦白,如数退回所贪赃款,并加三成罚金,照办者原官原职免于处分。而各府州县库,即日起开始清查账目,在十天内清查期间主动交还所欠公款的,一律不以贪污挪用论处。另外:经太后、皇上批谕,藩司之职,由易佩坤担任,冀宁道员由马丕瑶担任……

【画外音】葆亨、王定安等一伙贪赃枉法官员的罢免和马丕瑶等一批清廉自守为官有方官员的升迁、嘉奖,山西官场震动巨大,一扫多年形成的贪腐懒散积习,暮气沉沉的三晋官场,犹如吹进一股春风,而长期饱受艰辛的三晋父老,也为之欢呼雀跃……

(27)时:日
　　　景:外
　　　人:张之洞、阎敬铭、桑治平、杨深秀、杨锐、葆亨、王定安、徐时霖、

杜师爷、民众

太原城街面上两旁挤满了成千上万的民众。杀威棒开道，戴着枷栲在被牛车拉着的囚笼中游街示众的葆亨、王定安、徐时霖、杜师爷、刘定邦等，在两旁挤满观看民众的街道中缓缓行驶。街道两旁商铺的鞭炮声、愤怒的民众责骂声响不绝于耳，不时有几个臭鸡蛋砸在几个贪官的身上甚至头上……

张之洞、桑治平、杨深秀、杨锐等陪着阎敬铭在驿站楼上看着街面民众的庆贺。

杨深秀：万人同庆，这种场面可是多年来都未见到的了。

杨　锐：惩贪治恶，民之所盼、民心所向啊！

张之洞：漪村，你和叔峤到下面走走去凑凑热闹吧，顺便也听听市井上民众各种各样的评论。

阎敬铭：对，这是个倾听民声的好机会。

杨深秀：抚台和尚书大人说得不错，我们去吧！

杨　锐：丹老，香师，那我和漪村就去了。

阎敬铭：好，去吧！

桑治平：丹老、抚台，请到里面喝茶！

(28)时：日
　　景：内
　　人：张之洞、阎敬铭、桑治平

阎敬铭：藩库的清理、藩司的被抓，给全省乃至全国的官场震动的确很大。不过，话说回来，张抚台你这么一来，可也在朝中结下了不少冤哪！

张之洞：丹老指的是那些该抓没抓的朝中大佬吧？

阎敬铭：连居功自傲的九帅曾国荃也受到牵连处置，你说你惹的人物还小还少吗?

张之洞:我记得,丹老从解州到榆次那天,闲叙中就和我说过官场上的事都互相牵连着,盘根错节,牵一发而动全身。故查一件事就会牵连到多件事,查一个人就会牵连到一批人,今后会有许多意想不到的麻烦事,甚至会带来极不利的后果。您还问起我想过没想过后果?我当时回答您说,丹老不必为我顾虑太多,我从来不会向邪恶低头。今天我还是这句话,从不存畏惮之心!

阎敬铭:张抚台身为疆吏,有如此气魄,老朽佩服。明日老朽就要启程回京了,抚台还有什么需老朽帮办的?

张之洞:山西属贫瘠之省,百姓日子之苦,丹老寓居山西多年,用不着我多讲。丹老现执掌户部,只望老前辈今后在下拨银两、周贫济困和减免赋税等上面能对山西略存悯恻之念。我以山西巡抚身份,在此代三晋一千多万父老乡亲感谢丹老了。(双手抱拳鞠躬)

阎敬铭:(双手抚张之洞肩)抚台免礼,放心吧,所托之事,老朽自当尽力而为。

第二十六集　开财源众人献良策
　　　　　　　下泽州古镇遇奇观

(1)时:日
　景:内
　人:张之洞、桑治平、杨深秀、易佩坤、大根

巡抚衙门。签押房。张之洞和桑治平、杨深秀等幕僚在议事,大根忙着给各位添茶水。

张之洞:丹老先生回京前,说这次清查藩库,参劾葆亨、王定安,太后赞

扬咱们办事实在,还说山西大灾后元气未复,要户部照顾一下山西。仲子兄,前段让你和漪村到各地和乡间了解咱们山西财库、税收、贡输铁和丝绸等情况,你们就把这次下各地梳理和归纳的情况说说吧。

桑治平:山西属贫瘠之省,公家经费本来就缺口大,但类似贡输晋铁一类赔钱的事却不少。而藩库三十年未清,葆亨、王定安他们又浑水摸鱼大肆贪污,让本来就缺银钱的公家经费更是如雪上加霜。经费短缺,但该支付的一样也不能少,就不得不向百姓摊派。据我在山西多年的经历,知道除刚才讲的每年贡输生铁之外,还有农桑捐、生素捐、呈文纸、毛头纸、京饷津贴、科场经费、岁科考棚费、兵部科饭食、印红饭食、秋审繁费、土盐公用等二十项之多的费用,就需银近三十万两。藩库钱不够,也就只好摊派到老百姓头上。

张之洞:所以,咱们看一看,这些一项项摊派中有哪些能给老百姓免去就尽量免去。

杨深秀:为百姓减少摊派是应该,但做起来又谈何容易?毕竟能减的也是少之又少,故只有在开发财源上寻出路,才是解决山西贫瘠根本之道。

张之洞:减少摊派难度大,开发财源也不易,但这事又必须做,故想听听大家的意见。

杨深秀:从表面上看山西贫瘠,实际上真正做到人尽其才,物尽其流,山西也还是有不少可致富财路的。

张之洞:这么说,广开财源让山西脱贫致富的门路上,漪村心中有个数?(听到敲门声)——谁?

杨深秀:(过去开门)易大人?

一官员拿一份印有工部字样的咨文匆匆进来。(字幕显示:新任藩司易佩坤,字子笏)

易佩坤:张抚台,司部刚接到这份咨文,这差事太难为人了。几天来我为此寝食不安,不知该怎么办才好,只好禀告抚台您来了。

张之洞:子笏别慌,有何难为之处,坐下慢慢讲。

易佩坤：工部咨文要咱山西依惯例，两个月内筹足好铁二十万斤运往上海，交江南制造局，连脚费只给二万两银子，从当年地丁银中扣除。这好铁从哪儿能筹集这么多？况且，这费用是一百年前定的，这二万两银子价格如今甭说还包括筹铁的费用，实际上单连脚费也不够呀！怎么办？

张之洞：这事以前是怎么办的？

易佩坤：我也是才听藩司衙门里人讲的，往年办此事采用的是瞒、贿、压三种手段过的关。

张之洞：什么瞒、贿、压，说详细点。

易佩坤：瞒，就是瞒朝廷，到限期满时给朝廷上一道折子，说铁已筹好，即日起妥运上海交江南制造局；贿，就是给江南制造局办事人员塞上一张大大的银票，请他们告诉当局已如数收到山西押解来的二十万斤好铁。实际上，收到的铁中多是平铁、废铁；压，就是出铁的泽州、辽州、平定一带，向当地府县压价压斤两，要他们如数如期运到上海，藩库并不拿一分银子补给他们，任他们去摊派盘剥。

张之洞：（拍案大怒）岂有此理！瞒上压下已罪不可恕，还贿赂江南制造局，更罪加一等。你们知道江南制造局拿这些铁干什么？造枪炮子弹的呀！难怪中国和洋人打仗总吃败仗，用这样的铁制造出的枪炮子弹怎能打胜仗？混账！

易佩坤：葆亨做法固不可取，但工部的要求又办不到，且现在因铁运不出去，铁不值钱，炼铁炉都废了，连铁都收不到，一无钱二无铁，万般无奈之下才来请示抚台大人您给个主意的。

桑治平：子笏说的是个问题，真还得想想怎么办才好呢。

张之洞：这样吧，子笏你就先回府，一半天我们就商量解决此事。

易佩坤：那好，您忙，我就先告辞了。

【画外音】新任藩司易佩坤说得不假，葆亨这种瞒、贿、压的做法当然不可取，但工部的要求又实在办不到，这差怎么交呢？张之洞一时也没了主意。

(2)时：夜

　　景：内

　　人：张之洞、桑治平、马丕瑶、杨深秀、大根

巡抚衙门。张之洞书房兼客厅。书案旁，张之洞和桑治平在一张纸上写画着并商量着什么呢。听到敲门声，正沏茶的大根过去开了门。马丕瑶、杨深秀进来。

杨深秀：仲子兄也在呀！看着窗户灯亮着，知道张大人没睡，过来看看。

桑治平：玉山、漪村，快坐下。

大　根：（提壶拿茶碗过来）请喝茶。

张之洞：来，坐一会儿，咱们边喝边聊。

杨深秀：好。

张之洞：漪村，下午你提到开财源的事，有什么新想法，接着说说吧。

杨深秀：我是说，山西虽山多地少民众贫瘠，但地下矿藏丰富，山西致富应该在矿业上做文章。我老家一带用的铁锅就多是泽州府运过来的。如果能把煤铁产量做上去，再运到冀、鲁、豫等外省去，那山西岂不成了富庶之乡？

张之洞：是倒是，可就是挖出来的煤和炼成的铁，运不出去也变不成银子呀！我问过前年押送铁的那个铁差押运官，他说从山西到上海，运这二十万斤铁光脚费就耗费二万五千两，现在开销还要大些。下午易佩坤说工部下咨文贡输铁二十万斤的事，工部给的筹好铁费用二万两银连脚费都不够，所以矿产丰富不假，但挖出来并不等于是钱，炼出铁能便宜运出去才能变成钱。况且，听易佩坤说，现在连铁也因铁价贱无人炼铁而收购不上。

桑治平：前些年我从河南来山西时，见开封府周围一带卖的铁锅、铁勺还有铁锹、锄钯、犁铧一类农具也多是泽州府产的，现在你到咱们这市面上

去看看,铁器一类用品仍多是从泽州进的货,铸锅和打制农具的铁从哪儿来?一个千年传统冶炼之乡,不可能没人炼铁了吧?所以,我觉得漪村说得不错,山西致富应该在矿业上做文章。

马丕瑶:我从南到北,做了几年知县、同知,发现都有耕地地亩上瞒报不实漏税问题,我在解州做知县时做过调查,也测试过几个乡寨,所登记的耕地亩数与实际数相差还不少,我记得有一个渠头寨的地亩六万五千四百多亩,实测量下来七万四千八百多亩,相差近万亩。

杨深秀:玉山兄说的是事实,我在老家曾帮县衙门抄过全县地亩钱谷账目,几个朋友所在地田亩数比衙门所载多出好多。

张之洞:怎么会出现这种事?

马丕瑶:我开始也纳闷,后来一查才知,多数田亩数还是道光年间丈量的,距今四十多年了,这期间新开了不少荒地都未算上;还有一种情况是当年丈量时,有钱的大户人家为少交田亩税,行贿丈量人员,隐匿了田亩数。

杨深秀:这种情况古来有之,不足为怪。全省各县都是如此,若全省测量下来,数目也是可观的。

张之洞:依二位所说,看来是有必要重新做一次田亩丈量了。

马丕瑶:对。山西贫困,田亩税是主要税源,重新丈量,杜绝偷税漏税,把多出的田亩税补上,是一笔可观财源。

桑治平:要不,我去泽州府走一趟吧!现在朝廷要铁要得急,那儿作为冶炼之乡,去了能了解炼铁的真实情况,心中有个数,回来咱们也好商量对策。

张之洞:你们说得都有道理,那这些事就拜托你们了。玉山兄,你和漪村负责全省田亩的重新丈量;仲子兄你下泽州府实地察看一趟,我等你们的好消息。另外,看来,改变山西闭塞,我们得打通向直隶和河南的出口。

桑治平:香涛弟说得对,这也是富晋的关键。

(3)时:日

景:外

人：桑治平、小伙计

【画外音】桑治平没有去泽州府和凤台县衙门惊动当地官员,只身一人开始了私下的察访。

泽州府。近午时分。城门内,靠南面的繁华黄华街上熙熙攘攘的人群中,桑治平牵着马四处观看。街道两旁众多各式招牌中一幌子上横写有"裴记",竖书有"炒凉粉"三个字的小饭店,吸引住了桑治平的眼光。便就近把马拴了,来到这家小饭店前。门口的小伙计忙迎上来:"客官,里面请。"

(4)时:日
　　景:内
　　人:桑治平、裴掌柜、小伙计

桑治平踏入饭店,一中年男子(字幕显示:饭店裴掌柜)和小伙计赶忙迎上招呼桑治平坐下。

桑治平:掌柜的,贵姓?

裴掌柜:不言贵,我姓裴。客官想吃点什么?

桑治平:我看你外面幌子上写着"炒凉粉"三个字,这吃凉粉图的就是个凉爽,怎么还能用火炒?

裴掌柜:客官没来过山西吧?

桑治平:山西倒是来过,就是没来过泽州府。

裴掌柜:怪不得您不知。炒凉粉,里圪抓,清汤饸饹配金瓜。泽州府一道道特色美食中,这炒凉粉可以说是小吃一绝,在方圆这一片我又是最地道正宗的一家。客官,来一盘尝尝?从厨房不进这门你就能闻到倍儿香。

桑治平:(笑)好好,裴掌柜,就把你刚才说的那几样给我都上来尝尝。

裴掌柜：好嘞！

裴掌柜进厨房之时，门外突然传来一阵歌声，桑治平扭头朝门外望去，只见路对面一群人正围着看什么，歌声就是从那堆人中传出来的。桑治平好奇地起身走出门去。

(5)时：日
　　景：外
　　人：桑治平、卖针汉子、裴掌柜、民众

从饭店出来的桑治平朝那一群人走去。人群中间一个中年汉子正一手拿着块长方木板，一手拿着一把针边唱边往木板上甩插钢针。

卖针汉子：（唱）头号钢针长又长，赛过三关杨家将，父子九人九杆枪，七狼八虎幽州闯。（唱毕，用手一甩，九根长针齐刷刷插在木板上。接着唱）二号钢针亮又亮，赛过三国关云长，过五关（手抓起钢针一甩，又插到木板上五根二号针后接唱）、斩六将（又插木板上六根二号针）。十文钱，二十根钢针，哪位大姐大婶要？（见没人要，又唱起）三号钢针用途广，又缝大来又缝小，缝了马褂缝坎肩，春秋又缝小灰袄。三号钢针加上五根，大姐大婶哪位要？（见还没人要，又抓起十根钢针边唱边甩插到木板上）十根钢针明晃晃，带上回家大吉祥。我再加十根，算是给各位大姐大婶送个人情，十文，三十五根钢针，谁要？

桑治平：我要了。

卖针汉子：（边包针边说唱）好嘞，大哥，听口音您好像是外地人，那我就再加上五根钢针送大哥。四十根钢针油光光，根根钢针情意长，这位大哥好心肠，一路顺风回家乡。

桑治平正要接包好的针，感到身后有人拉他，一扭头，是裴掌柜："客官,您的饭做好端桌子上了。"

桑治平:好,好。两人往饭店返。

裴掌柜:客官,您怎么买起针来了?

桑治平:这种卖针方式太有趣了。我看他那么卖力还没人买,就买下了。

裴掌柜:客官真是菩萨心肠。其实等他针加到五十根或六十根再买也不迟。

桑治平:为什么?

裴掌柜:四号钢针受人夸,走进千家万户家,大车推来小车拉,推推拉拉遍中华。再加五根,哪位要?五号钢针虽说小,姑娘小姐离不了,能绣龙来能绣凤,绣个老鼠会打洞。我再加五根。客官,这时候你再买才合适。

桑治平:裴掌柜,你这人有意思。这卖针你怎么知道得这么详细?

裴掌柜:我跟他一个镇上的。客官可能还不知,我们那古镇不仅是有"九头十八匠的冶炼之乡",还有"三晋一镇""九州针都"之称谓,全镇手工制针的上百家。请,客官请进,到里面边吃边听我给您讲。

(6)时:日
　　景:内
　　人:桑治平、裴掌柜、小伙计、众食客

裴记饭店内,已有几个食客在用餐。桑治平望着餐桌上的饭菜,禁不住低头闻了闻香气扑鼻的炒凉粉,拿起筷子尝了尝。

桑治平:嗯,裴掌柜,名不虚传,你这炒凉粉名副其实,果然可称一绝,特别香的一种气味,特别美的一种口感。这几天我可每天都要来吃哟!

裴掌柜:那好啊!敢问客官来我们这儿是做生意,还是……

桑治平:我想来看看咱们这儿铁的行情。不知裴掌柜有没有这方面的消息。

裴掌柜：客官，您问我还真问对了人。我们这儿几个县都产铁，要说产量最多、质量最好还就数我们那个镇，炼的铁产等各种农具，每年仅往河南走也不止十万八万件。做钢针的更多，更是销往全国甚至国外。

桑治平：我听说每年不是还有朝廷下派的贡铁吗？

裴掌柜：公家给的价太低，非交不行大部分就用不太好的灰铁给应付了，真正的好铁留下铸锅制针打制了农具外销。

桑治平：你们那个镇叫什么镇？

裴掌柜：凤台县大阳镇。客官，我们那个古镇可是个好地方，俗称"三晋第一镇"，宋时建，元时修，"四寨七市八圪挡，沿河一十八斤庄，大小七十二条巷"，大着呢。还有崇安寺、汤帝庙、天柱古塔。出的人物也多。我那先辈裴宇明嘉靖年间还当过大官呢！

桑治平：明代当过礼部尚书和工部尚书的裴宇是你先辈？

裴掌柜：别提了，我这不争气的后人，说起来丢先祖的脸。

桑治平：也不能这么说，裴宇清廉洁守，你们这后人自食其力，与世无争，一家人平平安安过日子，不也很好吗？

裴掌柜：客官说得倒也是那么个理。对了，我今下午要回镇去雇车拉做凉粉的大粉，客官，您不是打听铁的行情吗？不瞒您说，我本家几个就开有炼铁炉和铸造坊，捎带也做手工制针的活儿，有没有心思去我们那古镇看看？这几天正有庙会。

桑治平：你那镇离这儿有多远？

裴掌柜：四十来里路，傍晚时分能赶到。今天是个大集日，我们那儿热闹着呢。客官，您要愿意去的话，铁价我让他们打打折，晚上还能看看热闹，夜里就住到我家，明天我陪您再去看炼铁炉，顺便看一看崇安寺、汤王庙、吴神庙龙树和针翁庙。

桑治平：针翁庙？

裴掌柜：对呀，针翁庙。供的就是教会我们制针的先祖，这庙全国也就唯有此一座。

桑治宁:听你裴掌柜这么一说,我可还真有想去你那古镇看看的想法呢。只不过是你要陪我,那不影响你饭店的生意吗?

裴掌柜:没事的,炒凉粉的原料还够几天用,生意上有小伙计他们照看着就行了。您吃过饭,我骑马与你一起去。

桑治平:好好,那我就随你去领略一下你们老家那古镇的风情。

(7)时:夜
　景:外
　人:桑治平、裴掌柜、说书人、民众

泽州府凤台县大阳古镇。作为古镇标志的九层天柱塔在晚霞的映照下,华盖般的塔尖被染得红光闪烁,分外耀眼。桑治平和裴掌柜骑着马从古塔旁经过,桑治平勒马头驻足下马,仰头看塔。裴掌柜也停住下马。

裴掌柜:客官,这就是天柱塔。累了吧,前面就进镇了,先到我家歇一歇,晚饭后我引你到五里街看热闹。

桑治平:好,咱们走。

二人穿过刻有"古阳阿县"匾额的城门洞进入正街。长石铺地的街道两旁,店铺林立,百货纷呈,路边卖针、卖药、卖各式小吃的应有尽有,红男绿女,摩肩擦背,喧闹鼎沸。桑治平东看看西瞅瞅,一切都让他感到新鲜:一小场地处,一群人正或坐或站听着一台阶上一说书人在说书,不由又停下脚步来。

说书人:……各位乡亲别着慌,道了上场我再道下场。小介板一打响叮当,我再来夸夸咱大阳。说大阳来道大阳,大阳的历史长又长。宋时建来元时昌,明清时大阳更辉煌。(说白:你要问我为什么?)哎——听我慢慢来给诸位讲。咱大阳是三晋第一镇,繁华的街道五里长,沿河有着十八庄,南北还有四寨上;咱大阳书院上下旺,咱大阳有七市八圪挡,你再问咱大阳多少个巷,还真得让我想一想,(快说白)小庙巷、大庙巷、太和巷、永和巷、川地巷、段马巷、老锅巷、高崖巷、南街巷、南洞巷、开元巷、至元巷、钱市、菜市、盐市、枣市、醋坊、酒坊、酱坊巷,还有那大名鼎鼎状元府巷……(接唱)大大小小、长长短短、高高低低、各式各样数不过来的七十二巷。说罢那地方咱说工坊,醋坊、酱坊、酒坊,还有那明晃晃、闪亮亮、油光光的大阳钢针美名扬四方……你要问还有啥好吃好看的,且等我抽袋烟、喝口汤,再接着给诸位细端详……

桑治平:裴掌柜,刚才这书的调叫什么调?

裴掌柜:泽州古书呀!

桑治平:这书说得好,有味。有些什么节目?

裴掌柜:大部分都是逗笑的,像"尿床""偷油糕""矬女婿"等,也有传统段子,如"小八义""刘公案"一类,反正有几十上百出段子任人点。客官,天不早了,回去吃饭,晚上好看头有的是!

桑治平:好,走吧!

两人走到一书有"光禄第"的牌楼前,裴掌柜对桑治平笑笑,指指近处一大门:"客官,我家到了。"

桑治平:(打量一下牌楼,又顺裴掌柜手指的方向望了一眼,双层雕花精湛的大门和不远处的拴马石桩,笑笑)裴掌柜,这是你先祖裴宇的府邸吧?

裴掌柜:客官说得不错,我这祖宅一进十八院,九宫八卦布局,当年很气派的。我们这些后人虽不少,但多已各奔四方,就我们少数的还守着这儿。房子多,族人就在后院开了车马店。咱们把马先拴上,进家去吧,一会儿我安排人牵上送马厩里喂上,咱们吃过饭,好带你去看热闹!(两人拴马石桩上拴好马,往裴掌柜家大门走去)

桑治平：萍水相逢，就给你添这么多麻烦，真不好意思。
裴掌柜：客官再这样说可就见外了。请进。

(8)时：夜
　　景：外
　　人：桑治平、裴掌柜、游人、艺人

夜晚的大阳镇五里长街，街道两旁的店铺门前，悬挂的各式灯笼把长街映照得流光溢彩，人群中的桑治平由裴掌柜领着四处游转：

这边是"一日高升"的民间戏耍……

那边是撼人心魄的"八音会"吹打……

五里长街从东到西一队接一队"抬花轿""跑驴""跑旱船"的故事会，一路表演过来……

桑治平显然被三个"二鬼板跌"摔跤摔得不可开交的表演吸引住了，正当他目不转睛看得正入迷时，突然西边半山坡一道又一道红光把半边天映红了。

桑治平：裴掌柜，那边是干什么？
裴掌柜：铁花赛呀！（见桑治平一脸茫然）就是把铁熔化成的铁水一勺一勺用板子打到空中变成闪亮的铁花。走，我引你去看看就知道了。

(9)时：夜
　　景：外
　　人：桑治平、裴掌柜、打铁花艺人、观众

大阳镇香山。半坡上南北两处搭的台子上，各有一个用风箱扇的小炼铁炉，两边台上各有一名赤着上身的壮汉，两台中间高架上挂有九盏灯笼，每盏灯笼下挂有一长串鞭炮。两边赤着上身的十多名壮汉交替打着铁花，每打起一勺铁水,天空就闪烁起一片亮星落下,十分壮观。

　　裴掌柜:你看,打到一定高度燃着鞭炮就算胜一局,而每当鞭炮被铁花点着观众就一片欢呼,直到九挂鞭炮燃放完毕决出胜负,打铁花才算结束。(桑治平被打铁花擂台赛壮观的场面惊讶得目瞪口呆!)

　　桑治平:裴掌柜,举办这么一次打铁花得用多少铁?
　　裴掌柜:三千斤左右。打铁两人都是我本家兄弟,他们都开着炼铁大炉。
　　桑治平:一年能炼多少铁?
　　裴掌柜:两家差不多,每年炼出好铁上万斤。
　　桑治平:这么多呀!
　　裴掌柜:这样的炼铁大户全县还有许多家,仅我们大阳也不少于二十家。
　　桑治平:(吃惊)这么说来,光你们镇年炼的铁就二十余万斤呀!
　　裴掌柜:不止,还有周围村寨不少小的炼炉户没算进去呢!
　　桑治平:真想不到,能产这么多铁,不愧称"冶炼之乡"啊!行,咱们回吧!
　　裴掌柜:客官是不是累了?最后收尾也是最好看的还有个"老杆烟火",想不想看了?
　　桑治平:想看呀,我还以为这"打铁花"就收尾了呢!
　　裴掌柜:"老杆烟火"因怕失火,选在镇外河滩放,走,咱们去!看,人们正往河滩那边赶呢!

　　(10)时:夜
　　　景:外
　　　人:桑治平、裴掌柜、民众

大阳镇外河滩。两岸上高高低低站满了观看的人群。宽敞的一河滩处,三个三丈高八卦形用竹竿搭成的巨型框架上绑满了几波烟花。戌时整,一阵喇叭声起,河两岸八音会顿时齐奏,三长者分别用火把点燃了第一波烟火:八卦形状的冲天炮齐鸣升空,在高空爆出三组不同色彩的八卦图形烟花,随着炮响声,整个天空被各种绚丽的色彩渲染得五彩缤纷!紧接着,第二波烟花又起……每次的图景都有所不同,每次都获得了观众的欢呼和掌声!

【画外音】与裴掌柜的一席谈话及此次的大阳之行,在桑治平内心引起了极大的震撼:一个县里的小镇年产的铁竟然就足够每年给朝廷的贡铁,尽管全省各地民生凋敝,然而泽州凤台县这一带却因铁业兴旺而商贾云集,市场繁华,民众也能安居乐业。看来,开矿兴业确实能富足一方。山西矿源丰富,若要能解决了运输问题,整个山西不愁富不起来。想到这儿,他恨不得立马就赶回太原,把情况迅速告诉张之洞。

(11)时:夜
　　景:内
　　人:桑治平、裴掌柜

裴家大院。一客房内,裴掌柜为桑治平点上蜡烛,倒上茶水。

裴掌柜:客官,跑了大半夜,您累了吧,早点歇着,明天我带你去看汤王庙、龙树和书院。

桑治平:今天长见识了,一点儿也不感觉累。裴掌柜若不急睡,就再坐一会儿吧,有些事还想请教一下呢!

裴掌柜:请教不敢当,我知道的客官尽管问。

桑治平:产那么多铁,怎么往外销呀?

裴掌柜:铸锅本地用一部分,因和河南搭界,剩下的多是河南人来运走的。

桑治平：本地人为什么不运？这样脚费不是自己挣了吗？

裴掌柜：客官有所不知，如果有马车大道当然合算，山下河南一马平川，脚费运到焦作、开封一带，肯定比现在省一半。但靠骡马将铁从陵川东或凤台南两条古道驮运出去，脚费就不合算，而人家河南铁贩子运，却自有一套省脚费的办法。

桑治平：不能学学他们的办法？

裴掌柜：学不来。

桑治平：不就是个运铁嘛，有啥学不来？

裴掌柜：这里住着有河南铁贩子，客官要有机会与他们一起去看看体验一回就知道了。好了，我要去睡了，您快歇着吧！

望着出门的裴掌柜的背影，桑治平陷入了深思之中。

(12) 时：日
　　景：内
　　人：桑治平、裴掌柜

次日清晨，客房内的桑治平整理着行装，拿出一个小银圆宝来装身上，裴掌柜提一饭盒进来，打开饭盒取出饭菜。

桑治平：好香啊！

裴掌柜：这也是我们大阳特色小吃，天鹅蛋、炒煎饼、油糕、卷薄馍，这是浆水酸菜不烂汤。

桑治平：嗯，好吃，特别是这卷薄馍配上这……什么汤？

裴掌柜：浆水酸菜不烂汤。

桑治平：对，配上这浆水酸菜不烂汤，吃起来别有一种特别美的口感。

裴掌柜：那您多吃点。吃罢饭，我带您去汤王庙和"一闻酒香满蝶飞"

的香山看看。

桑治平：裴掌柜，不好意思，我得回去了。

裴掌柜：怎么了？昨天说得不是好好的嘛！

桑治平：一件事得回去急办，办完我还会再来的。不过，得谢谢你这两天的热诚招待，(拿出小银元宝)这个给你放下。

裴掌柜：不不，客官。

桑治平：我吃住在你家开的店里，你又陪着我看热闹，买卖公平的事，应该的。

裴掌柜：太多了，这哪里好意思。——对了，昨晚您问运铁的事，我没有对客官说完。我们这儿炼的铁，官家给的价太低，多是用含杂质多的灰铁应付。真正精炼的好铁，是卖给了河南铁贩，一是他们出的价钱高，二是运输路途也不远，半天就能到了河南地，且铁还既好又便宜，两利的事。

桑治平：裴掌柜越说怎么我越不明白了。据我所知，泽州府到河南最近处少说也有百多里程，你大阳这炼铁地离泽州还四十来里远，半天能到河南地，你不是讲故事吧？

裴掌柜：我们这儿流传有个"山西跌牛，河南吃肉"的故事，说的就是我们凤台县一个和河南搭界的地方，山上是我们山西，且通车道，而山下就是一马平川河南地方，有个缺口地方山崖直陡直上，河南铁贩子就是从这儿把铁放下去用大车拉到开封，再通过水路用船卖到南方挣大钱去了。根本用不着驴驮马载绕山路。

桑治平：原来这样呀，这可真是个省钱省工的好办法！裴掌柜，这儿往潞州，从哪儿走较近？

裴掌柜：大阳四城门洞上有东作、南讹、西成、北钥石刻，从刻有北钥的城门洞顺大路往北一直走十余里到高平"长平之战"时的"光狼城"，出"光狼城"再往东北走二十多里就到高平县了。

桑治平：行，后面的路我就知道了。

第二十七集　抛偏见巡抚会洋人
　　　　　　解难题教士献良言

(1)时：夜
　景：内
　人：张之洞、杨深秀、杨锐

夜。月朗星稀。正在书案旁往呈报上来的禀帖上写批语有点困的张之洞，站起伸背展腰后，忽听到敲门声。大根过去开门，杨深秀和杨锐进来。

杨深秀：张大人，您还没睡呀？

张之洞：杨孝廉不是也没睡？

杨深秀：我睡不着，突然想起有几件事，要跟您禀报，见您房里烛光还亮着，就过来了。

张之洞：来，坐一会儿吧，我刚收到姐夫鹿传林临调四川做藩司前从福建寄来的铁观音，想喝不？

杨深秀：他临离福建寄来的，必是铁观音中极品，如此好茶，当然要喝了。

大　根：那好，我泡茶去。

杨深秀：张大人，两年前，您还只是侍读学士时，您姐夫已是福建臬司了。这两年，您官位却已是巡抚而超过他了。

张之洞：这官场中的事很难说得清楚，你杨孝廉今天在我这儿做事，三年后谁能断定说你就不在我之上呢？

杨深秀：张抚台说笑话，您看我这脸有正二品的相吗？

张之洞：有，正一品都有。好了，不开玩笑了，你刚才说有几件事要告诉我，什么事你说吧！

杨深秀：桑先生这两天有什么消息吗？

张之洞：没有。这两天我也正为贡铁的事发愁呢。易佩坤说工部那边又催了。

杨　锐：香师，能不能和丹老说说，他了解山西情况，给山西减点贡铁数量或增加点脚费，且作为户部尚书，这些也都是他分内的事哪。

张之洞：丹老才担任户部尚书不久，前段为抓捕葆亨和王定安的事，他得罪了不少与这二人关系密切的御史，减贡增费的事现在还不是提的时候，不能难为他。咱们主要是要想办法开通大路，省下脚费来，不然，以后每年这庞大的脚费开支从何处来？

杨深秀：您说得不错，开通大路能便宜运出去才是解决贡铁差事的根本办法。但远水不解近渴，我这次下去认识的一个人，他说可帮助解决这次省脚费事，称这二十万斤铁，他七千五百两银子就能包运到上海。

张之洞：真的？谁能有这么大的本事？

杨深秀：这个人是我在潞州遇到的，是个洋人。

张之洞：洋人？不可信，都是些骗子！

杨深秀：我住的地方和他是隔壁，晚上没事时常在一起喝茶谈话，我看他不但不是骗子，反而比我们好多中国人都要诚实。

张之洞：你和他喝茶谈话？什么时候你学会洋文了？

杨深秀：我们是用中国话交谈。您可能根本想不到，他说的中国话比你我都中听，标准的京腔。他叫李提摩太，是位英国传教士，买过我的画，还和我学过几天。

杨　锐：漪村说得不错，这位洋人的确与别的洋人不一样，中国话讲得好，心地也善良，光绪三年大旱时，他在潞州组织教会出钱一万两银赈救灾民。曾九帅上报朝廷，赏他四品衔的顶戴，他说，四品顶戴我不要，只要能听进他"开矿产、兴实业、通贸易、办学堂"这些富晋的建议，不要再让百姓如此饥寒交迫就满足了。

张之洞：这真是个怪洋人。传教士里还有这种好人？

杨深秀：我知道，洋人在你们清流出身的人印象中都是骗人的坏蛋。

但我对洋人有不同的看法。比如洋教的宗旨是劝人为善,反对做坏事,这一点起码与我们的儒学求仁成仁是一致的,更与老百姓信奉的佛祖、菩萨一个样。而传教士在中国办了不少育婴堂,收容流浪孤儿,还办医院免费为百姓治病,还提倡禁种罂粟,反对吸食鸦片。这些事实我们不能不承认吧?

张之洞:反对种罂粟、吸食鸦片?此话当真?

杨深秀:一点不假,我在李提摩太那儿就看到过他们的教规,明文规定教徒不可吸食鸦片,并有劝导别人不吸食鸦片之责任。在潞州住的这一段,当地一带百姓都称李提摩太为洋善人。他还送了我几本他自己写的叫《富晋新规》的小册子,今天给您也带了一本。您不妨读读,可能对他这个洋人会更了解一点。

(2)时:夜
　景:外
　人:张之洞、大根

灯下,张之洞翻着《富晋新规》看。显然他被里面的内容感染了,连大根提壶进来给他添茶水都不觉得。看到张之洞津津有味忘我的样子,大根轻轻放下壶悄然闭上门退了出去。

【画外音】李提摩太这位洋教士的《富晋新规》小册子,显然吸引了这位清流出身对洋人素有偏见的巡抚。特别是小册子中引用"穷则变,变则通"这句《易传》上的话和"开矿产、兴实业、通贸易、办学堂"这四条新规的建议,让张之洞打心眼儿里对这位洋人有了不一样的认识。他决定:尽快召见一下李提摩太这位不一般、有点怪的洋人。

(3)时:日
　景:内

人：张之洞、杨深秀、桑治平、李提摩太

巡抚衙门。签押房。杨深秀领一个穿酱色土布长袍，黑底起金色团花缎面马褂，头戴一顶黑呢瓜皮帽的洋人进来（字幕显示：英国传教士李提摩太）。

杨深秀：张抚台，我领他来了。
李提摩太：拜见巡抚大人。
张之洞：先生的中国话说得真好。
李提摩太：久闻抚台大人道德文章满天下，敝人十分敬佩。（右手按在胸口上弯腰致礼）
张之洞：李先生过奖了，也不过是徒有虚名罢了。请坐吧！
杨深秀：李先生不仅中国话说得好，连山西话也学得很像，在潞安一带与当地百姓连当地方言都说得上呢。
张之洞：看来，先生真是个语言天才呀！听说先生可帮将山西之铁运到上海，脚费也低廉，不知是何良方？
李提摩太：山西的铁要运出去大都是陆路，故耗费很大。而要用敝国的轮船公司海运，从天津塘沽港上船直达上海，可省去一少半的脚费。
张之洞：你和轮船公司熟？
李提摩太：公司在贵国经营航运已二十多年，信誉一向好，且我和公司总经理同乡，从小一块长大，友情很好。只要山西的铁今后由该公司运，我可以让他们八折优惠。
张之洞：好啊，这样吧，先试运上这一次，双方都有利并顺利的话，就签契约。
李提摩太：行。我和公司说，这次脚费就以八折结算。
张之洞：昨晚我读了先生的《富晋新规》，先生能为山西的致富用许多心思提这些建议，作为山西巡抚，对此十分感谢。这些容咱们今后抽空再详谈。

李提摩太:漪村先生和我介绍说巡抚大人开明爽快,今日果然领教。巡抚大人今后若还有什么需我效劳的,尽管吩咐。

张之洞:还真有一事想请教。

李提摩太:大人请讲。

张之洞:先生是英国人,英国在世界上号称头号强国,我想听听你谈谈,贵国是如何富强起来的?

李提摩太:敝国之所以富强,原因众多,但主要差别在于敝国的科技水平要比贵国发达一些。

张之洞:科技水平?什么叫科技?

李提摩太:这个……(挠头皮看看杨深秀)

杨深秀:李先生所言"科技"之词是近几年才出现的,指的是每一科每一门的学问,每一科每一门学问的技巧。比如机器制造这一科,英国所造大到轮船、枪炮、开矿机器,小到钟表等这种技术就比我们发达,但瓷器制造、丝绸织造这一科我们的技术就略高一等。科技大概就应该是这个意思。李先生,不知我这样解释对不对?

李提摩太:对对对,就是这个意思。贵国地大物博,人口众多,也很聪明,要是也和敝国一样把聪明用到科技发展上,那可不得了。只可惜,贵国人把聪明——恕我直言,都用错了地方。

张之洞:此话怎讲?

李提摩太:我们英国人喜欢对天地间一切事物用心研究,也就是得力于科学。又不断把研究成果转化为对人有利的东西为人类所用,这就是技术。科学技术就让我们英国富有强大;而贵国呢,多数人却把心思用到了对人的研究上。如一个士人应该如何如何才能被别人承认为君子,一个官员应该如何如何才可以得到上司信任,才能够官运好、升迁快;对四书五经、复述前朝掌故清清楚楚,但对眼前发生的事,却往往讲不清楚且拿不出一个好的处理办法来;再者,还常常嫉贤妒能,把好多真才实学有本事却耿介的人才压制荒废。除此以外,把大量时光耗在麻将桌、鸦片馆上,这如何能把科技水平提高上去?科技不发达,国力如何强大?不揣冒昧斗胆说了这些,还望巡抚大人见谅!

张之洞:说得好!我喜欢你这样率直的人。那李先生,你《富晋新规》里所说的开矿产、兴实业、通贸易、办学堂这些新规都不错,具体有什么详细建议还想听听你谈。

李提摩太:这富晋四项,都需要一个基础,那就是大路通达。晋地江河不易大型船只航运,出省往天津唯有陆路,如陆路除驴驮马拉再能修成一条铁路直达天津,那晋煤晋铁输出脚费可就大减特减了。

张之洞:修铁路?

李提摩太:就是火车路,去年河北开平矿务局到唐山的那种一次能拉成千上万吨煤铁且跑得比马还快的大铁车,都快修好了。

张之洞:我从河北来,这事我知道,可山西多的是崇山峻岭,火车能爬坡上山吗?

李提摩太:不瞒巡抚大人,我从英国带了个小火车模型,除了小,实质上和真的无异,您想看看吗?

张之洞:是,我想看看这火车模样。

签押房门口。易佩坤欲进,见张之洞正和一个洋人谈得正欢,便停下脚步。杨深秀见易佩坤焦急而又不愿进来打断的样子,便走到李提摩太前附在耳边说了句什么,李提摩太点点头。

李提摩太:巡抚大人,您公务繁忙,非常抱歉我今天占用了您不少时间。我今天也未带小火车模型,您就约个时间吧,除了小火车模型,我回去再多准备几样科技上的小玩意儿。愿随时来为巡抚大人效力。

张之洞:那好吧!后天,后天你再来,巳初二刻前我等你,咱们接着谈,好吗?

李提摩太:好,我后天准时来。谢谢巡抚大人接见。

张之洞:对了,李先生,你那《富晋新规》还有吗?我还想要几本。

李提摩太:有有,我下次来时给您带上。

李提摩太再次用右手掩在胸口微微一弯腰,后退三步转身离去。

张之洞:这位李洋人不但精通中国话,用洋人礼节时又把中国的礼节也结合做得如此得体,难怪你们都喜欢他。连我这初次一见也喜欢上他了。

桑治平:这就是人们常说的中国通嘛!

张之洞:后天你们都在,一起再和他好好聊聊。

(4)时:夜
　　景:外
　　人:桑治平、大根

夜。星星闪烁的天空,流水般的月光洒在庭院的花丛枝叶上。张之洞的住宅窗户上亮着烛光。桑治平从庭院过来,正碰上大根提着壶出来。

桑治平:大根,你四叔在里面吧?

大　根:在,你进去吧,我去打点开水泡茶。

(5)时:夜
　　景:内
　　人:张之洞、桑治平、大根

巡抚衙门后院内宅,正在书房兼客厅看书的张之洞,见桑治平进来惊喜地站起:"仲子兄,你什么时候回来的?"

桑治平:刚进门,看您灯亮着,刚才碰见大根说你在屋里,就进来见见您。

张之洞：此行怎么样？铁能不能收购得上？

桑治平：不虚此行，那儿不愧是冶炼之乡，我去的地方仅一个镇炼的好铁一年就数十万斤，那是号称"三晋第一镇"的一个奇特古镇，除冶炼铸造业发达，手制钢针占全国大半个市场还销往海外，也极少有人吸食鸦片。建议您也能抽空去那儿看看。

张之洞：听你这么一说，还真想去这古镇看一看呢。好，这贡铁的事是暂不发愁了，但作长久打算，必须解决山西闭塞的问题。

桑治平：对，如您上次所说，必须尽快开通榆次至直隶获鹿县和泽州府去河南的通车大路。

张之洞：你让漪村和杨锐过来，一同商议一下这些事。

(6)时：日
　　　景：内
　　　人：张之洞、桑治平、杨深秀、杨锐、大根

巡抚衙门。张之洞客厅兼书房里，张之洞和他的幕僚桑治平、杨深秀、杨锐在一起品茶议政。大根不时给诸位添茶水。

张之洞：昨天易佩坤来，说工部又下咨文索贡绸绢一千匹。数量比往年少了一二百匹，但这几年大灾过后不久，百姓生活苦，绸绢卖不起价，织造绸绢的作坊基本都改行了，故凑齐这一千匹绸绢也很难。也怪不得这位新藩司说，一个贡铁，一个绸绢，是压在山西民众身上的两座大山呀！

杨深秀：这正是李提摩太所写《富晋新规》中值得我们参阅思考之处。

张之洞：你们说得都在理。昨天，李提摩太说《富晋新规》基础是大路通达，有他的道理，路通则国盛，路塞则国败。古人都懂这个道理，所以修路是眼前急需办的事。至于修火车路，山西东和南出省之处皆山高沟深，谈何容易？且费用上也不是个小数字。这事你们有何想法？

杨深秀：单从煤和铁来说，路不通，挖炼得堆成山，卖不出去也是枉然。

大路通达，运货脚费自然会减少，只要成本降下，量增多收益自然也会提高，绝对是致富山西的好路子。

桑治平：漪村说得有道理。修路特别是修火车路，虽然得花大钱，但卖出去的煤和铁与目前这种差价比，用不了多久成本就收回来了，长远看是很合算的。

杨　锐：香师，这修路本来就是积德行善之举，况且作为盛产矿产的省份，道路畅达是富晋的必须举措。故我也赞同二位师兄说的。

张之洞：既然大家都这么认为，那下一步就勘察好入冀或豫最短路径，先定下修大路来。至于你们所说的铁路，等明天那位李洋人带来了小火车咱们看看再议。

杨深秀：行，李提摩太要拿做试验的模型，明天我雇车去接他。

杨　锐：不用了。我住的离他住的那儿近，明天一早和他相随来好了。

张之洞：好，你们安排吧。

第二十八集　小实验众人惊叹　　大气魄巡抚革新

(1) 时：夜
　　景：内
　　人：张之洞、桑治平、大根

巡抚衙门。张之洞书房兼客厅。正在烛光下翻着《富晋新规》陪着张之洞看书的大根听到敲门声，走过去开门。进来的是桑治平。

张之洞：还没睡？

桑治平：一时睡不着，估计您也不会早睡，过来一看灯果然亮着。——大根，不错呀，你也在看李洋人这个小册子？

大　　根：瞎翻翻，好多字不认识。不过，这里面写的一些致富办法我倒是觉得挺让人服气的。

桑治平：香涛弟，您看看，大根也觉得李提摩太讲得有道理，说明《富晋新规》这本小册子很得人心。我觉得明天李提摩太来展示这个科技小实验时，是不是让更多人来看看开一下眼界更好？

张之洞：嗯，你说得对。藩司、臬司、粮台及太原府诸衙门，这些人大概也和我一样，听说的多，见的少，是需要开开眼界的。这样吧，让杨锐不要接李提摩太到巡抚衙门来了，直接到"当仁洞"议事厅去。

桑治平：那现在就得去告诉杨锐，明早怕赶不及。

大　　根：那我现在去吧，我知道杨锐住的那个地方。

张之洞：行，那你去吧！仲子兄，你再让巡捕分头派人连夜通知太原的各衙门，让他们明天卯二刻准时到"当仁洞"议事厅去。

桑治平：好，我马上让人去通知。

(2)时：日

景：内

人：张之洞、桑治平、杨深秀、杨锐、李提摩太、马丕瑶、薛元钊、方龙光、易佩坤、方潚益、薄德文、王仁堪、李秉衡等众官员，大根、衙役、仆人

"当仁洞"议事厅。张之洞坐的案几四周，桌椅板凳围成圆圈，坐满了太原城几个大衙门的官员。他们交头接耳，窃窃私语着。片刻，杨深秀和杨锐领着李提摩太从一个房间出来，李提摩太自己提着一个铁皮小箱，后面跟着两位仆人抬着一个铁皮包角的大木箱。李提摩太碧眼隆鼻，却一身中式长袍马褂留辫子的装扮，让四周的众官员一下子都流露出一种诧异的目光。

李提摩太走到张之洞面前，放下铁皮小箱，行了个右手掩胸的见面礼。

张之洞：这位是从英国来的李提摩太先生，在我们中国住了十五六年

了,在山西也好几年了。他的中国话说得好,咱山西土话也会说。今天请诸位来,就是一起观看李先生给我们做两项科技小实验的展示。李先生,今天我把太原的几大衙门官员都请来了,请开始展示你的科技吧!

李提摩太:(向众人鞠躬)谢谢巡抚大人的美好安排,请各位大人稍等片刻,我让助手安装一下。

李提摩太让两仆人打开一大一小两个箱子,从大箱子中取出一捆小铁轨在地上安装成一个大圈。李提摩太把小箱子里面的一个火车头模型取出放在铁轨上,又从大木箱中取出两个平板车箱挂在小火车头后面。

李提摩太:抚台大人,现在开始吧?

张之洞:好,开始吧!

李提摩太:(指指小火车头模型)各位大人,昨天,巡抚大人问起我英国富强的原因,我说英国富强原因主要靠科技,而科技中两个最突出的就是一个蒸汽机、一个电。我先说蒸汽机。这是一个用蒸汽机制造的火车头模型。在我们英国运货物主要靠的就是火车。由这种火车头后面牵挂拉着十四五个车厢,一个车厢可装五六万斤货物,十多个车厢就七八十万斤以上。

官员们不时发出赞叹声,李提摩太拿出一包火柴,将火车头后面一个小铜锅下方打开,点燃里面的酒精。不一会儿,上面锅里的水开了,顶端一个筒状口冒起了白气。李提摩太动了一下开关,轮子上的曲曲折折横杆竟扭动着将轮子转动了起来。小火车头拉着两个小平板车沿铁轨转起圈的同时,不时发出"扑哧、扑哧"的叫声。

李提摩太:刚才我听到有个大人议论,说不相信火车有那么大力气。我现在再做个测验,可让诸位看看这个小小火车模型会有多大力气?

423

李提摩太说完,便把两只脚分站在小火车头后面牵挂着的小平板车上,而小小火车头却仍能继续拉着转圈,丝毫不减速。这情景让众官员看得目瞪口呆,连张之洞也不由得连连称奇。

方濬益:李先生,你不会在玩轻功吧?
李提摩太:(动开关停住车,从平板车上下来)这位大人,我看你比我还胖一点,站上去试试?

李提摩太让方濬益站上去,手扶着他的胳膊,弯下腰动了一下开关,小火车又拉着方濬益"扑哧、扑哧"沿小铁轨转动起来。
"神了!神了!"四周又一片赞叹声。

李提摩太:各位看到了吧?这就是蒸汽机做成火车头显示的力量。这个不足一尺、不过装一茶壶水的小小蒸汽机制成的小火车模型就能拉动百多斤重的,要装上几千斤水的大蒸汽机力气有多大就可想而知了。倘若要把蒸汽机装在船上,那就不需要人力划动了,装上几万几十万斤货物也能在大江大海中自由行驶。同样,若将它装在挖煤机上,地下的煤就不用人挖人运,成百上千斤重的煤就会连挖带运源源不断输送到地面上来。好,介绍了蒸汽机,我再给诸位大人展示一下另一个科技——电。在展示之前,先给大家做个小实验。

李摩提太把桌子上一张白纸撕成碎片,又从铁皮箱内拿出一块毛皮和一根玻璃棒,将皮毛用力地在玻璃棒上摩擦几下后,将玻璃棒一头对着碎纸片,碎纸片在离玻璃棒寸把远时就被吸过去。

李提摩太:为什么能把纸吸过来?就是因为有电这个看不见的东西在"作怪"。现在我就做电的用途展示。漪村先生,请您再找个人辛苦一下帮个忙。

杨深秀叫了一衙役过来。李摩提太从大木箱中拿出两个有铃、有个单话筒的木匣子（原始有摇把的老式电话机）和一大盘黑粗绳。他将连着长线的木匣子一头自己拿着，另一个木匣子交给杨深秀，一大盘黑粗线（电线）交给衙役。

李提摩太：漪村先生，你们两人带这个到门外去，远远的，线铺完了你摇几下木匣子上这个手柄，再拿起这个听话筒等我和你说话，回答时对住木匣子上这个洞。明白了吗？

杨深秀点点头，捧起木匣子，由衙役提着一大盘黑粗线边走边拖着线出了议事厅，又走出"当仁洞"……

李提摩太待杨深秀和帮忙的衙役出去后，过去关上议事厅门，又返回到厅中央。

李提摩太：诸位大人，这个黑线五十余丈长，线铺完就说明漪村先生已走出五十丈开外，你们任何人在这儿想和他讲话或是喊话，他现在已经听不到了。

(3)时：日
　　景：内
　　人：杨深秀、衙役、众侍卫

杨深秀和衙役相继从"当仁洞"出来，一直拖着线往东花园方向走，守卫的侍卫不时有人帮着把花丛中绊着黑线的枝条整理一下以让黑线通畅前行。一直走到东花园旁时，黑线到头。杨深秀停下来将木匣子放在花池边一块石头上，按李提摩太说的摇了几下手柄后拿起了那个漏斗型听筒……

(4)返回议事厅(2景、人)

听到铃声响起。

李提摩太:现在铃响了,说明漪村先生已走到黑线终了地方,用这个讲话(李提摩太拿起漏斗状的听话筒对着木匣上小黑圆口子),他就能听到。喂,漪村先生!(电话里:是我,我是漪村)你稍等片刻,巡抚大人和你讲话。(李提摩太拿起木匣子走到张之洞面前,递给他话筒。)巡抚大人,请您和他通通话。

张之洞:漪村,是我,你在哪?
杨深秀:(电话里)巡抚大人,我在东花园旁边。
张之洞:噢,东花园旁呐,能听清楚我说话吗?
杨深秀:(电话里)听得很清楚呀!
张之洞:好好,我听你讲话也很清楚。

看到在场的众官员瞠目结舌,又禁不住纷纷交头接耳的惊奇表情,张之洞也被感染了。他把话筒交到李提摩太手里,招招手让大家安静下来。

张之洞:好,好,李先生,这玩意儿不错!
李提摩太:各位大人,我和漪村先生手中拿的这个就是用电制造成的能远距离通话的电话机,是我们英国一个叫贝尔的人发明的。
张之洞:如果太原各衙门都安装上这个,有个什么事叫在场的众位,我也不必派人跑路通知了。
李提摩太:(对着话筒)好了,漪村先生,你回来吧。
李提摩太:巡抚大人说得不错。十多年前,贝尔又去美国成立了电话公司,如果贵国也成立这种电话公司,北京、天津、上海、广州……千里万里外都能和刚才巡抚大人与漪村先生这样通话。用电话通知,既省时又省力,方便得多了。正因为有了这看不见的电制造的电报和电话,我们大英帝国女王向各级官员下达圣旨,不像贵国目前这样由人骑着马去传递,而是不论官员住的地方如何偏远,也是寅时下达,卯时即可收到。电报也一样,只是能更远联系,且不用电线。

张之洞:李先生,今天你的几个科技实验,让我们都大开了眼界,非常感谢。但火车、电话和电报这些的使用,毕竟目前我们各方面还有一些困难,需要一个过程。

李提摩太:大人说得很对。蒸汽机和电话、电报等这类东西可以从我们英国买进来,但使用它们的人就必须经过培训学习来掌握这些技能。这不要紧,你们中国人很聪明,可以挑选书院一些年轻学子去我们英国学习,不用多久就会掌握这些科技的。如果张大人相信我,我愿意为此尽自己最大的努力。我今天的小试验展示就到此结束,为感谢巡抚大人给我这样的机会传播科技知识,我愿把我这个漪村先生已会用的简易电话留下给巡抚大人玩上一段日子。如果巡抚大人没什么事的话,敝人就不耽误各位的公务了。

张之洞:谢谢你的一番美意。(漪村回到议事厅)漪村,李先生带来了他写的《富晋新规》,你给诸位发下去,望大家带回去看了作为参考,谈出自己对富晋的见解。对今天李先生的科技小实验展示,深表感谢!李先生,来日方长,随时欢迎李先生来衙门赐教。

李提摩太:不敢不敢,张大人万不能言"赐教"二字,敝人真的承受不起。告辞了!

(5)时:夜
　　景:内
　　人:张之洞、桑治平、大根

张之洞住宅。书斋兼客厅,张之洞坐在案几上,边品茶边打量着面前李提摩太留下的电话机。大根提铁壶进来往紫砂茶壶里添水。

张之洞：大根，今天你在场也看到了李洋人的几个试验，有什么想法？

大　根：我觉得李先生这个洋人不错呀，看得出是个善人。他的那本《富晋新规》里讲的修路呀、开矿呀、办学呀什么的，四叔，这些我看都应该没错吧？

张之洞：你说得对，没错。我正想和你仲子叔聊聊这件事呢。天还早，让仲子叔过来一趟吧。

大　根：行，我去叫他。

张之洞：不用，用这个。

张之洞说完便放下茶碗，手握木匣子上摇柄摇了一阵，拿起了那个漏斗状的听话筒。片刻，听话筒里传来桑治平的声音："香涛弟，铃又响了，晚饭后这是第四次了，您这新鲜劲还没下去吧？说吧，想说点什么？"

张之洞：你过来一趟吧，真有事想要和你聊聊。

桑治平：（电话里）好吧，我这就过去。

大　根：这些外国人也真能，做的这些科技用起来果真就是方便。四叔，你说，咱中国人为何不能制造出这些好东西呢？

张之洞：前天李洋人来见我时，你也在场，他说的一些话也不无道理。咱们中国人并非不聪明，是用错了地方。故开矿、通商、修路、办学堂，他提到的这些方面，我们都必须好好地探讨才对。

大　根：人家把科技蒸汽机放到大船上，不用人划还行得快，把科技、电放到传话上，咱们骑马传令的还未出城门，人家就什么都提前知道了，怪不得打仗我们总是吃亏。

张之洞：所以，我们就得有科技。一会儿你仲子叔来了我就是要和他研讨这些事。这样吧，你去厨房把那半壶酒拿来，我和你仲子叔喝上几盅，边喝边谈，你也参加。

大　根：我？我可不行。好，我去拿酒，捎带去炒上两个菜。

张之洞：别弄了，你仲子叔非外人，中午不是还有剩下的一点花生米吗,就那拿来就行了。

门响,桑治平进来。

张之洞:仲子兄,快坐下。

大　根:(给桑治平沏茶)仲子叔,您喝茶。……四叔,我去了。

(6)**时**:夜
　　景:内
　　人:琴师李佩玉、准儿

准儿住的房间。病着的准儿盖着被子躺在床上。琴师李佩玉坐在床边用手背探探准儿的额头,又用手绢擦擦她脸上的汗。准儿慢慢睁开眼。

李佩玉:醒了?来,喝点水。(佩玉起身到床头案儿上提壶倒水过来喂准儿)

准　儿:李师,我不想喝了。

李佩玉:你烧退了,多喝点水,很快就又能跟师傅学弹琴了。

准　儿:李师,我饿了。

李佩玉:你想吃什么?我给你去做。

准　儿:我想吃你上次给我做的鸡蛋瓜丝饼。

李佩玉:行,师傅这就去给你这个小馋猫去做。你好好给我躺着等,好吗?

准　儿:嗯。

李佩玉:(指头刮准儿鼻子一下)乖孩子,一会儿就好。

(7)**时**:夜
　　景:内

人:李佩玉、大根

厨房。李佩玉正在摊鸡蛋瓜丝饼,大根进来。

大　根:佩玉,你怎么又做饭?
李佩玉:准儿病刚好,想吃鸡蛋瓜丝饼。(见大根翻橱柜)大根,你找什么?
大　根:(晃晃手中的小酒坛)中午不是还有剩下的花生米吗,四叔和仲子叔他们要当下酒菜。
李佩玉:那怎么行。稍等等,这儿有现成的寿阳豆腐干,我再给炒两个菜你拿上。

(8)时:夜
　　景:内
　　人:张之洞、桑治平、大根、李佩玉

张之洞住宅。书斋兼客厅。

桑治平:香涛弟,我能猜到您叫我来谈何事。
张之洞:何事?
桑治平:不用说了,对李提摩太今天的科技实验,您心中肯定有所触动,说说看,有什么打算?
张之洞:仲子兄不愧是知我者。对,你说的是,李洋人《富晋新规》中所提到的几件事,我都想办。而且是能办的马上就办。
桑治平:都想办? 香涛弟开玩笑吧? 这可不是嘴上说说那么简单就能办的事,轻重缓急、先办哪项后办哪项、准备些什么会遇到些什么,这些都得考虑到吧?
张之洞:说的是,这不就是叫你过来商议的事吗?

桑治平：是不是把漪村也叫过来？

张之洞：今晚就咱两个先议议吧，明天还把太原各衙门今天上午来的这些人都叫来，一起商讨商讨。众人拾柴火焰高，要比三个臭皮匠的决策高一筹吧，你说呢？

桑治平：（笑）倒也是。

张之洞：我的意思是咱们把想办的事摆出来，听听诸位的意见，一旦有哪些能定下的事，比如修路、办学堂这类能办的事，就趁热打铁落实到人头上，立马让其负责开始干。……对，去印一些签约书来，过几天召集各衙门道台官员来议事厅时发下。

桑治平：您这个急性子呀……行，就按你说的来。

大根端酒和一木盒过来，从木盒中端出两冷、两热四盘菜。

张之洞：不是让你……怎么又弄这么多菜？

大　根：准儿想吃佩玉做的鸡蛋瓜丝饼，我去时佩玉正在厨房做，见我拿酒和花生米说你和仲子叔也在这儿，就给添了几个菜。

桑治平：好啊，好久没打牙祭了，今晚咱就边吃喝边聊天。大根，你也来喝两盅。

大　根：我不会喝酒，四叔知道的。你们喝吧，我专管添茶倒酒。

【画外音】李提摩太在众官员面前的这番科技知识运用方面的试验，给了张之洞重大的启示：山西乃至国家要想富强，科技就要尽快赶上，贸易就要扩大通畅，再不能墨守成规、故步自封了，且人才也必须加快培养。就这样，张之洞和桑治平两人你一言我一语地商讨着，不知不觉就到了深夜……

佩玉用盘子端一盘鸡蛋瓜丝饼和一盆汤从门口进来。大根连忙起身接应。

张之洞：佩玉你还没睡呀？

李佩玉：我让准儿睡了，看到你们谈了好一大会儿，想你们也饿了，又捎带给你们熬了点酸菜汤醒醒酒，你们慢慢用，我去陪准儿。(临走路过张之洞身旁稍停了一下，看他一眼低声说"少喝点"。)

桑治平看着出了门的佩玉，回头又瞅了一眼愣着的张之洞，笑了笑。张之洞一下子明白了什么似的，高兴得又给自己斟满盅。

桑治平：(用手拦住)听话，有人让您少喝点！

张之洞：仲子兄，来，给你斟上，陪我喝完这一盅。

大　根：四叔，准儿这几天病了，今天才退烧好了点。

张之洞：大根你怎么不早说？

大　根：佩玉说请医生看过了，受了点风寒，无大碍。她说您这几天太忙，不让告诉您。

张之洞：看我这个当爹的，也真是……

桑治平：佩玉真是个少有的贤惠女子。

张之洞：可不是，准儿这孩子，这一段也多亏她了。

桑治平：你身边该有个女人了。

张之洞：(沉思片刻)忙过了这一段再说吧！

第二十九集　成大事众志能成城
　　　　　兴新规三晋显春风

【画外音】仅仅一年多，张之洞整饬吏治的宏大气派与励精图治、雷厉风行的办事风格，犹如一股春风，让山西官场多年形成的贪腐、懒散积习和沉沉暮气为之一扫，让新上任的众官员既兴奋又倍感压力之时，均有了想干一番事业的担当。

(1)时:日
　景:内
　人:张之洞、桑治平、杨深秀、杨锐、马丕瑶(字幕显示:新擢升为太原知府)、薛元钊、方龙光、方潜益、王仁堪、李秉衡、易佩坤等

巡抚衙门。"邃密深沉之馆"厅内,大大小小的官员,一个个脸上带着猜测和茫然不解的神色交头接耳议论着。

张之洞:(手举《富晋新规》)昨天给诸位发的这本小册子有没有没看的?

没想到巡抚会问这样的问题,众人你看看我、我看看你,正不知该怎样回答,张之洞笑了。

张之洞:看也正常,不看也正常,没规定让诸位非得在今天前看完,不看或未看完也不会处罚。

"哄"的一声,大伙都笑了起来。谁也没想到一向严厉郑重的巡抚张之洞会用这样的话开玩笑来缓解气氛,局面一下子轻松活跃起来。

王仁堪:张抚台,说实话,李洋人的《富晋新规》我没赶上细看,但李洋人几项新提法我却是非常赞成的,无论是开矿产、兴实业,还是办学堂、通贸易,都离不开人才,而人才的培养就是要靠办学堂,而且是新式学堂。我老家福建一位亲戚从日本回来,说日本小孩三岁就入幼稚园,六岁入小学堂。小学上完,继续上中学堂,开设有英语、西方数学、美术、体育、手工等课,大学堂就课程分类更广更详细了,医学、建筑、军工、农林、水利、机械制造、天文地理等各类专业都有,故小小日本却人才济济,像李洋人昨日所做的蒸汽机火车、电话电报等,人家早都用上了,就我们南方广州、香港一带,

也都办起了新学堂,我们山西再不能老是在私塾里学四书五经了。

李秉衡:我赞成王大人说的。我们山西要想富,就要把兴办新学堂,培养会新科技的人才放在首位。没有人会用李洋人说的科技,开矿业、兴实业一切都只会是空谈。

马丕瑶:几天来,我到太原大街小巷的商铺转了转,多是因货品种类单一而顾客稀少显得冷清清的。究其一个原因就是贸易不通,而贸易不通之原因就是关卡太多,进省进州府进县城层层雁过拔毛,吓得外省商人谁还敢来山西?商贸不通,店铺货物就单一,俗言"货卖堆山",商铺凋零,货又少,远远谈不上琳琅满目,哪儿还会气旺?气不旺何来利润?无利润哪儿能缴得上税金?所以关卡撤除,势在必行,有此举贸易方能通达。

方龙光:除了关卡阻碍贸易通达,路途险恶、交通不畅也是阻碍贸易通畅的原因之一。

李秉衡:龙光的见解我赞同。路通物畅,自然会市面繁荣。市面繁荣,官民同利,故修路也重要。

薛元钊:说得对,修不通大路,李洋人说的那种能挖矿的什么蒸汽机怎么运进来?

张之洞:濬益,你也说说嘛!

方濬益:作为保一方平安的臬司,别的不说,我们用的还是那种老火枪,就连绿营那些兵丁用的枪也没法和人家洋人比。故科技用到兵器上,也是当务之急。

张之洞:濬益说到兵器上,让我想起恩师胡林翼一件事。咸丰十一年八月……(蒙太奇)

张之洞旁白:恩师胡林翼去安庆看望曾文正公,返回武昌时,文正公(字幕显示:湘军统帅曾国藩)和一水师将领(字幕显示:湘军水师统领彭玉麟)送恩师(字幕显示:湖北巡抚胡林翼)到长江码头……

长江。大大小小船只在江中航行。大江中流,有两艘湘军水师乘百人的长龙大船和一条舢板在划行操练。突然,一条挂米字旗的英国轮船由东向西顶着滚滚波涛逆江而上,激起的巨大水波冲击得两条湘军大船左右摇晃,而小舢板则被水浪打翻,士兵全部落水。见此,英轮甲板上水手们幸灾乐祸地一个个拍手跳跃,有两个水手手舞足蹈高兴地扭起屁股来……再看时,轮船瞬间已远去一二里之外,将湘军水师两条大长龙船远远抛在后面。

岸上,胡林翼气得双眼发直,脸色铁青,用发抖的手指着远去的轮船:"欺人太甚!"随即"哇"的一声口吐鲜血,昏厥倒地。曾文正公和彭玉麟急令士兵抬入附近房内,醒来的胡林翼两手分别拉着曾文正公和彭玉麟的手,气息微弱:"洋人欺人太甚!文正公,洋人虽可恨,但坚船利炮可爱,大清绝非对手。不学洋人造船炮,处境必险……"言毕又昏迷过去。

(画面复原)

张之洞:我的恩师就这样被洋人给气死了。所以,今天召诸位来,就是想继承我恩师的遗愿,让大清国强盛起来。他们能造坚船利炮,我们为何不能造?刚才诸位都表了态,那我就把想办事的重任一个个地与诸位直说了。可庄。

王仁堪:张大人明示。

张之洞:我也当了几年的学台,王学台刚才的建议可以说与我不谋而合。古人有"古者建国,教学为先,所以导世治性,为时养器也"之说,故我就委托你创办一个新书院,名字嘛可再商量。总之,要顺乎潮流,可尝试"中学为体,西学为用",招聘新科人才,由杨锐、漪村二人来配合你。可从藩库支取部分费用,派人从广州、香港等南城先购置一批新书作为书院图书馆藏书,供学子们平日随时阅览。

王仁堪:好,早几年我就想办这新书院呢!张大人,六个月修建完成,我立军令状!

张之洞:别急,一会儿有你急的时候。再说第二件事,撤销清源局,成立洋务局,由马丕瑶和李秉衡、方潏益你们负责此事,可速与李提摩太联系，今后矿产、纺织、炼铁、火药、枪械建厂及技工招聘、培训之事，均由洋务局负责。

方濬益：张大人，真要办火药和枪械厂，这太突然了点吧？

张之洞：换老火枪的话可是你说的！

方濬益：（笑）是我说的。太好了，明天咱们就去找李洋人去！

张之洞：第三件事，我已让杨锐起草通令，从下月起，各地府州县的关卡一律撤销，发现仍收入关和进城费的属地官员，一律罢去现职。这事由玉山兄你那儿负责。

马丕瑶：明白。

张之洞：还有，秉衡、龙光，你们可组织人把出山西入冀、豫两省的路普查一次，设计两条可通车马运输的大道直通冀、豫，具体事宜与桑先生商议。

李秉衡：张大人，要能从阳泉修条像李洋人那天弄的那种火车跑的路岂不更好？

张之洞：当然好，那行，给你再加上这项事。

李秉衡：不行不行，我还没见过真火车路是什么样的呢！（众笑）

张之洞：诸位想得都对，修路之利，通土货、厚民生，何乐而不为？只要是有利国计民生、有利三晋父老的事，我们就要同舟共济，尽快把它办好！可庄。

王仁堪：张大人请讲。

张之洞：建办新书院之事，你说过六个月完成，对吧？

王仁堪：是，张大人。

张之洞：要求你三个月完成"令德堂"修建，并再给你加一个急办之事。

王仁堪：啊，三个月？

张之洞：对，三个月，且还要再加一个急办之事，三个月内把贡院也维修完工。今年的乡试不在阳曲，改在贡院进行。——子笏。

易佩坤：下官在。

张之洞：我已和学台可庄讲过了，今年乡考费用由你藩库支付，不给民众摊派。——杨锐,把签约书拿出来给各位发下,现在就签字画押。

众官员面面相觑,既惊喜又紧张。

(2)时:日
　　景:内
　　人:张之洞、王仁堪、杨深秀、杨锐、筑路工人

一片残垣断壁处,王仁堪、杨深秀、杨锐与几个筑路工人在其间来回察看、勘查,不时让筑路工人拿丈杆测量一下距离,杨锐用笔记下。

杨　锐:王学台,这儿原是什么建筑?
王仁堪:这儿是明代晋藩"宝贤堂"遗址。明太祖给儿子封藩这事咱们都知道,但晋藩具体情况我知道得不多,漪村是山西当地人,要比我知道得详细。
杨深秀:晋藩第一代是洪武三年明太祖的三子朱㭎,占地比其他藩属领地大得多。晋藩共传了十一代,崇祯末年,太原被义军攻陷后,房屋焚毁,末代晋藩朱求桂也不知所终。此藩地书刻最精最多,这"宝贤堂"也是当年存书地之一。
杨　锐:怎么选这儿?
王仁堪:张大人给我三个月时间建起新书院,我也是逼上梁山,选来选去只有这个地方还有可能完成。你们看,地面建筑虽焚,但地基还保存完好,地方也足够大,只要设计得当,加上废弃的砖石也能利用,三个月应该能竣工。
杨　锐:有道理。起码利用现成地基就省了好多时间和资金。
杨深秀:贡院那边已动工,乡试之前完工应该也没什么问题。去南方订购中外新书和新学科教学仪器的单子已列出,人已经出发起身,估计在书院建成之前就能购回,这也不是什么问题。

杨　锐：那就是一切就绪,毫无问题了。

王仁堪：也还不能这么说,关键还有个师资短缺问题。新设的学科如天文、算学、矿学、兵械等,这些学科都没教师,我想禀告张大人一下,能否把聘这些学科教习的范围扩大一些?

杨深秀：学台说得非常对,这事紧要,咱们需一起去见见张大人。

(3)时：日
　　景：内
　　人：张之洞、王仁堪、杨深秀、杨锐

巡抚衙门。签押房。张之洞与王仁堪、杨深秀正商谈中。

张之洞：可庄,听说你把书院地点定下来并动工了?

王仁堪：您只给我三个月时间,逼得我四处奔波找地方。谢天谢地,幸好有藩王那块地方,要不,都快愁死我了。

张之洞：(笑)可庄啊,咱们这是不谋而合,你问问漪村。

杨深秀：是,我和张大人早去过那儿,也问过工匠师傅了,他们说只要天不下大雨,一般两至三个月没问题能完工。

王仁堪：怪不得呢,原来您张大人心中早有数呀!那聘教师之事,张大人心中是不是也有数了?

张之洞：考虑过,但还真定不下来。我同意你王学台的意见,扩大至全国范围。杨锐你可速拟一份《延访洋务人才启》分咨各省,另外在选察聘任教师,特别是矿学和兵械学科这方面的时候,是否可邀李提摩太先生参与其中?

王仁堪：抚台言之有理,这类新科教习选聘,我也觉得让这位洋先生把关好。

杨深秀：张大人,新书院的名称您考虑过没有?

王仁堪：正是,书院是培养人才之处,得取个好名。

张之洞：可庄说得对，书院培养人才，还要培养人之美德，汉蔡邕说过"太子官属，宜搜选令德"，这书院名取"令德堂"如何？

王仁堪：这个名称好，行，就叫"令德堂"或令德书院。

杨　锐：香师，书院名有了，就待选配谁当山长了。

张之洞：这事我考虑过了，汾州同知王轩博闻多识，人品也好，但当官上好似欠缺些，书院山长这事适合他，就让他干吧。可庄，主、协讲人选你心中有数没有？

王仁堪：我听漪村在晋阳书院讲过《尚书》，我认为漪村先生任主讲较合适。

张之洞：我也这么认为，漪村，你看如何？

杨深秀：（笑）遵命。

张之洞：那好，这事就这么定了。另外，杨笃精三礼，尤专训诂，等他完成《通志》后，可到书院当协讲。可庄你觉得呢？

王仁堪：抚台考虑得很周全。张大人，没事的话，我得先去工地一趟了。

张之洞：你去吧。勘测路基的事，仲子和龙光已去平定了，李秉衡也去了泽州府，捎信来说泽州通往豫省的路也开始勘测。我决定明日动身去潞州和泽州去看看，大约半月二十天回来，有什么问题你和漪村他们商量着办好了。

【画外音】张之洞吸收李提摩太建议，为开通矿业出省通道，致富山西，他让桑治平与李秉衡分别赴南、北两处进行出省通车大路的勘测，并决定亲自去泽州进行一次实地勘查。

第三十集　初心不忘强国梦
　　　　　秉笔直书图自强

(1)时:日
　　景:外
　　人:奎英、骑马人、众人

　　归化厅。几个着满、蒙装束正在草原上骑马持箭打猎的人中,一中年汉子把射中的一头鹿俯身提到马背上(字幕显示:归化厅副都统奎英),众人欢呼恭维:"都统大人,您真厉害,一箭正中要害,好箭法,好箭法!"奎英显出自豪得意的表情。
　　远处,一骑马人急驰而来,到奎英面前勒马停下。

骑马人:都统大人,丰绅将军来了,在家等您。
奎　英:噢,丰绅将军来了? 走,咱们回。

　　一阵杂乱的马蹄声中,奎英带着骑马的人消失在草原远方……

(2)时:日
　　景:内
　　人:丰绅、奎英、仆人

　　归化厅,奎英府邸。客厅中一稍胖留胡子的中年男子(字幕显示:绥远将军丰绅)正品着仆人敬上的奶茶,奎英推门而进。

奎　英:丰绅将军,稀客稀客,什么时候到归化的?

丰　绅：这不，刚入归化城就直奔你府上来了。

奎　英：好好，您丰绅大将军够朋友，住两天，我好好陪你玩玩，正好打了只鹿，今晚咱喝他个一醉方休！

丰　绅：行，我陪你喝个够。不过，我今天来可是"无事不登三宝殿"。

奎　英：有什么事？您尽管说。

丰　绅：你看，朝里有人抄过来的。张之洞上折子给太后、皇上，说什么我们这儿"风气嚣然，隐患渐伏""士无进步，农鲜恒心"……把我们说得一无是处，根本不把我们满人放在眼里！

奎　英：是啊，这个张之洞仗着太后对他的宠信，也太狂妄了点。

丰　绅：这不，他又上折说什么为整顿秩序，发展经济、文化，增加税收等，要将咱这儿七厅改制，由旗人治理，改为满汉通用，还要立户籍，清田亩，修驿道，兴学堂，这不是弄得和他汉人地一样了？我们旗民今后千年传承的游牧怎么办？

奎　英：那依您之见……

丰　绅：允许他上折，就不兴咱奏请？

奎　英：是啊，哎呀，还是您丰绅将军高见。对对，咱们也来个反上折。谁来起草这个折？

丰　绅：咱们把七厅的人都叫来，一起把改制的坏处和他张之洞的一些把柄整理好，即可赴京呈报朝廷，告他张之洞一状。

奎　英：可是，我们去哪儿找张之洞的把柄呀？

丰　绅：磨道寻驴蹄印，不发愁。再说，张之洞清理藩库、查禁烟、丈地亩等也得罪了不少人，还愁找不到他一些把柄？

奎　英：好，那您就住下，我即刻就派人骑快马去各厅请他们过来商议此事。

(3)时：日

　　景：外

　　人：刘永福、黑旗军将士。

【画外音】光绪八年(1882),在越南,法国派军攻陷东京,次年又扬言攻打河内,越南国王请求清军保护,刘永福的黑旗军在城外大败法军后,法政府不甘失败,随后派远征军攻取红河三角洲一带。中法终于爆发了军事冲突。

烽火连天。法军正向驻扎在越南的清军和黑旗军进攻,清军节节败退,黑旗军奋勇向前。法军武器先进,火力强,机枪下,黑旗军伤亡惨重,少数英勇冲到敌群中的黑旗军,手挽片刀,大展威力,成片的法军成为刀下鬼……

七星黑旗下,临阵指挥的军统领刘永福身先士卒,带头冲锋杀敌。一军官跑到刘永福跟前:"刘统帅,官军都撤了!"

面对在敌人的强大火力下不断倒下牺牲的士兵,刘永福气愤得咬牙切齿:"临阵脱逃,无耻之极!"

(4)时:日
　　景:内
　　人:张之洞、桑治平、杨深秀、杨锐

巡抚衙门。签押房。张之洞正与桑治平、杨深秀和杨锐正谈事,听到敲门声,随即巡捕拿一个包封好的文牍进来放下。巡捕出门后张之洞拆封拿出文牍来扫了一眼。

张之洞:(气愤地拍案几一下,把几份文牍扔给桑治平等几人)丢人!你们看看,黑旗军从红河三角洲全部败退!

杨　锐:怎么会成这样?

桑治平:香涛弟,若依你之见,现在该如何是好?

【画外音】是啊,现在该如何是好?张之洞尽管已在山西做了巡抚,但他仍在关注着国家大局。这等重要的军国大事,他张之洞当然不能充耳不闻。

张之洞:仲子兄,朝中有主战、主和两派,你和杨锐倾向哪方?

杨　锐:香师,尽管目前前方对我方不利,但我认为绝不可就此罢兵,必须支持刘永福,让黑旗军作为主力反攻,以洗去朝廷暮惰,重振声威!

桑治平:说的虽对,但毕竟武器装备我们与洋人相差太大,所以不能蛮干,一方面应增兵呼应黑旗军,备守海疆,激励士气,另一方面,也要讲究策略、更新军火,选择有利战机。

张之洞:古人早有"守四境不如守四夷"的边防策略,可我们现在却是一遇到与洋人发生冲突,李鸿章总是让,让人匪夷所思。

杨深秀:从胡林翼大人的死和历次与洋人作战的失利,正应了李提摩太的话:英国之所以民富国强,就是科技发达,而我们要重振华威,也必须像李洋人说的那样,无论农工商,还是保国护疆,都必须应用科技来加持。

张之洞:漪村说得不错,这次上朝折子就针对李鸿章他们主和派从出兵越南、备战两广、防卫天津几个方面写。太后虽有血性,不愿在洋人面前示弱,但又往往好听李鸿章的巧辩和劝说,所以这次呈折,我想再上个附片,劝太后圣心独断,不要听他人的无识之见。

杨　锐:行,我们马上起草。

张之洞:折子中再把这几句话加进去——

桑治平:好,您说。

张之洞:——朝廷于枢臣,但责其谋划尽心不尽心,而不必计敌之强与弱;于督抚将帅,但责其战之力与不力,而不必责其战之胜与败。不论一事之利钝,但论全面之得失,然后十八省军民同秉一心,正义之师,终将获胜!

杨　锐:香师加得好!

杨深秀:太后看了定会赞同。

桑治平:走,漪村,咱们三人一起去商议着写。

张之洞:好,你们去吧。

【画外音】大清国的麻烦事实在太多。慈禧被近来大臣们呈奏上来各种棘手事弄得心烦意乱：爱臣张之洞到山西后，为充实国库，改善民生，清理藩库，改制晋北七厅，举措颇多，尽管这些措施明显占理，但又不能不顾及满蒙贵族的一些切身利益；上个月，越南战事全线失利，军机处全班下台，恭亲王免职又复职引起的积怨，主战主和的权衡利弊，慈禧被这些事弄得简直有点焦头烂额了。

(5)时：夜
　　景：外
　　人：奕䜣、李鸿章、仆人

恭亲王奕䜣府邸。正在花园散步的奕䜣，边赏花边吟着晏殊的一首《浣溪沙》词："一曲新词酒一杯，去年天气旧亭台，夕阳西下几时回？无可奈何花落去，似曾相识燕归来，小园香径独徘徊。"此时，一仆人赶过来："王爷，李中堂大人求见。"

恭亲王奕䜣返回院中，李中堂已在院中候立。

"王爷。"李鸿章一见王爷过来，便要行跪拜大礼，恭亲王忙双手扶着他的肩，不让他跪下："中堂年事已高，千万不要这样。请到屋里叙。"

(6)时：夜
　　景：内
　　人：奕䜣、李鸿章

恭王府客厅。

李鸿章：王爷近来身体还好吗？
奕　䜣：托祖宗的福，还好，中堂气色不错啊。

李鸿章：马马虎虎，王爷最近读什么书？

奕　䜣：读的都是闲书。

李鸿章：吟诗读书，毕竟是文人的事，王爷不必多下功夫，还有许多大事需要王爷您去费神哩。

奕　䜣：军机处全班人马换人，我现在是无官一身轻，什么军国大事都不考虑了。

李鸿章：王爷，话虽这么说，但哪能呢，祖宗留下的江山，王爷能不操心吗？依老臣之见，王爷不久还得复出，朝廷这个家还得王爷您来当呀！

奕　䜣：说了这么多闲话，我还没问你，来京师有什么要事？住哪儿了？

李鸿章：有一件大事要当面禀报太后，先住贤良寺了，还没有递牌子，先到这里来了，一看望王爷，二来也要向王爷请教。

奕　䜣：什么大事，还要找我这赋闲居家的人。

李鸿章：越南战事，法国政府专门派了特使来见我，谈停战签约的事，你看我是见他还是不见？

奕　䜣：按理说，这样的大事，我现在已不便说什么了。但一来如你说的，事关祖宗传下来的江山社稷，我再没有一官半职，也是太祖太宗的后裔，宣宗成皇爷的儿子；二则你大老远地来，看得起我，就冲着中堂你的面子，我也不能不说两句。实话实说吧，与法国人打仗是绝对打不赢的，和总归是好，与这个法国特使谈出个和局来，就是大清江山社稷之福，是太后、皇上之福。

李鸿章：好，有王爷这番话，我心中有底了。

奕　䜣：张之洞有可能替代张树声。他和张佩纶、陈宝琛这些清流派都是极力主战的，据我所知，张之洞他们一连上了好几道主张对法开战的折子，太后又对他们印象甚好，且太后对洋人也一贯反感，所以你我主和的主张，太后未必会听呢。

李鸿章：这也正是我忧心之处，故特来请教王爷。

奕　䜣：你见机行事吧。什么时候去见太后？

李鸿章:您没什么吩咐了,就去递牌子。

奕　䜣:这样吧,你也别去贤良寺住了,在太后那儿时间不会太长,从太后那儿回来,轿子跟班回贤良寺,你就到我这儿住下,有些事还得接着聊聊。放心,夜里没人注意,我等着你。

李鸿章:行,那我就先告辞了。

(7)时:夜
　　景:外
　　人:李莲英、李鸿章、跟班、轿夫、众太监

紫禁城。景运门,几个持刀枪的侍卫分立两旁。李莲英看着李鸿章的轿从远处过来停下,忙哈着腰迎上。

李莲英:这么晚了还要进宫来,您真辛苦!

李鸿章:为国家大事,应该的。李总管,近来身体好吗?

李莲英:托老相国的福,还好。(对附近一群太监高声命令)把灯笼点得亮亮的,为老相国引路。

李莲英亲自搀扶着李鸿章,太监将八盏大红宫灯一齐点燃,六盏前面引路,两盏在后护卫,跨过景运门向着养心殿走去,直至东暖阁。李莲英进去,李鸿章在门帘外站定。片刻,李莲英掀开帘子:"老相国,太后叫您进去。"

(8)时:夜
　　景:内
　　人:慈禧、李莲英、李鸿章、众宫女

东暖阁。进门来的李鸿章肃立站定,摘掉饰有大红珊瑚顶插有双眼花翎孔雀毛帽放一边,跪下磕了一响头。再站起,左手捧帽向前迈几步走近太后又跪下后,将帽子放手边地上,朝纱幔后太后喊道:"臣李鸿章叩见太后,太后万寿无疆!"

慈　禧:起来吧,给李中堂搬一凳子来。

李鸿章:谢太后厚恩,臣不敢坐。

慈　禧:今夜非平日,你又是年过六十的四朝老臣,不必拘礼,坐下慢慢说吧。

李鸿章:(端正戴好帽子,在李莲英搬来的方凳子上坐下来)臣有要事禀报太后。

慈　禧:是和法国打仗上的事吧?

李鸿章:正是。

慈　禧:那你说吧!

李鸿章:法国政府所派特使已到上海,马上要到天津来与臣见面,商讨中法两国条约订立之事。

慈　禧:法国政府想要讲和?

李鸿章:是,有此意思。

慈　禧:有什么条件吧!

李鸿章:电报里讲了几条。(从袖袋取出电报)一是开放云南,二是不限制法在越南权力,三是调走曾纪泽,四是赔偿军费。

慈　禧:依你之见呢?

李鸿章:依臣之见,当然以和为好。说实话,虽然咱们近几年北洋南洋买了不少铁甲兵舰,洋枪洋炮,但跟洋人比仍有几十年差距,打仗赢的机会极少,所以与法国打仗,最好抓这个机会讲和。战火早一天熄灭,国家早一日安生,太后也可早一天省心。

慈　禧:你说得有道理,前三条还可答应,只是这最后一条赔款上要好好谈谈,最好不赔或少赔。

李鸿章:臣一定不负太后期望,把此次和谈之事办好。

慈　禧：不过,也得有两套准备。实际上不少主张对洋人用武之人,也并非都是浮浪之辈。像张之洞,向来对洋人强硬,且在山西也实实在在做事。张佩纶、陈宝琛这些人也都少年有才。所以,你回天津和法国人该谈还谈,不管谈成谈不成,福建和南洋水域的海防,广西、云南的防备都是非常重要,需要加强的,所以,我打算让张佩纶去福建会办海疆事务。

李鸿章：太后英明。张佩纶军事奏折写得好,再到地方磨炼一下,绝对是克敌制胜襄成霸业管仲类的人才。若再用他好友陈宝琛出任南洋水师会办,做南洋大臣曾国荃助手,一勇一谋,也是很好的搭配。

慈　禧：你说得正合我意。两广总督你认为谁替代张树声合适？

李鸿章：张之洞后生可畏,在山西干得不错,要不是他在山西时间短,他倒是个代替张树声的合适人选。

慈　禧：你提得有道理,我再思考一下吧。实际上,这次军机处大换班,也是不得已而为之。不管谁去,你作为老臣,都有为国家培育人才之责任。今夜不早了,如没什么事,就跪安吧！

(9)时：夜
　　景：外
　　人：李鸿章、轿夫、跟班、太监

李莲英送李鸿章从东暖阁出来。"亮好灯,送好相国大人！"李莲英吩咐等着的几个太监。几个太监持灯送李鸿章至景运门外,跟班和轿夫见李鸿章出来了,纷纷站起身。

跟　班：李大人,咱们回哪儿？
李鸿章：恭王府。

(10)时：夜
　　景：内

人：李鸿章、侍卫、跟班

恭王府。大门上昏暗的灯笼下，李鸿章的墨绿呢大轿刚到门口，门就开了。一侍卫持灯笼出来对一跟班说："王爷让轿直接进府去。"跟班至轿窗前和轿内李鸿章说了句什么，转身对轿夫一挥手，轿进大门，经过庭院直往后院而去。

　　(11)时：夜
　　　　景：内
　　　　人：奕䜣、李鸿章、侍卫

恭王府。王爷客厅。奕䜣邀李鸿章在西洋皮沙发上坐下，侍卫端上茶水放在茶几上后退下。

奕　䜣：因不想误你去太后那儿禀报，有些话还想再聊聊，就委屈在我这儿住一宿好了。明天轿也不用来了，我送你回贤良寺。

李鸿章：我也正想和你说一些事呢，只是给王爷添麻烦了。

奕　䜣：你我二十年交谊相知，还讲什么客套？——怎么样，太后是何旨意？

李鸿章：如王爷所预料，张之洞可能接替张树声。福建和南洋海防估计会派张佩纶、陈宝琛去做会办，当闽浙总督何璟和南洋大臣曾国荃的助手。

奕　䜣：这倒也好，你去天津与法国特使该谈则谈，谈和则罢，若和谈不成仗打起来，那就让这些纸上谈兵的清流党人试试这战场上血海尸山的场面！

第三十一集　荞麦山奇招运铁货
青莲寺惊现无影塔

(1)时:日

　　景:外

　　人:桑治平、恩联、陈继三、衙役

泽州府衙门。两名衙役无精打采守在衙门大门口处。桑治平骑马从官街远处过来,下马到衙门一侧拴马桩处将马拴了,走到衙门大门处。

桑治平:这位公差,请问恩联知府在吗?

衙　役:(见桑治平气度不凡,客气地说)恩老爷在二堂。你们是……

桑治平:噢,我是巡抚衙门当差的,见你家老爷有点事。我姓桑,你家老爷认识的。

衙　役:好,您随我来。

桑治平随衙役进大门,穿过庭院来到仪门前停下。

衙　役:请稍等,我进去通报一声。

(2)时:日

　　景:内

　　人:恩联、陈继三、衙役

泽州府衙门。花厅中一年龄偏大官员(字幕显示:泽州知府恩联)正在与另一中年官员(字幕显示:凤台知县陈继三)商谈着什么,一衙役敲门后进来。

衙　役：老爷,外面来了个人说要见您。
恩　联：什么人?
衙　役：说他姓桑,说您认识他。
陈继三：姓桑? 不会是巡抚衙门的桑治平吧? 他来这儿干啥?
衙　役：对,他说他是巡抚衙门当差的。
恩　联：嗯,正是他! 走,咱们一起去请他进来!

(3)时：日
　　景：外
　　人：桑治平、恩联、陈继三、衙役

泽州府衙门。仪门。仪门柱上书有"门外四时春,和风甘雨;案内三尺法,烈日严霜"对联。恩联和陈继三走到仪门前看见桑治平,急忙迎上前打招呼。

恩　联：哎呀,桑先生,怎么也不打个招呼就突然来了? 有失远迎啊。——这位是凤台知县陈继三。
桑治平：认识认识。刚来山西约谈见过,前些时候在"当仁洞"议事厅也见过。
陈继三：桑先生远道而来,未能相迎,多有不恭,尚望见谅。
桑治平：说哪里话,这次来,恐怕要给你们添不少麻烦呢!
恩　联：桑先生,咱们回厅房谈吧。

三人相随穿过通道至大堂前,通过堂左侧刻有"尔俸尔禄,民脂民膏;下民易虐,上天难欺"铭文一石碑,直至三堂门前。

恩　　联：桑先生请。

陈继三：恩大人请。

三人相继进入三堂。

(4)时：日

景：内

人：桑治平、恩联、陈继三、衙役

泽州府衙门。三堂厅房。厅房正墙上悬一"勤慎堂"匾额。下挂有松竹图中堂，两边楹联分别书"勿施小恩忘大体，但存公道去私情"。

三人寒暄，依次坐下，衙役奉茶后退出。

恩　　联：桑先生是头一次来泽州吧？

桑治平：应该算是第二次吧。

恩　　联：桑先生第一次来是什么时候？

桑治平：也就前些日子，我去了大阳古镇一趟。

陈继三：(笑)桑先生，来到了我管辖的一亩三分地，不打招呼，莫非是微服私访打探我这知县干了什么坏事？

桑治平：实不相瞒，张抚台正为贡铁的事发愁呢。我也是下来打探一下行情，饭间纯属偶然听到大阳古镇不但是冶炼之乡，六月六还有红火热闹，来不及打扰二位就去了，名不虚传，好地方。

恩　　联：桑先生，我也实不相瞒。至于贡铁，我知道往年的贡铁葆亨都是在平定一带收购些价低质次灰铁应付。我们泽州陵川和凤台两县产的铁质好价高，所以这儿炼的铁多为河南铁贩收走。

陈继三：张抚台抚晋以来，不辞劳苦的所作所为，我们当下官的都看到了，身上虽有了担子，但吃苦也心甘情愿。李秉衡大人来了这些日子，也是天天带着人在凤台晋庙铺与河南搭界处勘测，我也是昨天才从李秉衡大人那儿回来。莫非桑先生这次也是为修路的事而来？

桑治平：是,而且不单是我为此而来,张抚台随即也会为此而来。

恩　联：抚台张大人要来？什么时候？

桑治平：和我一起从太原出来,昨日已到了潞州,大概巡察一半天就来。我先来了一步。

陈继三：那我得回衙门赶快准备一下。

桑治平：张抚台未坐马车,和我骑马下来的。准备好带张抚台去工地就行了。李秉衡捎信给抚台了,说他就在勘测地那儿等。

陈继三：这么说张抚台要亲自上工地看看？

恩　联：张抚台的性子就这样,吃什么饭住什么房他不讲究,但公务上你却不得马虎。另外,张抚台有鉴赏古碑爱好,地方上古今发生过的一些大事或碑帖一类典故,他甚至比咱们还了解得清楚,你也不能一问三不知,所以这方面咱也不得不临阵磨枪掌握一些。

陈继三：这我听说过,吴子显不就因这事丢了同考官了嘛!

桑治平：看来恩知府对抚台张大人了解得蛮透嘛!

恩　联：(笑)我和陈知县可不想学吴子显,丢官又丢人。

众笑。

桑治平：行了,准备一下吧,等张抚台来了,咱们一起陪他去工地。

(5)时:日
　景:内
　人:张之洞及一随从、桑治平、恩联、李秉衡、陈继三、修路民工

群山环绕、峭壁峻崖的凤台县晋庙铺天井关。山巅处,张之洞与桑治平、李秉衡、恩联、陈继三回望着远处重重叠叠、连绵起伏的山峰;南面悬崖下,丹河流出处,却是一望无际的漫漫平川。

一群民工正在刨石筑基填砂土加宽车道。

陈继三：张抚台，咱们现在的位置是太行山最南端最高处的天井关，山下就是河南怀庆府古河内县。

张之洞：太行之巅，山高峰险，行路之难胜于蜀道也。

陈继三：曹操《苦寒行》诗句中"北上太行山，艰哉何巍巍。羊肠坂诘屈，车轮为之摧……"指的就是这地方。

张之洞：我记得李白有一首诗《北上行》好像说的也是这儿。

陈继三：磴道盘且峻，巉岩凌穹苍。马足蹶侧石，车轮摧高冈……

张之洞：对对对，就是这首。

恩　联：白居易那首《初入太行路》"天冷日无光，太行峰苍茫。尝闻此中险，今我方独往"，写的也是此处。

桑治平：后半部分"马蹄冻且滑，羊肠不可上。若比世路难，犹自平于掌"虽写出了此处羊肠坂的险峻，却也抒发了白居易对于世道坎坷的感叹。

张之洞：仲子兄说得对。世道坎坷不由人，所以咱们现在只能先治理现实的东西，当下先勘测修好出省的路，给百姓办点实事。秉衡，你说说当下路测量的情况。

李秉衡：咱们这次开路测量的线，为了尽快修通能行马车的路，就参考沿晋豫交界的十里峡谷古道拗口沿河而上勘测的。

恩　联：这十里峡谷中的古道是隋大业三年（607）时隋炀帝南上太行时修的。从这儿上去不远，还有当年抗辽时留下的孟良寨、焦赞城。

张之洞：还有孟良寨和焦赞城这古址？好啊，顺便上山去看看。

李秉衡：张大人，这儿有工匠们正干着活，让恩知府和陈县令陪您去，我就不去了。

张之洞：行，你忙着，我一会儿就下来，咱们沿河谷而上，看看你们勘测过的路线。

(6)时:日
　景:外
　人:张之洞、桑治平、恩联、陈继山、铁贩子

地势险要,西、南均为绝壁深崖的孟良寨。张之洞和桑治平、李秉衡由恩联、陈继山陪着沿古径往山上行。半山坡,正遇十几个人押着三十多匹驮着货的骡、马过来。

张之洞:这伙人是干什么的?
陈继三:这伙人是河南的铁贩子。
张之洞:怎么拉着铁往山上走?
桑治平:这儿是不是人们称"山上跌牛、河南吃肉"的地方?
恩　联:桑先生,我们这儿这种民谣你还知道?
桑治平:就是不知在哪个地方。
陈继三:今天巧了,正好碰上了河南铁贩运铁,您和张大人能见识见识他们运铁的绝招。
张之洞:好啊,走,去见识见识他们有什么绝招。

(7)时:日
　景:外
　人:张之洞、桑治平、恩联、陈继山、铁贩子、钱掌柜

贩铁的十几个商人一见这么多着官服的人向他们走来,疑惑不解地相互望望,纷纷把目光投向一年龄偏大贩铁人(字幕显示:马帮钱掌柜)。

钱掌柜:别慌,看似几位官人。
桑治平:兄弟,你们拉的什么东西呀?
钱掌柜:铁呀。往我们河南贩运。

桑治平：怎么不沿路走反而上山？

钱掌柜：要沿路运回我们那儿，整整一天也到不了，几天下来花销太大，赔光本儿也不够。

张之洞：那，那你们这是去哪儿？

钱掌柜：我们去荞麦山。

张之洞：往河南运，为何要走荞麦山？

钱掌柜：各位老爷若不嫌累，和我们一起去看看就知道了。

桑治平：恩知府和陈县令知道为什么吗？

钱掌柜：知府、县令？你们真是知府、县令？

桑治平：这是知府恩大人，这位是凤台县令。

钱掌柜：(跪下)小民不知能与诸大人相遇，刚才失礼失礼，弟兄们，给大人谢罪了！(众贩铁人跪下)

张之洞：各位快快起来，不必这样。

陈继三：这是我们晋地巡抚张大人。

钱掌柜：(一伙人惊得目瞪口呆)哎呀，张大人，没想到我等小民竟有幸能见到巡抚这么大的官，我等刚才失礼，更不敢起来了。

张之洞：(大笑)掌柜的，在此相遇，也是有缘，我等只是想看看你们怎么运铁，饱饱眼福，说不定还要请教你们呢。诸位兄弟快快请起。

桑治平：(朝钱掌柜)看来你是大家伙的主心骨(带头人)，贵姓？

钱掌柜：不敢，免贵姓钱。

张之洞：好姓，好姓！我等真要向钱掌柜请教运铁如何省"钱"方面的事呢！

陈继三：听张大人话，快快起来赶路，让张大人见识见识你们运铁的本事。

恩　联：张大人，刚才钱掌柜说的荞麦山现在也称祖师顶，春秋末魏赵韩三国分晋，此处历来为兵家入晋必争之地，故此地名为"三晋东南第一关"。

陈继三：山顶有庙，传说盘古初太上老君受盘古老母旨令，勾划山川，造化生灵,上标长空日月星河,下标中原五行厚土,脚踩虚空划山水,落脚就在荞麦顶。为纪念太上老君这功德,历代信士都想在这山顶建庙。无奈地势险峻,四面又悬崖峭壁,单人上去都不易,只好定下庙建在半山腰一洞穴处,建筑材料都运到后,第二天突然见建筑材料都飞挪到了崖顶上,大伙见有神仙帮助,信心倍加,故筑开一小径人能行至顶上,建成了现在看到的神庙,故后又改名此山为祖师顶。若晴天,人在上面极目远眺,能一清二楚看到黄河上行驶的船帆。

钱掌柜:我们的铁就是要运到刚才大人说的那个半山腰洞穴处。

桑治平:那怎么运到你们老家河南?

钱掌柜:各位大人到跟前就知道了。

张之洞:走,去看看。

(8)时:日

　　景:外

　　人:孔子、子路、张之洞、桑治平、恩联、陈继三、小顽童甲乙丙丁

林木森森,山道弯弯。山腰处一红墙文庙出现在张之洞一行人眼前。

桑治平:看,前面有一古庙。

恩　联:对,是文庙。这个文庙与前面那个镇有故事。

张之洞:噢? 什么故事,讲讲。

恩　联:张大人,这儿属凤台县辖地,让陈县令给您讲讲这文庙的故事吧。

张之洞:行啊,这儿既是凤台县管,当县令的讲最好不过了。

陈继三:张大人,前面不远那个村原是个叫星轺的驿站……(蒙太奇)

太行山。茂林掩蔽下时隐时现逶迤起伏的盘山路上,一辆马车款款行驶着。镜头拉近,车上乘坐一长须老者(字幕显示:儒学创始人、教育家孔

457

子)与一年轻人(字幕显示:孔子弟子子路)。行走片刻拐弯后,前面不远处现一立石,上刻有"星轺驿"三字。

孔　子:子路,前面有个驿站,我们去吃点东西歇会儿再赶路吧。
子　路:好。驾——

马车越过刻有"星轺驿"立石前行,前面不远处有五六个孩子正玩垒城游戏,四面城墙围一圈,正好挡住去路。子路下车。

子　路:孩子们,让我们过去你们再玩好不好?
孩子甲:叔叔,这是座城,你们怎么过?
子　路:我知你们垒的是座城,我们过去你们再垒不就行了。
孔　子:(孔子下车)孩子,你叫什么名字?
孩子乙丙丁:他叫项橐。
项　橐:对,我叫项橐。
孔　子:小项橐,能不能让我们车过去呀?
项　橐:老先生,天下只有车绕城,哪有城让车的?
孔　子:这……

子路正欲说什么,孔子轻轻摇摇头用眼色制止他。

孔　子:好聪明的孩子。好,你说得对,天下只有车绕城,没有让城让车的理。我们不从这里过了。
子　路:夫子,那我们怎么办?
孔　子:调车返回,绕路再行。

(画面返原)

陈继三：……自此，星轺驿改名为"拦车镇"，并崖刻"孔子回车"四字以记，至今还留有孔子调车的车辙。东汉时，在洛阳当官的孔子十九世孙孔昱来此游后，特建此庙以作纪念。

张之洞：(拍手)好好。想不到此处竟然有如此之多的典故传说。

恩　联：张大人，这"孔子回车"只是凤台县古八景其一，至于泽州府内其他县文物古迹地那就太多了，高平的长平之战、羊头山炎帝陵及北魏石窟，陵川的崇宁寺与附城庙元代孤品二十八宿，阳城的双塔海会寺、砥洎城，沁水的柳宗元避难地柳氏民居、舜王坪……反正张大人，您留下我们陪您一个月恐怕也游不完。

张之洞：那我岂不是成了整天游山玩水的"游玩巡抚了"吗？真要这般，老百姓可要用唾沫把我淹死了。(众人笑)

(9)时：日
　　景：外
　　人：张之洞、桑治平、恩联、陈继三、贩铁人

荞麦山。峰高崖悬，云雾缭绕。贩铁人牵骡马至半腰处一山洞处停住，把货一一卸至洞口。

贩铁人：各位大人，不是要看我们如何运货吗，请进洞来看。

张之洞一行人进洞，洞口里只听得一阵暗河水流的轰鸣声，却不见流水在哪儿。张之洞、桑治平诧异之际，几位贩铁人从洞口一边挪开几块巨石后，露出一块巨木门板，几人又将巨木门板挪开至一边，露出一个三尺方圆的大洞，震耳欲聋的巨大水流轰鸣声即从此中传出。贩铁人打开驮来的铁货外包，里面全是一马驮四根的三尺长的圆木。贩铁人把一根圆木抛入水中，顿时没有了踪影，不一会儿，三十几匹骡子驮来的圆木就基本抛完。

陈继三：留下一根，打开让张大人看看。

钱掌柜：好。快，拿工具卸开。（两贩铁人拿工具卸开圆木两端，中间取出一块块长铁块来）

恩　联：张大人，这就是他们贩运泽州生铁的绝招，用圆木掏空中间，将生铁填入胶封，倾入暗河，漂流而下，入河南怀庆府沁河，直至入黄河口处，然后水运各地销售。

张之洞：你们怎么发现这种运铁办法的？

钱掌柜：不敢瞒大人，我们这帮里有不少人在此打过仗，知道这暗河直通我们怀庆府沁河。

陈继三：山下怀庆府是当年太平军北伐指挥部驻地，曾派敢死队上来偷袭，被驻军发现，残余匪兵困此洞内，他们有的死尸无法掩埋，就抛入此暗河洞中，后有逃回者在沁河发现的尸体中，认出有他们的人，才明白此洞暗河直通他们怀庆府的沁河中。

钱掌柜：大人说得对。后经试验，如此运铁省时省力又省钱，就组成了专门输铁马帮，我们一帮专在山西购运，另一帮就在怀庆府等候打捞，集中再运各地销出。但出关税我们都缴过了。

陈继三：是这么回事。但这办法我们当地人不行，如也派一帮人到怀庆府等漂下的铁，吃住花费不说，多是旱鸭子也干不了水上捞铁这种活，若雇当地人开销又大，也不合算。况且这种圆木包铁也有诀窍，铁装太多圆木下沉，装少又不划算，还必须用质量又轻浮力又大的桐树木材，上面拴一个充足气的猪尿泡，圆木沉水下但猪尿泡漂在水面上，便于寻找。

桑治平：原来如此。

张之洞：省脚费的聪明绝招见识了。说明任何难题只要善于观察、总结，动脑思考，总会有办法的。好，我们回吧。

（10）**时**：日

　　景：外

　　人：张之洞、桑治平、李秉衡、恩联、陈继三蜿蜒连绵、千峰竞秀的珏山，葱翠茂密的松林。峡谷中的清澈透底湍急流淌的丹河。张之洞、桑治平、李秉衡、恩联、陈继三等一行人骑马顺峡谷沿河岸过来。

李秉衡：张大人看了那些铁贩子运铁，有何想法？

张之洞：每年输贡铁的负担，是压在山西老百姓头上的一座山。百年价格不变这事，得向朝廷、户部反映解决方好。但今年贡铁这差事嘛，恩知府，你和陈县令与钱掌柜协商后合计一下，让仲子兄再联系一下李提摩太，问一下把二十万斤贡铁沿水路运到上海得多少脚费。

恩　联：好。

李秉衡：张大人，您再看前面，这一段沿河筑石填土修的路，已可通车了。

张之洞：秉衡，这种筑石填土办法虽省力且少支出，但是夏季下大雨起了洪水会不会被淹？

李秉衡：《泽州府志》与《凤台县志》上记载，近百年间有过几次大涝，皆因咱山西峡谷河道坡度大水流急而无漫没古径的事情发生，只有出山口至怀庆府界内才多有受洪涝影响严重的灾害发生。且我们这次筑石铺加路基，张大人您看，均比原古径高出二尺左右，应该不会被淹漫。

张之洞：那好。也不知漪村他们在榆次通直隶的那边勘测是什么样情况。

桑治平：已报消息，勘查已完，准备施工。

张之洞：我们回去后亲自安排去看一下。

桑治平：好。

张之洞：陈县令，前面又有个庙。

陈继三：张大人，您来次不容易，这个庙得进去看看。

张之洞：有好看的吗？

李秉衡：张大人，我已看过了，我知拓古铭、读古碑、谈古泉、论古印这方面您是行家,这青莲寺里百通碑碣定会让大人一饱眼福的。

恩　　联:还有更绝的,进去就知道了,张大人肯定会有不虚此行之感。

张之洞:听秉衡和恩知府如此一说,我可真想进去了。仲子兄,走,一起瞧瞧。

(11)**时**:日
　　　景:内
　　　人:张之洞、桑治平、恩联、陈继三、方丈

泽州府凤台县青莲寺。恩联和陈继三陪着张之洞、桑治平拾级而上,从偏门进入。寺庙东、西两侧各有一塔。见张之洞一行进入,一老方丈已迎候上来,合掌施礼。

桑治平:(合掌施礼)请问师父德号?

方　　丈:老衲历弘。

桑治平:历弘长老,给您添麻烦了。

历弘方丈:施主客气了。你们先看吧,我先去烧茶,一会儿可到后院禅房喝茶。

恩　　联:谢谢历弘长老。(领张之洞至百通碑碣前)

陈继三:张大人,您先看看这通宋政和八年记载五百罗汉名号的碑碣。

张之洞:(边看边点头赞叹)碑碣如此之多、之古、之全,实属罕见。

恩　　联:此寺有六绝,您看的碑碣为其一。

张之洞:噢,晋祠有三绝,这小寺庙竟有六绝,什么绝? 说一说。

陈继三:彩塑、碑碣、子母柏、宋建、乳泉、无影塔。张大人,一处一处的景致我边讲边引给您看。

张之洞:好,好!

恩联、陈继三陪着张之洞和桑治平等游览释迦牟尼殿、大雄宝殿内彩

塑、子母柏等景点,随着不同景点显示的画面……

【画外音】这是座始建于北齐天保年间,因释迦牟尼身座下为莲花而得名的青莲寺,分古寺、新寺两处。在唐代所立的大气磅礴、高贵华丽、金光映人精美雕塑前,在子母古柏及两旁粗大的雌雄古银杏树下,在有"山月溪峰""迸雪喷雷""青梦重游"等崖刻的乳窦泉中,在存有五千卷佛经的藏经楼里,张之洞显然被迷住了,每到一处都会久久伫立,不舍离去。

张之洞一行人在舍利塔前停下来。

陈继三:张大人,这是一座有浮雕69佛造像碑的藏氏舍利塔,明代建的。您看这四周,院墙房屋、树木花丛,包括咱们自己,都有影子,可这么高的塔,为何不见影子?

张之洞:(围塔四周转了两圈,惊异地)怪了,怎么回事?(又四下看看房屋树木和自己身旁几个人的影子)奇怪,世上竟真有令人费解的无影塔?

恩　联:对,大人您说对了,此塔在当地就叫无影塔。

张之洞:世界之大,真是无奇不有啊!

陈继三:还有更奇的。前面那高大的岩块叫掷笔台,是创建该寺高僧慧远法师注释完佛经掷笔于空而笔却不落下之处;再看丹河对岸远处,峰峦叠嶂,烟云袅袅,对峙双峰直冲云天,那是珏山,珏山有一绝世之景。

张之洞:有一个绝世之景?

陈继三:是。每年中秋之夜,一轮圆月就会从双峰正中冉冉升起,所以此景叫"双峰吐月",又称"双峰捧月"。为此,古人还在山腰间建有一个供游人饮酒、品茶、吃月饼和听琴赏月的"款月亭",亭中有乾隆年间十八位举人、秀才题诗的碑刻。

张之洞:中秋三两日即到,仲子兄,有这么个好去处,咱们可不能错过。

桑治平:前些年我第一次来山西,就听说过珏山有"北少林"与"小华山"之称,早想来游览,只苦于没机会。

恩　联:好啊,张大人,您和桑先生迟走两天就在这儿过中秋节,中秋那天我和陈县令一起陪你们登珏山,然后至款月亭中赏"双峰吐月"绝世美景。

远处传来一阵马蹄声。一骑马人从山坡下沿丹河道急驰而来。恩联手遮眼看了看:"是我衙门里。"衙丁把马拴坡下树干上,顺石阶拾级而上,来到恩联前边。

衙　丁(喘气):恩大人,急信。
恩　联:(接过,看一眼,递给张之洞)张大人,杨锐让转交您的急信。
张之洞:(拆来一看,顿显惊讶之色。他抬头朝珏山方向望了一眼,对恩联等人)可惜了,珏山赏月只好改日再瞅机会来了。朝廷召我赴京,我得赶回太原了。
陈继三:张大人公务在身,我等不敢勉强,等着您下次再来奉陪好了。
张之洞:往冀、豫两省修通大路,是能让山西民众致富的根本,秉衡,这儿往河南路的事,这一段日子就靠你和恩知府、陈知县一起辛苦了。
李秉衡:您放心吧,我们会配合好的。
陈继三:张大人,您再次来,路肯定修成了。
张之洞:好,好。那我们就先走了。
恩　联:继三,咱们陪张大人、桑先生一起返回吧!

【画外音】杨锐给他的信让他有点吃惊。清军在越南与法军的苦战,以连失山西、北宁等整个红河三角洲而失败告终。然而,更让张之洞没想到的是,内阁奉慈禧太后懿旨,撤换以恭亲王为首的军机处,并作出罢免两广总督张树声,让他接任并立即赴任的决定。

第三十二集　升总督难舍三晋情
　　　　　　坦胸声倾诉爱慕心

(1)时：夜
　景：外
　人：张之洞、桑治平

张之洞和桑治平返太原路途中。骑着马边聊边行。

桑治平：越南战事吃紧，这回让您接替并马上上任，估计与咱们上的两道奏折有关系。

张之洞：关系肯定有，不过太后是有血性的人，不愿在洋人面前示弱也在想象之中。

桑治平：那倒也是。香涛弟，快看，这山拐弯后面沟里，种的是啥？

张之洞：看看去。（两人骑马过去）

桑治平：（往远处看一眼）罂粟。您看，这满沟里种的都是。

张之洞：阳奉阴违。这儿属潞州长治县吧？仲子兄，回到太原就立马写个折子，以欺瞒抗拒朝廷禁烟法令为由，报皇上把这个知县李祯参掉！

桑治平：(笑)您已擢升为两广总督，临走了还要再参掉个知县？

张之洞：这种不为百姓着想不实在办事的官，留着是官风散漫的祸根，非参掉他不可。咱们这一路注意操心看，谁管的一亩三分地里有罂粟毒苗，就把谁当毒苗一起拔掉。

桑治平：行，上马，咱一路操点心察看！看还有谁的乌纱帽不想要了。反正您这山西巡抚任期也就这短短几天了，还有何打算？

张之洞：我还真有几个打算。仲子兄，不干正事的官该参掉的就参掉，一些该迁升的还要迁升一下。

桑治平：香涛弟这临走了，还真要干这参劾和提拔的事？

张之洞：是。李祯这类阳奉阴违的官必须参掉。撤掉吴子显后这一段日子，我一直在想谁当同考官合适，看来陈继三是个真读书也能干实事的人，所以今年同考官非他莫属了。还有恩联，泽州府干得也不错，该给他换换地方了。

桑治平：恩联？换什么职务？

张之洞：藩司。

桑治平：藩司？那让易佩坤干什么？

张之洞：泽州知府。两人换位。

桑治平：这易佩坤刚升就降，您临走还惹人个不高兴？

张之洞：易佩坤是个老实人，不贪不占，但能力差些，区区十八万斤贡铁事不调查不想办法克服就知发愁，还想辞职抛担子不干，咱定下的炼铁、纺织、火药枪械类等几件大事的筹办都与藩司有关联，这种人仅靠老实如何担当得起？听你说仅一个大阳古镇周围就年产二十余万斤生铁，铁货和钢针能销至大江南北甚至海外，恩联在这个冶炼之乡干了多年，起码筹办炼铁厂这事他要懂一些，这也叫人尽其才吧！

桑治平：说风就是雨，香涛弟真是个实干家。咱们今天赶往榆次住吧？

张之洞：行。走吧。驾……

（二人快马加鞭消失在山路上……）

(2)时：夜

　　景：外

　　人：张之洞、桑治平、大根

巡抚衙门。张之洞和桑治平骑马从巡抚衙门偏门进入，穿过庭院直到后院住宅处。大根出来接过缰绳。

大　根：四叔，仲子叔，你们都饿了吧？屋里洗脸水都现成的，你们洗洗好吃饭。佩玉知道你们回来,把饭做好了等你们呢!

张之洞:好好。仲子兄,进屋洗洗吃饭。

桑治平:香涛弟,赶了两天路,你我都累了,我回家去了,你洗漱一下吃过饭,早点歇着吧,一半天还要上京领旨呢。

张之洞:也好,嫂子一定也给你做好饭等着你呢!

(3)时:夜
　　景:内
　　人:张之洞、大根、李佩玉、准儿

张之洞女儿和琴师李佩玉房间。张之洞和大根先后进门。正在李佩玉指导下练琴的准儿听到门响一扭头:"爹!"站起身扑过来被张之洞紧紧抱起。

张之洞:想我了吗?

准　儿:想,我和李师都想你。

张之洞:(亲了一下女儿)爹也想你。

准　儿:你光想我,就不想李师?

张之洞:(看了一眼羞红了脸的李佩玉,哈哈大笑)想啊,我都想。

李佩玉:(娇红满面,羞涩地看着张之洞)大人,我去给您盛饭去。

大　根:(偷偷一笑,知趣地)四叔,我去把您房间里收拾收拾。

张之洞:(见两人都出去,笑着用手指戳了准儿额头一下)你个小不点!

(4)时:夜
　　景:内
　　人:李佩玉

厨房。李佩玉推门进来反手闭上门,右手掩在左胸上,她长长吁了一口气,好一阵子,被准儿一句童言无忌的话弄得如小鹿欢蹦的心才好不容易才平静下来。她擦了擦木盘,把盛好的饭菜摆好,停顿了片刻后,开开门端上饭盘走了出去……

(5)时:日
　景:内
　人:张之洞、桑治平、杨锐、大根、准儿

巡抚衙门。张之洞住宅、卧室、书房兼客厅中,忙里忙外正在收拾行装、整理文书的张之洞、桑治平、杨锐和大根。准儿跑进来。

张之洞:准儿,你怎么不练琴过这儿来了?
准　儿:爹,我们这是要走吗?
张之洞:谁告诉你的?
准　儿:刚才李师说的,她把我和你脱下的衣裳全洗干净了,说一半天和我们就要分别了。
张之洞:是真的,爹带上你去看大海。
准　儿:那能不能带上李师,我要和李师在一起。
张之洞:大人的事,你小孩子别管,找李师练琴去吧。
准　儿:我不想离开李师,爹……(一串泪珠从小脸流下)
张之洞:(忙抱住女儿)乖女儿,不哭不哭,乖女儿。
桑治平:准儿,别哭,去李师那儿练琴吧,一会儿我过去问问李师,兴许李师会答应陪你一起去广东的,好不好?
准　儿:嗯。
杨　锐:(望着出门的准儿)香师,准儿和佩玉处得感情很深了,离开会很难过的。
张之洞:是啊!

(6)时:日
　　景:内
　　人:李佩玉、准儿

李佩玉和准儿住的房间。

准儿练着琴。木桌一旁的李佩玉从火上拿下烙铁,在废布上试了一下温度,含口水将洗好晾干的衣服轻轻喷湿后,开始熨烫衣服。准儿停下练琴。

李佩玉:准儿,怎么不练了?
准　儿:李师,我和我爹说了,我要和你一起去广东。
李佩玉:那去晋祠我家时你叫爷爷的那位怎么办?
准　儿:爷爷也一起去呀!
李佩玉:真是个孩子!(把熨烫好的衣裳叠好)好啦,准儿,刚才那曲子你再弹练一遍,我去把衣裳给你爹送过去。
准　儿:嗯。

(7)时:日
　　景:外
　　人:李佩玉

李佩玉拿着一叠衣服往张之洞房间走过来,到门口正欲敲门进时,听到屋里有说话声并正好提到了她,欲敲门的手停了下来。

(8)时:日
　　景:内
　　人:张之洞、桑治平、杨锐、大根

桑治平：香涛弟，准儿和佩玉，相处得有点离不开了。

张之洞：在山西这两年，准儿也真多亏了佩玉的照料。

桑治平：佩玉人贤惠，又有才华，是个不多见的好女子。

张之洞：是啊，到了广东，再难得找到佩玉这样好的人了。

桑治平：香涛弟，你身边也该有个女人了。

张之洞：找谁，能有佩玉这般对准儿好的？

桑治平：是啊，佩玉聪明贤惠有才华，又年轻漂亮，对准儿又贴心的好，真的很难再遇到了。香涛弟，何不娶了佩玉？

张之洞：我想娶呀，可我大佩玉十多岁，她又是独生女，怎能离开父母远去？这种情况下我提出来万一她内心不同意，岂不是让人家难为情？

桑治平：不试试问一下，怎能知人家佩玉不同意？香涛弟，机会难得。这样好的女子，一旦失去今后会后悔的。

张之洞：佩玉这样好的女子，我……真不想张口为难她。

桑治平：香涛弟一向敢作敢当，今天怎么竟然会变得婆婆妈妈……算了，我现在就替你去问问佩玉。

(9) 时：日
　　景：外
　　人：李佩玉、桑治平

在门前的李佩玉听到桑治平要出来找她，赶忙转身往回返去。桑治平从屋里出来，望着李佩玉远去了的背影，愣了一下，随即追了上去……

桑治平：佩玉，等一下。

李佩玉：桑先生。

桑治平：佩玉，刚才在门外，是不是听到我们讲话了？

李佩玉：(点点头)嗯。

桑治平：张大人马上就上任走了，我也不拐弯子了，准儿离不开你，你同意不同意嫁给张大人？

李佩玉：（看了桑治平一眼，摇摇头，低下头盯着脚）

桑治平：嫌他老？

李佩玉：（摇头）……

桑治平：那为什么呀？

李佩玉：小女子不配与张大人谈这桩事。

桑治平：佩玉，你可能不知道，张大人说过，不管多累，只要听到你的琴声，他浑身就有了精神，一切累和烦心事都没有了。刚才你也听到了，他虽是个胆子大也很直率的人，但对你却例外，不敢对你表达倾慕之情，原因不说你也明白，他喜欢你，不想让你受半点为难。

李佩玉：我知道，张大人是个好人，但我不能……

桑治平：你是不是放不下你父亲？如是则不必担心，可让老父和你一起赴广东。怎么，要不就让张大人亲自和你谈谈？

李佩玉：不，不！桑先生，我……

桑治平：佩玉，别为难，如不愿意就权当我没和你说这些。我走了。

李佩玉：桑先生。

桑治平：嗯，你说。

李佩玉：（拿起衣服）麻烦您把这给了张大人。

桑治平接过衣服，看了一眼低下头的李佩玉，还欲说点什么，思索片刻，终究没说出口，扭头走了。

(10) **时**：日
  景：内
  人：张之洞、桑治平、杨锐、大根

张之洞住处。书房兼客厅中，书案上、地上堆放着已打包好的一件件行装。仍在打理的张之洞和杨锐见桑治平拿着李佩玉给洗好的衣服进来。

471

杨　　锐：您问佩玉了,怎么样?

桑治平：没有答应。

张之洞：(表情略显失落)幸亏我没问。好了,别再谈这事了,后天一早就动身。对了,佩玉当琴师的这月薪银还未给,仲子兄代我付给她吧。

桑治平：这个钱我不能替你给。给准儿当了两年琴师,待自己女儿一般关心照料她,如今要走连个面也不见,说不过去吧?

张之洞：还不是你,问了人家这种事,我再见她,让人家多难为情!

桑治平：(笑)我办好事,香涛弟倒怨到我头上了。昨天我与佩玉谈的,她又不知我有没有转告,你装什么也不知道不就好了?

张之洞：倒也是。行,玉山和漪村回来了,他们下午要来说丈量田亩的情况,你再派人通知方潴益一声,筹办火药和枪械厂的事,现在办到什么程度了,也要他下午来说说。晚饭后我去见佩玉。

(11)时:日

　　景:内

　　人:张之洞、桑治平、马丕瑶、杨深秀、杨锐、方潴益

巡抚衙门。花厅。张之洞与桑治平、马丕瑶、杨深秀、方潴益一起议事。

张之洞：玉山兄,我见你们报上来的各府、州、县田亩数册,全省统计下来比原来多出二十多万亩。这么短时间就丈量完了,我可真没想到。

马丕瑶：我们这次丈量田亩用的是"鱼鳞法"。

张之洞："鱼鳞法"?

马丕瑶：这办法是漪村想出来的,让他和您说。

杨深秀：是这样,我们让各县把所管辖地的地图放大,标出每个村的名字来,再以村为单位,画出四面界线出来,一村挨一村犹如一片鱼鳞挨一片

鱼鳞,不让中间留空隙,且丈量人员统一由县衙门派选,若与村上有亲戚朋友关系则避开,杜绝了隐匿现象。

张之洞:好办法,这多出的田亩税也是笔可观收入啊!漪村,你和玉山兄正大光明为增加税收立了一功啊!

马丕瑶:不不不,是漪村想的招,功劳该他领。

张之洞:噢,他出主意你施行,都有功,都有功。

杨深秀:谢谢大人嘉奖。

方濬益:张大人,我可比不上他俩。火药和枪械厂地址是选好了,硫磺、硝等原料产地也不愁,北有大同、阳泉,南有河东、陵川,只是技工人员还未落实,正和李洋人联络着,打算从外省聘请。

张之洞:地方选到哪儿了?

方濬益:小北门外,柏树园千佛寺的庙地,荒废多年,就选那儿了。

张之洞:好好。子聪,你干得也不错嘛!

马丕瑶:我看家里的行装都打包好了,您这是……

张之洞:事到如今,我也就实话实说了。朝廷让我接任两广总督,本来我想一一落实下咱们定下的几件事再走,可越南前线战事紧迫,后天一早,我就要往广东赶路了,这些事情今后也就有劳诸位尽心了。

方濬益:(感动地)张大人,您升迁临要走了,还如此为山西之事操心,令下官万分敬佩和感动。请张大人放心,您安排下的富晋富民几件事,我累死也要完成!

马丕瑶:(两眼湿润)说实话,我们心里既为您升迁高兴,也有点舍不得分开,心里酸酸的不好受。如濬益刚才所言,您尽管放心,我们会为三晋父老尽心尽责把定下的几件实事圆满完成。

张之洞:那好那好,拜托了!

桑治平:(给众人使眼色),哎哟,天不早了,张大人您不是还要给人家佩玉送薪资吗?我们也该吃晚饭了。

杨深秀:对,张大人,忙了一天了,您吃过饭早点休息吧,我们告辞了。

张之洞:稍等。漪村,陈继三当同考官和恩联与易佩坤互调职位的事,你和杨锐连夜写好两个折子,我这次赴京时一并带上禀报太后。

杨深秀:好。

(12)**时**:夜
　　　景:内
　　　人:李佩玉、准儿

琴房。准儿心不在焉地在练琴。李佩玉望了准儿一眼,准儿两眼含着泪花。

准　儿:李师,你明天就要回晋祠家,再没有人教我了!
李佩玉:(摸摸准儿头)好孩子,你爹一半天就要带你去广东了,到了那儿,会找一个新老师教你的。
准　儿:不,我要你教我。李师,我不想让你走。
李佩玉:准儿,听话,别让你爹为难。这样吧,你弹一遍我才教会你的《阳关三叠》。记住,你想我的时候,就弹这首曲子。
准　儿:好吧。

准儿开始弹《阳关三叠》,第一段刚弹了一小会儿,就弹不成调了。

李佩玉:怎么了?
准　儿:李师,我……(抱着李佩玉大哭起来)李师,你不要走……
李佩玉:好孩子,不哭,不哭……(自己也掉下眼泪来)

准儿抽泣着,在李佩玉怀中渐渐睡着了。李佩玉有点吃力地把准儿抱进里间放至床上,盖好被子,端详片刻后轻轻闭上门出来。她走到窗前,推开窗扇:一轮圆月在云中时隐时现,眼前又浮现出了在晋祠初见张之洞,给他弹琴的景象……(蒙太奇)

（衣着蓝底白花粗布夹衣的佩玉从里屋掀帘出来，大大方方向诸位施礼）"诸位客官好！"

张之洞：昨夜你弹的琴，让我回忆起许多往事。刚才我和你父亲说了，我从小就在母亲的琴声中度过，所以对琴有种特殊感情，想说几句对你弹琴的感受，不知可否？

佩　玉：小女子琴艺粗劣，有辱客官听了半夜，实在惭愧。客官既如此说，我倒是愿意听的，请客官指教。

张之洞：你的琴声上半部如春溪流水，如向阳之花，欢快欣然，像追忆少女的欢乐和幸福，下半部则让人有一种苍悠凄楚、深沉哀怨的心境，很可能心中涌起许多世事辛酸，琴声有些变调。你看，我说的有没有点道理？

佩　玉：客官说得不错。

张之洞：古人云：凡音之起，由心之所生也，我听说过古晋平公听人弹《清徵》的故事，略知《清商》之悲凉、《清徵》之德行、《清角》之最悲情等典故，我听你琴声而知你心情，可否算你知音？

佩　玉：若这样说来，客官倒也可算得是我知音了。

张之洞：（大笑，众亦随之同笑）李老先生，我有个不情之请，令爱可否给我们再弹一曲？

李塾师：佩玉，你看……

佩　玉：客官既然如此明辨音乐，我愿意再操一曲给诸位客官听。

佩玉转身回里屋，李塾师随后入。片刻李塾师出。

李塾师：琴架太笨，不便搬动，小女亦未当生人面奏过琴，就让她在里屋为各位客官弹吧。

张之洞：也好，也好！隔壁听琴，更宜凝神倾听。

琴声响起，随着琴声，画面依次出现各种背景：碧波荡漾，烟波浩渺，天光云影,气象万千。五彩云中,几位仙女手携彩练当空飘舞,时上时下,时左时右,绚丽多彩;一会儿,又呈现漫山遍野盛开着的山花,姹紫嫣红,千娇百媚,引来群蝶翔飞;时而,随着琴声节奏的加快,激昂的声调犹如一江春水浩浩荡荡、波涛汹涌东流入海;片刻又似百兽过河,山洪暴发,浪花飞溅,震人心弦;接下来是急管繁弦,号角啸厉,犹如战马嘶鸣,如刀枪撞击……正入高潮间,琴声戛然而止,画面归原,一片寂静。众人还倾心在音乐世界之中,佩玉神采奕奕从里屋款款走出来。

张之洞:(两眼含泪)好,好,弹得太好了!这曲子又把我引入到了儿时的光景,那时我母亲就经常弹这首曲子给我听。佩玉,这首曲子的曲名是不是叫《平阳公主凯旋曲》?

佩　玉:正是,正是。这曲子很少人能听出曲名的,客官不愧为知音!

张之洞:李先生,令媛琴艺之高,太令人敬佩了!

(画面复原)

李佩玉转身走到琴台前坐下,两手抚琴凝眸片刻,琴声渐起。沉浸于琴声中的佩玉,忘情地吟唱起来:"清和节当春,渭城朝雨浥轻尘,客舍青青柳色新,劝君更尽一杯酒,西出阳关无故人!霜夜与霜晨,遄行,遄行,长途越度关津,惆怅役此身。历苦辛,历苦辛,历历苦辛,宜自珍,宜自珍……"

(13)时:夜
　　 景:外
　　 人:张之洞

张之洞从远处朝李佩玉与准儿住的房间走过来。亮着烛光的窗户,闪现着李佩玉弹琴吟唱的影子。随着一阵凄婉沉郁的吟唱和琴声从琴房传出,张之洞不由停下脚步来:

"……千巡有尽,寸衷难泯,无穷伤感。楚天湘水隔远津,期早托鸿鳞。尺素申,尺素申,尺素频申,如相亲,如相亲。"

张之洞:(打断)两地相思入梦频,闻雁来宾。

张之洞的打断接唱,让李佩玉吃惊得停下弹吟。她站起身,从打开的窗扇望着笑盈盈的张之洞。

(14)时:夜
　　景:内
　　人:张之洞、李佩玉、准儿

琴房。张之洞推门而进。

李佩玉:张大人,您怎么过来了?

张之洞:准儿呢?

李佩玉:(下巴朝里间示意一下)睡了。

张之洞:你这《阳关三叠》弹得让人太伤感了。(见佩玉低头不语)如果我没猜错的话,你和桑先生说的不是真心话。

李佩玉:(羞涩地看了张之洞一眼,又慌忙低下头)哎呀,张大人……

张之洞:说实话,佩玉,我是临走专来给你送薪酬的。如果没听到你弹此曲,且吟唱得又如此凄婉情真,我会放下钱就立马返身走人,绝不愿让你为难。可是我听出来了,你内心并未彻底拒绝我。佩玉,危难之际,你救过我,更舍身救过我的准儿,你教她弹此琴,让我常常想起母亲和发妻王氏弹琴的情景,我喜欢你,准儿没有了娘,更不想离开你,这几天和我哭了好几次求我留下你。桑先生和我说了,我无法强你所难,但今天听了你弹的琴,我不死心,看在准儿的分儿上,佩玉,求你答应留下嫁给我做夫人吧!

【画外音】张之洞的话,让佩玉的心激动不已。这位平日严肃到颇近威厉的抚台大人,居然有如此淳厚的爱心和深深的情怀。她不嫌他老,更不嫌他貌丑,坦荡而貌丑的男人远比狭隘而英俊的男人要好。她被感动了,但世俗的看法又让她欲言难开口。

李佩玉:(看了一眼张之洞)张大人,我……

张之洞:佩玉,有什么难处,就不能和我说说吗?

李佩玉:我命不好,克夫克子才寡居孀处。张大人,你是好官,更是好男人,我不能害你。

张之洞:这个缘故呀!这么说如果不是此因,你不会拒绝我?(一把抱住佩玉)我不怕,只要你答应嫁给我,佩玉,哪怕和你只过一天,我也死而无憾!

李佩玉:(捂住张之洞嘴,深情地望着张之洞)不许胡说。

镜头摇至窗外,浮云散去,尽显出一轮又圆又亮的明月……

尾　声

春末夏初的田野。三晋大地,万物欣荣。几辆马车在逶迤的山路上穿行着。镜头拉近,喜气洋洋的张之洞和准儿与佩玉同坐前面一车上;后面两辆车上,分别坐着桑治平和佩玉父李治国及管着书箱、行李的大根。

【画外音】结束了山西巡抚任期的张之洞,再次肩负太后的信任,怀抱着兼济天下、经营八表的志向,离开太原前往朝野内外、欧亚东西所关注的南部战场。看着大路两旁庄稼茂盛农耕繁忙的景色,回顾两年多来所办的铲除鸦片、清查藩库、查办贪官、整饬吏治、减免税赋、兴学治业等一桩桩大事,再望望身旁品貌双全、文武兼备的娇妻,张之洞脸上泛起欣慰的笑容。

尾声

马车行到刻有"古寨镇"三字的镇上。

张之洞：仲子兄，两年多前，咱们来时就在这个镇上吃的饭，要不就还到掌柜姓薛的那家饭店再吃一次饭怎么样？

桑治平：好啊，我也正这么想呢。……对，就是前面挂酒幌子的那家。

张之洞一行人来到这家饭店前，刚停好车，薛掌柜就招呼上了："客官请！"

张之洞和桑治平、大根及领着准儿的李佩玉父女先后进入饭店门。一位小伙计忙着擦桌子、提壶倒水。

张之洞：薛掌柜，多日不见，还认得我们吗？

薛掌柜：你们是……噢，想起来了，想起来了，做生意的张老板，张老板。

张之洞：这两年生意还好？

薛掌柜：托新来巡抚张大人的福，自从免除了入城费，外地来做生意的逐渐多起来，吃饭的人也就多了，生意比你们来那时候好多了。这不，忙不过来又雇了个小伙计……客官，你们吃点啥？

张之洞：佩玉，你看老父亲爱吃点什么？

李治国：随便随便，你们吃什么我吃什么。

桑治平：弟妹，本地人爱吃面，来上两碗刀削面给你和老人家吃吧？

李佩玉：行行。

桑治平：薛掌柜，记得前年来时吃你那烙饼挺不错的，就来上二斤吧，随便再炒几个菜。

薛掌柜：好嘞！客官请先喝点茶，稍等片刻就上。

众人围坐，薛掌柜和小伙计端上饭菜来。

薛掌柜：客官，饭菜上齐了，请慢用。

张之洞：薛掌柜，一路上看，这儿的庄稼长得不错，鸦片是不是都不种了？

薛掌柜：怎么不种？只是为了应付巡抚大人张之洞道旁不种罢了，往里走十里仍和过去一样种，农户要靠它养家糊口过日子呀。

张之洞：不是税和摊派都减了好多吗？

薛掌柜：实际上减了也没多少。只是原来的名目没有了，又换了些新名堂。糊弄糊弄张之洞这个巡抚罢了。

张之洞：混账！不行，这平定县令也该和长治县那个李祯一样该参劾掉。

桑治平：好我的抚台张大人，手下留点情吧，这种事恐怕各地都有，你要把他们都参劾掉，那下一任接替当巡抚的你让人家怎么干？

薛掌柜：您……是巡抚？

桑治平：这就是你说的巡抚大人张之洞。

薛掌柜：(忙跪下)哎呀，张大人，我有眼无珠，刚才这张臭嘴该打该打，望大人海量……

张之洞：薛掌柜，不必这样，快快起来。况且你说得不错，他们就是糊弄我嘛！

薛掌柜：其实，官府也有他的难处。平定主簿一次来吃饭，说省藩库一年支给县衙门办公务的钱连半年都不够用，不向百姓摊派怎么办事？而老百姓不种点鸦片又怎么能够支应摊派？所以官府也就睁只眼闭只眼了。

(镜头拉近张之洞面部)

【画外音】薛掌柜的话，让张之洞刚才脸上还显露的欣慰之色，顷刻间消失得无影无踪。他顿时明白了：中国根本的症结在于百姓贫穷，这个症结不化解，任何德政都无法真正施行。而化解这个有太多太复杂缘由的症结,又谈何容易？就这样,张之洞带着留恋、遗憾和迷茫而又不甘的心情,心绪复杂沉重地踏上了赴任两广的路程……

几辆马车行出娘子关城楼,由近至远在逶迤山路上穿行。随着主题歌曲的响起,字幕显示:

剧　　终

二〇一七年五月初稿完
二〇二三年七月完稿

参阅资料：

冯天瑜,何晓明著.《张之洞评传》.南京:南京大学出版社,1991年.

唐浩明著.《张之洞》.北京:人民文学出版社,2002年.

李安,王士礼主编.《冯济川文集》.北京:中国文史出版社,2006年.